THE STORY OF LITERATURE

文学的故事

[美]约翰·梅西◎著　董宇虹　张翔◎译

新世界出版社
NEW WORLD PRESS

图书在版编目（CIP）数据

文学的故事 /（美）约翰·梅西著；董宇虹，张翔译. -- 北京：新世界出版社，2024.1
ISBN 978-7-5104-7673-0

Ⅰ.①文… Ⅱ.①约… ②董… ③张… Ⅲ.①世界文学—文学史—通俗读物 Ⅳ.① I109-49

中国国家版本馆CIP数据核字（2023）第 227327 号

文学的故事

作　　者：	［美］约翰·梅西
译　　者：	董宇虹　张　翔
责任编辑：	周　帆
责任校对：	宣　慧　张杰楠
责任印制：	王宝根
出　　版：	新世界出版社
网　　址：	http://www.nwp.com.cn
社　　址：	北京西城区百万庄大街 24 号（100037）
发 行 部：	(010)6899 5968（电话）　(010)6899 0635（电话）
总 编 室：	(010)6899 5424（电话）　(010)6832 6679（传真）
版 权 部：	+8610 6899 6306（电话）nwpcd@sina.com（电邮）
印　　刷：	天津光之彩印刷有限公司
经　　销：	新华书店
开　　本：	880mm×1230mm　1/32　尺寸：145mm×210mm
字　　数：	360 千字　　印张：14
版　　次：	2024 年 1 月第 1 版　2024 年 1 月第 1 次印刷
书　　号：	ISBN 978-7-5104-7673-0
定　　价：	69.80 元

版权所有，侵权必究
凡购本社图书，如有缺页、倒页、脱页等印装错误，可随时退换。
客服电话：(010)6899 8638

前　言

　　这本书的目的是向世人介绍世界史上那些非常重要的著作。但如何定义"重要"是一个问题，或者说是许多个问题。对此，任何有能力的人都必须自己寻找答案，与此同时，公众舆论已经给出了特定的意见。然而，答案并非绝对固定的，因为"重要"是一个相对的概念，公众舆论给出的也只是难以定论的模糊印象。光是将读者心目中的众多重要作品和作家的名字罗列出来，就已经能做成一部比这本书庞大许多的目录。因此，在我们的回顾当中，很多有价值的著作会被忽略掉，也有很多只是被提及。每一位读者都可能会发现，自己喜欢的某些作者没有出现，却被另一些他认为不怎么样的作者取代。这是很难避免的，而且我希望，它能激发大家的不同意见，百家争鸣，为文学及其他艺术的讨论增添趣味和活力。

　　在这本书中，入选作品的挑选、比例的确定、最终的取舍，全都是我的个人意见，因此，结果必然会由于个人的喜好、知识储备和鉴赏能力的不足而有所局限和偏颇。面对一个如此恢宏的主题，我只能给出一家之言。博学的批评家也许会公正地评价我："你写的其实不是'文学常识'，而是'对我碰巧读过的几位作家及其作品的杂评'。"对此，我将满怀自信地回应：我不仅参考了其他著作、著名评论家及专业历史学家的意见，还得到了学识渊博的好友的明智指点。我要特别感谢路德维格·路易松博士、安东尼奥·卡里奇博士、A. H. 赖斯教授、欧内斯特·博雅德先生、A. J. 班诺博士、亨德里克·房龙博士、皮茨·桑伯恩先生、霍华德·欧文·杨先生、托马斯·R. 史密斯先生、曼纽尔·科姆罗夫先生、雨果·努森先生，他们多次纠正我的谬误，并且帮助我在能力范围内解决了主要问题——确定这本书的调查范围。第四十章和第四十一章这两个关于德国文学的章节，几乎全部是由路易松博士完成的。

由于这本书是写给英语读者看的，所以与希腊诸神或者火星来客那种不带感情的纵览全球的角度相比，我们会更加侧重于英国和美国文学，我们会省略某些国家或民族的文学作品，尽管它们毫无疑问地同样丰富多彩。举个例子，一个罗马尼亚人，或者波兰人、匈牙利人、芬兰人，也许可以立刻扔掉这本书，理直气壮地说："我国的文学界有某某和某某，还有这位天才作家，可你居然只字未提，还敢假装自己是在介绍世界文学常识！"答案是，把欧洲文学作为一个整体来看，某些国家的文学似乎并不属于其中的一部分，而是被封闭在民族和语言的边界之内。这种隔绝牢固地囚困了一些本该举世闻名的天才作家，而世人根本不知道自己损失了什么。我曾经与一些波兰人谈过，他们对祖国的古代文学和现代[①]文学的热爱令人相信，这其中必定有卓绝之作。然而，翻译为我们推开的大门显然只露出一道门缝。因此，我到目前为止所了解到的在

[①] 此处的"现代"是相对于作者当时所处的时代（20世纪初期）而言的，相对于我们这个中译本的出版时间（21世纪初期）应该算是"近代"。这本书后面所有的"现代"一词都是如此。——译者注

欧洲享有盛誉的波兰小说家只有一位——亨利克·显克微支。一个出生于匈牙利的美国学者告诉我，从我们的视角看过去，他的同胞中只有一位知名作家——约卡伊。我看过里德尔所著的《匈牙利文学史》，那是一部体量相当大的著作，介绍了那个国家的文学思想。但是书中提及的那些名字，我认识的不到百分之一，而且我敢说，很多美国和英国的读者跟我一样。

我举这些例子，并不是要评判波兰和匈牙利的文坛——那可太荒唐了，而是要生动地说明一个有趣的事实：在拥挤的欧洲大陆上，人们之间的交往或者交战已经持续数个世纪，在思想文化方面却交流不多，又或者说，只有单向的了解。一位受过教育的匈牙利人理所当然地需要了解法国文学；可是，一位受过教育的法国人并不完全需要学习匈牙利文字或者阅读匈牙利作者的著作。丹麦文学批评家乔治·勃兰兑斯因受众关系，必须掌握英语、法语、德语和意大利语，但他的崇拜者们却没有必要学习丹麦语。占据优势地位的语言，已经将他们的文学强加给我们的世界。也许，正因为那些优势文学的多姿多彩，才使得其他文学中卓越的作品相形失色。不过，按照事物的发展规律，卓越的作品总有一天将突破国家和语言的限制，成为全人类共有的财富。而且，此时此刻，不论是在其本土还是在世界范围内，必定有很多优秀的作品值得介绍给更多人。

我们的调查无法假装完美，它可能省略了某些国家、某段时期的重要人物。尽管如此，它确实致力于——我也希望它已经实现——某种程度上的统一和连贯。它就像一幅速写，有轮廓，能够清晰地展现整个画面，但细节并不完美。我们仿佛是从一架飞机上俯瞰大地，眼前的景色快速地掠过，只记得最明显的地标、最突出的山峰，却无法停下来进行测量或者到那丰饶的山坡上漫步。我们在莎士比亚的上空仅仅徘徊了十五分钟，然而，要想理解他，十五年,甚至五十年都不够。

莎士比亚并不会将十五年或五十年中所有的清醒时间都用来创作戏剧,也会为其他感兴趣的事情忙碌。而普通读者,除了莎士比亚的作品,当然还有其他书可读;除了阅读,当然还有其他事情要做。兴趣最广泛的学生即使勤读多年,也只能熟读几千本书,泛读另外几千本书。

像大英博物馆和纽约公共图书馆那种宝库,藏书多达两百万卷,需要数十人才能维护好图书目录。我们的内心不必因为这些印刷品而失去安宁。书与书之间会有重叠或重复的内容,会有诚实的引用或欺瞒的抄袭。真正怀有世间智慧精髓的佳作,只有数千册罢了。因此,那种博览群书、"阅遍一切"、受人钦佩和妒忌的神人传说,可以在凡人身上成真了。要想"博览群书",不必啃完所有公认的经典作品,只需将其中的几本钻研透彻就够了,其他的可以温柔地放在一边。我认识一位感情细腻、精通文学的朋友,他从未读过但丁的作品,也没有尝试读的打算。如果他不喜欢,或者他的阅读经历并没有将其目光和指尖引向那位伟大诗人的作品,他为什么要去读呢?他了解其他诗人就足够了。马修·阿诺德、叔本华以及其他博学之士都是幽默的智者,他们持有一种严肃的观点:人们只能把每日每夜的阅读时间用在优秀的伟大作品上,这是一种道德义务。可是在我看来,这样的观点实际上很荒唐,而且抹杀了文学本身的愉悦价值。让我们听从各自天性的召唤,或广泛或专一地阅读吧。至于那些文学权威,就让他们高挂在公共图书馆门前的灯柱上好了。这话听着有点儿过分,但是它表达了我的一个信念:读书太多并非明智之举。这个信念,在我准备这本书的数个月的研究里,在我想到写作它之前的多年阅读中,不断得到增强。我们不要变成亚历山大·蒲柏的精妙描述里的那种样子:

读完也白读的书虫，
满脑袋无用的知识。

　　而且，我们还要考虑一个问题：如果你将所有的阅读时间都用来苦读伟大的经典，那么那些未能跻身永恒巨著的行列却能成为你亲密伙伴的作品怎么办？它们比不上那些卓越的大作，却更贴近你的心灵。有时候，我们不愿携带才华横溢的大诗人的作品，却把某位没有名气的诗人的小册子揣在外套口袋里。到底什么样的诗人才能被称为伟大的诗人的问题已经困扰了我一辈子。有些作品特立独行，却深受我们的喜爱，那我们应该怎样对待它们？如果为了给《爱丽丝梦游仙境》和《巴布民谣》腾出一席之地，我会十分乐意地将一堆地位崇高的文学作品抛出船外。小巧的精品比累赘的鸿篇可爱多了，或者说，至少在精致方面是大作无法比拟的。

　　无论你是想驾着自己的扁舟寻找可能会把你打翻的巨浪，还是怀揣着鲁莽的好奇心想到文学的世界里闯荡，精致短篇或鸿篇巨作都有可能满足你的要求。无须过分严肃，但也不能轻浮草率。从《鹅妈妈》到《哈姆雷特》，文学就是在讲人生百态。它可能毫无意义，如同傻瓜的大吵大闹，但它是我们唯一能够听懂的故事，是人类唯一感兴趣的故事，而且它的某些小篇章里可能蕴含着有趣的智慧。所以，有些著作虽然微小，却是人类亲密的朋友；有些著作虽然宏大，却如同遥远的陌生人，或许沉闷到令人无法忍受。既然我们的目标是努力梳理出一条尽量合情合理的文学之路，并且让我们的调查符合现实的轮廓，我们就不能过度违背常理而标新立异。但我仍然大胆地对文学提出了三个激进却绝非我原创的论点：其一，真正的宝藏往往隐藏在狭小的箱子里；其二，假如你碰巧不喜欢这位或者那位伟人，那么，为了避免理智被他的作品击垮，你可以忽略他,转身离去;其三,书海浩瀚,任何理智正常的人都明白自己是读不完的,无论他们阅读的目的是开怀大笑,还是满足某些不好玩却出于求知欲的好奇心,都有足够的作品可供选择。阅读的艺术虽然不如七大艺术[①]那么伟大、那么富有创意,但同样精妙。写下一页精彩的文字当然比阅读它更困难,然而,如果没有受众——欣赏画作的人、聆听交响乐的人、阅读书籍的人,所有的艺术都将消亡。这本书,就是写给阅读书籍的人看的。

黑斯廷斯的哈得逊河畔
1924年圣诞节

---

① 七大艺术有各种分法,其中一种分法是指建筑、雕刻、绘画、文学、音乐、表演和电影。——作者注

目 录

第一部分　古代文学

第一章　书籍的制作 …………………… 002

第二章　文学的起源 …………………… 013

第三章　神秘的东方文学 ……………… 018

第四章　犹太文学 ……………………… 030

第五章　希腊历史与历史学家 ………… 054

第六章　希腊史诗 ……………………… 061

第七章　希腊抒情诗 …………………… 069

第八章　希腊戏剧 ……………………… 083

第九章　希腊哲学、演讲术与其他散文 … 090

第十章　罗马历史与历史学家 ………… 105

第十一章　拉丁史诗 …………………… 110

第十二章　拉丁戏剧、哲学和抒情诗 … 115

第十三章　拉丁散文 …………………… 125

第二部分　中世纪文学

第十四章　德语、凯尔特语和传奇小说的起源 …………… 132

第十五章　中世纪法国文学 …………………………………… 141

第十六章　早期德国和斯堪的纳维亚文学 …………………… 149

第十七章　但丁 ………………………………………………… 155

第三部分　19世纪之前的欧洲文学

第十八章　意大利文艺复兴 …………………………………… 162

第十九章　19世纪之前的法国散文 …………………………… 167

第二十章　19世纪之前的法国诗歌和戏剧 …………………… 181

第二十一章　古典主义时期之前的德国文学 ………………… 193

第二十二章　19世纪之前的西班牙和葡萄牙文学 …………… 197

第二十三章　伊丽莎白时代之前的英国文学 ………………… 202

第二十四章　伊丽莎白时代的非戏剧文学作品 ……………… 209

第二十五章　莎士比亚之前的英国戏剧 ……………………… 218

第二十六章　莎士比亚 ………………………………………… 224

第二十七章　伊丽莎白时代的其他戏剧家 …………………… 230

第二十八章　17世纪的英语抒情诗 …………………………… 237

第二十九章　弥尔顿 …………………………………………… 245

第三十章　17世纪的英国散文 ………………………………… 250

第三十一章　复辟时期的英国文学 …………………………… 253

第三十二章　18世纪的英国散文 …………………… 257

第三十三章　18世纪的英国诗歌 …………………… 268

第四部分　19世纪和当代文学

第三十四章　英国浪漫主义诗歌的复兴 …………………… 276

第三十五章　19世纪的英国小说 …………………… 284

第三十六章　19世纪的英国散文家和哲学家 …………… 296

第三十七章　维多利亚时代的诗歌 …………………… 304

第三十八章　19世纪的法国散文 …………………… 320

第三十九章　19世纪的法国诗歌 …………………… 336

第四十章　德国古典时期的文学 …………………… 350

第四十一章　歌德之后的德国文学 …………………… 357

第四十二章　19世纪的俄国文学 …………………… 365

第四十三章　文艺复兴后的意大利文学 …………………… 375

第四十四章　西班牙现代文学 …………………… 382

第四十五章　荷兰文学与佛兰德文学 …………………… 389

第四十六章　斯堪的纳维亚文学 …………………… 394

第四十七章　美国小说 …………………… 405

第四十八章　美国散文及其历史 …………………… 421

第四十九章　美国诗歌 …………………… 428

第一部分 古代文学

许多古代著作的幸存非常依赖于运气,但也有一些典籍,例如《圣经》,受到细心呵护,经常被翻抄。在一个自然风化、火灾和战乱不断的世界里,书籍的命运是一个个精彩刺激的故事。想象一下吧,一位学者在故纸堆里翻找时,突然发现某位文学巨擘的失传之作,该是多么令人兴奋的事啊!这样的事情时不时就会发生,对于某些读者来说,这就跟发现北极一样激动人心。

第一章
书籍的制作

著书之多，永无止境。

——《传道书》

我们碰巧正在翻看的这本书，与我们曾经读过或者略过的成千上万本书一样，都始于许多个世纪以前的壮美传奇。这张书页，任何书页，都是在白纸上印刷的黑色符号，同属于一个伟大的故事。它如此博大精深，没有人能把它全部读完。我们不知道它是从什么时候、以何种方式开始的。每一天，它都在延续，我们永远看不到它的结局。

这个故事发展到今日，已经囊括所有的情节，成为一切故事的故事。面对这个包罗万象的故事，没有任何两个读者能从相同的角度看到相同的轮廓，或者对其所有组成部分抱有相同的兴趣。但是那些轮廓，无论画法如何，总能组成一个精彩的传说。它不是由某一个人创作出来的，它是全人类共同的作品。

生活在今天的我们，亦是这个故事的组成部分。请让我们从当下这一刻开始，迅速回到故事的起点吧！这样一来，我们就能得到一条中轴线，可以围绕它进行初步调查，并且顺着它再次回到我们

第一部分　古代文学

自己的时代。

此时我们的目光正落在一张印刷书页上。对于我们来说，这种经历太过频繁，以至于从来不曾停下来细想。花几美分，就能订购送到门前的报纸或者杂志。花一到两美元，就能买到一本书，一本世界名著。或者，我们一分钱都不用花，到公共图书馆去借阅。我们理所当然地享受着这一切，不再为之惊叹。然而，这本来是一件多么神奇的事情啊！

首先，我们思考一下作者与读者进行思想交流的机械过程吧。在这当中，最主要的奇迹制造者是印刷机。它对现代文明的影响之大，也许其他发明都无法与之匹敌。在印刷机开始运转前，先要把金属活字排好。这一步可以用手工完成，但更多的是用铅字行式铸排机或铅字自动铸字机完成。那些机器如此灵巧，仿佛拥有自己的思维，但其实它们需要由技巧熟练的工人操作。与此同时，造纸厂把树木或者破布制造成纤薄的白色纸张。印刷机带动纸张从蘸墨的活字上面飞过，然后交给装订工折叠、装订，用硬纸板、粗麻布或者皮革封皮包好。数日后，成品将会被送到世界各地的读者手上。

接下来，我们将时间后退一小步，回到动力印刷机出现前，印刷与其他所有生产过程一样靠手工完成的年代。那时候，人们制作出来的书本虽然不如今天的精美，但是有一点确实比今天的大多数书本更出色：它们的纸张用亚麻纤维做成，更优质；而我们现在使用的纸张大部分是木浆纸，酸味浓烈，很快就会发黄变脆。一位睿智的历史学家说过，如今的印刷用纸是"连沙子都不如的灰尘堆"。近代文学及很多古老文学作品的保留依赖于不断地进行重印。整体来说，现代人任其"绝版"的作品是没有保留意义的，但仍然有可能因此损失一些有重大价值的作品。

我们要记住，任何改进必定伴随着某种劣势。不久之前的先辈

一种早期印刷机

们用手动印刷方式和手制纸张做成的书籍，从材质上来说，比我们今天制造的很多书籍更加耐用，但是从印刷上来说，蒸汽时代之前的书籍印刷质量糟糕多了。出于经济方面的考虑，那时候的字往往小得令人难受，远不如现代印刷方式下的字那么清晰、明显。在动力印刷机出现前，书籍的数目更少，价格相对来说也比现在更昂贵。能够拥有书籍的人很少，因此，会阅读的人也很少。

我们这趟时间回溯之旅的下一站是一个更长的时期，但它与整个人类历史相比其实很短：印刷机出现前的时代。让我们来到德国城市美因茨，怀着崇敬的心情，在约翰·古登堡的小店里逗留片刻吧。此时是1450年。我们眼前的人是印刷术之父。古登堡对文学艺术的贡献是发明了活字铸造的方法，将活字排成一行行、一页页来印刷[1]。我们既不知道他使用什么方法把活字压到纸张上，也不知道他印了些什么书，因为博物馆里收藏的书籍上没有他的名字。现存于世的拉丁文版《圣经》应当归功于他，即使它是由古登堡的搭档或者子嗣印刷而成的，我们也可以把它视作他的功绩。不论古登堡那隐晦不清的人生传记中含有多少争议的成分，全世界的出版业和读者都应该向这位祖师爷致敬。古登堡和某些对人类做出过杰出贡献的发明家一样，身负巨额债务。债主没收了他的工具和字模，他在穷

---

[1] 古登堡是西方的活字印刷术发明者，而中国的活字印刷术由毕昇发明于宋仁宗庆历年间（1041—1048）。——译者注

困潦倒中去世。但债主无疑将古登堡的发明发扬光大了，因为，仅仅在半个世纪内，印刷术已传遍欧洲。

说起文学，我们就会联想到印刷品，因为我们所见过的大部分书籍——不论古老的还是现代的——都是印刷品。但是，古登堡之前的文学历史的长度，至少是第一本印刷品出现之后的历史的十倍。

古登堡

我们如果继续回溯之旅，就会抵达一个纸张在欧洲十分稀缺的时期。纸张是中国人发明的。阿拉伯人从中国人手里学会了造纸术，又传授给西方国家的基督教兄弟。由此，我们得到了这种材料，这种几乎现代所有书写和印刷都必不可少的承载物。我们要感谢中国人和阿拉伯人，尽管他们的文明和语言来自欧洲以外的亚洲。到了14世纪，纸张得到了欧洲各地的普遍使用，但由于它的制造流程缓慢且费工，所以总是供应不足。当时的人们可不能像我们现在这样浪费纸张或者随地乱扔。绅士们、学者们使用鹅毛笔练就一手非常精巧的书法，不仅仅为了优雅的风度，还为了节约——能在小纸片上清晰地写下更多字。

在纸张得到广泛应用前，书籍、私信和文献资料被写在经过特殊处理的羊皮纸、牛皮纸等皮革上。相比之下，皮革是一种耐用的材料。博物馆里仍然收藏着至少三千年前的羊皮卷。犹太人将他们的圣典——包括《旧约全书》——写在皮革上，至今我们还能在犹太教堂里见到兽皮书卷或卷轴。即使是现在，我们如果想要长久地保存某些文字，依然会选择羊皮纸。举个大家熟悉的例子，大学毕业证书通常被称为"绵羊皮"。小绵羊、小山羊和小牛犊用血肉供养我们的身体，它们的皮毛被我们做成鞋子和衣服，但它们最重要的贡献是，记载了数千年的文学。我们在肉店里购买"veal（小牛肉）"时，大概已经忘记，记载着古籍的"vellum（牛皮纸）"一词来源于同一个法语词"calf（小牛）"。文学的故事本质上就是字词的故事，所以，我们停下来解释某个词的意思时，其实仍然是在讲故事，并不是真的停下来了。在很长一段时间里，我都以为"parchment（羊皮纸）"这个词跟"parch（烤干）"有关，因为羊皮需要在炙热的阳光下烤干，晒成褐色。我在动手调查实情之前，都是这样猜测的。然后我发现，实情比无知的瞎猜有趣得多。原来，"parchment"这个词来自小亚细亚的城市珀加蒙（Pergamum）。公元前两百多年，那里出产一种优质的书写用兽皮。传说珀加蒙的国王修建了一座巨大的图书馆，那是当时的世界奇迹之一。他与手下的书记官发明了一种加工方法，让皮革的两面都可以写字。从那以后，世界上就出现了我们今天看到的两面都有字的书本或卷轴。

十四个世纪以来，羊皮书籍为我们保存了几乎所有的希腊文和拉丁文的文学遗产，以及基督教世界的大部分文献资料。抄写员如果发现有写在莎草纸上的古代典籍，就会把它们抄到坚韧的羊皮纸上。关于莎草纸，我们在后面会稍作解释。而抄写员，通常是在修道院里生活和工作的修道士和牧师。数百年来，修道院都是能让人们学习的最安全的地方。当然了，大部分抄写员都会对神圣的经文感兴趣，比如《圣经》和其他被视为圣典的作品。有些修道士抄写员私底下喜欢异教（即非基督教）的文学。他们当中有很多人将书籍视为艺术品，会花费许多年的时间去装饰或者描绘某段文字，从中获得极大的乐趣。我们的艺术博物馆和图书馆里收藏了他们的很多华丽作品：镶金、放大的首字母，仿佛昨天才绘上去的艳丽颜色。

但修道士是穷人。他们有时会碰到羊皮纸或新材料短缺的问题，而修道院里收藏着许多已经写有文字的旧羊皮纸，市场上也能买到。那些旧文字可以被洗掉，而且留下来的羊皮纸表面相当完好，可以用来重新书写。于是，修道士们常常将异教的典籍洗掉，用二手羊皮纸抄写基督教的经文。这种手稿被称为"重写本"，意思是被擦掉后"重写"的书本。有时候，字迹擦洗得不够彻底，学者可以用化学药物处理羊皮纸，重现原来的字迹。他们用这种办法恢复了古代的很多文学著作，要不是有重写本，那些著作早就失传了。许多古代著作的幸存非常依赖于运气，但也有一些典籍，例如《圣经》，受到细心呵护，经常被翻抄。在一个自然风化、火灾和战乱不断的世界里，书籍的命运是一个个精彩刺激的故事。想象一下吧，一位学者在故纸堆里翻找时，突然发现某位文学巨擘的失传之作，该是多么令人兴奋的事啊！这样的事情时不时就会发生，对于某些读者来说，这就跟发现北极一样激动人心。

用羊皮纸以及其他兽皮作为书写材料的历史可以追溯到非常遥远的过去。不过，假如你生活在4世纪之前的罗马或雅典，想买一本维吉尔或荷马的诗集，那么你买到的不是写在皮革上的书册，而是一卷干燥的植物纤维：莎草纸。众所周知，"paper（纸）"这个词就来源于"papyrus（莎草）"。莎草产自埃及，是一种坚韧的水生植物。传说婴儿时期的摩西[①]被发现时身处"bulrush"丛中，而这个"bulrush"，很可能就是指莎草。它的茎被劈开、压平、晾干，粘成条幅，卷起来，做成莎草纸。埃及人将这种纸出口到希

[①] 摩西，《圣经》故事中犹太人的古代领袖。传说他出生后被母亲放在篮子中，藏在河边的"bulrush"丛中，后来被法老的女儿发现并收养，在埃及长大成人。"bulrush"究竟是什么植物，并不清楚。——作者注

腊、罗马和其他邻近国家。在更加坚韧的羊皮纸得到广泛应用前，希腊和拉丁文学中卓越的作品几乎都写在莎草纸上。希腊语中的莎草纸叫作"biblos"，意思是用来书写的材料，而《圣经》的名字"Bible"，正是由此而来。

当我们说古埃及人如何神奇时，我们首先想到的是金字塔、狮身人面像、木乃伊以及各种被发掘出来的国王陵墓。金字塔虽然是为永生而建，但对文明的贡献远远不如那一卷卷脆弱的莎草纸，因为它们记载了埃及人及地中海地区所有居民的思想。埃及人不仅提供了书写材料，似乎还是最早发展出文字体系来记录口头语言的民族，并且直接影响了欧洲。但那套体系的关键字词早在数个世纪前就失传了，直到最近的一百年间，学者们才慢慢地摸索出埃及的图形符号，或者说象形文字[①]的含义。如何解开古埃及之谜，是文学考古年鉴中最为传奇的篇章之一。1799年，拿破仑的军队中的一名法国工程师布萨德，在埃及发现了著名的罗塞塔石碑[②]，上面刻有埃及祭司为一位国王撰写的长篇诏书，并且分别用象形文字、当时在埃及流行的通用文字及希腊文字书写一遍。希腊文字是今天仍然在使用的文字，学者费了许多时间，终于把石碑上与希腊文字相对应的埃及文字解读出来了。完成解读工作的是一位法国学者，名叫J. F. 商博良。时至今日，埃及古文物学者已经能够看懂木乃伊棺木或者方尖碑上的图形符号，让沉默的

埃及祭司

[①] 象形文字的原文是hieroglyphic，意思是"神圣的雕刻"。——作者注
[②] 罗塞塔石碑：刻有古埃及国王托勒密五世登基的诏书的石碑。——译者注

狮身人面像吐露它的秘密。

即使学者们不会埃及人的语言，埃及的智慧也不会彻底失落，因为它已经被希腊、罗马等其他国家吸收，并且流传到我们这一代，尽管已经被淡化得微不可察。而且我们可以确定，亚历山大大帝在埃及建造了一座以他的名字命名的城市，并且使它成为希腊文明的中心。我们也知道，当多情的安东尼和冷静的恺撒打败克莉奥佩特拉[①]，或者说，拜倒在她的石榴裙下时，征服者从被征服者那里获得了知识。

距离埃及不远的地中海东岸居住着腓尼基人，他们与希伯来人是近邻。据石刻记载，两个民族之间纷争不断。先知以西结宣称腓尼基的重要城市提尔富裕丰饶，并且诅咒它。腓尼基人是一个热衷于做生意的民族，似乎不太在意文学的发展，他们的典籍只有少数通过希腊人之手保存至今。尽管腓尼基人的城邦早已消失无踪，但他们却是我们读过的每一本书的至关重要的奠基者。因为，他们发明的字母，取代了埃及人的图形符号。你手中的这一页纸里，几乎每一个字母[②]，虽然历经数个世纪的修改和发展，但仍然保留了腓尼基人定下的形状。只不过，他们发明字母的时间只能靠猜测，至少在公元前1000年前。当时，莎草纸已经广泛应用，

美尼普塔。出自泰伯城里的一幅壁画，据推测画中是一位法老

[①] 安东尼和恺撒是古罗马政治家和军事家；克莉奥佩特拉号称"埃及艳后"，是古埃及托勒密王朝最后一任女法老。——作者注
[②] 此处的字母指原文的英文字母。——译者注

文学的故事

在石头上刻字

它的表面平滑,能够轻松写上连贯的笔画。精明能干的腓尼基商人从埃及买入莎草纸,转卖给希腊人和其他民族。于是,他们发明的字母也跟着莎草纸一起被卖出去了。

我们如果继续回溯之旅,就会来到文学的石器时代。在这个时代,书写材料都是近乎无法移动的物体。早期的埃及人和其他民族将需要记录的事情刻在墙壁或石柱上。其实,我们从来没有完全脱离过石器时代,我们的教堂、公共建筑和坟墓都刻着字,是为了长久地记录重大事件、杰出人物,使社会和宗教思想永远留传。即使所有的书本都遭到毁灭,五千年后的历史学家仍然能通过我们的石头建筑大概了解我们是什么人、使用什么语言。

我们也用类似的方式推测凿下石刻的那些远古先人的生活。可是,即便是石头,也有被风化成尘土的时候,如果我们没有持续不断地翻新出版书籍,语言将彻底消亡。再说,就算石头完好无损,就算雕刻它们的人依然活着,一座由里到外、从书本到墙壁全部用石头建造的图书馆是相当不便的,你肯定没办法将它借回家在自己的炉火边阅读。

在西亚的伟大帝国巴比伦,人们把文字写在泥制的砖块和圆柱体上。相比石头来说,这些材料是一种进步,因为它们可以揣在兜里带走。可是,假如你订购一本最新出版的流行书籍,发现它被写在一吨重的砖头上,恐怕很难搬动吧。当然了,那样的事情没有发生过,因为阅读在当时并不流行,只有少数祭司和抄写员能读会写,而且书写的大部分主题都是宗教或者君主的功绩。

只有轻便、光滑、灵活的载体，才方便我们将想法誊写、复制和交换。文学需要这种载体。有一种材料，坚硬、轻便、容易处理，因此，它在文学传播过程中占有一席之地。它就是木头。英语的语言主体和结构继承自古代的撒克逊人。他们用山毛榉树（beech tree）做成木板，在上面写字——这正是我们手中这些装订在一起的薄纸片被命名为"book（书）"的源头。当你躺在山毛榉树下看书时，你也许想不到，头上那棵洒下一片荫凉的生机勃勃的植物，与手中那个散发出光辉的生机勃勃的事物的名字之间会有如此密切的关联。但是，现代德国人就能听出两个名字之间的相似之处：德语中的山毛榉树念"buche"，书本念"buck"。我们的祖先学会锯木头的那一天，是一个既可喜又可悲的日子。此后，他们便使用木板建造房屋、记事。记住，我们所说的祖先是指智慧的祖先，即北欧那些将事情记录在树上的人，以及埃及学校里使用木板做"书写板"的孩子。

早期的罗马人不仅用木板写字，还用树皮写字。他们把书称为"liber"，这个词的原意是树皮的内面。在所有源自拉丁语的现代语言中，这个词频繁出现在与书有关的词中：法语的书籍叫"livre"，意大利语和西班牙语的书籍叫"libro"，而英语的"library（图书馆）"也出自同一个词根。

树皮是书籍的根源。语言和文学的发展犹如一棵大树的成长。它是知识之树，亦是生命之树，以奇特而精彩的方式蓬勃生长至今。过去的历史以新的形式活在我们现代。你手里的纸张就是用木头纤维制成的，它在材质上与数千年前的先祖们写下原始文字时所用的木头一脉相承。你用来摆放这本书的家具叫"table（桌子）"，用来记笔记的那沓纸叫"tablet（写字板）"，因为拉丁语中的木板叫"tabula"。同一张桌子上也许还摆放了一本装满旧照片的"album（相册）"。为什么它叫这个名字？因为"album"的本意是"白色的"。古罗马的高级官员大祭司长承担着帝国秘书的职责，他们会将当年的大事写在一张白色的木板上。于是，我们用于收藏家族珍贵记录——褪色的老照片、压扁的干花之类——的本子，就叫作"album"了。

我们的生命之树、知识之树，是一棵奇迹之树。它是如此令人目眩神迷，我们不知该如何描绘。它从石头之中诞生，长成参天大树。它是雀鸟的栖身之所，而雀鸟为我们提供羽毛做笔；它亦是动物的庇护之处，而动物为我们提供皮革做纸。它是所有生灵的伴侣。在它的树荫下，是正在读书和思考的人类。

第二章
文学的起源

太初有道。①

——圣约翰

想象一下,有一摞堆得像世界上最高的建筑那么高的书,代表人类作为能够思考和说话的生灵在地球上生活过的许多个世纪,只有最顶上的一本——大概一两英寸厚吧——代表自从印刷机发明之后我们所认识的出版物;从顶上往下数三四本,代表着所有手写在羊皮纸或其他兽皮纸上的书本;再往下的五六本则是石头、泥土和木头书;接下来那几英寸厚的部分,是当今世上无人能懂的原始符号、标记和图案;剩余的一直到地面上的一大摞,是空白的,要么是因为从来没有人在那些"书"上写过,要么是因为它们上面的字迹早已褪去。

所以,我们想象中的书塔其实有很大一部分根本就没有书。即使那部分曾经有过什么文学作品,我们也无从知晓,只能猜测它们

---

① 出自《圣经·约翰福音》,全句是"太初有道,道与神同在,道就是神"。"道"在此处指言语。——译者注

可能存在过。不过，在那段空白塔身所代表的时期当中，人类仍然会以口头语言交流。人类首先学会说话，然后学会写字，这是一种合情合理的推测，因此，我们可以假设：在文学之前，存在着另一种文学。

文学中有一部分材料所承载的思想，在被写成文字前必定已经出现了很久。对此，我们可以发挥想象力，毕竟，要是没有想象力，很多文学作品根本不值得一读。我们想象一下：遥远的先祖居住在洞穴里，他们可能会围坐在篝火前讲故事，比如，遇到了什么动物，与隔壁部落战斗时有什么收获，各种关于森林与河流的神秘传说——我们现代所说的"神话"。谁能说得准呢？他们可能还会唱歌，将自己的智慧传授给孩子们，制定法律、部落风俗，创建宗教。

虽然这些推测没有确凿的证据，但它们建立的基础与我们建立信仰的基础一样坚实可靠。首先，我们发现的那些最早的故事和神话不但没有丝毫的"稚气"，而且发展完善、充满智慧，它们不可能在短时间内写成，必定经历过许多代人的积累。其次，当今世界的偏僻角落里仍然居住着一些人，过着与远古祖先一样的生活。我们把他们称作"野蛮人"——意思是住在树林里的人，把自己称作"文明人"——意思是住在城市里的人。我们以为自己比野蛮人优越许多，确实，我们比他们先进了一点点，可当研究者走进野蛮人的生活后，却发现他们拥有流传了无数代的传说与律法。就算野蛮人掌握了某种原始的书写技能，他们通过口口相传的智慧也比写下来的那些丰富得多。因此我们可以推测，我们的祖先也是类似的野蛮人，他们在发展出书写的艺术前，早就在思考和述说基本的文学理念。

虽然今天的原始人以及我们远古祖先的神话并不幼稚，而是构思精妙的"成熟"作品，但是年轻或者未开化的民族确实有点儿类似文明世界里被父母养育的孩童：都是在口头文学的熏陶下成长起来的。我们先是从母亲那里学会歌谣、摇篮曲、童话故事、良好行为的规范，然后才开始学习拼写任何超过三个字母的单词，学习阅读印刷在书页上的文字。我们对语言的最初认知，就像很多人一辈子对音乐知识都不甚了了的那种状态：喜欢听管弦乐和歌剧，偶尔唱唱歌、弹弹琴，但绝对不会像音乐家那样研习音乐。

母亲教孩子唱歌

口头语言是书面语言的基础。我们之所以能够超越其他动物，是因为会说话。在人类开始在树木和洞壁上刻画符号之前的许多年里，人们靠口头语言互相学习、教导孩童。由于没有记录工具，知识无法快速积累，每一代人都得一遍又一遍地重新学习上一代人的知识。我们只要想想人类学会书写之后，思想和语言的变化是多么迅速，就很容易理解这一点了。如今，未经特殊学习的人无法读懂12世纪的英文。假如那个时代的人在今天复活，我们将听不懂他们说的话。我们尽管与他们血脉相通，但会觉得他们是来自陌生国度的人。

不过，口头语言无论如何变化或消亡，都会将我们的基本人生理念口口相传，从父亲到儿子，从母亲到婴儿。它把许多美好的事物保存并流传下去。在肯塔基州和田纳西州的一些山民当中，流传着一些长诗，这些长诗是由他们的祖辈从英国带过去的古老民谣演变而成的。现代学者将部分长诗的口头版本记录下来，与印刷或者抄写的古老版本做比较，发现很多诗歌虽然已面目全非，但并没有因为历经了许多代人的记忆和传诵的漫长旅程而丧失精髓。我们这个时代的研究经验和方法，不但可以推测出过去可能发生的一些事情，还可以推测出即使是蒙昧时期也有可能活跃地进行着某种类似文学的活动。

在我们看来，无法读写似乎是可怕的障碍。但是很多个世纪以前，在欧洲的黑暗时期，受过教育的人相对较少，很多积极参与政治、战争和贸易活动的人连自己的名字都不会写。不会读写在那时候根本不是障碍，不会读写并不意味着愚昧无知。人们能说、能听，就能理解同伴的想法。

虽然读和写的价值再怎么强调都不为过，但是相比较而言，口语更重要。为了展示这一点，我们以天生失聪或者在幼年时失去听力的孩子为例：他们与鲜活的语言隔绝，在"沉默"的状态中长大成人，获得的知识比听力正常的文盲更少。大多数人在系统学习之前，都在不知不觉中接受了启蒙教育，但失聪儿童缺失了这一步。现在有些特殊学校专门为失聪孩子服务，它们的工作非常出色，不仅教这些有缺陷的孩子学会读和写，还教会他们说话——这是现代教育最美好的成就之一。不过，我们这本书不是讨论教育的专著，而是介绍关于文学的常识。我们在此处提及失聪孩子，只是为了说明口头语言如何起到启蒙的作用。

人类学会书写后，仍然说个不停。写下来的思想和说出来的思想相互影响，所以，受过教育的人，几乎无法分辨哪一方的贡献更大。至于思想是如何出现在世上，为什么出现，又是怎样从一个人的大脑传达到另一个人的大脑中，是永远讨论不完的问题。

在更广泛的"文学"范畴，我们每天写的字、说的话都是文学，尽管技巧可能不太高超。法国著名剧作家莫里哀曾经在一部名为《贵人迷》的戏剧中利用这一点进行幽默的讽刺。剧中的中产阶级绅士汝尔丹先生是一位善良、诚实的公民，致力于为自己和家人寻求良好的教育。当他的老师将散文和诗歌之间的差别告诉他时，他惊讶地意识到，自己一辈子都在无意识中说着散文。

我们得知自己一生都在说散文、说诗歌时，也许会感到惊讶。不过，我们如果把人类看成一个整体，而不是单独的个体，就会发现这种观点是正确的。人类在开始书写文学上的散文之前，也许已经在创作、朗读、背诵和书写诗歌。诗歌是较感性的语言，散文则是较理性的语言。人类在理智地思考之前，首先会感受到强烈的感情。最早的作家或诗人是牧师。他们将战歌、英雄故事和宗教信仰整理成形，好让民众记住。我们都觉得，背诵韵文比背诵散文容易。有韵律的字句仿佛能够粘在我们的头脑中，散文却总是左耳入、右耳出。此处，我们再次发现了个人的童年与文学的童年之间的关系：大多数孩子对声音和韵律的反应、嘴里说出的童言童语，都是诗人的水平。

所以我们可以说，在人类历史上，在个人的心灵中，文学的起源是诗歌。聪慧的诗人都保留着孩童的视角，他即使思考着数千个孩童无法理解的问题，也永远是一个最贴近生命本意的赤子。一些在许多个世纪前写成的诗歌，仍然能与现代出色的诗人的作品媲美。古代诗人更愿意向听众朗诵自己的韵文，而不是写给读者看。现代的诗歌也一样，我们想要充分体验它们的美感，必须用耳朵听。举个例子，莎士比亚的戏剧，是用来在剧院里念诵的台词，而不是写在书本里供人研究的。文学里的散文同样起源于口头演讲和朗诵。人们先听、后读，先说、后写。写下来的文字，仅仅是口头言语的延伸。"太初有道"，这是《圣经·约翰福音》中的第一篇第一句，适用于所有的创造。我们可以用它形容身兼思想者、演说者和写作者三重角色的人类。

第三章
神秘的东方文学

让东方和西方的微弱光辉，
如同生与死一般瞬间交融，
扩展成无边无际的白昼。

——丁尼生

  人类有超过五分之三、接近三分之二的人口居住在亚洲，而且这个比例在古时候可能更高。亚洲拥有文献记载中最古老但已经消亡的文明，当然还拥有占据大片领地并一直延续到今日的最古老文明。美国哲学家杜雷先生曾夸张地形容道："当中国人的祖先写下后辈都能看懂的智慧箴言时，我们的祖先还在树林里互相扔石斧呢。"

  毋庸置疑，这些可敬的民族有很多值得传授给我们的知识。但是，古代亚洲的各大民族中，只有居住在西亚的人曾经深刻地影响过我们的思想。他们将《旧约全书》传给我们的犹太人，还居住在非常靠近欧洲的地区，几乎可以被视为欧洲人了。直到近代之前，东亚和南亚的民族在我们的认知中还犹如另一个星球上的居民。18世纪前，旅行者和商人会将中国和印度的异域传说带到欧洲，但他们对布料、香料的兴趣更大于对文学思想的兴趣。至于日本，直到

19世纪中期，它在西方人的眼中仍然是一本未被翻阅的书。

远东这本古老的典籍至今未向我们开启，原因很简单：我们看不懂。翻译的工作才刚刚开始。我们更热衷于派士兵过去劫掠城市，而不是派学者过去借鉴思想。然而，我们也不能过度苛求自己。事实证明，那些肩负"白种人的使命"——教化异教徒的传教士们，随身携带着笔记本和字典。东亚的人民也向我们派遣博学多才的使者——他们精通政治、宗教和文学，并且掌握我们的语言，帮助我们了解他们的民族。几乎每一所欧洲和美国的大学里都有东方语言学教授。近年来，我们的诗人和文学家兴起一股潮流：到亚洲寻找灵感，通过翻译和改编的方式丰富我们的文学。

然而在这本书里，我们必须对一个荒唐的不公平现象感到愧疚：只用一个短短的篇章概括那四五个比我们更古老，可能也更睿智的民族。造成这种不公平的其中一个理由是缺乏了解，另一个理由则是与我们骨血相连的文学作品实在太多了。西方世界的思想变化如此迅速，以至于我们无暇顾及永恒的东方世界。结果，我们只能怀着坦率的求学心和虔诚的好奇心，对中亚、南亚和东亚进行一次浮光掠影式的探访，才不会违背中国古语中的一句教诲："知之为知之，不知为不知，是知也。"①

这句古语出自中国的圣人孔子。他生活在一个比耶稣基督早五百多年的时代，留下了许多智慧箴言。从很多方面来看，孔子与耶稣很相似。他是一位老师，向普罗大众传授知识。他用否定的句式陈述为人处世的黄金法则："己所不欲，勿施于人。"②他崇尚中庸，信奉冷静自省的力量，这两点与苏格拉底等希腊哲学家的思

---

① "知之为知之，不知为不知，是知也。"出自《论语》。——译者注
② "己所不欲，勿施于人。"出自《论语》。——译者注

想很相似。他为人谦虚，对自己倡导的谦逊之道身体力行，很少宣扬自己的功绩。后世对他推崇备至，更将他推上神坛。很多归在他名下的教化典籍都是他的学生和门徒写的，里面记录的内容当然都源自他的思想。

除了贤明温和的个人影响力，孔子的主要贡献还有收集和保存中国古代文献，包括历史传说、诗歌和道德信条。孔子的道德格言非常实用，相对于老子宣扬的那种与无穷的大自然和谐相处的玄妙之"道"，是一种通俗常识上的补充。这两位圣人及其弟子们，加上孔子的追随者孟子和老子的追随者庄子，主导了中国的教育，持续数千年之久。他们的思想至今仍然是无数人共同的思想核心。然而，除了孔子的少数格言，博大精深的中国文化很少被翻译成西方语言。但最近这段时间，人们对翻译中国抒情诗诗人作品的热情渐渐高涨。李白是其中最著名的一位，他生活在8世纪。若要用西方熟悉的诗人与他类比，他似乎是弗朗索瓦·维庸、奥马尔·海亚姆和海涅的合体：一位快乐而豪放的叛逆者。下面是小畑薰良翻译的一首李白的诗作：

> A lovely woman rolls up
> The delicate bamboo blind.
> She sits deep within,
> Twitching her moth eyebrows.
> Who may it be
> That grieves her heart?
> On her face one sees
> Only the wet traces of tears.

> 美人卷珠帘，
> 深坐颦蛾眉。
> 但见泪痕湿，
> 不知心恨谁。①

这首小诗仅仅表露了些许李白的仁爱与优雅风范。感兴趣的读者去看小畑薰良先生的译本吧，那是一本精致的小书，里面有很多亚瑟·威利写的注解，书名叫《寺庙》。任何人，只要去过博物馆，只要看过东方商品专卖店的橱窗，都会对中国的绘画和雕刻略有了解。西方人欣赏中国花瓶，如果只是用眼睛看就会产生欣赏障碍，而这种障碍不是由语言产生的。专家告诉我们，所有中国诗人所体现出来的精神，与那些精美绝伦的象牙雕刻、瓷器和丝绸非常相似（正如不同艺术之间的相连相通）。人与人之间心灵沟通的媒介有许多，文学只不过是其中之一。

近代以来，日本比中国更亲近西方世界。因此，我们如果非要不懂装懂的话，那么可以说对它的精神有所了解。但这种了解大部分通过精美的艺术品，而非文学。日本大量精致的版画、瓷器和屏风被出口到欧洲和美国，需求量大得迫使日本艺术家的追求向商业利益屈服。但日本的韵文没有受到影响，因为西方市场不需要它们，而且大部分诗作是在很久以前写下的。日本的古典文学是从中国借鉴而来的，就像现代欧洲的基本理念源自古希腊和古罗马一样。但日本的抒情诗，是根植于本土的原创。日本诗歌的黄金时代在8世纪，当时最重要的两位诗人是阿倍仲麻吕和山部赤人。日本抒情诗短小而充满隐喻，它对日本人以及学习日本文化的欧洲学者

---

① 这首诗是李白的《怨情》。——译者注

雷神（尾形光琳　绘）

具有强大的吸引力。面对这样的事实，我们只好凭信念接受，因为我所见过的日本诗歌英语译文，大多是琐碎平常的内容。这一定是翻译出了问题。此处，我们也许可以引用拉夫卡迪奥·赫恩[①]的一番话说明。他是最有切身体会、最能用英语来描写日本人生活的权威。他的话不仅对我们了解日本诗歌非常重要，而且对东西方之间的文化交流同样重要。"在我看来，"他说，"日本诗歌就是日本彩色版画的文字版，仅此而已。但是，那美妙的版画或简朴的小诗能在一瞬间勾起心灵与记忆中埋藏的感觉。"后来，他还在写给一位日本学生的信中提出一个有争议的观点："海涅、莎士比亚、卡尔德隆、彼特拉克、哈菲兹、萨迪，他们写下的伟大诗歌即使被翻译成另一种语言，也依然是伟大的诗作，因为它们在任何语言中都能触动情感、引发想象。但无法翻译的诗歌在世界文学的范畴内没有价值，甚至不能算是真正的诗歌。"对于我们来说，了解日本最有效的方法便是阅读拉夫卡迪奥·赫恩的著作，尤其是《骨董》《日本杂录》《日本神话集》这三本细腻优美的著作。此外，赫恩的翻译诗

[①] 拉夫卡迪奥·赫恩，日本小说家。他出生在希腊，后来旅居日本多年，娶日本女子为妻，入日本国籍，取日本名为"小泉八云"。此处引用他的话比较有说服力。——译者注

集《日本抒情诗》里也有不少佳作。

在我们看来，日本表面上已经变成一个半欧洲化的现代国家，似乎不算遥不可及。而印度，尽管屈服于欧洲的枪炮器械之下，但仍然慵懒地抗拒着欧洲思想的压力。不过印度教徒是欧洲人最早的表亲，是"雅利安人"或"印欧人"的分支。他们早在三千多年以前就已经创造了高度发达的文明，他们的宗教哲学比希腊古老得多，并且对希腊的思想贡献颇多。早在加利利海①的岸边响起温柔的召唤声之前，印度教的牧师就已经在宣扬凡人的兄弟之情和天神的父性了。

印度并不觉得西方的兄弟非常友好，自己内部也因为严苛的种姓制度或贵族世袭制而分裂，这可以说是历史的讽刺之一。印度教徒既未能将世界变成一个普天之下皆兄弟的世界，又未能在有生之年实现圣人们的崇高理想，但这种失败只不过是贵族的梦想破碎罢了，在这方面任何宗教——包括基督教在内——直到此刻都没有成功过。不过，他们的思想、理念被保留了下来，尽管可能不太流行。印度教徒是最早将自己的理念清楚而精彩地阐述出来的人，他们的文献得到了精心保护。在那些同样经历了漫长历史的民族中，印度教典籍遭到的改动和散失是最少的。印度教徒的思想通过一古一今两条路径流传到我们这里。所谓古路，就是印度教徒的思想通过希腊间接而模糊地影响、渗入我们的思想体系的路径。早期的希腊哲学家（典型的代表是毕达哥拉斯）从印度哲学家那里学到：智

---

① 传说耶稣曾在加利利海的岸边召唤他的四个使徒。——作者注

慧是静心沉思的果实；物质的背后有其内涵，即理念。这些思想成为柏拉图哲学的基础，从而贯穿于所有现代哲学之中，渗透到我们的灵魂里——无论我们是否意识到它的来源。印度有句谚语："精神寄寓在每一个人的心中，却并非每一个人都能意识到他的存在。"

　　印度教徒的思想传入西方世界文学的另一条路是现代的学术交流。在欧洲军队征服印度的同时，艺术研究者和爱好者们也在翻译印度文学，而印度的学者则到英语世界的大学去学习，并且积极地向欧洲介绍他们的国家，补充了前者的翻译成果。所以，现在的印度在西方人眼中几乎是一本完全敞开的书，只不过它是一本历经千年而写成的巨著，能够将它看完、看懂的人很少。布莱恩·布朗编撰了一本名为《印度教徒的智慧》的选集，为我们提供了精彩的简介。书中收录了《黎俱吠陀①》的格言与圣诗，这是最古老的印度宗教思想，是数百万印度教徒用来指导自己人生的信条，即使在并非信徒的西方人读来，也觉得充满了美感与理智。印度两大史诗《摩诃婆罗多》和《罗摩衍那》更有意思，字里行间充满了浪漫主义色彩和英勇的冒险。印度著名戏剧诗人迦梨陀娑的杰作《沙恭达罗》的英译本入选大受欢迎的"人人书库"②，说明人们对梵文③文学的兴趣越来越浓厚。而亚瑟·莱德的译文雅致而富有诗意，难怪歌德会如此喜爱这部诗剧。

　　在诸多印度思想家中，最有影响力的一位是佛教的奠基者——乔达摩。他生活在公元前600年左右，他的信徒最初只分布在印度（后来印度的佛教衰落了），后来遍布东亚和中亚，总数远远超过

---

① 黎俱吠陀：意思是"智慧诗篇"。——作者注
② 人人书库：是兰登书屋旗下的一个翻印经典文学著作的品牌。——译者注
③ 梵文是印度的古典语言，相传为佛教守护神梵天所造，因此称为梵文。——作者注

其他宗教。他是一位传道士，而非作家。他出现在我们这本书里，只因为他的教义早已渗透在亚洲的思想中，他和他的理念是一个庞大的文学体系的主旨。英语读者会发现，爱德温·阿诺德有一首曾经十分流行的诗歌《亚洲之光》，对佛的生活和信仰进行了生动的描写。西方学者还可以通过拉夫卡迪奥·赫恩的《佛家田园拾遗》的美妙文字，进一步感受佛教的精神。

有一套名为《东方圣典》的书收集了一系列原始佛教典籍的英译本。西方人对佛教的兴趣仅限于叔本华等哲学家和学者的圈子。由于基督教已经在西方得以确立，而基督教教义中包含的东方元素已经是西式思维能够吸收的极限，因此，佛教未能在西方民众的思想中留下太多印象。对于我们来说，佛教过于东方化了，这也许是一种损失吧。佛教认为所有痛苦的根源在于欲望，因此，摆脱痛苦的方法就是断绝所有欲望；还有，生命的终结是"Nirvana"，意思是遗忘或湮没①。这些信念基本上要求我们放弃人生，与更为积极主动的欧洲文化相违，因此无法被我们接受，除非我们的文明遭遇无可挽回的挫败——这是有可能发生的。但这些并不意味着佛教是怯懦的哲学，它同样崇尚勇敢，欣赏与悲观主义者叔本华、平静的乐观主义者爱默生截然不同的人，只可惜，那些接纳佛教思想者的著作的文学魅力仍然不足以将佛教的理念传入欧洲思想的深处。

类似地，基督教世界对亚洲的另一个宗教——伊斯兰教同样无动于衷。确实，欧洲各国与先知的追随者们出于宗教及其他原因一直在打仗，至今未消停。在7世纪初，穆罕默德及其后人率领阿拉伯军队横扫亚洲和非洲，以剑刃和口舌改变了那里的信仰。时至

---

① 此处作者对"Nirvana"这个词可能存在误解。但由于篇幅有限，他并没有展开细说，因此译者无法进一步理解他的意思。——译者注

今日，伊斯兰教的教徒已经超过两亿。伊斯兰教的圣经叫《古兰经》，里面记录着穆罕默德的教导，以及他一生中受到的启示。所有伊斯兰教徒都必须学习《古兰经》，这使《古兰经》成为世界上读者最多的典籍。卡莱尔对早期的《古兰经》英译本产生误解，认为它是一本乏味的杂乱语录……任何欧洲人若不是出于职责的要求，根本看不下去。但他认可书中的生活气息和诚实。"在我看来，"卡莱尔说，"无论任何时候都诚实相待，就是《古兰经》的美德。"卡莱尔在《英雄和英雄崇拜》中为穆罕默德写过一篇论文，以雄辩的事实公正地——或许有点儿过度地——评价了他的伟大功绩。在英语读者看来，这篇论文足以证明卡莱尔胸怀宽广，没有狭隘的地域偏见。后来，一个名叫J. M. 罗德维尔的人重新翻译了《古兰经》，应该比以前的英译本更准确。只不过，我们很多人连自己的《圣经》也没怎么刻苦学习过，所以不大可能花费太多时间读《古兰经》。无论如何，一本从十二个世纪前就开始指引无数人的典籍，在世界书籍里是重要的一员。

从文学和审美的角度来看，我们可以开心地放弃整本《古兰经》，改而阅读收集了数十个精彩故事的《一千零一夜》（又名《天方夜谭》）。虔诚的伊斯兰教徒可能认为这是不正确的价值观。《一千零一夜》最早是在18世纪被翻译成法语传入欧洲的，随后大受欢迎，从一个国家流传到另一个国家。

波斯浅浮雕
（来自穆尔加布的西罗墓）

在欧洲，阿拉丁与神灯、水手辛巴达、阿里巴巴与四十大盗的故事，和安徒生的童话一样，是各个年龄段的孩子们耳熟能详的故事。还有，巴格达的哈伦·拉希德——无论他在历史上的评价如何——是小说中的伟大君主之一。毫无疑问，充满神话和魔法的故事拥有迷倒全世界的魔力。书里还收集了其他角色的多种多样的故事，尽管它们不一定都符合现代的审美，但仍然充满了朴实而巧妙的趣味。那些古代故事家们更喜欢奇谈和冒险，而不是角色本身，但他们也塑造过一些幽默的角色，比如唠叨的剃头匠艾尔·萨梅特，就足以在任何喜剧小说里独挑大梁。在西方读者眼中——阿拉伯文学研究者也是这么认为的——《一千零一夜》中的许多故事汇聚在一起，成为波斯、埃及、印度等东方民族日常生活的写照。

在西方留下最广泛、最强烈印象的东方诗歌来自波斯。这也正常，因为，就连东亚的阿拉伯和土耳其等其他民族也认可波斯诗歌的霸主地位，它对欧洲从事翻译的艺术家和学者都具有吸引力。在繁多的东方诗歌中，英语读者最熟悉的波斯诗歌也许是奥马尔·海亚姆的《鲁拜集》，而爱德华·菲茨杰拉德的译本是一本英语经典——关于这一点我们暂且留到后面介绍19世纪英国诗歌的时候再说。10世纪，波斯有一位卓越的史诗诗人，他名叫费尔杜西。他创作了《王书》，意思是"诸王之书"，从波斯最早的历史一直记录到当时。那可真是一部鸿篇巨制，据说其中有很多精彩情节和奇文瑰句，可惜没有现成的易读英译本。《王书》有一点与世界上的其他英

用旧灯换新灯
（出自《一千零一夜》）

唯史诗不同：是唯一——除了葡萄牙诗人贾梅士的《葡国魂》——在作者生前就已经被认为是民族史诗的作品。马修·阿诺德以这部诗作——是原文而非英译文——其中的一个篇章为主题，创作了诗歌《苏赫拉布与鲁斯塔姆》，其中流露更多的是理性思考，而不是感情抒发。史诗的价值在于记录一个民族或者国家的传说，不一定要鼓吹狭隘的民族主义，但必须拥有世界级的水平，才能够既在自己的国家成为经典，又能突破时间和空间的界限而成为全人类的财富。相比史诗，诗歌的结构更加轻巧灵动，更容易被引用，因此流传得更广。在波斯诗人当中，除了已经被全部翻译和整理过的奥马尔的作品，还有两位诗人的作品是我们比较熟悉的：萨迪和哈菲兹。萨迪最著名的诗集是《果园》和《蔷薇园》，均有英译本。它们的主题是对哲学和道德的讨论与谏言，不会深奥到乏味的程度，但足够尖锐，透过英译本都能感受到其锋芒。爱德温·阿诺德深厚的文学功底使他翻译的部分《蔷薇园》大放光彩，使萨迪成为英语读者熟悉的诗人。

　　哈菲兹是萨迪的女婿。他不像岳父那么品德高尚，风格更偏向于奥马尔，甚至更活泼。他热爱酒、女人、诗歌和大自然，也不像奥马尔那样略带忧郁和悲观，更能享受人生的乐趣——至少有时候是的。

　　在本章结束前，我再说一次，对于像中国这样一个已经建立至少三千年、高度发展的文明来说，只花三分钟草草浏览，是一种违背时代精神的荒唐行为。赫伯特·翟理斯教授在他的著作《中国文学史》中，把我们的猜测继续往前推演，一直回到比公元前550年左右出生的孔子还要早许多个世纪的古代。可惜，那时候的古人写下的作品，无论多么睿智和优美，都未能对欧洲的思想产生多少影响。事实上，欧洲一直对它们毫不知情，直到现代学者开始去研究、翻译。中国的思想当中，无疑会有很多能与我们产生共鸣的精髓，但我们未能进一步去了解它。这也许是一个严重的错误。北京的市民啊，请微笑着容忍我们的无知吧，也许，你还可以用翟理斯教授那本著作的结语教导我们："没有错误，何来真理。"

第四章
犹太文学

> 正确理解《圣经》的第一步是要明白，《圣经》的语言流畅而不僵硬、灵活而不固定、文学而不科学。
>
> ——马修·阿诺德

在我们这本书里，《圣经》[①]被视为文学著作，和其他任何藏书一样，是用来阅读和享受的，要欣赏它的美丽、诗意、智慧、故事趣味和历史价值———一切广义上的文学作品能带来的愉悦。不用管《圣经》是不是上帝之言，不用管它是否从头到尾都是由"圣灵感召"[②]而成的（这是世上其他书籍都无法做到的），不用管我们的道德义务是否要求阅读它，并且将它看作唯一的真理，这些问题就留给神学家和各大犹太教堂、基督教堂吧。在这里，我们的兴趣

[①]《圣经》结构简述：整体可以集合成一整卷（本），里面包括许多篇；每篇包含若干章；每章里面的每一节（段落）都以"章号：节号"的格式编码，例如第二章第三节的编码为"2：3"；每节里面包括几句话。本章译文中《圣经》内部的各种译名，均参考和合本《圣经》。——译者注

[②] 圣灵感召：基督教认为，《圣经》的作者和编者受到圣灵感召，写下的都是上帝之言。——作者注

是文学,而非宗教。

不过,这里确实有一个单纯出于宗教原因的考量,一个无人可以否认、任何理智清醒的人都不愿意否认的事实:《圣经》的宗教价值高于它的其他价值。几个世纪以来,是忠实信徒发自内心的爱戴,是宗教老师孜孜不倦的钻研,将它送到无数人的眼前、耳中。《圣经》之所以能以多种语言广泛流传,并且获得许多学术上的关注,应归功于宗教的动机、传教士的热情,而非单纯的文学兴趣。在我们的先人当中,拥有文学感悟的人并不多,若非怀有虔诚的热情,《圣经》只会成为一本用于研究的书籍,就像印度圣典一样高高在上。不论我们承认与否,主要是宗教、信仰的力量将《圣经》里的字句融入我们日常生活的对话中,使它的重要故事、比喻和预言近乎世人皆知。当某位政治家提及哈米吉多顿①,稍有常识的人都会知道是什么意思,很少有人去查百科全书。最不信教的人也可能会在平常对话中或对或错地引用《箴言书》②中的名言,即使他完全不知道那句话的来源。

《圣经》会深深地根植于我们的思想和语言中,归因于历史和宗教,而非文学。虽然到了今天,人们阅读《圣经》时的信念确实不如旧日那么虔诚,但是美国圣经协会的记录显示,《圣经》每年新印的册数仍然相当可观,而且从日常闲谈中可以得知,美国几乎家家都有一本《圣经》。所以,人们对《圣经》的兴趣仍然很浓。

综上所述,我们必须承认,《圣经》的动力源自宗教。如果没有那种力量,它的大部分内容就不会被写下来,而大多数人可能根本没听说过它。不过,我们这本书完全可以略过所有的神学争论,

---

① 哈米吉多顿:《圣经》预言中的末日之战战场。——译者注
② 《箴言书》:《圣经》中的一篇。——译者注

重点关注《圣经》对欧洲语系民族的传统知识的重要性，免去纷争的干扰，寻找它多彩的光辉，正如蒲柏对美人胸口上的十字架所说的那样：

> 教徒也许可以亲吻，异教徒却只能欣赏。①

和过去每天都要阅读一章《圣经》的先辈们比起来，我们也许无法做到烂熟于心，但文学研究者和爱好者都认为，《圣经》理所当然是任何教育中必不可少的组成部分，既要像学习希罗多德或者吉本的历史书一样，研究它的历史部分，又要像欣赏莎士比亚和歌德的作品一样，享受它的文字之美。这种看法对文学和历史是有好处的，从广义上来看，对宗教也不会有什么损失。加利福尼亚州那样的大州，竟因为琐碎的宗派争执而将《圣经》拿到法庭上，作出将它移出公立学校教材的判决，实在是人类在高层次生活追求方面的不幸。任何人如果对《圣经》没有大概的认识，对它的基本情节没有足够的了解，以至于在对话或者文学中遇到相关引用时无法理解，那么他的精神生活必定疏远了他的民族，因此他无法欣赏本民族文学作品中的众多优美篇章。

《旧约全书》是希伯来文学和犹太教的基础，也是基督教的奠基石，并因此成为基督教国家文学的核心。在整个人类思想史中，我们再也找不到其他像它这样的典籍。很多国家和民族常常会接受邻国所信奉的宗教，并由此接受相关的文学作品。举个例子，佛教兴起于印度，繁盛于中国和其他东方邻国，在印度本土反而衰落了。希腊、罗马和北欧的所有古老宗教，都臣服于基督教。《旧约

---

① 出自亚历山大·蒲柏的叙事诗《夺发记》。——译者注

全书》拥有一个独一无二的优势：它是两个宗教的根源和躯干。那两个宗教后来各自独立。在《旧约全书》的结尾，犹太教徒与基督教徒分道扬镳。从那以后，他们尽管有相同的渊源，却互相为敌。人类思想史真是一段神奇而有趣的历史，值得人深思。

至此，让我们给犹太文学写一段简单而不够全面的注释吧。当基督教徒带着《新约全书》与犹太人走上不同的方向时，《新约全书》就成为基督教《圣经》的第二部分和补充；类似地，《律法书》成为犹太教《圣经》的第二部分和补充。《律法书》收集法律条文，加上了历代法学教士的注释。据说，那些条文最早从摩西时代开始，口口相传下来，被正统犹太人奉为圣物，直至今天。事实上，欧洲的犹太人为了维护自己的宗教和民族完整，与异教徒不断地斗争，因此执着于自己的传统律法，并且花费大量精力去研究和学习它。《律法书》控制着一个兴旺民族的无数成员的生活，体现了他们当中最睿智的思想，因此，它是世界上最伟大的典籍之一。但是，由于犹太文化的孤立性，《律法书》对周边文化几乎没有影响，所以，非犹太教的读者可能从来没有读过它。它的英译本有二十卷，相关的书籍简直可以填满一个大图书馆。它的部分箴言可能已经在偶然间被传入异教的文学当中，常常会出现在一些涉及犹太人角色的小说里。

《旧约全书》一共三十九篇，如果不计《撒母耳记》《列王纪》《历代志》，就是三十六篇。至于为什么这几篇能被奉为《旧约全书》的正经，而其他某些篇章被视为不具权威性的次经，那是

《律法书》

神学家和历史学家的判断。从文学的角度来看，朱迪斯的故事和《德训篇》里的智慧一样有趣，不论它们是否属于《圣经》正经。

公认的《旧约全书》可以分成三类：法律书、先知书以及像《路得记》和《约伯记》那样内容丰富多样的文集。这种分类的依据是主题，可是，除了法律书《摩西五经》是前五篇，其他各篇的先后顺序与其类别并没有严格的对应关系。举个例子，《路得记》排在《士师记》后面，《雅歌》排在《以赛亚书》之前。它们的排列顺序与写成的顺序也不相符。这是一个很复杂的问题，学者之间无法达成一致意见。不过，对于普通读者来说，这个顺序和分类的问题大概不是最重要的事情。他们可以把每一篇都当作独立的故事，就像莎士比亚的戏剧或者狄更斯的小说一样。况且，《圣经》本来就是许多作家共同创作的成果，是一个集合体，分别对待可能更合适。

其实，《圣经》更现实的问题在于它的实体。它常常会被集合成一卷出版，结果要么是厚重到难以捧在手里，要么是小巧到难以看清字体。牛津大学出版社用印度纸①印刷的漂亮版本完美地解决了这个问题。而艾尔与斯伯迪斯伍德出版社则将它分成四卷出版，这一版本不论对双手还是双眼都是舒适的选择。理查德·莫尔顿教授将他的《现代读者的圣经》分成二十一卷，但也有合成一卷的版本。原来的《圣经》给句子编码分节，使人读起来常常觉得别扭和零散，影响了圣经散文的庄严感。莫尔顿将句子按照或紧或松的逻辑关系重新组合，这种改编对于传统读者来说无疑显得别扭而讨厌，但读起来确实流畅而连贯。

---

① 印度纸：因轻薄、坚韧而闻名，由于常常被用于印刷《圣经》，又称"圣经纸"。——作者注

无论《圣经》各篇的排列顺序的历史原因是什么，我们都不需要按照其顺序阅读。里面的内容并非全都趣味盎然，所以我们完全可以略过那些较为沉闷的段落——例如无聊的族谱和枯燥的牧师律例——投入精彩壮丽的故事与诗歌当中。虽然每一页对于虔诚信徒来说都很宝贵，但很多读者会觉得，某些插曲、情节、传记、抒情诗和预言诗能让人心情振奋，而另一些对于人类历史和宗教至关重要的内容却晦涩、沉闷和难懂。

晦涩往往是因为简短。这些篇章里浓缩了大量的内容，我们至今无法解释为什么写下它们的作者要抑制对现有文字进行大幅扩充和润色的诱惑。也许他们知道，语焉不详、带有暗示的句子更有价值；也许他们由于互相妒忌而不愿意接纳别人的改动。

《创世记》的前四章就是以短小篇幅记录大量内容并且包含许多暗示的惊人例子。按照描述，亚当在第五章第四句已死。在那之前的几页纸里，包含了创世、伊甸园、亚当和夏娃、该隐和亚伯的全部故事。《创世记》的其余部分讲述了挪亚的一生、亚伯拉罕和以撒、雅各、约瑟和他的兄弟们，以及很多其他内容。整个《创世记》，比现代短篇小说还要精悍。既是虔诚的宗教信徒，又是文学艺术巨匠的托尔斯泰说过，约瑟故事的叙事手法完美无缺。这也许是因为，约瑟这个角色活灵活现、情感丰富、敢于冒险。而他那些从亚当开始的先辈们，越是久远，越是神秘莫测。后世的人们即使再怎么想象，也可能无法为约瑟的故事增添任何趣味。这个故事本身已经成为测试文学完美程度

该隐

的标杆。举个例子，后来曾有一位名叫弥尔顿的诗人对创世和人类堕落的模糊故事进行了扩充，我们并不是说这些故事有什么不妥之处，而是说它们的隐晦为各种诗意的解读留下了无穷的发挥空间。

《旧约全书》的第二篇《出埃及记》是摩西传记的第一部分，或者按照传统的说法，是摩西自传的第一部分。这个传记贯穿《利未记》《民数记》，直到《摩西五经》[①]的最后一本《申命记》，概括了以色列的历史。这是一个伟大领袖率领整个民族迁移并且重建家园的英雄史诗传奇。摩西或是自发或是被动地制定了许多犹太法律，其中有些条文仅仅是在为种族或者地区利益考虑，但少数内容——例如《十诫》——已经融入现代人的信仰与习惯之中。不过，那些琐碎和过时的法律并不难读懂，而且字里行间充满诗意。在此，我们应该为《圣经》的诗歌艺术性说几句。

由于这本书的篇幅有限，我们无法依次将《圣经》的所有篇目全部讨论完，况且我们的目的远非学术解读或科学考究。不过，我们也许可以做一些非正式的评论，回顾一下《圣经》中某些格外精彩的篇章。

摩西的继承者约书亚由于三个杰出的功绩脱颖而出：他率领以色列人民滴水不沾地横渡约旦河，用号角和喊叫夺下耶利哥城，令太阳和月亮停留不动。《约书亚记》将英雄的功勋和民族的历史与神话、宗教交融，本身就是一篇史诗。而且，它还带有一点儿浪漫主义色彩，可供小说家、戏剧家作为题材，比如喇合的故事。喇合背叛了自己的城市，投靠约书亚，因此得到豁免，而其他市民都遭到屠杀。要知道，约书亚是一位冷酷无情的将军，是克伦威尔[②]等

[①] 《摩西五经》包括前面已经讨论过的《创世记》。——作者注
[②] 克伦威尔，英国政治家、军事家、宗教领袖。——译者注

诸多虔诚信徒兼谋杀者的先驱。

约书亚征服的土地虽然没有亚历山大征服的土地那么广阔，但是都与犹太人的历史有关联，正如亚历山大征服的土地与希腊有历史渊源一样。可是，两者之间有一点不同：亚历山大的征服历史相当清楚明晰，而被以色列人归功于约书亚的某些胜利似乎是在他追随父辈长眠地下之后才发生的。不过，那是历史学家的问题，无论答案如何，都不会影响这篇宏大叙事诗的文学价值。无论是谁，要是想以科学的态度争论它在宇宙范畴的影响力，都是一种对文学非常不科学的态度。

接下来的一篇是《士师记》。开篇不久，《圣经》女英雄之一底波拉便出场了。她虽然不如圣女贞德①那么出名，但同样光彩夺目。她鼓励巴拉率领人民取得胜利，之后又和巴拉一起颂唱了一首欢庆和赞美的二重唱诗歌。据说，这是最古老的希伯来诗歌之一，其中包括一句被后世很多胜利者或者祈求胜利的人引用的精彩诗句"众星从其轨道攻击"，后面跟上他们敌人的名字即可。

《士师记》还讲了参孙的精彩故事。他和赫拉克勒斯一样，是传说中的超级英雄。他为了复仇而自我牺牲的事迹成为悲剧故事的顶峰。以这个故事为题材创作的诗歌当中，最出色的是弥尔顿的《力士参孙》。法国作曲家圣-桑也在一部歌剧中有效地运用这个主题设计出庄重而连贯的情节，使这部歌剧成为现代

参孙

---

① 圣女贞德，法国民族女英雄。——译者注

歌剧的杰出典范。也许我们过于强调《圣经》中的故事部分了，但这种偏重有充分的理由。正如罗伯特·路易斯·斯蒂文森指出的，叙事是文学的"经典体裁"。任何人，几乎在任何场合中，都很愿意听故事，而对论证或者解析难以集中精力倾听。希伯来作家们与其他所有民族的作家一样，将许多智慧灌注在故事中，好让它们牢牢地被世人记住。《圣经》里的故事主要分为两类：一类用来记录历史事件，另一类通过寓言和比喻宣扬道德。《旧约全书》和《新约全书》都是如此。《新约全书》的主题是耶稣的传记，耶稣经常讲寓言——这是他最喜欢的训诫方式。

《士师记》的下一篇是短小而精彩的《路得记》，它只有四个短章，总共不到一百节。据说这个短篇故事十分重要，因为它暗示了早期犹太部落中的女性地位。无论这个说法是否准确，对于大部分读者来说，《路得记》含有一种深沉的伤感，以一种难以言喻的感情力量揭示了两位女子的心理。故事的结局，两位女子的人生都很圆满，这在人类的经验中是难得的美好，在《旧约全书》的所有文学作品中更是独一无二的，毕竟，现实世界的规则是男人和女人都负有重担。面对如此幸福的结局，就连最愤世嫉俗的批评者也会感到欣喜。将这个故事传遍世界的动力是乡愁——一种几乎人人都品味过的情感。济慈在他的《夜莺颂》中，将这种美丽的哀愁浓缩在三行诗里，与《圣经》中原来的故事一样，令我们所有人都相信了一种奇迹——文字的奇迹：

当路得思念家乡时，
她站在异邦的麦田中落泪，
同一首歌或许也曾荡漾在她忧伤的心中。

第一部分　古代文学

后面四篇是国王的传记，又被分成两篇《撒母耳记》和两篇《列王纪》，记录了犹太王国最辉煌时期的故事。按照愤愤不平的先知们的说法，以色列人追随伟大的领袖取得胜利后，被胜利冲昏了头脑，忘记了神，因此受到严厉的惩罚，被挫败、被俘虏。这四篇是华丽的史诗，结构牢固而庄严，犹如宏伟的拱门。创作这些诗篇的作者当中，必定至少有一位诗歌巨匠，也可能有很多位，因为史诗伴随历史发展而成，也许不是某一个人写成的。

路得：她站在异邦的麦田中落泪

我们来看看这些故事是如何发展的吧。撒母耳虔诚而英勇，他抵御外敌，平定内乱。但是，他年纪大了，他的儿子们软弱而堕落。悲剧角色扫罗随后出场，他能力不足，最终受到屈辱和唾弃。他的儿子乔纳森是一位勇敢的战士，心地善良，后来成为其君主的知心好友，但他的能力和年纪都不足以号令以色列人。所有这些描述，都是在为大卫的登场做铺垫。大卫是《旧约全书》中最重要的人物，身兼将军与诗人，机智而贤明，以高超的技艺创造了杀死歌利亚的奇迹。

很容易理解，《圣经》的作者们为什么要把大卫写成耶稣的祖先。无论真实族谱如何，文学和精神方面的继承脉络十分明晰。新国王、新英雄必须是最勇敢的先王的血脉。大卫是新王室的缔造者，耶稣是新天堂王国的奠基者，或者说是古老王国的重振者。大卫身披紫金袍，耶稣赤脚行于世；大卫血腥战沙场，耶稣温和不反抗；大卫犯下通奸罪，耶稣一生无瑕疵。这些对比也许会给我们对宗教的理解造成迷惑，但是作为人类的故事，它们完全符合情理，没有一丝违和。在真实性方面,大卫甚至比约瑟更显得有血有肉,远胜于略微阴暗的扫罗。他与所有史诗英雄一样,被笼罩在神秘的面纱下,被赋予优于常人的能力。但我们仿佛认识他,理解他的热情、悲伤、愤怒,他的容忍和爱意,他的超凡意志力和再寻常不过的弱点。他的形象与《伊利亚特》①中的阿喀琉斯非常相似。《圣经》中有些故事会令人感到困惑、不明所以,但大卫的传记是传世杰作。

　　大卫的儿子所罗门睿智且品德高尚,其传记同样精彩深刻。所罗门散发着耀眼的光辉,他是以色列王国最富庶、最辽阔时期的伟大英雄。作者们不吝笔墨地大肆描写这位国王堆金叠玉的财富,字里行间却渗透着悲伤,因为以色列随后就坠入了黑暗的深渊。当记录者回顾这段犹太人的繁盛时期时,笔端流露出的遗憾再明显不过。不仅如此,所罗门这个传奇人物的性格,就如现实中的人们一样,有矛盾之处。他很聪明,流传于世的格言有十分之九出自他手,后来归在他名下的箴言不计其数。即使不算这些,他也可以说是智慧的典范。然而与此同时,他也很愚蠢,至少在年老时是这样的,因为他受到女人的蛊惑而陷入偶像崇拜②,将一个有缺陷的王国留给后世。他

大卫

---

① 《伊利亚特》:相传是由盲诗人荷马所作的史诗,主要内容是叙述希腊人远征特洛伊城的故事。——作者注
② 《圣经》的作者,不论犹太人还是基督教徒,都喜欢将世上的灾祸归咎到女人的头上。——作者注

的直系继承人的能力比不上他自己和他父亲大卫的能力。

伴随着当时王国的衰落而出场的，是最暴躁的先知以利亚及其门徒以利沙。他们创造了奇迹，时而像当年的摩西一样分开约旦河水，时而像救世主弥赛亚一样复活死者、增加寡妇的食物。但他俩都不是非常受人喜爱的角色。由于未能成功劝导人们坚守信仰，他们变得睚眦必报。对偏离正道的国王进行惩罚是可以理解的做法，但是，仅仅因为四十个孩子嘲笑以利沙就对他们进行血腥屠杀——如果这些描述不是比喻的话——真是惨无人道。希伯来的历史学家显然没有试图美化或者解释历史人物犯下的错误，即使对方是英雄或者先知。正因为如此，他们写下的散文才会拥有巨大的感染力。他们必须记录的历史确实是痛苦的悲剧，除了两三位像希西家和约西亚那样的明君，大多数君王一代不如一代。耶路撒冷陷落在巴比伦国王尼布甲尼撒二世的手中后，犹太人遭到囚禁和流放。以色列的黄金时代终结了。

《历代志》上下两篇记录了前面各篇中平行发生的事件，接下来的两篇是《以斯拉记》和《尼希米记》，叙述犹太人从巴比伦返回并且重建耶路撒冷的历史。这两篇本该和《以斯得拉书》——《以斯拉记》的另一种形式——放在一起阅读，但是出于一些复杂得难以解释的原因，它们之间的逻辑关系被扯断了，《以斯得拉书》归入次经。经历了灾难和昏君后，这些篇章读起来相当令人振奋。尼希米和以斯拉是建造者，他们建造的都称得上是大规模工程。尼希米重建了耶路撒冷城的实体，而以斯拉公认的功绩是通过重写失落的法律而重建了耶路撒冷城的精神。他领着五位书记官在四十天内写完了两百零四本书，无论这事是否属实，都是书籍历史上最美好的故事。

让我们重申一次：任何文献在史实以及宗教意义方面的问题，

都是神学家与历史学家们的事情。我们的兴趣在于广泛意义上的文学品质。我们虽然无法将不同方面的兴趣完全割离，但可以有所侧重。我们当然有理由充分肯定《以斯帖记》的文学价值，它也许可以被视为早期的历史传奇类作品——这里没有任何冒犯的意思。对于犹太人，以及几乎将希伯来《旧约全书》全盘接受的基督教徒来说，《以斯帖记》很神圣，因为它赞扬了一位嫁给波斯国王的犹太王后的智慧与美貌。以斯帖和养父末底改粉碎了奸臣哈曼的阴谋，使犹太人免遭毁灭。为了纪念这一功绩，犹太人至今仍然庆祝普林节。这个故事无论是神圣的还是"亵渎"（此处指的就是这个词的本义）的，都是动人心魄的。围绕一位漂亮、聪慧女子展开的夺命阴谋与反击计划，绝对是丰富多彩的传奇素材。《以斯帖记》的叙事手法直接而简扼，不论是出于文学艺术的需要，还是无意而为之，它确实简扼到——用那句熟悉的话来形容——"留下了许多想象的空间"。

《以斯帖记》有一个姐妹篇：《朱迪斯记》。在希腊文和拉丁文版本的《圣经》中，它被排在《以斯帖记》之前，但是在英语的新教《圣经》中，它归入了次经。我们这些纯粹的文学爱好者完全可以紧跟女士们的步伐，尤其是这场冒险简单到只需要从一本书换到另一本书。但朱迪斯的冒险并不简单，刺激而惊悚。她魅惑赫罗弗尼斯，并且趁他醉酒的时候割下其头颅，全过程构成了一个引人入胜的故事。虽然"小说"这种文学体裁是现代才出现的，但描述阴谋和人物的叙事散文古已有之。

《圣经》中最具感染力的戏剧性叙事散文是《约伯记》，其中的人物与环境对抗，与邪恶、灾祸对抗，并且最终因坚定不移的耐心和信任获得救赎。那真是一场以人类、魔鬼与上帝为主角的大戏。而且，在我们看到的这个版本之前，历史上可能有过一个更恢宏的戏剧版本。这个早期版本是由已故的莫里斯·杰斯特罗发现或者推测出来的。《圣经》学者们孜孜不倦地钻研并不在我们这本书的考量范围内，但杰斯特罗的想法大大增加了《约伯记》的戏剧性。他认为约伯原本与撒旦、路西法或者普罗米修斯一样，是可怕的天国叛徒，而且不论遭受多少磨难，都不肯降服。他的背叛是如此亵渎神明、离经叛道，以至于后世的抄写员对这个故事进行了柔化，把他的人设改写成虽然一直经受苦难，但依然坚守信仰，最终获得奖励，幸福地度过晚年。

无论这种解读的历史基础如何，《约伯记》的诗歌和人文价值显而易见。如今我们看到的故事是逐渐往传统的幸福结局发展的：约伯获得了财富和更多的儿女，补偿他在试炼初期被夺走的孩子们。可是这种补偿，不论是在人性还是戏剧性方面，都是一种软弱无力的手段。孩子——七个儿子和三个"漂亮"的女儿——并非绵羊、骆驼、牛和驴，不是数量多就可以补偿的。父母会怀念最早被夺走的那些孩子。当现有版本的这场戏剧落下帷幕时，人们会觉得它的结尾太过于追求圆满。不过将它拆开来看，里面的诗歌一篇接着一篇，直到最后一章，随便翻开一页，你几乎都能找到一个金句。

现在，当我们离开《约伯记》去读《诗篇》时，应该对《圣经》中的诗歌说几句话。会说希伯来语的人告诉我们，原文的美感是无法在另一种语言中体现出来的。他们也许说得对，因为任何尝试过将一种语言翻译成另一种语言的人都知道，诗歌如同奇异的液体，在不同形状和质地的盛具之间传递时，必定会有泼洒。但我们有理由相信——许多以希伯来语为母语或者第二母语的学者也相信——继承了英文版《圣经》的我们非常幸运，我们虽然因无法阅读希伯来语版本的《圣经》而有所损失，但因身为以英语为母语的民族而得到许多收获。

我们只要回顾一下《圣经》流传到我们手中的过程，就能明显地看出我们为何会有这些收获。《旧约全书》是用希伯来语和另一种闪语族分支——阿拉米语——写成的。公元前的某个时期，它被翻译成希腊语，名为"Septuagint"，源自拉丁语的数字"七十"，按照传统理解，翻译工作是由七十位学者完成的。它还有拉丁语版本：杰罗姆在4世纪时完成的拉丁文译本被称为"Vulgate"，意思是"被出版的"或者"广泛流通的"。经过修订后，这个译本成为罗马天主教教堂里的官方版本。17世纪前，《圣经》有好几个英译本，既有完全翻译，又有部分翻译，其中最重要的是16世纪时的威廉·廷代尔的译本。廷代尔是一位杰出的学者，精通希伯来语、希腊语和拉丁语，还是著名的英语作家，写作风格庄重而又亲民。他的个性至今仍然鲜活地体现在现今英文版《圣经》的字里行间，而《圣经》当然影响了现代所有英语作品，即使语调或者题材似乎与之相差甚远的作品也不例外。所以，他是实至名归的英语散文之父。

到了17世纪初期，在詹姆斯国王的命令（或者说批准）下，官方进行了《圣经》的翻译，群策群力，制作出一个丰富多彩、富有诗意的散文版《圣经》。当时很多虔诚的英国人都相信，主对这个项目特别眷顾。众多来自大学和英语教堂的最优秀学者都投入到这项工作中，精诚合作。他们掌握了以前所有语言、所有版本的《圣经》，因而能够运用全部古老语言的资源。他们对希伯来语、希腊语和拉丁语的词汇和韵律深有体会，因此能够在不破坏原本结构和特点的前提下扩充英语的语言。

时机已经成熟。英语这门语言正处于恰当的阶段，为了翻译充满诗歌艺术和响亮预言的篇章而向前发展。因为，当时正是诗歌的伟大时代，是莎士比亚的时代。那时候的散文灵活而庄重，自由而稳固，尚未像后来的18世纪那样受到现实主义的约束。在伊丽莎白和詹姆斯的宽松时期，几乎每一位散文大师都在用圣经式英语写作，或者反过来说，每一个《圣经》译者都在用伊丽莎白式英语写作。

因此，即使希伯来语或者希腊语、拉丁语的某些美感和意境未能体现在英语版本中，我们也十分确信钦定版英语《圣经》拥有其独一无二的优点。事实上，有好几位同时熟悉古代版和现代版《圣经》的学识渊博的批评家曾大胆地宣布：在所有版本当中，我们的《圣经》是一部文学杰作。

让我们再一次强调"文学"这个词吧，我们并不担心准确性问题，因为19世纪的英国、美国学者们所给出的修订版无疑已经解决这个问题。很多并非守旧派的读者其实更喜欢"钦定版"中的某些措辞，而不是"修订版"。比如，"信念、希望与慈爱"是一串优美的词语，不能简单地用跳动的单音节词"信念、希望与爱"代替。修订者们说，诗篇作者想表达的不是"我要弹着琴对你唱歌"，而是"我要对你弹琴"。也许是吧，可是，诗人确实在弹着竖琴唱歌，"唱"就是要继续歌唱下去，胜过过去与现在的所有学术权威。

我建议，将英文版《圣经》里的所有重要篇章与法文版（甚至路德喜欢的德文版）的相应篇章进行对比。我虽然是个美国人，但提出这个建议并非出于民族主义，也不是因为自己只熟悉一种语言而导致认知受到局限。我只想提出建议，不是要争论。

英语天才们虽然对希伯来语天才们的精彩作品做过一些修饰或者改写，但并没有严重削弱或者错解原版的精神。而且，正如《圣经》不止一次告诉我们的：重要的是精神，而非文字。译者们出色地完成了任务。《旧约全书》的核心诗篇《约伯记》《诗篇》《箴言书》《传道书》《雅歌》有大量华丽的句子。它们犹如盛满蜂蜜的蜂巢，充满比喻，文字的旋律——不论译文是否准确——如同精选的银器一般美妙。

"我的良人哪，求你快来，如羚羊或小鹿在香草山上。"《雅歌》在这优美的旋律中结束。让我们翻开下一页，来到一长串严肃的先知书中的第一篇：《以赛亚书》。虽然先知书里的字句抒情，但其内容很少讨人喜欢。以赛亚当然并非第一位先知。预言最早开始于摩西，随后的先知们代代相传，至少传到了以利亚。而以利亚的衣钵似乎不仅传给了以利沙，还传给了后来以色列的每一位预言者。那是暗黑的衣钵，将阴暗与信仰奇特地交织在一起。先知们最擅长义正词严地谴责人民的罪行，一边威胁要对他们降下神罚（其实他们已经受过很多惩罚），一边劝诫他们要信神。不论先知们是忧郁、厌世，还是充满热情和崇拜，先知们总是充满诗意的。神赐的预言能力意味着能言善辩，而发布预言似乎要遵循某种传统的格式，因此先知们需要在某个文学学院里跟老师学习。有时候，这种格式明显与现代任何一位成熟诗人的作品一样从容、自我。举个例子，《以赛亚书》各章开头的那些令人难忘的句子"唉！古实河外翅膀喇喇响声之地""论海旁旷野的默示""论异象谷的默示"①，多么动听啊！不论原文如何，它们都不可能是偶然之作，必定出自文学修养很高的诗人之手。

这种特性以及很多其他特性，适用于所有先知书。但是，即使我们这本书只是一次简略的调查，我们也必须记住，在《圣经》各个不同的篇章背后，是一个个独立的人，他们之间或多或少都有差异，虽然他们的作品后来都经过牧师的修改，但他们的个性仍然留存。尽管在我们的英文版《圣经》中，原本各有特点的先知书全部

---

① 分别出自《以赛亚书》第18章、第21章、第22章。——作者注

被修整成统一的风格,但作者的个性差异并没有被抹杀掉。

以赛亚,最高贵的先知,既是审判官又是抚慰者。他谴责奸邪,赞颂永恒耶和华的力量以拯救耶路撒冷,并最终见到弥赛亚的异象。他性格严苛但又满怀希望,形成感情上的强烈对比。《以赛亚书》的结尾犹如一段逐渐增强的交响乐般雄浑。有些学者相信,以赛亚身上的矛盾说明作者不止一人,并且用许多有效的证据证明他们的观点。我们就让他们争论去吧。从艺术的角度来看,没理由不允许才华横溢的诗人感受并且表达多种多样的情绪。如果说,很久以前的犹太编辑和抄写员们是用许多原本互不相干的材料拼凑成了以赛亚,那么,他们的技巧真是非常高超,创造了《旧约全书》当中最精致的一件作品。

四大先知中的第二位是耶利米,他虽然不如以赛亚那么威严,但同样热情,也有独特的辩才。他从犹太人遭到囚禁前(那正是犹太历史上最黑暗的时期)开始发声。耶路撒冷陷落后,他遭到囚禁和流放,导致他悲观厌世。据说,他创作了《耶利米哀歌》,那浓浓的哀伤令我们深切地体会到了"jeremiad(悲叹)"这个词的意思。不过,《耶利米书》中所描述的悲观情绪,并没有《耶利米哀歌》那么浓重。这位先知并不是单纯地怨天尤人,还起身反抗腐坏的国家,反抗在书记官的手中沦落到只剩空洞形式的宗教。那场起义中诞生了一个精彩的理念:即使国家衰亡,国家与民族所信奉的耶和华之间的联系断绝,仍然有一种更加牢固的力量留存世间,那就是,神与个人之间的联系。这一理念成为文学上全新的发展方向,直接促成了《新约全书》的诞生。"(耶和华说)我必将你们从一城取一人,从一族取两人。"[1]新的契约是神与信徒之间订立

---

[1] 出自《耶利米书》第3章。——作者注

的。这个理念至今仍然是千百万人信仰的基石。而它的创始人,忧郁的耶利米,就这样成了先知。这位精力充沛、性格暴烈、将隐喻当作武器的男子,原来是一个最大的梦想家。紧跟在《耶利米书》后面的那篇忧郁动人的《耶利米哀歌》,其实并非他的遗言。耶利米真正的遗言将会在保罗的《罗马书》中再度出现。

第三位先知以西结也是一位梦想家,喜欢异象和寓言。《以西结书》中有很多构思精巧的比喻。寓言一直是传达宗教理念最常用的载体。以西结是寓言艺术大师,也是启示文学的先驱。"启示"的意思是揭示隐藏的含义,其中最典型的例子就是《新约全书》的终篇《启示录》。在真正的诗人手中,启示文学非常有效。以西结用一棵树枝折断的腐朽雪松代表埃及的堕落国王,这比宣称法老其实始终都是由凡人假扮的做法更具悲剧色彩。一件事物被伪装成(不是主动伪装成)另一件事物时,反而能留下更深刻的印象。这是诗歌艺术的本性,是想象能力的本性。不过,以西结并没有将所有的思想都隐藏在神秘的车轮和烟雾之后。他也可以卸下重重伪装,像耶利米一样用直白的语言表达鞭笞式的指责和道德训诫。从总体上来说,他是先知中思想最复杂、见解最独特的一位。

四大先知中的第四位但以理,最爱冒险,也最受欢迎。基督教徒和犹太人当中起名叫丹尼尔①的男孩数量,比所有叫耶利米、以西结、何西阿的男孩加起来的数量都要多,与叫大卫、约瑟或者塞缪尔②的男孩数量至少旗鼓相当。《但以理书》虽然篇幅短小,

---

① "丹尼尔"和"但以理"的原文都是Daniel,但是在和合本《圣经》中Daniel被译为"但以理"。——译者注
② "塞缪尔"和"撒母耳"的原文都是Samuel,但是在和合本《圣经》中Samuel被译为"撒母耳"。——译者注

第一部分 古代文学

但记录了很多故事。至于这些事情究竟是发生在犹太人被囚禁期间的一位巴比伦居民身上，还是发生在尼布甲尼撒二世化为尘土数百年后的某位作家的想象中，我们就不需要太过较真地考究了。这一篇的目的是安抚并鼓舞犹太民族，并且用非常简单的方式达到这个目的。但以理是一位先知，能够解读异教法师无法解释的梦境。凭借这种天赋，他成为异国的朝中权臣。他被投进狮子的巢穴，身上却没有受到任何伤害。他的三位好友被扔进烈焰熔炉，同样完好无损。这种夸张的情节是为了展示犹太先知的卓越能力和神的力量，说明两者能够将犹太民族从敌人的手中拯救出来。以西结的异象复杂难懂，但以理的异象却像童书那么清楚明了。他用单纯、直白的方式解释自己和国王的梦境，除了国王及其手下的职业预言家，每一个人都能看懂。但以理就像是第二个约瑟，他们两人都凭着自己的智慧和神的爱护在异国朝廷中获取了高位。

接下来一直到《旧约全书》结束，是十二篇小先知书，篇幅很短，毫无趣味，因为书中大部分的说法已经在前面几篇当中更全面、更有力地阐述过了。但是这些小先知也很重要，原因之一是，有些大先知的思想其实是从他们这里学来的。我们要记住，《旧约全书》各篇并非严格按照时间顺序排列的。阿摩司和何西阿都是早期的先知，他们是开路的先锋，是后世作者的指路明灯。阿摩司也许是最早一位直接或间接地命人将自己的话语记录下来的先知，他最早意识到，写下来的预言与口头教导同样有用。

虽然何西阿留下的语录不如以赛亚或耶利米的那么丰富多样，但是他的思想与那两位的一样深刻。他和耶利米一样经历过绝望与希望、愤怒与信任的感情冲突。这些冲突正是《旧约全书》的核心所在。把他归入小先知的名单中，并非因为他是微不足道的小人物。不过，其他小先知不管从哪个方面来看，大多数确实不太重

049

要。在离开他们之前，我们必须说一下其中的一篇，以四章的篇幅讲述了约拿神奇而又意味深长的故事。约拿被投入大海，随后被大鱼（《圣经》没说那是"鲸鱼"）吞下，最后被吐出来，落在陆地上——这是一个家喻户晓的神奇故事。这个故事与但以理的某些事迹一样，以象征性的冒险表述预言。约拿代表着被吞噬的以色列民族，因神的雅量而被送回陆地，或者说，得到了重生。所以，约拿的故事含意深远。它和很多其他故事都表达了一个理念：不仅仅以色列，全人类都可以重获新生。目前看来，这个理念在《圣经》中最后发展成了基督的故事：《新约全书》。

通往《新约全书》的道路有很多条，全都足够宽敞，能容下数不清的朝圣者。让我们通过传记这条康庄大道接近它吧！《新约全书》是人类真实历史或者虚构历史中最重要人物的传记。在基督教国家里，再没有哪个故事获得过如此广泛的阅读、朗诵或讨论了；在宗教历史或世俗历史中，再没有哪部编年史能够影响如此多的人了。就连其他对基督教信仰持中立或者敌对态度的人，对这个故事至少也知道一些梗概，因为它已经渗入所有欧洲国家的生活与文化中了。

耶稣的故事记录在《马太福音》《马可福音》《路加福音》《约翰福音》四篇福音书以及随后补充的《使徒行传》中，但这些内容其实只是一个梗概。全部福音书加起来的篇幅很短，如果去掉每篇里重复的词句就更少了。身为和平之子，传记却如此简洁，与后世某些政治家、大将军那些长篇累牍的传记相

耶稣

比，真有一点儿讽刺的意味。使徒及其直系子弟也与他们的主一样，首先是周游四方、靠口舌启发和劝导人们皈依的传教士和老师，其次才是作家。就连保罗——最博学的耶稣教诲解说者——写出的书信也像是文字版的布道辞，只是由于他当时没空去参加集会或者探望收信人，为了布道才写下来的。

耶稣受难许多年后，有一种文学蓬勃发展了起来。它们当然没有被纳入《圣经》，但是从教父①时期开始，直到19世纪末期，不断涌现出大量作品。后世的作家根据《新约全书》以及其他《圣经》以外的材料，试图复原一个连贯的基督生平，减少历史与社会背景，梳理或者解释福音书之间的差异。法国哲学家欧内斯特·勒南的《耶稣传》是其中一次尝试的结果，被公认为文学杰作。我只是拿它举例子，并没有冒昧地评估它的历史价值的意图，尤其是，书中的怀疑态度冒犯了许多基督教徒，因此它从纯粹的文学领域落入了愤怒的纷争之地，而我既没有智慧又没有意愿去深究。

面对众多关于《圣经》的现代文学作品，我们大多数人只能粗略浏览罢了。毫无疑问，任何人只要有足够的钻研精神和耐心，就能从这类文学作品中学到很多知识。但我忍不住想起——此处绝无冒犯的意思——一位老牧师对一部呕心沥血而成的注解作品做过的评价："这是一部出色的作品，《圣经》的光辉照耀着它。"虽然《圣经》中的记录有残缺，但正是这种残缺，赋予每一位读者用各自的梦想与猜测去填充它的权利。《圣经》中的故事虽然短小精悍，但多姿多彩、清晰明了。《圣经》当然是我们已知或者须知的所有情况的基础。作为普通读者，我们除非已经熟读里面的一字一句，不然没有多少机会能深入学习其他源自《圣经》的文学作品。

---

① 教父：此处指古代基督教权威神学家和作家的总称。——作者注

《约翰福音》的结语说:"耶稣所行的事还有许多;若是一一写出来,我想,所写的书就是世界也容不下了。"①这话已经指出,能说的故事本来还有很多。至于那些是什么故事,我们永远不会知道。而写下来的故事,已经足够。

《新约全书》不仅仅是耶稣的传记,也体现了耶稣的生命通过门徒和使徒得以延长。其中的佼佼者是保罗,他的重要性仅次于耶稣,如果没有他的天赋,基督教徒也许永远无法征服西方世界。从四篇福音书之后直到《启示录》之前的篇章,他都是主角。他是精神领袖。多亏了他的书信,我们不仅知道了他的神学理论和他对耶稣言语的阐释,还知道了他的性格。他魅力十足,有勇气、善言辞、有闯劲、善调停。你可以不同意他的宗教和哲学观点,但是你很难不佩服他的表达技巧,以及他在其他方面体现出来的胆量与精力。发生在他身上的神迹有可能是追随者们为了突出他的形象而做的夸张的渲染。他本人除了心中的信仰,并没有宣称自己拥有任何力量。他一生的事迹都是普通人能做到的事情,很可信。举个例子,他在亚基帕面前辩论时表现得机敏大胆,与他在书信中流露出来的性格相当吻合。在他写给腓利门的那封短信中,一位应对困难时游刃有余、散发着魅力甚至幽默气息的伟人形象表露无遗。我们很容易赞成亚基帕的话:"你这样劝我,几乎叫我作基督徒了。"②因为,很多听过保罗劝导的人和追随他的人,并不是"几乎",而是确实皈依了基督教。这是一个无可辩驳的事实。

《新约全书》以记录圣约翰的《启示录》收官。这是一首神秘的诗歌,用迷人的异象和隐喻的象征,汇成一个困惑的旋涡。很多

---

① 出自《约翰福音》第21章。——作者注
② 出自《使徒行传》第26章。——作者注

人都想解开这个谜题,他们从诗歌角度和学术角度去解读,付出的努力不比研究《圣经》其他任何内容少。可是不论是什么版本的解释,除了解释者自己觉得满意,其他人总觉得有所欠缺。最有趣的解读之一来自18世纪的瑞典哲学家兼神学家伊曼纽·斯威登堡,主要针对《启示录》中所描写的新耶路撒冷。启示的细节必须永远保持神秘,但它的主要意思——用最简单的话来说——是承诺一座新的圣城继承或者取代这个充满罪恶的世界。与《圣经》中的所有美好事物一样,这座城市是为虔诚的信徒准备的,而无底坑仍旧张着大嘴等待不信神的人。火湖与在神光照耀下的金光闪闪的城市形成强烈的对比,散发着诗意与艺术的灿烂光辉。

第五章
希腊历史与历史学家

> 我的职责是记录我听到的一切，但我的义务并非相信我听到的一切。
>
> ——希罗多德

对希腊文学的简介应当从历史学家们开始。需要说明的是，历史学著作出现得并不早。在一个国家成立数百年，并且用诗歌、戏剧和其他艺术形式表达过自己之后，才会开始发展历史学。这个说法同样适用于犹太文学，《圣经》就是证明。尽管它里面也有很多历史元素，但是出于各种道德、宗教的原因，历史文字已经被搅拌得面目不清，要想将纯粹的历史文字与其他文字分离开来，要想确定某个作品的大致完成时间，所需要的努力能叫最聪明的现代学者望而却步。在希腊文学中，我们几乎可以确定希腊人开始记录历史的时间，以及传说与史实之间的界限在哪里。希腊人用严谨、精确的文字讲述自己的故事，并且以一种希伯来人从未学会的极为开明的超脱和冷静进行评判。希腊历史的记录——我们指的就是它的字面意思——始于希罗多德。我们要确定的一点是，在生命和文学的长河中，没有任何形式或者方法是突然之间由某个人发明的。

第一部分　古代文学

这是历史的第一课：想法是在大脑中产生并且传递的。传说中，女神雅典娜勇猛地从宙斯的前额蹦出来，可是没有人比希罗多德更清楚，这种事情只能发生在诗歌里的女神身上。他是一个批评家、研究者、怀疑论者。他被尊称为"历史之父"。从他之后一直到当今"科学时代"的历史学家们都愿意将这个头衔让给他的事实，就是对他本身以及他所生活的那个文明时代的有力证明。

那是怎样的一个文明啊！在公元前5世纪，聚集在小城雅典里的天才数量之多，有史以来，其他任何地方都比不上。除了两千多年以后的另一座小城佛罗伦萨，再没有别的城市能与伯里克利统治下的雅典相比了。没有历史学家——包括希罗多德最睿智的徒弟在内——能够解释为什么在那个特定的时期，在那个特定地点会集中那么多智者。当时，希腊击退了入侵的波斯军队，尽管内忧外患不断，但是从文化层面上来看，多多少少仍然是一个统一的文明，而雅典正是当时"希腊辉煌"的核心。

那座城市原本就人才辈出，又吸引了希腊各地最聪明的男人、女人。希罗多德也来到了雅典，他就像雅典王冠上的众多珠宝当中的一颗，在那里度过了几年光辉的日子。他出生于小亚细亚，生命的最后几年在意大利的希腊殖民地度过。他是一位世界公民，是那个时代的大旅行家，在雅典以及希腊以外各个地方进行文化交流。不过，他虽然出过希腊这个国家，但并没有离开希腊文化圈。因为，别忘了在希罗多德的身前身后，一直到亚历山大征服世界之后的很长时间内，希腊文明几乎就是地中海内任何地区的人民能够接触到的全部。希腊军队虽然能将亚洲阻挡在欧洲之外，但是比不

希罗多德

上希腊思想的强大。后者依托武装的支持，吸收并取代了它遭遇过的每一种思想和文明。

希罗多德所著的《历史》对希腊人击退波斯入侵的胜利进行了"浓墨重彩"的歌颂。这部历史学巨著采用了散文的形式，拥有史诗般的格局、戏剧的力量和诗歌的热情，因为希罗多德眼界开阔，见过很多世面。他既歌颂同胞的事迹，也批评他们的奸猾。他还为其他国家，尤其是波斯帝国，写了很多作品。他欣赏希腊的敌人，一部分原因当然是敌人越厉害，胜利就越辉煌。但是胜利仅仅是高潮而已，希罗多德是人民和民族的学生，他将战争与生命中的其他事务关联起来，在恰当的场合讨论和平的艺术、贸易、礼仪和风俗。即使现代历史学家的知识比他丰富，这在很大程度上也应该归功于他。就让他们去争论希罗多德叙事的准确性吧！我们可以肯定的是，希罗多德是一位卓越的艺术家，以行云流水般的笔触叙述着他的故事。通晓希腊语的人曾经告诉我，他的原文比罗林森[①]的英译本更优美。如果这是真的，我们就有理由相信，希罗多德不仅是"历史之父"，还是"叙事散文之父"。

希腊第二位伟大的历史学家是修昔底德。他记载了亲身经历的雅典与斯巴达及其盟友之间的冲突：伯罗奔尼撒战争。他是一位伟大的战地通讯员和记者，对事实有敏锐的嗅觉。他无法像现在一样进行"通讯"或者"报道"，因为

帕特农神庙

[①] 罗林森：英国学者，历史学家。——译者注

第一部分　古代文学

那时候不存在早餐前就能送到市民手中的《雅典先驱报》。但他确实会在战场上做笔记。而且，他认识当时的领袖人物，因此能够得到"内幕"。在冲突消停后的闲暇时间里，他会整理自己的笔记。与现在很多尝试写书讨论世界大战的人不同，他碰巧是一位天才、一位艺术家。他在严格追求事实准确性的前提下，模仿戏剧作家编造了很多对话，通过各种历史人物的嘴巴说出来。他的主要错误在于，以为希腊城邦之间的战争就是人类历史上最重要的事情。这种认识在他的时代就是错的，在两千四百年后就更不准确了。在我们看来，希腊的荣光在于和平时的艺术，可是修昔底德在这方面写得很少。古代历史学家这种对历史放错重点的记录，对现在和将来的历史学家都是教训：杀戮并非人类历史的全部；虽然我们所生活的世界此时正困于惨烈的悲剧当中，但是在后世的人看来，这只是人类历史长河中的一个重要篇章罢了。此时此刻，我们如果厌倦了各种大将军、政治家、职业或者业余的战地记者所写的回忆录，也许就很难再去欣赏修昔底德的作品了。不过，他的远古战争故事有一种壮丽的庄严感。所有的现代历史学家，即使是最挑剔的分析家，也很尊敬他。还有，我们要感谢希腊语翻译大师本杰明·乔伊特，他翻译的英文版《修昔底德》是一部经典。

修昔底德之后，希腊出现了另一位历史学家色诺芬。他既是活动家，又是作家，还是将军，曾指挥一万希腊士兵撤退，并且将此事记录在《远征记》一书中。作为自己故事中的主角，他把自己描写成罗马统治者兼历史学家尤利乌斯·恺撒之类的人物。两人的另一个相似之处可以幽默地解释为：现代孩子们在拉丁语课上学习的第一篇文章是恺撒的《高卢战记》，而在希腊语课上学习的第一篇文章是色诺芬的《远征记》。他们的文章被选入课本的理由是一样的：恺撒和色诺芬都使用简单朴实的语言描述精彩的故事。校长们自然会挑选他们的作品，作为最简单的例子，说明语言的复杂性：同样的文字在哲学家和诗人的手里写出来的效果能让初学者——甚至可能让大部分学校的老师——气馁。也许我们太早接触色诺芬的希腊文，以至于对他的故事产生了反感，其实他的故事不错，生动地描写了数千年前一支万人军队的真实冒险。虽然在最近的世界里，万人军队的战败或者凯旋一般无关紧要，但是这样的战争如果从会讲故事的人口中说出来，还是能引起听众兴趣的。文学是人生的文字记录。很奇怪的是，一本书的智慧含量与它所记载的事实、事件、想法的数量并没有一一对应的关系。对这个问题的最简单回答是：色诺芬是一个会写文章的有趣人物。他在《回忆录》中为他的老师——哲学家苏格拉底——描绘了一个最"人性化"的形象，为此我们都要感谢他。色诺芬并非深刻的思想家，与把苏格拉底描绘成自己的智慧来源的柏拉图相比——我们会在后面的章节中细说——他对苏格拉底的认识显得很浅薄。不过，他笔下的苏格拉底是一个生活在雅典，虽然睿智，但也要为现实生活操劳的活人。

从色诺芬到波利比乌斯的过渡，就像英语文学里从沃尔特·雷利的《发现圭亚那》一下子跃过两个世纪，跳到了吉本的《罗马帝国衰亡史》。波利比乌斯是继希罗多德和修昔底德之后最重要的希腊历史学家。他写了大量历史著作，叙述公元前2世纪时罗马帝国的发展壮大，可惜他的历史著作只有六分之一存留于世。他是一位朴素实在的历史学家，对事件的描述就事论事、不偏不倚。对于历史学家们来说，他是最有价值的资料库。当时的罗马正在成为世界的霸主，波利比乌斯虽然是希腊人，但是很赞赏罗马军队的胜利和罗马的政策。不过，他将个人感情留在心中，所以他不是文学艺术家。

波利比乌斯之后的历史学家们并不显赫，也许是因为我们不知道他们写了什么作品吧。他们流传下来的残卷虽然备受学者们珍爱,但对一般读者来说没有什么意思。不过,到了1世纪,我们又遇到了一位对历史和文字艺术的发展举足轻重的作家——普鲁塔克。

普鲁塔克的《希腊罗马名人传》是博学天才的手笔,被当代所有欧洲语言读者视为传世经典之一。普鲁塔克虽然是希腊人,写希腊文,但他写的历史大约有一半是关于罗马的。他的写作方法是将希腊英雄与罗马英雄并列或者对比。比如,亚西比得与科利奥兰纳斯、德摩斯梯尼与西塞罗。他并不是一个盲目的英雄崇拜者,也没有流露出那种将自己的同胞捧得比其他地方的人都要高的爱国主义。他有适度的道德标准,对人性有深刻的理解,评断公道。他对笔下人物所处的时代背景与环境非常了解。现代研究者纠正了他的几个错误,但整体上仍然认可他的价值。他描述的人物即使在现代看来也是真实生动的。他塑造的一些古代善人或者伟人的名声至今仍然响亮。他笔下的一些形象后来还成为莎士比亚的《尤利乌斯·恺撒》《科利奥兰纳斯》《安东尼与克莉奥佩特拉》中角色的部分原型,因此他的这部著作在英语文学中占据更稳固、更永久的地位。我之所以说是"部分原型",是因为相信莎士比亚对经典名著的了解不会局限在任何一本书上。而莎士比亚能够读到普鲁塔克的作品,是因为雅克·阿米欧翻译了一个法文版,而托马斯·诺斯再将法文版翻译成英文版。在《安东尼与克莉奥佩特拉》中,有些对白简直就是直接从诺斯的译文中引用的。英国文学界对普鲁塔克一直感兴趣。诺斯去世后一个世纪,德莱顿出资组织翻译普鲁塔克的全部作品,不过他本人只做了其中一部分工作。这个版本在19世纪时由一位英国诗人亚瑟·休·克拉夫进行了修订。此后,该修订版就成了英语读者的标准版本。

最伟大的希腊历史学家不是希腊人,而是现代学者,这并不矛盾。意大利的文艺复兴使人们对经典古籍重燃兴趣,从那以后,希腊文明一直是历史学家和文学家怀着近乎崇拜的心情去研究的主题。到了19世纪，人们开始以科学的精神研究文献资料，希腊文明的研究因此得以深入。现代历史学家得益于科学精神和远景视角，对希腊的了解比希腊人自己更清楚。随便列出几位英国文学大师：乔治·格罗特、本杰明·乔伊特、J. P. 马哈菲、吉尔伯特·默雷和J. B. 伯里，都能跟我们讲一讲修昔底德时代的生活，比任何希腊大师更熟悉。而且，由于篇幅限制和非学术立场，我们必须省略掉法国、意大利和德国历史学家的作品。尽管有些讲究实际的教育专家致力于将希腊课从学校的课程表中剔除，但古希腊仍然活在现今的文化人心中。因为，决定我们的阅读和思考内容的是文学，而不是教育专家和大学委员会。举个例子，尽管专家指出格罗特的《希腊史》错漏百出，已经作废，但它不论在僵化的历史课堂上处于什么地位，在英国文坛上都是一部杰作。我无法对自己或者任何人解释，一本书，不论作者是吉本还是格罗特，是达尔文还是赫胥黎，为什么能够从一个界限清晰的技术领域走进边界模糊的文学领域。文字是模糊的，无法清楚地划定界线。格罗特的文字有一定的风格——不论那是什么东西，很流畅，外行人读起来觉得很有趣。我们读格罗特的作品，也许不会被其中的希腊基本精神打动，但是能学到如何简明直接地运用我们的语言。同样的话也适用于马哈菲的作品，他是一位艺术家——又一个无法解释清楚的名词。希腊文明在他的《希腊的社交生活》中复活了，或者说继续活着。比那些活跃在维多利亚时代的大师们稍晚一些出场的，是剑桥大学现代历史学系的教授J. B. 伯里。他的《希腊史》将学术与艺术结合在一起，作为历史学家，他为人类史上最有艺术气息的民族书写历史，这真是一件格外幸福的事。

第六章
希腊史诗[1]

> 我就像天空中的守望者，
> 看着一颗新星游入视野。
>
> ——济慈

公元前八九世纪，可能曾经有一位双目失明的游吟诗人，在小亚细亚的希腊城邦间云游，颂唱着民歌或者诗歌。他的名字可能叫荷马。他可能是《伊利亚特》和《奥德赛》的作者。他的名字可能代表一个人，也可能代表几个或一群诗人。很多城市都宣称，它们是这位伟大的传奇诗人的出生地。

我们对荷马这个人毫无了解。公元前四五世纪，希腊的历史学家与批评家开始研究文献，考证《荷马史诗》。那时候的《荷马史诗》已经是希腊的神话与传说，至今不变。根据记录，柏拉图和亚里士多德对《荷马史诗》诞生历史的了解，比我们对莎士比亚的了解还少。这种认知差距的原因是，莎士比亚生活在印刷术出现以后

---

[1] 古希腊时期的民族和语言与现代希腊人和希腊语相去甚远。本书提及的希腊均指古希腊。——编者注

的时代，也许亲眼见过自己的作品编辑出版的模样；而在伯里克利时代，可以想象，有文化的雅典人也许根本没有见过《荷马史诗》的手稿，只能靠记忆背下它的某个版本。至于是什么样的版本，我们无从知晓。大约公元前6世纪，文学家兼政治家庇西特拉图收集整理的荷马的作品，成为我们现在看到的史诗的基础。不过可以确定的是，后世的学者曾经对其做过修改，最后才成为现代的版本。19世纪末期，德国学者弗里德里希·沃尔夫提出《荷马史诗》作者是谁的问题，至今没有确切答案。

不过，这是技术学者们才要回答的问题。一般读者更感兴趣的是以下几个方面的事情。首先，我们要再次提醒一下，诗歌的原始形式是说或者诵出来的内容。"原始"这个词可能会令人感觉到粗糙和野蛮，但诗歌只在高度开化的民族中才有。《荷马史诗》虽然多数是神话故事，但并不幼稚，而是像但丁、弥尔顿、丁尼生或者勃朗宁他们的作品一样成熟。《伊利亚特》和《奥德赛》的组织结构没有任何后世诗人能够超越。尽管荷马属于远古时代的人，尽管他在后世希腊人眼中仍然隐藏在过去的迷雾里，但我们不必过度看重那几百年的差距。荷马可不是什么陈旧的古董，他一直活跃至今，因为我们能够理解与欣赏他表达的思想，他是一位超级故事大王。

还有一个事实，虽然很重要，但同样不必过度看重：荷马的作品是口头作品，针对耳朵而作，要由诗歌朗诵者读或者唱出来。不过，这一事实并不能完全解释它们的发音为何能如此美妙动听——这方面确实是后世的诗人所不及的。在我们这个时代，每一个作者想到自己的作品时，都会联想到它们印刷出来的样子。但是真正的诗歌和散文作者在创作时也会用上耳朵，听听他自己的作品。尽管文学的记录与保存方式已经改变，但是使用人类感官与想象来创作

第一部分 古代文学

诗歌和散文的方式，基本没有变过。华兹华斯的邻居说过，华兹华斯经常在郊外散步，边走边念叨自己写的韵文。丁尼生则喜欢向朋友们朗诵自己的作品，虽然听众不多。每一位诗人，不论是最内向的、最怯场的、最受欢迎的，还是最爱表演的，都要一边创作，一边朗诵。说到这里，正在"奏响七弦竖琴"的荷马朝我们挤了挤眼睛，但不是指作者吉卜林①先生想表达的意思，而是想说，吉卜林先生对自己吟唱诗句的做法就是一次示范。

所以，荷马可以说是一位非常"现代"的诗人，他就好像是一两天前还生活在我们之中的人物一样，而他短暂的一生作为人类的一部分被记载到了文学史中。荷马的生平真正与文学有关的只有两个问题：第一，他的作品是如何创作出来的？第二，与我们有何关系？而前面所述的就是对这两个问题的简单回答。

此外，还有第三个问题，对于像《伊利亚特》和《奥德赛》这般结构严谨、风格统一的史诗故事，为什么非得是单独的某个天才大师——不论他的名字是否叫荷马——依据我们不知道的材料创作或者改编出来的呢？不论好奇的学者们找出了多少瑕疵和裂缝，它们都是一个始终如一的整体。针对荷马的这些谜题，马修·阿诺德的文章《论〈荷马史诗〉的翻译》给出的解答最令人满意。虽然我不知道详情，但后来的学者肯定已经纠正过阿诺德的许多观点。而且阿诺德也要求人们来修正他的观点，他的武断只不过是罩在敏感的求知精神外的一层脆壳。虽然一般来说，最好的做法是忽略各种批评的声音，直接去看原版（对我们来说，就是去看翻译版），不过，我相信，先从阿诺德的论文看起，也是一个接触《荷马史诗》的好方法。对我们英语读者来说，他的论文有两个优点：既是对大师

---

① 吉卜林：英国诗人，诗句"（当荷马）奏响七弦竖琴"的作者。——译者注

阿喀琉斯为帕特洛克罗斯包扎伤口（出自一个古董花瓶）

的介绍，又是英语散文中的杰作。

如果我们直接去看诗人的作品，那么《伊利亚特》讲了什么内容呢？它的主题围绕着希腊军队围攻特洛伊城的最后一场战役。虽然战斗只持续了几天，但是诗中穿插并回顾了之前九年的战争以及战争的起因，其中涉及很多希腊神话。开篇第一段讲希腊联军中最强的战士阿喀琉斯的怒火。他在生军队统帅阿伽门农的气，因为对方把他俘虏的女奴占为己有。于是他退出战斗，在自己的营帐内生闷气。希腊军队因此在战斗中落了下风，阿喀琉斯的好友帕特罗克洛斯也战死了。于是阿喀琉斯在另一种怒火的推动下，返回战场为好友复仇，杀死了特洛伊王子赫克托耳。

这当然仅仅是整首诗的一部分，而且上面的描述只是简略的概括。不一定非要成为希腊学者，才能感受它的真正魅力，感受那种强健的活力与美感（它就像自己描述的那些神话级英雄一样勇猛）。虽然身兼希腊通、优秀诗人和批评家的马修·阿诺德在所有出版的英语版本中都挑出了很多错误，但我们能有英译本可看仍是非常幸运的。与莎士比亚同时代的乔治·查普曼的译本是一首每句十四个音节的长诗。他的翻译很自由，加入了一些没有对应原文的词，使整部史诗很活泼、很有诗意。难怪两个世纪后，他的译文激励年轻诗人济慈写下了精彩的十四行诗《初读查普曼译〈荷马史诗〉有感》（我们这一章开头的两行诗就出自这首诗）。通过查普曼自己写的序言中的第一句，我们还能感受到他本人的热情："在现存的所有种类的书籍中，《荷马史诗》是最早、最好的。"

第一部分　古代文学

在查普曼之后一百年，亚历山大·蒲柏出版的译文，至今都是最具可读性的《荷马史诗》英译本。也许学者本特利说得对："这是一首好诗，蒲柏先生，但您不能说它是《荷马史诗》。"蒲柏的押韵对偶句太过跳跃和耀眼，可能无法表现出荷马的诗歌那种行云流水的感觉。对于不太熟悉希腊的读者，我会推荐利夫、安德鲁·兰和迈尔斯的散文版译本。此译本用的是简单、常用的英语单词，没有刻意使用韵文，并且保留了很多原文的精华，读起来像在看一流小说，别有一番韵味。从鉴赏的角度来说，把《伊利亚特》当作历史传奇小说阅读（欣赏），并没有什么不妥之处。

《奥德赛》与《伊利亚特》紧密相连。两部史诗也许可以视为同一部宏伟史诗中的相邻篇章，风格如出一辙，若不是出自同一位天才诗人之手，那就是出自同一个天才种族。《奥德赛》先写特洛伊城围攻战的结局，描述它如何被木马计谋击败，然后开始讲述奥德修斯——他在拉丁文中的名字叫尤利西斯——的旅行和探险。当他踏上漫长曲折的返家之路时，求婚者开始骚扰他的妻子珀涅罗珀，企图逼迫她弃夫改嫁，还想利用她的小儿子忒勒玛科斯。珀涅罗珀忠贞不渝，终于等到丈夫归家。她的丈夫用智慧战胜并杀死了那些求婚者。

在文学历史上，再没有别的故事比《奥德赛》更激动人心了。它的关键情节设计甚至比《伊利亚特》更严谨、更精彩。《伊利亚特》讲述的是一连串庙堂之上的阴谋与面对面的兵刃交锋，反反复复，这与亚瑟王麾下骑士的功绩或者现代的职业拳击赛很相似。而奥德修斯环绕世界充满冒险的离奇经历则反映了人类原始的情感和他们积极的探险活动。不仅如此，作为英雄，奥德修斯的形象比阿喀琉斯更加光辉。虽然现代的某些道德考量与希腊精神不同或者相反，但是我们可以在艺术层面上指出，阿喀琉斯对盟友不忠，最终竟然打败了一个比他自己更厉害的人,也是可以说得通的。

奥德修斯的胜利则是完美无缺的。他有智慧,有耐心,这些比强壮的右臂更重要。他的事迹与遭遇战一个接着一个,惊险刺激,夺人心魄。他是凡人,也是超人,因此他将永远是经典的小说角色之一。

神话人物往往拥有双重含义。奥德修斯可能代表着太阳神。珀涅罗珀可能代表诸神回归的春天,将冬天的力量(求婚者们)彻底驱逐;她也可能代表与太阳分离的月亮,在太阳回归后焕发新生。对神话及其象征意义的解读是一个迷人的研究主题,但我们几乎没有机会接触它。读者可以通过J. G. 弗雷泽的《金枝》愉快地浏览那个神奇的世界。不过,我们如果只想领略《荷马史诗》的表面魅力,就不需要太过深入考究。我们可以欣赏那畅快淋漓的冒险故事,像对待特里斯坦[①]和罗宾汉一样接受并欣赏奥德修斯。他也是后世诗人喜爱的题材之一。在维吉尔的笔下,为了衬托他的英雄特洛伊人,尤利西斯(即奥德修斯)被写成一个狡猾的恶棍。但丁则在《地狱》的第二十六篇中浓墨重彩地描写了尤利西斯之死,可与《荷马史诗》里描写同样场景的寥寥数行相媲美。丁尼生的《尤利西斯》(他早期最出色的诗作之一)最有阳刚气概。

我们英语读者非常幸运,和《伊利亚特》一样,《奥德赛》也有查普曼译本。此译本与《伊利亚特》相比,略显"紧凑",更加严谨。蒲柏及其合作伙伴的译本生动易读。但最让我们感到舒心的是乔治·赫伯特·帕尔默的散文版译本,译文准确、生动,是纯粹的享受。另一个出色的译本出自布彻和安德鲁·兰之手。我之所以非常强调翻译,是因为思想要依靠翻译才能在国与国之间、民族与

[①] 特里斯坦:亚瑟王的十二圆桌骑士之一。——作者注

民族之间传递,翻译也是一门精致的艺术。用英语翻译经典之作,就是以高超的技术创造卓越的艺术品。

与荷马的名字及其史诗有关的,还有一些名气较小的诗歌,称为"荷马赞美诗",有短篇序言,也有对史诗的介绍,还有长篇叙事诗。它们与《荷马史诗》一样,作者不详,有着类似的语调。以下是雪莱翻译的其中一首诗——《致雅典娜》[1]:

> 我赞美那拥有湛蓝双眼的光辉女神,
> 雅典的帕拉斯[2]啊!桀骛、圣洁而睿智!
> 特里同尼娜[3]啊,保护城邦的少女,
> 她从朱庇特[4]那威严的头颅里蹦出来,
> 尊贵而骄傲,全副战争盔甲,
> 金光灿烂!

另一位与荷马一样杰出的诗人叫赫西俄德,他的代表作《工作与时日》是一首说教诗,只有八百行流传至今;另一篇《神谱》大约有一千行,讲的是神话故事。赫西俄德的其他诗作大都已经失传,因此我们对他的了解与荷马一样少。不过,在许多个世纪里,希腊人似乎都将赫西俄德视为与荷马同级别的诗人。对于我们来说,《工作与时日》里面记录的是赫西俄德给农夫、水手的建议,

---

[1] 雅典以雅典娜命名,奉她为保护女神,因此诗中说她是"保护城邦的少女"。——作者注
[2] 雅典娜的全名为帕拉斯·雅典娜。——译者注
[3] 特里同尼娜:是雅典娜的别称,与她的出身有关,但是具体的解释众说纷纭。——译者注
[4] 朱庇特:是宙斯在罗马神话里的名字。——译者注

吸引力不大，而《神谱》在《荷马史诗》的衬托下显得有点儿苍白。赫西俄德与我们前面提过或者略过的其他人一样，都是文学历史的一部分。可是，在生机勃勃、活跃有趣的世界书库当中，他的作品不算太显眼。还有几位希腊史诗作者只留下名字，并没有留下作品。这种损失是灾难，还是时间之手无情而公正地淘汰的结果呢？

第七章
希腊抒情诗

在那些美好的日子里，
因世人践行神的路径，
神觉得每个人都像是希腊人，
每个人都很自由。

——斯温伯恩

与其他所有文学一样，希腊文学最早期的艺术表达形式当中也有过伴随音乐唱出歌词，类似于歌的形式。继叙事结构多样的《荷马史诗》之后，也出现过民谣。但是到目前为止，根据流传下来的作品，我们只知道抒情诗的鼎盛时期是在史诗之后。这不仅仅是时代发展的结果，也是关于人类智慧成长的最有意思的问题。人类首先学会讨论外界的事物，传播神灵和英雄的故事，也就是说，这时候的诗歌是客观的。当文明进一步发展后，他们的情感也许变得更加复杂，由此开始歌唱自己的灵魂，诗歌变得主观起来。抒情诗是个人心灵的一种呐喊，不论是笑还是哭。抒情诗这种内心、自我的表达在雪莱的《西风颂》中得到了神奇的展现：

把我做成你的竖琴吧，如同这森林一般。

"抒情诗（lyric）"这个词源自一种希腊乐器的名字"lyre（七弦竖琴）"。这种乐器是希腊人从某个更古老的民族那里学来的，用于演唱或者朗诵韵文时的伴奏。它是一种单薄、简朴的乐器，发出的声音与流传至今的那些希腊古诗相比，不够华丽、多样、响亮。有些希腊抒情诗的句子用七弦竖琴伴奏是很不相称的。如同雪莱的《西风颂》或济慈的《夜莺颂》用曼陀铃①伴奏一样。这就是歌词与音乐的关系。从希腊抒情诗人的情况来说，我们只能对这种关系进行猜测，因为我们虽然对他们的乐器有所了解，但没有找到关于他们的乐谱的可靠记录，无法知晓其乐曲与和弦的丰富程度和精细程度。希腊人既然能创作出华丽的歌词与雕刻，也许就能写出精致的音乐。歌词、大理石和乐器保留了下来，乐器发出的乐声和古人的嗓音已经永远消失了。

抒情诗是希腊韵文的一个鲜明、独特的分支。希腊的批评家，作为史上最敏锐、最严格的批评家，清楚地定义了它的所有特性。他们当中的某一位如果看到现代歌剧广告上说，抒情诗作者是杰罗姆·史密斯、乐曲作者是维克多·罗宾逊，就一定会感到迷惑不解。但这广告词本身确实是语言历史发展至今的结果。而语言的历史必然包含事实的真相。我们感觉抒情诗是一连串像歌一样的词语，不论它是否需要某种乐器的伴奏，也不管它是否用富于变化的音调吟唱出来。我们所说的"抒情诗"也包括抒情散文，为了叙述方便，我们将忽略那些精细的定义，把所有除了史诗和戏剧的抒情作品都称为"抒情诗"。当然了，荷马、维吉尔的作品和莎士比亚

---

① 曼陀铃：一种类似琵琶的弹拨乐器。——译者注

第一部分 古代文学

的戏剧当中也有抒情诗句。抒情诗当然也可以用来演唱，用长笛或者交响乐伴奏，或者清唱，或者只用眼睛看、在心中默念。

现在我们说说两个重大损失。第一个损失较小，因为我们也许可以修复其中的部分损失：我们很难找到任何人——甚至希腊语教授——指导朗读希腊韵文以体现出它的节奏和音色。第二个损失则已经无法挽回了：大部分希腊抒情诗已经从文字记录上消失了，其作者的情况只留下残缺的记录。有些诗人已经完全湮没于历史中，并非因为他们的诗歌不好，而是因为时间长河里的各种意外事故，由于某个有作品流传下来的作者提到或者模仿他们，我们才得知他们的名字。

最让人惋惜的是阿尔凯奥斯和萨福的诗集残本。对于阿尔凯奥斯，我们通过崇拜并模仿他的罗马诗人贺拉斯得知，他是一位伟大的诗人。贺拉斯是一位理智的批评家，熟读数千行诗句，其中有阿尔凯奥斯的作品，也有其他已经失传的希腊韵文。其实，在文学的历史中，甚至在整个人类历史中，经历过一段低落的文学时期。无法想象，随着知识殿堂的消失和诗歌之王们——其中也包括女王们——被埋入坟墓，有多少思想消逝无踪。在早期的希腊抒情诗人当中，生活在公元前6世纪的萨福是佼佼者之一。她被任命为莱斯博斯岛一所诗歌学校的校长。她的作品流传至今只剩下寥寥几句，犹如女王斗篷上的碎片和补丁，但已经能体现出她的水平和热情，她对爱情的痛与乐的敏锐感受。在希腊，她的名声几乎与荷马齐

阿尔凯奥斯和萨福

071

平，被称为"第十位缪斯"——这也许不仅仅是一句诗意的赞美。后来，萨福还成为一个浪漫传奇的女主角。其中最著名的一个故事说，她爱上了法翁，遭到拒绝，于是纵身投入大海，但故事没有清楚地交代她是否死去。总之，从各方面来看，她应该是一位才华横溢、热情如火的女子，就像乔治·桑和莎拉·伯恩哈特。她创立并完善了一种韵文格式，并且以她的名字命名：萨福体。罗马诗人都会使用萨福体，其中最著名的一位就是贺拉斯。要想体会它的形式与节奏，最好的方法就是引用斯温伯恩的一节诗句，因为他精通所有韵文格式，并且是现代最有希腊精神的诗人之一。

> 我彻夜无眠，看到她，
> 没有眼泪，也没有动摇，
> 但双唇紧闭，目光坚定，
> 站在那里注视着我。

而另一种由阿尔凯奥斯完善的韵文格式同样以他的名字命名，并且得到其他希腊诗人和罗马诗人的争相模仿，可惜，似乎不太适合英语。不过，我们可以把丁尼生的作品当作一个合适的例子。他深知如何操纵英语的韵律，对古代韵律的感受能力不输给现代任何一位诗人。他用阿尔凯奥斯体写这首送给弥尔顿的诗，非常合适。

> 啊，伟大的和谐之音创造者，
> 啊，时间与永恒之歌的巨匠，
> 天赋异禀的英格兰之声，
> 弥尔顿，一个流芳百世的名字；

第一部分 古代文学

> 他的泰坦天使加百利和亚必迭[1],
> 在耶和华的雄壮队伍中星光闪耀,
> 天使大军发起进攻时的洪亮战吼,
> 在深邃的九天穹顶中回荡不息。

假如希腊诗人的最优秀作品全部能保留下来,我们将会拥有一个怎样的图书馆啊!梭伦,雅典的贤者与立法者,生活在公元前六七世纪。他的诗作大约有三百行流传下来,但似乎更像是为了教育,不追求美感。麦加拉的泰奥格尼斯留下几百行诗句,似乎也是同样的风格。这些生硬说教的诗人代表了希腊性格的另一面,他们的诗句由于结构上的原因被称为挽歌体——但我们不需要讨论这些技术问题。"挽歌"这个词的含义,与格雷在《乡村墓园挽歌》中所写的含义是相同的,但希腊人不可能知道这一点。而且,撇开结构问题不说,泰奥格尼斯所写的内容与写给死者的挽歌完全搭不上边,也不是在为短命卑微的穷苦人民哭泣。他讨厌穷人和贫穷,他是一个贵族。可惜他的诗句没能留下更多。

另一位几乎与荷马一样耀眼的希腊诗人是亚基罗古斯。他似乎是一位挽歌体大师,并且发明了一种抑扬格讽刺诗。这种抑扬格讽刺诗跟德莱顿和蒲柏的十音节讽刺诗有点儿类似,被贺拉斯和其他希腊、罗马诗人模仿。不过,时间长河浇灭了亚基罗古斯的火焰,我们只能通过存留的少许诗句猜测贺拉斯所钦佩的"怒火"和这种华丽的格式是什么样子。

---

[1] 加百利和亚必迭:加百利是替上帝把好消息报告给世人的天使。亚必迭是拒绝参与撒旦罪恶计划并坚守自己对上帝信仰的天使。这一节写的是弥尔顿的诗歌《失乐园》中的场景。——译者注

阿那克里翁与大多数希腊歌者一样，只留下残破的碎片，优雅地演奏着爱与酒的主题，他的诗句比萨福的更轻快、更舒缓。他那细腻而灵巧的诗句赢得了很多希腊诗人与现代诗人的崇拜。由他的模仿者创作的阿那克里翁体诗，在很多个世纪里都被误以为是他的作品。现代模仿者和译者通常会参考它们，而不是阿那克里翁本人的诗作。不过，有些阿那克里翁体诗足够出色，不负它们的名字。

与萨福、阿那克里翁的作品同类型的抒情诗有着非常鲜明的个人印记，表达个人的情感，为自身体验到的悲伤、痛苦、快乐、怜悯而呼喊。更广泛的抒情诗类型则包括赞美诗。赞美诗本身就是为了歌唱而写的，由合唱队演唱，表达某一个群体的感情，例如，赞美上帝的圣诗和欢乐颂，歌颂胜利和英雄的颂歌。这一类诗歌必然带有诗人独特天赋的印记，但本质上已经超出个人的范畴，描写的是其身边的宗教与社会生活。因此，这种抒情诗更偏向于戏剧诗，类似于戏剧合唱曲，尽管戏剧诗人可能永远不会写颂歌，抒情诗可能永远不会作为戏剧演出。

赞美诗的诗人必定成百上千，可惜很多人的作品已经失传。他们当中最伟大的三位是喀俄斯岛的西蒙尼戴斯、巴库利德斯和品达。我们不需要追究准确的日期，将他们生活的年代大致定为公元前5世纪——比萨福晚一百年。

西蒙尼戴斯完善了一种赞颂伟人的赞辞，手法是回忆过去的某位英雄，然后与被赞者进行比较。因此，尽管被赞颂的对象可能已经被遗忘，但传说故事得以保存。

巴库利德斯是诗人身后成名怪象的例证。他的诗作失落千年，少数作品直到1896年才被发现抄写在埃及莎草纸上，破碎而残缺。希腊人对竞技体育的重视程度比现代的大学生们更高，因为竞技比赛不仅与爱国主义有关（就像美国队与英国队在泰晤士河上的划船比赛一样），还与宗教精神有关（这方面我们没有经验）。诗人赞颂冠军马，也是在赞颂马的主人——锡拉库萨的统治者希罗。这首诗的价值在于其神话部分，这部分讲述了赫拉克勒斯与梅利埃格在冥界的会面——这是希腊文学中唯一提及这个故事的作品。在奥林匹亚、特尔斐以及其他城邦，为了向诸神致敬，希腊人会设置一些重大节日，举办各种展现英勇精神的竞赛，比如，摔跤、赛跑、音乐、诗歌、雕刻和哲学辩论。我们现在会听到某些学者抱怨人们太过于推崇只会体育的运动员，不论古代还是现代的观众，都在驳斥这种言论。当时，诗人能够献上庄严的颂歌，为赛马冠军或者战车比赛冠军庆祝，是一件非常荣耀的事情。

品达是最伟大的胜利颂歌作者。他的地位不仅因为他的天赋异禀，还因为身后的荣光：他的作品大概有四分之一流传至今，包括好几首在奥林匹克、皮提亚、伊斯特米亚和尼米亚竞技会[①]上庆贺各种胜利的完整颂歌，以及好几百行残片。正因如此，品达几乎成为现代人心目中唯一的颂歌代表人物，尽管在希腊人心中他与另外几位诗人不分伯仲。

实际上，颂歌是由歌舞队一边演唱一边跳圆圈舞来表演的。第一节诗，舞者从右往左转，称为"strophe"，意思是"转动"；第二节诗，往相反方向舞动，称为"antistrophe"，意思是"反转"；到了后面的第三节诗，称为"epode"，意思是"站立不动"。这种三个诗节为一组的单元可以按照诗人的意愿一直循环下去。颂歌成为英语诗歌中一种重要而优美的格式，但是它在结构上比希腊颂歌更松散，主题也相差甚远。雪莱的《西风颂》、济慈的《夜莺颂》和《希腊古瓮颂》、华兹华斯的《不朽颂》、斯温伯恩

[①] 这是古希腊四大周期性竞技赛事。——译者注

的《维克多·雨果生日颂》和丁尼生的《威灵顿公爵颂》，全都是现代颂歌。它们与希腊人的作品有一个基本的相似点：格调高雅且情感真挚。美国诗人洛威尔的《（哈佛大学校庆）纪念颂》是一个不太振奋但相当有趣的颂歌例子。而另一个更坚定地遵守希腊颂歌形式的例子，是才华出众的威廉·康格里夫献给安妮女王庆祝马尔伯勒公爵获胜的作品。他第一个指出，真正的品达体颂歌，结构规律而准确，不能像17世纪的诗人考利收集的那些所谓"品达体颂歌"那样随意、不规则地组合长短行诗句。但是，品达体颂歌的优美并不完全体现在格式上，也体现在大胆、崇高的思想上。品达是一位对所有艺术都有所感悟的艺术家（这并非他独有的特点，而是希腊人整体的特点），只不过通过他的精巧诗句体现出来罢了。例如，他认同诗歌与雕刻之间的紧密关联，并且用美妙的诗句表达出来，这种美感即使经过了翻译仍然被部分保留了下来："我非雕刻家，无法刻出永远慵懒地站立在基座上的雕像；但是，我的甜美诗歌将乘着每一艘运船、每一叶轻舟，从埃伊纳岛传往世界。"

提起雅典，我们都觉得它是希腊文化的先导者。它确实是，而且这种状况持续了好几百年，主要是在公元前5世纪和公元前4世纪。但希腊文明从小亚细亚扩展到西西里岛和意大利南部，艺术在许多城市与州、省蓬勃发展。自称是荷马出生地的城市就有七个之多，这一点本身就很有意思。品达出生在底比斯城附近，巴库利德斯和西蒙尼戴斯出生于喀俄斯岛，阿那克里翁则出生在小亚细亚的泰奥城，阿尔凯奥斯出生在莱斯博斯岛的米提利尼城，诸如此类。来自希腊其他城邦的诗人和艺术家对雅典非常向往，或者在那儿短暂停留，或者定居入籍，就像现在的法国作家迟早会去巴黎，或者英国作家都想去伦敦一样。只不过，雅典从来都不是现代大城市这种人口稠密的政治与商业中心。

第一部分 古代文学

当亚历山大大帝征服世界时,所有的希腊城市都失去了力量。虽然它们并没有立刻丧失个性与本地特色,但是曾经繁荣的文学在许多方面开始渐渐衰落。这不是那些天才们的随便断言,而是人们普遍的共识,虽然整个世界都在说希腊语,作家们也用希腊语创作,受众更加广泛、更有文化,但是文学没有了个性,不再像以往那么热情、多样。文学越来越脱离生活,渐渐成为书本上的东西,要么互相模仿,要么自作多情。当时主要的文学中心是埃及的亚历山大港,由征服者建立于公元前4世纪末期。它的人口很快就达到了三十万,部分要归功于统治者托勒密家族建起的庞大图书馆,它吸引了大量学者、艺术家和诗人。亚历山大港、珀加蒙和其他新城、旧城的统治者当然会努力培养艺术和学术。学术确实蓬勃发展起来了,比如哲学、评论。但艺术,尤其是诗歌,停滞不前。

至于亚历山大时期的诗歌为什么会失去古希腊的风范与活力,并没有什么明确的解释。有一个变化是,新一代的诗人们创作的诗歌是用来阅读的,也就是说,为眼睛而写;而古老的诗歌都是用来朗诵、歌唱的,为耳朵而写。也有可能是,希腊天才们已经把所有能说的话都说完了,再也找不到新鲜的想法和形式来使诗歌重焕光彩。

不过,有一位名叫忒奥克里托斯的诗人,仍然有一些新鲜原创的佳作。他将牧歌发展至完美的程度,以至于他的名字成为这种诗歌形式的代名词,就像品达几乎成为颂歌的唯一代表人物一样。牧歌,正如其名字所示,是一种描写牧羊人的爱情、信仰及其居住地自然风光的诗歌。在他的笔下,牧羊人之间的对话和歌曲是如此优雅和有诗意,以至于使后世某些较为武断的批评家质疑:淳朴的农夫怎能有如此细腻的感情呢?但我们知道,所谓普通人创作的民歌,其实充满了想象力,文字和韵律通常都很优美。事实上,忒奥克里托斯的创作灵感源自真实的牧羊人,他们每天坐在西西里岛的绿草茵茵的山坡上、碧蓝的天空下,唱着、奏着代代相传的曲子。诗人以娴熟的艺术手段对手里的材料进行过加工。虽然他本身是贵族,但他手中材料的真实性以及它们与简朴的人民生活的关联性,使他成为活力四射的诚挚诗人。他的乡村诗歌就是他的代表作,当他放弃牧歌转向传统史诗主题后,他就再也不是西西里岛的大自然诗人,而是亚历山大港的书呆子诗人了。他的后继者彼翁和莫斯霍斯有两首诗歌传世:彼翁的《阿多尼斯哀歌》和莫斯霍斯的《彼翁哀歌》。这两首诗歌代表了牧歌当中为逝者哀悼、颂扬的特色,在这方面,牧歌是众多现代模仿者最推崇的一种形式。

牧歌成为现代语言当中的一个传统诗歌形式。维吉尔的《牧歌》是模仿忒奥克里托斯而写的。当时他很年轻,尚未找到自己的方向,因此《牧歌》写得相当谦卑,但自有一番风味,而且随着他的其他成熟诗歌的传播而变得越来越受欢迎。维吉尔对古罗马以及英国的影响力,当然大于任何一位希腊诗人。牧歌能繁盛发展起来,部分要归功于他。现代人的牧歌作品多数显得虚伪和拙劣,如同以前在法兰西宫廷中穿着丝绸与蕾丝衣服假扮成牧羊人的那些傻瓜!不过,也有一些牧歌是天才之作,因为诗人是真心热爱郊野的。某位诗人如果称呼一位漂亮的英国女孩"克洛伊"[①],就是说她很可人,意思和"泰丝"或"安妮"是一样的。

牧歌的发展有四个阶段。首先,忒奥克里托斯和维吉尔的短诗在许多个世纪里都是最受诗人们喜爱的形式。伊丽莎白时代的英国有"深情款款"或者"热情如火"的牧羊人形象。有些英语牧歌可爱而自然,其中最著名的是斯宾塞的《牧人月历》十二首,每个月

---

① 克洛伊:在希腊语中的意思是"盛开"或"丰饶"。——作者注

一首，有意仿经典而作，但充满了英国风情。18世纪，约翰·盖伊在牧歌《牧人的一周》中刻意加入了英国特色，并且描述说："相比西西里岛或者阿卡狄亚的牧人，我们这些诚实勤劳的农夫同样值得英国诗人费笔墨。"

牧歌的第二个发展阶段是将少许的对白拓展为完整的戏剧。在意大利，最著名的例子是塔索的《阿明达》。而在英国最好的例子是本·琼森的《悲伤的牧羊人》，通篇散发着英国田园风味。约翰·弗莱彻的《忠实的牧羊女》是受塔索的《阿明达》启发而写的，背景设定、角色名字和神话都源自希腊或者假托于希腊。还有，我们不能忘记艾伦·拉姆塞用苏格兰方言创作的《温柔的牧羊人》，因为其中的角色栩栩如生而充满了简单真实的美感。

牧歌的第三个发展阶段是散文体传奇，或者说，是散文与诗歌组合在一起写成的传奇，比如意大利人桑纳扎罗的《阿卡狄亚》。在此基础上，菲利普·锡德尼写了一篇文雅版《阿卡狄亚》，他的言辞艰涩。我们关注的牧歌散文只包括那些写给农夫看的传奇小说，例如法国人乔治·桑和英国人托马斯·哈代的作品。他们也许不像忒奥克里托斯那样拥有传统特色，但与之同属于一个世界，因为他们的绵羊和牧羊人都是真实的。

牧歌的第四个发展阶段最高雅、最有诗意，弥尔顿的《利西达斯》和雪莱的《阿多尼斯》就是例证。诗人在为好友所写的哀歌中，将自己与好友都化身为希腊人。在《阿多尼斯》里已经没有多少牧歌的痕迹，而主角——逝去的济慈——并没有化身为牧羊人，而是作为被悼念的诗人，以下面的句子悼念道：

他爱过的一切，铸造成思想。

诗中唯一的希腊元素只有名字而已。但是在《利西达斯》中,弥尔顿运用了牧歌的象征手法描述他和他的大学好友的感情:

> 在同一座自我的山坡上接受照料,
> 在同一个羊群中成长,享受着相同的喷泉、树荫与小溪。

在任何国度,写给逝者的挽歌都比较婉转,可是戴着希腊面具表达对英国朋友的悼念,真是格外兜转。弥尔顿当然处理得非常精妙,马修·阿诺德则在《色希斯》中以博学的希腊学者形象出现——他确实是。我认为,再往后的同类诗歌中就没有值得关注的作品了。除了以往的杰作,我们已经厌倦了那一类诗歌,它们恐怕不会在现代文学中再度出现。

现存的希腊诗歌(包括所有类型的诗歌)当中,最珍贵的古籍是《诗选》。它收集了公元前6世纪到公元6世纪的许多位作者的短篇诗歌。这些作品包括短篇颂歌、牧歌、讽刺诗、爱情抒情诗,涵盖了人类能够用简短的语言表达的所有情绪,与那些宏伟的史诗、戏剧和历史记录相比,它们更能让我们深入了解希腊人生活的核心,或者内心的某个角落。

《诗选》由公元前1世纪的诗人梅利埃格编选。梅利埃格收集了大约四十首诗歌,包括很多先前世纪里流传的杰出抒情诗人的作品,并且将自己的选集命名为《花环》,这也是《诗选》的名字"anthology"的意思。这本书大受欢迎,不断地得到后世编者的模仿与补充,终于在梅利埃格去世十个世纪后,一个名叫康斯坦提勒斯·塞法拉斯的人——此人没有留下任何其他信息——制作了一部选集中的选集,从以往版本中挑选并补充自己看中的作品。《诗选》本身的历史,就是悠长的书籍传奇当中一个精彩的篇章。14世纪时，一位名叫帕鲁德的修道士制作了一个新版本。他删掉塞法拉斯版本中的许多优秀内容，加入其他许多或优秀或平庸的作品。就这样，帕鲁德的选集成了标准版本，持续了很长一段时间；与此同时，塞法拉斯的选集渐渐失传，被遗忘了。直到17世纪早期，一个年轻学生在海德堡大学发现一份塞法拉斯的手稿。这份手稿，从即将湮没的命运中被拯救出来，继续冒险之旅。在三十年战争①期间，德国境内一切能被毁坏的东西都不安全，于是它被送往梵蒂冈。然后，在18世纪末期，法国征服并掠夺意大利时，将手稿带到巴黎，引得学者们蜂拥前去观瞻。

《诗选》是一件无价之宝，保留了很多诗歌。如果没有它，那些诗歌早已消逝。不仅因为《诗选》中收藏的数千朵小花都那么雅致优美（但必须承认其中也有一些矫揉造作的作品），还因为它们作为一个整体，覆盖了一大段历史时期的人类感情与经验。《诗选》揭示了希腊诗歌——尽管我们对单独的某位诗人了解甚少——从清晨的活力四射演变为傍晚的暮气沉沉的整个过程。在其他任何一个文明古国（也许除了中国），我们还能找到持续如此长久、拥有如此多寓意的歌谣吗？希腊人（并非某一个希腊人，而是一个民族）深知如何表述人类曾经想过或者感受过的任何事物（我的意思当然是指人类文明的基本事实，而不是指希腊衰退后才出现的那些细节，那些只有现代文明才有的想法）。希腊人能言善辩、才思敏捷、直言不讳。他们可以一边将一首双重含义的讽刺诗当作匕首扎向敌人，一边自豪地翘着嘴角、皱起眉头，凝视人类最后的敌人与朋友——死亡（这是《诗选》喜爱的主题）。

---

① 三十年战争：1618—1648年，由神圣罗马帝国的内战演变而成的一次大规模的欧洲国家混战，也是历史上第一次全欧洲大战。——译者注

英国诗人给这些完美小诗做过许多精彩的翻译。下面我引用其中一首诗作为例子。作者叫卡里马科斯，是公元前3世纪的一位诗人和学者，还是亚历山大图书馆的一名管理员。译者是19世纪的一位英国诗人和学者，名叫威廉·科里。

> 他们告诉我，赫拉克利特，你已经去世，
> 他们带来的悲痛消息传入我的耳中，
> 苦涩的泪水垂落我的脸颊。
> 我哭泣，我怀念你，
> 我们经常从日出聊到日落，连太阳也听得倦怠。
>
> 我亲爱的卡里亚老朋友，如今你已躺下，
> 只剩一把灰烬，永远、永远地长眠，
> 但是你那如同夜莺般动人的嗓音，仍然醒着；
> 死亡虽然带走你的一切，却带不走我的回忆。

第八章
希腊戏剧

> 世事无奇不有,叫人惊叹,
> 但最奇异最可惊叹的,是人。
>
> ——索福克勒斯

我们把所有可怕的事情,比如战争、谋杀、猝死,称为悲剧。结局"不快乐"的小说或者戏剧,也称为悲剧。"Tragedy(悲剧)"这个词,为什么源自希腊语当中的"goat(山羊)"?在我们看来,山羊是一种挺荒唐的动物。答案是,希腊悲剧这种伟大的诗意文学,原本是一种向酒神狄俄尼索斯致敬的民间戏剧或者节日表演。演出时,有些演员会扮演半人半山羊的萨提尔①形象。原始的萨提尔演出经过"文学"诗人的加工,发展为精致复杂的戏剧。当然了,这种发展经过了数百年的缓慢演变,我们不知道具体的时长,可能比莎士比亚戏剧与最早的推理剧相隔的时间还要久。

最早的希腊悲剧诗人(此处指有若干部完整剧作流传到我们手里的那些)当中有三位卓越的人物,第一位是埃斯库罗斯。他

---

① 萨提尔:希腊神话中的森林之神。——译者注

埃斯库罗斯

的作品现存七部，其中有一个三部曲，称为《俄瑞斯忒亚》——是唯一幸存至今的希腊三部曲。埃斯库罗斯创作了七十部悲剧，失传的戏剧中可能包括他的一些最成功的作品。他作为第一位伟大的悲剧诗人，在创作的深度和广度上，从来没有被其他人超越。他的悲剧主题与大多数希腊戏剧相同，要么是宗教，要么是神话，用诸神的力量惩罚凡人的罪行和骄傲的罪孽。在诸神身后，隐藏着一个凶狠的超级神：命运。没有人能够逃脱命运的手掌。希腊人的人生观包含着欢乐的元素，他们当中最睿智的成员，比如苏格拉底，会微笑着，甚至是欢闹愉快地看待一切。但是悲剧诗人的基本哲学像《旧约全书》一样，保持着肃穆和严厉。

我们并不知道，在那些伟大的剧作家所处的时代，希腊的舞台道具是如何设计的，因为没有任何关于公元前5世纪的剧场记录。不过它们的机械装置必定很复杂，因为在埃斯库罗斯的《被缚的普罗米修斯》中，海洋女神合唱团要飘浮在半空，直到普罗米修斯叫她们下来。虽然我们现在看到的剧本是这么写的，但当时也许并没有那么多我们想象中的动作要做，只需要合唱团动情地朗诵着故事，不需要像现代戏剧一样当着观众的面做各种动作。希腊的舞台上最多只能容下三个主要演员，他们在合唱团伴唱下吟诵。当悲剧主角在苦苦摸索时，合唱团负责传达高高在上的神明的冷酷意志，然后合唱团和主角用诗句对白进行辩论。

了解埃斯库罗斯最好的方法是阅读罗伯特·勃朗宁翻译的《阿伽门农》以及勃朗宁夫人翻译的《被缚的普罗米修斯》。英语诗歌的读者们当然也听过斯温伯恩那部精彩的《阿塔兰忒在卡吕冬》，它被J. P. 马哈菲教授（再也没有人比他更权威了）评为"现代对埃斯库罗斯精神最真实、最深入的模仿之作"。

第二位杰出的希腊悲剧诗人是索福克勒斯，他比埃斯库罗斯晚了一代。当时有一个传统，诗人要举行唱诗比赛，争夺奖品。在一场埃斯库罗斯也有参与的竞赛中，二十八岁的索福克勒斯赢得了奖品。从那时候开始，他几乎逢战必胜，直到公元前400年左右以九十岁的高龄去世。他创作了一百多部戏剧，其中有七部流传下来。他的戏剧的主题很传统，与埃斯库罗斯的戏剧的主题相似。希腊的剧作家与莎士比亚以及其他现代诗人一样，从不假装自己的情节是原创的，而是在表现技巧上互相竞争。索福克勒斯对戏剧艺术的剧场效果、表演节奏、悬念和高潮等方面都进行了改进。他在世界戏剧界受欢迎的程度，从他的作品《俄狄浦斯王》《俄狄浦斯在科隆纳斯》《安提戈涅》被翻译成英语、德语和法语出版的事实，就可见一斑。门德尔松曾为《安提戈涅》作曲。最近几年，理查德·施特劳斯创作了一部歌剧，剧本由霍夫曼斯塔尔根据索福克勒斯的《厄勒克特拉》改编。在英译本中，我比较推荐R. C. 杰布的散文版或者E. H. 普仑特的韵文版。不论哪一种译文，索福克勒斯的戏剧都能凭借纯粹的精彩故事吸引读者。至于它们的原版拥有怎样的魅力，只有真正能听懂希腊语，并感受到希腊语美妙的人才知道。俄狄浦斯及其母亲伊俄卡斯达的故事惊世骇俗，而索福克勒斯那讽刺的戏剧手法必定深深震撼了希腊观众。他们熟悉那

普罗米修斯

个故事,知道俄狄浦斯注定的厄运。但是在戏中,俄狄浦斯并不知道自己的命运已成定局,毫无意识地在骄傲和盲目中朝着结局跌跌撞撞而去。在其他所有文学作品中,再也没有比这更加扣人心弦的戏剧情节了。

第三位伟大的希腊悲剧诗人是欧里庇得斯,他比索福克勒斯年轻几岁。两位诗人在雅典观众面前竞争了半个世纪之久。与其他戏剧家相比,命运——那潜藏在希腊以及我们的世界背后的无形阴影——对欧里庇得斯算是较为仁慈的,因为他的九十部剧作中有十八部保存了下来。欧里庇得斯在诸多希腊剧作家当中属于比较浪漫(现代批评家快要把"浪漫"这个词玩坏了)的一位,意思很简单,就是说,他对爱情动机的描写比较多。

悲剧演员
(来自古代雕像)

倒不是说,其他诗人都不了解这种动机。那一千艘引发特洛伊战争的战船,不就是因为帕里斯和海伦的私奔而起航的吗?只不过,欧里庇得斯将爱情以及其他人类情感写成了支配人类行为的动机。从诸神和神话中的名角嘴里说出来的是当代人容易理解的语言。欧里庇得斯了解雅典社会,知道它已经变得世故、冷静而习惯怀疑,再也不相信神。他明白,要想抓住观众的心,就要表达全世界人类都能感受到的东西,表达那种流淌在血液中、独立于宗教外的感情。女巫美狄亚,因为怨恨詹森而杀害自己的孩子之后,仍然保持着传统神话角色的形象,乘坐插翅战车飞走了,但她的内心饱受折磨,如同麦克白夫人一样真实。

在《希波吕托斯》中,由于继子不愿回报她的爱意而自杀的淮

第一部分 古代文学

德拉，这一人物形象完全可以移植到现代音乐剧中。《在陶洛人里的伊菲吉妮娅》和《伊菲吉妮娅在奥利斯》两部戏中的女主角魅力四射。欧里庇得斯像后世任何一位小说家一样喜爱那个可爱的女孩。我们很容易理解，为什么他能够对法国和德国的浪漫戏剧产生强大的影响力。尽管欧里庇得斯热衷于描写人类，他最经典的作品《酒神的伴侣》却完全是关于神的故事，讲述了彭透斯国王反对崇拜酒神狄俄尼索斯，狄俄尼索斯对他进行惩罚的故事。那真是一部华丽疯狂的作品！观众几乎不需要任何希腊神话的知识，也能为吉尔伯特·默里翻译过来的故事激动不已。

美狄亚

　　对狄俄尼索斯的崇拜是悲剧的起源，同时，很奇怪的是，它也是喜剧的起源。悲剧代表着这种仪式的严肃一面，而喜剧则代表着笑声、欢宴和醉醺醺的嬉闹。雅典有一位杰出的喜剧作家，名叫阿里斯托芬，崛起于公元前5世纪的后半期。古代雅典喜剧不仅仅是一项娱乐，还是用来讽刺或抗议政治与社会恶习的工具，有点儿类似于现代那些尖锐的社论和政治漫画的功能。想象一下E. L. 葛德金、托马斯·纳斯特、W. S. 吉尔伯特、杜雷先生、乔治·艾迪、威尔·罗杰斯和阿特·扬的组合吧！通过与这些现代人的作品相比较，你就能对雅典喜剧、对其领军人物阿里斯托芬的风格有一些感觉了。这些对当地、当代的暗讽与阿里斯托芬的精神完美契合，因为他同样深受他所生活的环境的局限。他的戏剧再怎么诙谐机智，也很难引起现代观众的兴趣，因为我们看不懂他的哏。那些玩笑是写给雅典人看的，我们无法理解笑点在哪里，除非有额外的解释——但解释会抹杀趣味。不过，有些戏剧中一些具有普遍性的幽默还是能让我们会心一笑的。在他的十一部现存剧作中,有两部是攻击雅典政治家克里昂及其行为的。另有一部叫《云》的剧作,针对当时的哲学,顽皮地讽刺了苏格拉底。还有一部叫《蛙》的剧作,是对埃斯库罗斯和欧里庇得斯的文学批评。另外两部是要求与斯巴达讲和的。所有剧作中,最精彩的是《鸟》,一部讽刺了雅典人甚至全人类的作品,剧中群鸟在云端建造城市的设定真是令人愉快的想象,而且文字充满诗意。阿里斯托芬既是一位抒情诗人,也是一位嘲讽人类弱点的大师。

阿里斯托芬后继无人,显然再没有别的作家敢于或者愿意模仿他。希腊喜剧演变为新喜剧,将目光从他过往擅长的那种针对当地政治与公众的讽刺,转向礼仪、阴谋、闹剧或者普通人——我们所有人——的搞笑蠢事。新喜剧时期的主要剧作家是米南德,此处出现了断层,虽然他影响深远,但我们手中只有他的剧作残篇,都是过去三十年内发现的。罗马剧作家普劳图斯和泰伦斯从他那里继承了主旨、形式与精神,一直传到近代,剧作家莫里哀和莎士比亚又从罗马剧作家那里学习。我们不能断言,如果米南德及其同时代的剧作家腓利门被扼杀在摇篮中,莫里哀和莎士比亚就不会成为伟大的喜剧作家——假想的历史是无法解开的谜题。但是,那些希腊喜剧作家确实通过后世的剧作家影响了我们,从这种意义上来说,他们仍然活跃在我们的舞台上[①]。正如我们先前讨论过的,希腊悲剧诗人们同样通过剧作被直接采纳而活在舞台上——尤其是法国的古典剧场,以及稍晚些的德国古典剧场。拉辛和歌德直接使用希腊的

[①] 我们聊到喜剧这个话题,使我想起一个比较切题的好笑话:在我们这个盛行短发的时代,别忘了在米南德的喜剧《被剪短发的女孩》里,女孩被剪掉长发是愤怒的爱人对她进行惩罚的一种手段。——作者注

主题。英国人则从书面上进行了出色的翻译,但我想不到有哪一部可以上台演出的英语戏剧能跟拉辛和歌德的新式希腊喜剧相媲美。本·琼森,作为一位精力充沛而又讲求实际的戏剧导演和渊博学者,可能更了解罗马的塞涅卡,而不是希腊悲剧诗人。但塞涅卡了解希腊人。这种传承,就像所有宗谱一样,是隐晦的。现代剧场,与早在希腊杰出剧作家们诞生前数百年就已经存在的那些半宗教的狂欢和仪式之间,有着无可置疑的关系或渊源。

第九章
希腊哲学、演讲术与其他散文

> 所有人天生都有求知欲。
>
> ——亚里士多德

在全世界的图书馆里，再没有别的书能比一本优秀的希腊哲学史更深奥了，除非那本书包括古代哲学史。希腊的思想热衷于思索并探究事物的根源与人类的思维。在所有受过教育的雅典人当中，也许淘气的阿里斯托芬是唯一不爱参与各种形而上学的辩论的人。大多数有文化的希腊人都像呼吸空气一样吸收并吐出各种哲理。证据是，许多哲学言论的流行、老师向学生传授智慧，都不是正儿八经地坐在学校课堂里进行的，而是像平常聊天一样随意。如果说本章开头引用的亚里士多德的那一句名言似乎高估了普通人的思维（当我们想到很多人似乎对真正的知识毫无兴趣时），那是因为他是希腊人，而且他有很多空余时间用来思考。

两千年来，人类的思想获得了些许进步。柏拉图对天体运动的了解程度比不上我们天文台里最普通的天文学学者，现代物理学也不再关注古人用于研究物质世界的四大元素。现代心理学的研究——人类思维的运作与习惯——更是远远超过了最博学的希腊人设想出的情况。哲学的物质基础已经改变和发展,毫无疑问得到了大幅度的强化与丰富。然而,希腊精神在哲学的本质问题上已表现得足够透彻、深刻。有时候,我们只要对柏拉图和亚里士多德稍加研究,就会觉得,尽管我们具有知晓现代哲学(它们大部分都是从希腊哲学的基础上发展而来的)的优势,然而我们并没有比他们进步许多,甚至远远落后于这些热爱智慧的先人。

柏拉图和亚里士多德总结了他们的前辈哲学家的理念,并且提出了大量的原创想法,成为大多数重要哲学流派的基础,一直到今天。顺便让我插几句话吧,哲学并非少数受过高等教育的专家的私有权利,它与每一个人息息相关。我们全都是哲学家,只是无知或睿智的程度不同而已,因为我们都会以自己的方式思考人生和宇宙,或者模仿别人的思考结果。哲学家只不过是一位思考能力强于大多数人,并且思考的程度更加深入、条理更加清晰的智者罢了。他替我们把各种想法梳理清楚,不论我们是否同意他的想法。哲学家常常会用难懂的术语表达他们的思想,结果把我们听得糊里糊涂,而不是豁然开朗,这是因为人生的问题本来就复杂难明。从整体上来说,哲学家提供的是一种具有激励作用的帮助,尽管他们的思维有点儿难以理解。在文学的世界中,再没有别的分支比哲学更能让外行人玩得痛快了。让我们记住现代著名的哲学家乔治·桑塔亚那先生最近说过的一句话:诗人与小说家的哲学思想常常比专业哲学家的更为纯粹。

刚才的插话真长,让我们回过头来说说希腊人吧。在柏拉图之前,还有两三位思想家提出过一些重要的理念,但我们只能简单地介绍一下。赫拉克利特认为,人生是一个持续变化的过程,一切事物都与前一刻不同,也与后一刻不同。他认为,火是基本的物质元素,凝结之后能成为液体和固体,熔解之后又变回火。恩培多克勒发展出四元素理论：火、气、水、土。这种理论一直到现代才被推翻。他还提出了初步的进化论，说"最适应者才能生存"。毕达哥拉斯及毕达哥拉斯学派对科学、数学和天文学都有贡献，认为各种物质之间的差异全是数字问题。好吧，物理学家们不久前才刚刚发现，两种物质之间的差异是由组成它们的电子的振动频率决定的。这些充满想象力的古希腊人不能到现代实验室中看看他们的原始直觉得到科学实验的证实，真是太可惜了。

早期的希腊哲学发展到了承认传授哲学是有酬职业的程度，哲学老师们被称为"诡辩家"。然后，在公元前5世纪，也就是索福克勒斯和欧里庇得斯的那个时代，雅典的大街上出现了一位贵族，一位有远见的思想家，他就是从来没有写过任何著作的哲学家——苏格拉底。他一生的大部分时间都在和人们聊天，谴责自以为睿智的人，鼓励年轻人去追寻真理。他聊天的方式幽默而讽刺，有时候会给出直接的断言，但通常会用提问的方式引出结论。他那关于无知的假设不能简单地理解为一种随意的姿态，而是一种引人注意的方式。他本质上是一个严肃的人，相信自己是受到内心声音或者"坏蛋"的驱使而出来做老师的。理解他的人爱戴他，但是他的激进言论、对国家的反对性批评、令人气恼的辩论方式以及他对传统惯例的漠视，给他招来了很多敌人。他受到指控，说他祸害年轻人、引入新神，因此被判有罪。这种指控当然是捏造的，整场审讯就像一出政治闹剧。苏格拉底如同一位真正的哲学家一样，接受了自己

苏格拉底学院

的判决,将剩余的日子用来与朋友们讨论永生问题。人类给自己开的苦涩玩笑之一——苏格拉底深深体会到其中的黑色幽默——就是杀死好人与勇者。我们怀着敬意将苏格拉底的命运与耶稣的命运相比较,会发现他俩很相似,差别在于,苏格拉底被害时七十岁,已经度过了一段很长的人生,说过了他想说的话,而耶稣被钉上十字架时还相当年轻。

要学习苏格拉底的思想,我们必须求助于他最杰出的学生柏拉图。后者将老师当成自己思想的代言人,很难分清他的哲学对话录中,哪些是苏格拉底的,哪些是柏拉图自己的。其实这对于人类智慧来说没什么区别。这种苏、柏联手的方式囊括了希腊的至高哲理。它的文学形式令人愉悦,是一种你来我往、一问一答的聊天方式,既活泼,又具有人情味和戏剧性。流传至今的《柏拉图对话录》大概有二十篇,几乎涵盖了人类思想的每一个方面。苏格拉底当然是其中的主角,负责说出柏拉图最喜欢的观点。但苏格拉底并没有独领风骚,因为柏拉图也会以令人惊叹的公平方式将各种观点分配给其他角色,好让同一个问题的所有方面都得到讨论。而且,有些问题并没有得出结论,因为从诚恳的哲学角度考虑,它们必须一直如此。"大部分思想——甚至包括大部分基督教思想——的萌芽,都能在柏拉图这里找到。"这是本杰明·乔伊特的观点。他对柏拉图作品的翻译是英译本中的经典,而且他对其中好几篇对话录的解释也是文学评论方面的大师之作。

这本书是不可能把柏拉图的许多思想说清楚的,即使只是简略地介绍一下也办不到。但我们可以略微提一提其中的两个。一个是苏格拉底受人推崇的观念:知识是美德,无知是恶习。人们犯错是因为他们不知道更好的做法——这种信念在今天广为流传,是对罪恶做出的最好解释之一。这也符合那位临死时说出"原谅他们吧,因为他们不知道自己做了什么"的人的教诲。另一个是柏拉图哲学的核心思想：现实世界由心而生，物质个体仅仅是心中想法的投射。假如你爱上一个美人或者一朵美丽的花，事实上，你爱上的其实是美丽的想法，而不是某个美丽的实体。这是对柏拉图式爱情学说的一个粗糙的、不完整的说明。如今，这种概念的范围被错误地收窄，只用来形容男人和女人之间的友谊。但柏拉图的思想远比这要广泛，等会儿我们讨论《宴话篇》的时候你就明白了。

对于那些对专业哲学不感兴趣的读者来说，《柏拉图对话录》中最有吸引力的是《理想国》、《申辩篇》和《会饮篇》。《理想国》不仅描述了一个理想的共和国，还分析了人类的灵魂和正义的本质。在理想的共和国中，国王不是政治家，也不是富人，而是思想家、哲学家，是一个思想超越其他人的完美之人。《申辩篇》是对苏格拉底的审判和最后的那段日子优美而动人的叙述。不论对话录中的对白是出自苏格拉底本人之口，还是由身兼艺术家与诗人的柏拉图编写而成，并没有太大的关系，总之，其影响巨大。其中有一句精彩的结论："好人不论生前还是死后都不会遭遇恶报。"

《会饮篇》从整体上来说是柏拉图最出彩的文学作品。它的主题是爱情，由不同的角色从很多角度进行讨论。出场角色当然有苏格拉底，他一如既往地负责睿智的结语；此外，还有年轻的才华横溢的亚西比德，他在雅典政坛举足轻重。正是在这一篇对话录中，我们找到了柏拉图式爱情的真正阐释。这个名词在大众的使用过程中遭到了搞笑的误解和滥用。它的基本概念是：所谓爱情，爱的是美丽的想法，被爱的对象只是一幅画像或一种形式的理念的反映。不过，通篇对话录的讨论都比较委婉，也没有什么明确的说明，因此这个定义可能不太准确。我们从莎士比亚的十四行诗中可以找到对柏拉图式理想爱情的诗意表达，但是诗中还加了很多其他内容。

在《会饮篇》中充满各种元素：智慧与快乐，可与剧作家相媲美的角色勾勒技巧，能将柏拉图最复杂的思想解释清楚的幽默，以及真正的诗人才能写出来的优美措辞。所有的现代哲学家——不论来自哪个流派——也许都会同意，柏拉图是他们那一行的至高荣耀。

柏拉图最优秀的学生亚里士多德，定下了接下来两千多年欧洲哲学的发展方向。一直到17世纪，他都是"哲圣"。他的学说赋予了基督教官方哲学活力，而基督教是在他去世四百多年后才成立的。他的权威如此牢不可破，以至于像弗兰西斯·培根那样的现代哲学家群起反抗，要求获得独立研究的权利。这种权利其实与亚里士多德的精神是一致的，只不过被学者、学究们歪曲了。亚里士多德拥有自由的灵魂，怀着求知探索的精神，尊重科学的本质，寻求事物运行的原理。他很尊敬柏拉图，但是他俩在一个关键的重大哲学问题上产生了分歧。柏拉图是一个梦想家、神秘主义者、艺术家、诗人，他相信永恒的现实是抽象的概念，万事万物都只是心中的反映。亚里士多德则更为务实，他天生头脑冷静、明白事理，相信万事万物都有各自的性状，但有可能会被我们误解。他相信你、我、石头、木头都是真实存在的物质，而类似人类、大自然、美丽这种泛称的词并没有实体，只是为了分类才会用到它们。

亚里士多德与柏拉图在世界观上的根本差异成了哲学的主要问题之一，一直延续至今。它没有答案，永远也不会有，除非能让双方阵营的哲学家都满意。如果亚里士多德今天还活着，他可能会跟实用主义者在一起，或者成为物理学的实验者，虽然这种说法立刻就会遭到那些反对实用主义的人的驳斥。我听说过的针对亚里士多德或者任何其他哲学家的最有说服力的评论，来自伟大的理想主义者乔西亚·罗伊斯。

"形而上学"这个词作为基本的哲学原则，其诞生要归因于亚里士多德。不过这事纯属偶然：他本人称这个主题为"第一哲学"，但他的一位编辑将相关的著作排在了他的物理学（"physics"）著作后面（希腊语的"后面"写作"meta"），"metaphysics"就是这么来的。亚里士多德是他那个时代的全能学者，他动手整理自己的学说：第一哲学、自然历史、伦理、政治、文学批评。随着知识的多样化与专业化发展，现代哲学家绝对不会尝试这么多学科，因此，没有现代哲学家能够拥有这种宏大而统一的认知，不论是康德、黑格尔，还是斯宾塞，都办不到。亚里士多德的形而上学理论被后世思想家的理论取代了。他缺乏柏拉图的那种文学艺术精神，无法吸引纯粹的文学读者，因此他的文学技巧无法在文学界长青。对于没有哲学专业知识装备的普通读者来说，他的《伦理学》《政治学》以及在文学批评方面无可超越的《诗学》，足以概括他的思想。最后一本在编辑时还增加了S. H. 布彻的论文，更添活力。萧伯纳在他的精彩喜剧《芳妮的第一个剧本》中嘲笑了一位批评家盲目崇拜亚里士多德的戏剧观。可是，经过这么多个世纪之后，亚里士多德的《诗学》地位仍然稳固而必不可少，任何读过它的人，在文学判断力方面，即使是针对最新的小说，也不会犯什么大错。

　　亚里士多德之后，有两个重要的思想流派分别主宰希腊和罗马的世界：斯多葛流派和伊壁鸠鲁流派。这两个流派并不排斥柏拉图和亚里士多德，相反，它们大量汲取两位大师的智慧。斯多葛流派和伊壁鸠鲁流派是讲求实用的哲学，尤其适合处于一个正在快速扩展、四海交融的世界里的知识分子。亚里士多德最著名的学生——亚历山大大帝，征服了与希腊利益相关的每一片土地，在埃及建起亚历山大港。这座城市，正如前面所述，成为希腊文化的中心，尽管作为希腊文明心脏的雅典从未停止过跳动。亚历山大的帝国瓦解后，威严的宝座转移到罗马人的手里，被征服的希腊人变成了罗马征服者的老师。但罗马人不像希腊人那么喜欢纯粹的思考，所以很自然就吸收并发展了希腊哲学中那些与日常生活密切相关的、更为实用的内容。

如今，"斯多葛"成了常用词。当我们说某人很"斯多葛"的时候，意思是说他能够平静地承受痛苦。这层含义确实就是古代斯多葛流派哲学家的精神，不过，这只是他们的信条的一部分。他们通过忍受痛苦表现出来的并不只有勇敢，还有对愉快感情的压抑或控制。对于斯多葛流派来说，智者是不会任由感情脱离控制的，生命的目标在于智慧、理想，而最大的幸福在于施行善事。

斯多葛流派最著名的两位代表人物是奴隶出身的爱比克泰德和高贵的罗马皇帝马可·奥勒留。爱比克泰德生活在1世纪，年轻时是个奴隶，随后获得解放，成为一位传教士和牧师。他和苏格拉底一样，口头授课，他的著作《爱比克泰德语录》是他的一个门徒为了记录他的思想而编写的。他靠着放弃世俗所有的野心而战胜了贫穷与疾病。他相信真正的哲学是理解大自然之道，是服从诸神的意志。他很像早期基督教教堂的赤脚圣人，他传授的理念与圣保罗传授的相似，他认为，我们都属于一个躯体，每个人都应该明白，自己必须为所有人寻求福泽。不过，一直到许多年以后——具体的时间在思想史上从来都是一个复杂的问题——希腊和罗马的伦理学思想与后来出现的基督教思想才互相妥协，并且发现它们之间有很多相似之处。从那之后的数个世纪，基督教的牧师和修道士将希腊和罗马的哲学传承至今。

所以，当我们发现睿智温和的罗马皇帝马可·奥勒留对基督徒抱有敌意时，就不必惊讶了。哲学流派之间的纷争既是人类的喜剧，又是人类的悲剧。在那个遥远的年代里，虽然基督徒所宣扬的理念与马可·奥勒留的理念很相似，但他是皇帝，他相信罗马帝国的神圣，而基督徒并不关心罗马帝国，所以会遭到他的厌恶。很奇怪的是，1世纪时，虽然爱比克泰德和其他哲学家是马可·奥勒留的很多思想的来源，但都被驱逐出了罗马，因为他们是反对图密善皇帝暴政的"自由主义者"。马可·奥勒留并非暴君，而是一位非常"林肯式"的人物，尽职尽责。他经常为瘟疫、饥荒与战争而苦恼，他是最彻底的和平主义者和不抵抗主义者。斯多葛哲学提倡尽责、节俭，这对罗马皇帝来说真是罕见的美德，他的著作《沉思录》——他在书中题词为"致自己"，收集了用来鼓励自己振作、敦促自己继续前行的格言与道德忠告。他的哲学观并非针对宇宙的系统描述，而是性格的表达，类似于我们今天说的人生哲学。"人生，"奥勒留皇帝略带伤感地写道，"与其说像跳舞，不如说像摔跤。"不过，在书的末尾，他引用了其老师爱比克泰德的话："没有人能夺走我们的意志。"这正是对斯多葛哲学的核心最直白的描述。不过，我们为什么要在一个讨论希腊哲学的章节里介绍罗马皇帝呢？因为，这位罗马绅士有着拉丁人的一切特点，却用希腊语思考和写作。到后来，所有欧洲国家的绅士都用拉丁语思考和写作（如果他会写作的话）了。在十二三世纪时，有教养的英国人说话可能不像英国人，反倒像法国人，这个事实也许可以作为同类情况的另一个例子。思想无国界——这句话尤其适用于斯多葛流派的哲学家或者其他任何一位希腊哲学家。"我们为彼此而生。"罗马皇帝马可·奥勒留说。而犹太大主教保罗也说过类似的话。

伊壁鸠鲁及其追随者的学说，在某种程度上，是斯多葛流派的反对者，也与柏拉图和亚里士多德的更成熟完善的理念相反。伊壁鸠鲁哲学宽容、仁慈，不像斯多葛流派那么拘谨（我们也许可以用一个现代词"清教徒"形容这个希腊哲学流派的哲学家们）。伊壁鸠鲁在心理学方面的理论非常完善，他了解人类的心理，知道人类受欲望的驱使，即使欲望永远无法满足。伊壁鸠鲁强调"生命、自由和追求幸福"的权利。他相信，感官是知识的主要来源。正因如此，他的名字，或者说他的哲学流派的名字被人们奇怪地扭曲了：一个"伊壁鸠鲁人"是一个喜爱美食的吃货。这种形象与这位伟大老师的真实形象真是相差太远了。据我们所知，他十分节制、温和。他倡导感官带来的愉悦，也倡导责任与朴素带来的快乐。他了解人类的天性，脚踏实地，对那些天马行空的哲学家抱有几分怀疑的态度。对于英语读者来说，这一思想流派最基本的可贵之处在英国批评家沃尔特·佩特的著作《伊壁鸠鲁信徒马利乌斯》中表达得最为准确。时至今日，不光专业学者，连艺术家和诗人也在复活和挖掘伟大的希腊宝库。

我们对希腊人的评价有可能过高，凡事都尊崇希腊，现代很多文学家都有这种情况，比如斯温伯恩、马修·阿诺德、沃尔特·佩特等人。文学批评应当保持公允，从所有时期、所有民族中寻找最好的作品。然而，我们对希腊人的评价不可能不高，因为除了某些只有现代才有的科学，他们确实发展了每一门艺术、每一种科学。

在希腊各地，尤其是雅典，盛行高水平和具有极大影响力的演讲术。人们演讲的内容如果被记录成文字，并且读起来赏心悦目，就成了文学。大多数演讲，就像唱歌和表演一样，随着嗓音的停止而消逝了。不过，嗓音中的精神与智慧，有时能被保留下来。埃德蒙·伯克在英国议会上的讲话和口头演说方面似乎都没有给人留下深刻的印象，但是他的演讲词却在英国文学史上占据一席之地。其他演讲者，比如格莱斯顿，虽然能够引起愤世嫉俗的政治家和大多数民众的注意，但冰冷的文字显得索然无味。还有一些人，既有演讲天赋，又有文学素养，经得住文字记录的考验。希腊的演说家们将这门艺术提升到了几近完美的程度，因为他们的政治命运对演讲的依赖程度是我们这个时代无法想象的。我们拥有新闻报纸和议会记录，而古希腊人从来没有见过印在纸张上的演讲。吕西阿斯是雅典著名的演说家之一。他并非合法的居民，没有资格在公众场合演讲，于是他运用自己的天赋为其他演讲者撰写演讲词，成为一名无声的演说家。也就是说，他是一位职业的演讲稿撰写人。唯一的例外是，他的哥哥波勒马科斯被暴君埃拉托色尼害死后，他发表了一次反对埃拉托色尼的演讲。

吕西阿斯以一种严肃的商业态度为客户服务。他就像现代的律师，擅长写诉状，有需要的时候能够上庭用动人的嗓音和演说的技巧说服法官与评审团。另一位与吕西阿斯同时代的伊索克拉底也是演讲词作家，但他只负责写，从不当众演讲。他还是一位修辞学和演讲术老师，而且可能是公元前4世纪最著名的老师。他将演讲术的主题从吕西阿斯处理的那种普通事务扩展到宏图大业上，以庄重、雄辩的方式进行讨论。他的作品不仅仅是各种雄辩，他对雅典的赞美，以及希望雅典勇敢抗击波斯、慷慨对待其他希腊城邦的劝说，都是逻辑清晰、诚心诚意的。

德摩斯梯尼是所有希腊演讲家中最伟大的一位，可能也是历史上最卓越的一位。关于他的舌辩之力有着各种愚蠢的传说，比如，说他为了增加词汇量而往嘴里放鹅卵石——没有哪个练习演说艺术的人会使用这种蠢办法。不过，他的口才无疑能够吸引听众，他留存于世的演讲词是最高水平的散文，结构清晰、充满想象。他最著名的演讲是对马其顿的菲利普发表的。后者正在征服希腊的其他地方，为他的儿子亚历山大打下帝国的基业。德摩斯梯尼对菲利普的攻击凌厉而激昂，以至于成了这种演讲类型（不论是写的还是说的）的代名词"philippic（激烈的抨击）"。德摩斯梯尼是一位讲究实际的政治家，也是文字的艺术家。所以，面对从北方袭来的压倒性武装力量,他尽了一个说客最大的力量保护雅典。他最精彩的演说是《王冠之上》。当时有人提议,为了表彰他为雅典做出的贡献,给他颁发一个黄金花环或王冠。但他的政治敌人和辩论对手埃斯基涅斯作为菲利普的喉舌,提出了反对意见。不论这件事结果如何,可以肯定的是,德摩斯梯尼以雄辩的口才将对手打翻在地,并且为自己奠定了散文巨匠的地位。他的演讲词,即使经过了翻译,也仍然保持着活力(至于用嘴巴说出来的效果如何,我们就只能猜测了)。

德摩斯梯尼

醉心于希腊文化的弥尔顿在他的《复乐园》中用几行与故事无关的华丽诗句总结了他学习古典文化的心得——文学的学者战胜了叙事的艺术家:

> 著名辩士随后补上,
> 那古老的雄辩无可抵御,
> 那凶猛的民主随意志舞起,
> 撼动着军火库,在希腊上空炸响,
> 直达马其顿和亚达薛西的宝座。

再往后的希腊文学和语言发展史也很迷人,但我们不会过多地介绍它们。希腊——就是以雅典为中心的阿提卡地区的希腊——曾经被马其顿和罗马征服过两次。两次征服期间,被征服者都在文化上占据了支配地位:雅典以及追随它的城邦主宰了世界的思想。整个古典拉丁语时期,有文化的罗马人都理所当然地能说会写希腊语。大概在4世纪，得益于罗马的政治霸权，拉丁语成为受教育者的主流语言，希腊语随即消失。过了十个世纪，希腊语才在文艺复兴时期蓬勃的学习热潮中复活。

在后期的希腊作家当中，有一个天才人物，他不但拥有杰出的著作，而且对现代作家产生了深远的影响。他就是讽刺作家卢西恩。他充满创意与智慧，更重要的是富有幽默感，是他那个时代的斯威夫特、伏尔泰和马克·吐温。他生活在2世纪，时代的变迁给我们保留了他的很多作品，并且他的作品已经被翻译成英文版，如同其他希腊文学作品一样清新、有趣，令人愉快。《真实的历史》讲述了一趟前往月亮的旅程，描述太阳民族与月亮民族之间的战争，是一部天马行空的搞笑小说，令人联想到拉伯雷、斯威夫特和儒勒·凡尔纳的作品。斯威夫特笔下的格列佛很可能从卢西恩那里借鉴而来，当然斯威夫特本身的天赋也毋庸置疑。卢西恩是明确的怀疑主义者，什么都不相信，但非常敬重柏拉图和苏格拉底。他热衷于挑战传统众神和哲学家，如果出生得早一些，也许就会落得与苏格拉底一样的结局。在《亚历山大》中，他严厉地批评了一个江湖骗子给整个希腊和罗马世界设置障碍。对于卢西恩来说，所有宗教都是迷信，所有哲学——或者说大部分哲学——都是诡辩的文字游戏。不论卢西恩的信仰如何，他都是一个想象力丰富的伟大艺术家。精通——或者假装精通——希腊文的人都说他的写作风格魅力十足。而他的思想魅力、智慧和丰富的知识，即使经过翻译已有衰减，也仍能传达到我们的眼中。

随着希腊文学的衰落，诗歌消失了，哲学的活力也熄灭了，诡辩家、学校的职业老师们对人类的思想发展毫无贡献，只会毫无意义地重复前人的话。

不过，在希腊的暮色中，仍然发生了两件对文学界和思想界十分重要的事情。一件是小说的出现,另一件是希腊思想与基督教思想的融合。希腊小说,或者叫作传奇,并不出彩,只是把诗歌写成了散文。但它的意义比它的作品更重要,因为它影响了罗马和中世纪的文学,可能还参与塑造了冒险小说的基本形态,一直被沿用至昨天刚刚出版的小说。其中最迷人的例子要数朗戈斯的《达夫尼斯与赫洛亚》,写于2世纪左右。其他希腊传奇完全依靠惊险刺激的故事吸引读者,而《达夫尼斯与赫洛亚》更接近于现代小说,因为它有感情描述:两个孤儿在牧羊人的抚养下一起长大,感情慢慢从幼稚发展到成熟,后来一起出去冒险。这样的手法使它散发着类似《保尔和薇吉妮》的那种情感光芒。

希腊思想与基督教的融合非常重要,很多在教堂中有影响力的哲学家从精神到语言上都保持着希腊人的风格。基督教的基础是希伯来语,它的主要倡导者保罗自称是"讲希伯来语的希伯来人"[①]。后来,随着罗马征服世界,拉丁语成为教会的官方语言。不过,在早期我们从希腊语版本的《圣经》中可以看出,基督教中流行的语言是希腊语,但不一定是希腊思想。保罗必定是看着希腊语版本的《圣经》长大的,可能还会用希腊语传教,因为它似乎是每一个文化人都能听懂的语言。后来有一位重要的希腊作家刻意将希腊思想注入基督教教义中,他的名字叫奥利金,是一位传教士兼《圣经》编撰者。他更应该被归为宗教历史人物,而不是文学艺术家。基督教文学一直到古希腊的政治和文化影响力都消停后,才开始成熟并蓬勃发展起来。我们要记住,希腊的力量虽然并非独一无二,但占据统治地位长达一千多年,而希腊文化的复兴是过去五个

[①] 讲希伯来语的希伯来人:意思是血统纯正,并且继承了父辈的语言与传统。——作者注

世纪内最重要的事件。在那一千年的活跃期和随后一千年近乎彻底湮没的沉寂期，希腊曾经是、现在也是世界文明的中心。你不一定要能轻松阅读希腊语——很少人能做到——但一定要，或者说高度推荐，通过后世的文明和语言了解一些最优秀的希腊思想。希腊人虽然有过很多失败，但他们使用包括文字记录或雕刻等方式，表达这个世界和异世界的丑陋与美好，以及我们这些占据宇宙一个小小角落的人类的各种可笑的悲哀。历史上再也没有其他民族有这种能力。

第十章
罗马历史与历史学家

> 我来了,我看见了,我征服了。
>
> ——尤利乌斯·恺撒

书写历史的人不一定是历史事件的当事人。记录历史的人、述说生活的人,往往很羞涩,无法带领团队或者在辩论中与一群政治家对抗。可是,文学如同人生,并没有绝对的规则。有时候,历史事件当事人恰好就是历史的书写者。在这种拥有双重天赋的人当中,拿破仑和尤利乌斯·恺撒就是佼佼者。恺撒创造历史,也记录历史。他的《高卢战记》和《内战记》(恺撒和庞培之战)叙事清楚、简洁而真实。

由于简单,《高卢战记》被用来作为拉丁语学习的初级教材,所以读过它的人(如果学校教室里的苦学也算是阅读的话)可能比读过其他拉丁语书籍的人更多。很多人在年轻时就讨厌它了,就像我们讨厌那些被学校要求进行分析、解读的英语名著一样。但是,成熟的读者接触到恺撒的作品(不论是原版还是优秀的译文)后,会发现它们是趣味十足、爽快活泼的故事。我们对罗马北方行省的了解有一半来自《高卢战记》,那些地方后来发展成现代

尤利乌斯·恺撒

国家。而我们对罗马内部事务的理解则依靠《内战记》这份不可或缺的文献。

恺撒做记录，是为了替自己辩驳。但他作为一个艺术家和政治家，深知节制的重要性，所以他的描述没有空话和夸耀，也没有对事实过度的扭曲。他的姓氏被当成皇帝的通用称号，不仅在罗马，连德国和俄罗斯都使用，由此可以看出他的名声多么显赫。他死于布鲁图和其他自由主义者，或者说心怀忌恨的爱国主义者的手中，这件事成为历史上一个讽刺人类唯我独尊的极端例子（甚至比拿破仑的一生更具有戏剧性）。对于英语读者来说，他的人生悲剧与人格魅力在莎士比亚的戏剧中表现得最为精彩。恺撒令现代历史学家着迷，而后者的作品又迷住了外行的读者。其中最有说服力的是德国人特奥多尔·蒙森的《罗马史》，以及后来的意大利人古列尔莫·费雷罗的《罗马的兴衰》。两部作品都是用英语写的。

恺撒的作品属于个人回忆录，是他本人在比他自身更雄伟但由他部分决定的一系列事件当中的冒险。现代有一个与之类似的例子是格兰特将军的《回忆录》。而且，在我们这个时代，参与过1914—1918年那场世界大战的将军、司令、外交官们写下的各种自传、回忆录，数也数不清。

第一位不带个人观点，或者说客观的罗马历史学家是与恺撒同时代的支持者撒路斯提乌斯。他本来是活动家，后来成为努米底亚——罗马位于非洲的行省——的总督，富甲一方。公元前44年恺撒死后，撒路斯提乌斯退休，回到自己的豪华庄园里，过上了绅士与学者的生活。他是一位优秀的历史学家，雇用秘书为他整理文献

第一部分 古代文学

资料。他也是一位艺术家，有品位，有戏剧叙事的天分。他有两部完整的作品流传下来，一部是《喀提林阴谋》（这也是西塞罗的著名演说的主题），另一部是记述罗马人和努米底亚国王朱古达之间的战争的《朱古达战争》。恺撒和撒路斯提乌斯的著作仅仅是罗马帝国漫长历史中的数个插曲，而罗马帝国仅仅是人类漫长故事中的一个章节。不过，这两位历史学家断断续续的记录，为我们提供了一个罗马版图的鲜明画像，恺撒描绘的是北方，撒路斯提乌斯描绘的是跨越地中海的南方。

尤利乌斯·恺撒、西塞罗和撒路斯提乌斯之后的下一代人跨过公元的界限，进入基督纪元①。当时的罗马帝国就是整个世界，一个事实上和形式上的帝国，由尊贵的恺撒们统治。第一位"恺撒"名叫奥古斯都。在他统治下的文学时期被称为奥古斯都时代，如同包括莎士比亚在内的一段英国文学时期被称为伊丽莎白时代一样。奥古斯都时代最著名、最杰出的拉丁散文巨匠是李维。他尝试完整地讲述罗马历史，从最初一直讲到他自己生活的时代。他的作品名字类似于《罗马史》，这是一项浩大的工程，差一点儿就完成了。如今留存下来的篇幅虽然只有其中的四分之一，但足够获得现代历史学家近乎一致的推崇。他被奉为最伟大的编年史作家之一。他创造了罗马的散文史诗，就像维吉尔创造了韵文史诗一样。而且，李维的文字充满了诗意。

在历史记载中，公元前的罗马大部分都是由李维创造的，或者根据先辈历史学家的作品再创造出来的。他对自己所处的时代抱悲观的态度——历史学家和哲学家多数会如此——因此他以遗憾的心情回顾过去，表达自己的一腔爱国之情。我们在最近的一些作家身

---

① 基督纪元：以耶稣诞生之年作为纪年的开始，又称"公元"。——译者注

上也发现了同样的态度。举个例子，他们觉得文艺复兴以来，或者从制定美国宪法至今，人类没有做过什么好事。这不是一种批评的态度，但有利于辩论和戏剧的发展；一个不能赞赏自己种族或者祖国的过去的人，不是天生的历史学家。而李维正是一位天生的历史学家，视野广阔，学识渊博，学习并超越了先前的罗马历史学家，为后来的罗马历史学家们奠定了基础。他的作品译本简单易懂，就连史学的外行读者也读得津津有味。

塔西佗生活在1世纪的后半期至2世纪初，是罗马历史上第三位伟大的历史学家。他的《日耳曼尼亚志》是对生活在两千多年前的日耳曼人祖先的最早记录。塔西佗和恺撒一样，非常尊重那些与开化的罗马相比较原始的野蛮民族。确实，罗马能够统治世界的原因之一是，他们尽管是无情的掠夺者，但整体上对其他民族与国家有一种慷慨的、贤明的理解。不仅如此，塔西佗盛赞日耳曼部落简朴与诚实的优点，希望它们能成为挥霍无度、奢侈放纵的罗马社会的道德标准。对于英语读者来说，他给岳父——罗马派驻不列颠的总督——写的传记体悼词尤其有趣。他还写了自己所处时代的历史，这部作品大部分流传至今，是我们了解早期帝王们的基本知识来源。那些帝王多数很坏。塔西佗擅长描述人物性格，措辞中散发着简洁的活力。他是一位严厉的道德家，对帝王们的罪行毫不宽恕。但是他也和当时大部分罗马贵族一样，相信帝国，相信罗马民族的优秀本质。"我相信，"他说道，"历史最大的用途在于毫无遗漏地记录有价值的东西。"塔西佗和大部分古代历史学家一样，讲究道德、爱国、追求艺术，这种精神仍然或多或少地留存在现代历史学家们的著作中，即使是那些坚持公正地研究文献资料、追求真相和批判性判断的人也不例外。

对于现代读者来说，了解罗马的历史不需要去看原始的拉丁文编年史，看这个时代里我们民族历史学家的著作就可以了。他们研究过拉丁语的原稿，萃取其中的精华，用他们自己的方式和我们的语言讲给我们听。英国有一位伟大的罗马历史学家叫爱德华·吉本，他的《罗马帝国衰亡史》是一部英语文学杰作。吉本的著作在18世纪末期出版后，后来的研究者们又发现了许多资料，于是他们对吉本的著作进行了很多修正。但吉本在他的时代确实已经掌握了几乎所有能了解到的罗马历史，并且将它们严密地组织在一起，所以有一位近代批评学者称他为"有史以来最成功地处理罗马财富的历史学家"。作为现代学者，吉本尽可能逼真地还原罗马的精神，而且由于他接受的早期教育是英法双语教育，他的写作方法显得更为贴切。他的第一部作品是用法语写的，据说他的英语文字中也带有种种受到法语影响的痕迹。无论如何，他都是一位英语散文巨匠。他是异教徒，是隐居在图书馆里的隐士，也是一位世界公民。他的视野已越出英国，蔑视像牛津大学那样的英语圣殿。他对待基督教的那种非基督徒的、异教的、罗马式的态度引起了巨大争议，因为很多人从小受到的教育是，认为罗马皇帝的主要娱乐是制造基督教殉难者。即使吉本怀有偏见与成见（每一个人都会有），后世最渊博、最理智的历史学家之一，剑桥大学的J. B. 伯里，也已经在编辑《罗马帝国衰亡史》的过程中，通过注释和简介文字将它们纠正或者抵消掉了。吉本的罗马史从2世纪开始。如果你希望阅读连贯、完整的罗马史，那么，再没有比美国学者腾尼·弗兰克的《罗马史》更合适的了。

第十一章
拉丁史诗

> 噢,谦恭的曼图亚之魂,它的名声继续在世间传扬,一直到时间的尽头。
>
> ——但丁

创造像希腊一样伟大的文明,是罗马作家们的艺术与爱国雄心。这种雄心在戏剧方面一直未能实现,但是在诗歌方面,多亏了才华横溢的拉丁诗人维吉尔的努力,算是大致实现了。维吉尔对早期拉丁诗人的作品进行了润色与完善。数个世纪以来,他都是欧洲的"诗圣",正如亚里士多德是"哲圣"一样。贯穿中世纪的欧洲古典文化都是用拉丁语书写的,并非希腊语,但拉丁语借鉴和吸收了希腊语。维吉尔从过去到现在,都是罗马最杰出的代言人。很奇怪的是,基督教世界将他视为圣徒、先知和魔法师,类似于宗教传说中的主角。而13世纪的但丁将他尊为自己的祖师与导师。不过,无论这些显赫的名声当中有多少曲解的成分,维吉尔都是当之无愧的。除了19世

维吉尔

纪初某些无关紧要的批评,文学界每一个人,不论是诗人还是批评家,都将他奉为卓绝的拉丁语文学巨匠,是世界上仅有的五六位至尊诗人之一。

比维吉尔早一个多世纪的时候,诗人恩尼乌斯创作了一首长篇叙事诗《编年史》。这是一部类似于国家史诗的作品,如今只剩下几百行残篇,但仍然展现出戏剧的张力和诗意的魅力。不过它未能凝结民族的精神,更重要的是,民族的语言也没有发展到最高水平。恩尼乌斯将希腊的六步格诗引入拉丁语中,维吉尔则将六步格诗打磨至完美,被丁尼生誉为"人类所能说出的最美丽的句子"。

维吉尔的第一部重要作品是《牧歌》,描述乡村生活与故事,模仿希腊诗人忒奥克里托斯而写,表现出维吉尔对大自然、对当时他生活的意大利北方农场的热爱。光是《牧歌》本身,也许已经足够令维吉尔成为意大利的民族诗人之一了(尽管当时拉丁语已经不再是大众流行的语言)。虽然意大利的土地与春天一直没有变过,但没有一位诗人能像维吉尔那样细致微妙地感受它们。他的仁慈、怜悯与魅力,为略显虚假、陈旧的牧羊人和诸神的故事赋予了生命力,弥补了这些早期作品中不够成熟的缺陷。真正的诗人,即使是年轻时写下的作品也能立刻绽放出光彩。此外,在《牧歌》中有一个奇怪的迷信故事,这个故事表面看来很荒诞,但是在文学史上非常重要,因为它是基督教敬重维吉尔的原因之一。它隐晦地描写了一个注定要降生到人世并且领导世界走向和平的孩子。这个故事被解读成了基督降生的预言。在那个不辨是非的年代,许多珍贵的作品遭到忽视和毁坏,维吉尔的作品因为被误解而得以保存下来,实在是幸运啊!

《牧歌》虽然在某些方面表现出色,但是与《农事诗》相比,只能算是一次文学仿写的练笔之作。《农事诗》才是真正的自然诗歌，被称为"农牧之歌""森林之歌"。可能当时诗人富裕的赞助者梅塞纳斯想要推动某种"回归大地"的运动，因此鼓励维吉尔歌颂农耕生活。无论如何，这个主题能让维吉尔尽情地发挥天赋，甚至比在《埃涅阿斯纪》中更快乐、更自然。他对乡村的热爱跟他的希腊师父赫西奥德一样深厚，而且他亲身体验过农场的生活。他描绘的场景即使在今天看来，也和两千年前一样鲜活。他的夜莺仍在歌唱，如同济慈的夜莺歌唱得一样甜美。

《埃涅阿斯纪》在某种程度上是一首爱国之作。诗中的主角是忠诚的埃涅阿斯，但真正的英雄并非某一个人，而是永恒的罗马城。早期的诗人已经搭建好这个传说的框架，说是特洛伊城陷落后，从那里逃出来的流浪者建立了罗马城。这个故事没有任何史实基础，但维吉尔把它作为诗作的主题。既然埃涅阿斯要从特洛伊长途跋涉、迂回曲折地来到拉丁姆地区（现意大利拉齐奥大区），路上就可以发生很多像《奥德赛》那么惊险刺激的冒险故事了。而且在"武器和凡人"背后，使用诸神与命运的仙法道具指引英雄、伟大的城市取得辉煌的成就，是很常用的桥段。在我们的时代，诗歌只不过是一种令人愉快的艺术玩具，因此我们几乎不可能理解罗马人对《埃涅阿斯纪》的欢迎程度。它表达了罗马的一切理想事物。它的主题，加上诗中对拉丁语无可匹敌的运用水平，使它成为古罗马文坛的霸主。

维吉尔未能见到自己的作品被捧上神坛，这首诗是在他死后才出版的。据说，他非常不满意自己的作品（任何一位尽职尽责、追求极致的艺术家都了解这种感觉），以至于留下遗言要毁掉它们，幸好被他的朋友们以及奥古斯都皇帝拦住了。奥古斯都皇帝是诗中最后一位出场的凡人英雄，是一个歌功颂德的重要章节中的主角，他有特殊的理由保护这部由他最出色的臣民写的作品。维吉尔如果活着,就会被册封为仅次于皇帝陛下的达官显贵。结果,他的坟墓成了宗教圣殿。再没有别的诗人比他更有资格得到如此的敬意了。

我们如果听不懂拉丁语诗歌,就通过最朴实的译本(约翰·康宁顿忠实于原著翻译而成的散文)阅读《埃涅阿斯纪》吧。我们看到的是什么?基本上就是一个故事,一个不是罗马人或者学者的读者也能够理解的故事。这个故事中唯一的败笔就是战斗场景——真是惨败啊!维吉尔不得不描写它们,因为它们是挣扎中的罗马、征服中的罗马必不可少的一部分。然而他的温柔天性并不适合战斗,所以他几乎完全没有荷马那种在冲突中挥洒自如的爽劲。他在序言中介绍自己的诗歌主题是创建罗马过程中的奋斗、勇敢和困难。他比荷马更贤明、更仁慈。但我们不会在这里纠结哪位诗人更伟大的愚蠢问题,因为所有优秀的作品都是互相独立、无可比拟的。

维吉尔在歌颂罗马的辉煌与宏伟的同时,也感受到了"万物之泪"。他是一位名副其实的浪漫主义者,为罗马的命运担忧至死。他又是一个传奇故事作家。罗马人并没有类似于我们小说的文学作品(可能佩特罗尼乌斯·阿比德的作品除外,我们后面会谈到他),所以他们的浪漫情怀、他们对爱情故事的热爱,是在戏剧和诗歌中得到表达与满足的。维吉尔在《埃涅阿斯纪》中加入了狄朵的故事。埃涅阿斯与狄朵之间的爱情只是这位英雄一生功绩中的一段插曲,却是狄朵一生的悲剧。这是人类本性的真实体现,而人类本性是一切文学、小说或者神话史诗的基础。

后来拉丁语统治了欧洲文化,维吉尔又是拉丁语文坛上一位光芒四射的天才,所以他对英国诗歌有巨大的影响力(过去英国诗人把阅读拉丁语书籍视为理所当然的能力,但那个时代几乎已经结束了),并且吸引了很多能人尝试翻译他的作品。德莱顿的译本是一部英语经典,就像查普曼或者蒲柏的《荷马史诗》一样。19世纪,出现了一位令人赞叹的人物，他能在吃早餐前读完一百行诗，在吃午饭前设计出一张挂毯，他就是威廉·莫里斯。他用类似于查普曼的《荷马史诗》那种多姿多彩的长诗句，翻译出一个活泼的版本。如果马修·阿诺德以"翻译维吉尔"为主题写论文的话——类似于他那篇关于荷马的论文——他可能会严厉地批评莫里斯及其他所有译者。我最喜欢散文式的翻译，比如康宁顿和J. W. 麦凯尔的译文。麦凯尔的拉丁语就像第二母语一样熟练，而且他的英语写作水平也很高。康宁顿的介绍性论文不仅回顾了维吉尔作品的其他译本，还讨论了将诗歌从一种语言翻译成另一种语言时遇到的种种难题。

　　诗人也是凡人，如果一定要说激发他们灵感的想象力中有任何真实的东西，那么，狄朵说过的一句关于埃涅阿斯的话，也许可以用来形容他们的创造者："我坚信，他的血管里流淌着诸神的血液。"

第十二章
拉丁戏剧、哲学和抒情诗

> 这只怪物之死,有何吓人之处?
>
> ——卢克莱修

罗马思想对希腊的依赖性在所有类型的文学作品中都很明显。在戏剧方面,这种依赖程度如此高,以至于大部分拉丁语戏剧都只是熟练的改编罢了。在拉丁语版本的戏剧中,场景和角色都是希腊的。这种情况类似于,在纽约上演的戏剧全部是从法国借鉴而来的,保留了原汁原味的法文名字和巴黎背景,只是添加了一些美式的风格和玩笑。剧作家从来都是最快乐的文学大盗,即使才高八斗也不例外。莫里哀、莎士比亚及其同时代的剧作家们都会借鉴古代戏剧,而现代各国的剧作家们则互相模仿。对于我们来说,很难分辨喜剧当中的笑料——不论是希腊的还是罗马的——在他们的同胞观众眼中究竟有多搞笑、多贴近生活。幽默,尤其是带有地方特色的那些,是一种时效性很强的东西。当时最杰出的两位拉丁语喜剧作家是普劳图斯和泰伦斯。可是面对他们的笑料,现代读者,即使是最资深的古典名著学者,估计也不会笑到全身发抖。普劳图斯大约生活在公元前2世纪,他的作品可以用来证明我们这本不完整文学史试图指明的几条原则之一：文学的延续。不论是小人物还是天赋异禀的大人物，都是代代相传的。普劳图斯从希腊喜剧尤其是米南德的作品中获得了很多灵感。米南德的喜剧很多已经失传，我们要通过普劳图斯才得以瞥见那些喜剧的模样。而后世的法国、意大利和英国的剧作家又模仿普劳图斯的戏剧的情节，因此他的作品的重要性已经超过他自己。他大概留下了二十部喜剧，其中一部叫《孪生兄弟》的格外有意思，因为它是莎士比亚的《错误的喜剧》的基础。

泰伦斯是普劳图斯的继承者。他的喜剧风格更加完善，依然靠近希腊，依然带有那种意味着艺术死亡的盲目模仿。不过，我们至少可以记住他在《自寻苦恼的人》中写下的一句精彩台词：

> 我是一个人，人性的一切都与我相容。

罗马人既然在戏剧方面模仿希腊，那么在其他类型的文学方面也是一样的，而且确实模仿出了很有创意的新花样。但是，他们在戏剧文学方面做得不好。我们不知道为什么（这些文学上的未解之谜正是研究文学的乐趣与收益之一）。也许是因为，他们太过喜欢角斗士对决和其他娱乐活动，以至于没什么精力发展正统戏剧。这种情况，类似于现在棒球和电影也会威胁戏剧，但绝对毁不掉它。还有一个更加无法回答的问题：为什么一些二流、三流的作品，比如塞涅卡的悲剧，会受到现代诗人的如此尊重？它们是大师或者近似大师级别的人写出来的最沉闷的作品。在莎士比亚时代，最博学的作家本·琼森为莎士比亚第一部剧本集的出版序言写了一首诗，提到塞涅卡是与埃斯库罗斯、欧里庇得斯同级别的人物。但这句话有可能是一个玩笑——我们必须睁大双眼、竖起耳朵辨别文人们的玩笑。而莎士比亚在《哈姆雷特》中借可怜的波洛尼厄斯的口对演员们建议说："不怕塞涅卡的悲剧太沉重，也不怕普劳图斯的喜剧太轻佻。"这话很明显是在开玩笑。

塞涅卡虽然是个糟糕的剧作家，但是一位斯多葛流派的重要哲学家，而且他非常需要哲学赋予他勇气，因为他是脾气古怪的罗马皇帝尼禄的老师。他在皇帝的麾下崛起，获得财富与地位，但最后被皇帝下令自杀。

罗马的思想在希腊的影响下，充满哲学意味。有一位罗马人，将哲学与拉丁语诗歌融会贯通，写成一部传世之作。这个罗马人叫卢克莱修，他的作品叫《物性论》。这是一首宏伟的长诗，深入探究生命的实质，简直像是预言。哲学思想最天然的载体是散文，但早期的希腊哲学是用韵文形式表达的。不过，能够成功地将哲学写成韵文，不仅拥有韵律，还拥有诗歌的魔力，这样的诗人从古到今只有几个，卢克莱修就是其中之一。在那个比现代科学确立还早数个世纪的时代，他已经预示了原子理论和人类那不可思议的起源与进化。幸运的是，他的诗完整地流传到了我们手里，那真是一篇仅次于维吉尔的最庄严、最雄辩的拉丁语韵文。卢克莱修的作品有一个优秀的英译本，是美国诗人兼学者威廉·埃勒里·伦纳德翻译的。卢克莱修总结了伊壁鸠鲁流派的哲学，补充了他自己的理解和看法。那些认为古代哲学枯燥、冷漠的读者会觉得，卢克莱修的作品惊人地活泼。若想进一步了解卢克莱修，并且由此学习希腊和罗马思想精华，可以试读一下现代哲学家乔治·桑塔亚那的论文《三位哲学诗人》。

与卢克莱修同时代的卡图卢斯是一位才华横溢的年轻诗人。他是那时候的济慈或雪莱，但很不幸三十岁就去世了。他对"万物的本性"不感兴趣，只对自己的本性与感情——爱情、友谊、憎恨——感兴趣。他爱慕的女子勒斯比娅因他而名留史册。他将心灵与艺术交融在一起。他的情感真挚、深刻、丰富，他以优美的韵文抒发着人性的呼喊。

我们也许可以把卡图卢斯视为伊丽莎白时代的诗人，他的诗有点儿像菲利普·锡德尼和莎士比亚的十四行诗，或者更晚一些的彭斯的那种活力四射的抒情诗，又或者雪莱那种同样充满活力但更加可爱的抒情诗。在他之后的拉丁语读者们——不论是罗马的还是现代的——都能从他的诗句中感受到那种刺痛、爱意、完美、自然与技巧。如果你向丁尼生和斯温伯恩一类的诗人询问："谁是拉丁语诗人中的第一名？"他们可能会回答，要说名气，是维吉尔；可是在他们的心目中，是卡图卢斯。

贺拉斯生活在卡图卢斯之后，但仍然属于公元前最后一个灿烂的世纪。他是所有拉丁语诗人中最睿智、读者最广泛、诗句被引用和翻译最多的一位。贺拉斯缺少卡图卢斯的那种热情，现实中和文学上都是如此。他内心冷静、沉稳、理智、严肃，但嘴上毫不客气，词句与尺度的把握仔细而又严谨。他的处世哲学是接受命运，泰然处之。难怪诗人们都喜欢他，甚至18世纪时英国议会中那些喜欢彬彬有礼地冷嘲热讽的绅士也用他的诗句给自己的辩论增色。性格庄重的政治家格莱斯顿、擅长摆弄打油诗的尤金·菲尔德及其从事新闻业的后裔，都是贺拉斯的崇拜者和翻译者。我们也许可以通过某位现代匿名诗人翻译的一节诗感受一下他的风格，出自贺拉斯写给他的赞助人梅塞纳斯的颂诗：

安宁之中，不再悲伤，
他说："不枉今日！"
不论明天是晴是雨，

也无法偷走过去。
没有力量的一切都可腐坏。
命运随意玩弄着人们,
左手右手之间鲜有公平,
她的嬉闹从不疲倦,
一时扶你,一时拦你。

  贺拉斯不只是聪明的诗人,还是一位优雅的绅士,喜欢和赞助人一起喝酒。他是一个十分严肃的诗人,情感丰富,讽刺的、反思的、悲悯的,不管哪一种情感,都能轻松地用他那充满韵律和想象力的简练风格表达出来,几乎从不失手。英语读者可以通过弥尔顿翻译的优美颂诗《致琵拉》感受一下他巅峰时的抒情诗。贺拉斯不仅是一位诗人,还是一个理论大师。他的《诗艺》虽然很短(显然只是一封随意的书信),但是通过意大利诗人韦达、法国诗人兼批评家布瓦洛以及模仿布瓦洛并创新的英国人蒲柏,对现代文学产生了深远的影响。也许,随着19世纪横扫欧洲的浪漫主义运动,更多豪放、更少戒律的理念盛行,蒲柏那篇精彩的《论批评》不再像以往那么权威,贺拉斯精神的影响力也不如过去的两千多年那么强大,但是,说到献身艺术的理想,无论我们的品位与诗歌的理论如何变化,我们都只能在贺拉斯那里找到对忠实于艺术的理想的最好表达。贺拉斯的为人也像他的艺术一样伟大。他通过诗句透露出来的性格令人愉快,既庄重又诙谐。他的力量、见地和智慧在掌握完美的写作技巧上,都有长足的进步。拉丁语抒情诗并未随着贺拉斯的去世而衰落,而是继续繁盛了好几百年。然而,再也没有诗人能够像贺拉斯那么多变、那么充满活力了。

  大概在与贺拉斯(比他年轻一些)差不多的时代,出现了一个有趣的诗人群体——挽歌诗人。前文简单介绍过希腊的挽歌诗人，这个词原本跟诗歌的主题无关，只不过是一种特定的格式。诗歌的格式不在我们的讨论范围内，虽然这是一个令人着迷的话题，但我们没有篇幅给它。不过，因为挽歌能用简短的篇幅说明很多问题，所以我想以柯勒律治的挽歌对句为例：

> 银色喷泉水柱从六步格诗中升起，
> 又从五步格诗的永恒旋律中回落。

至于"挽歌"这个词为什么产生了我们现在使用的意思，也就是，用于赞美离世好友优点的悼词（丁尼生的《怀念》就是我们理解的那种"挽歌"），显然是因为挽歌的作者凑巧用死亡作为主题罢了，并非所有挽歌都是如此。最早、最先开始将希腊语作品移植到拉丁语中的人叫加卢斯，他就没有用死亡作为主题，他写的是爱情。他的成功引发了一股风潮，一时间挽歌诗人的数目超过了其他所有文学作者的总和。最成功的挽歌诗人有三位：普罗佩提乌斯、提布鲁斯、奥维德。

普罗佩提乌斯是一个早熟的诗人，他把希腊诗歌掌握得滚瓜烂熟，以至于二十岁时就开始自行创作诗歌，但是没过几年就去世了。他的诗歌的主题是爱情，他的辛西娅成为诗歌史上最著名的女主角之一。而热恋中的他本人，正如麦凯尔指出的，就是19世纪浪漫诗歌与浪漫小说中经常见到的那种多愁善感、自怜自爱、有点儿神经质的男孩形象的先驱。英语文学的学者会有兴趣看看格雷模仿普罗佩提乌斯所作的诗歌。

普罗佩提乌斯除了拥有年轻人的充沛精力，似乎也有缺点，而且罗马人的评判标准越来越趋向于希腊化，因此他们对于普罗佩提乌斯那些似乎由暴躁和冲动而导致的缺陷很有意见。可是现存的手稿残缺不全，我们已无法判断。标准严格的罗马人欣赏的是另一位年轻的挽歌诗人：提布鲁斯。他的作品明晰、精美，与他那柔和、美好的思想完美贴合。他的诗句力度不及普罗佩提乌斯的一半，然而对于抒情诗来说，力量只是其中的一个因素。提布鲁斯也是一个仰慕爱情的年轻人，动不动就为爱人的无情落泪。不过，那都是真诚的泪水，而那位狠心的迪莉娅也是一位真实存在的诗人的情人。我们阅读爱情诗的时候，需要记住一条基本规则（免责条款）：诗人所歌颂的，并非特定的个体，不是西丽娅、辛西娅、茱莉娅或者珍妮，尽管他也许确实跟某位有血有肉的女子有过悲伤或快乐的经历，但他歌颂的是热烈的爱情，是他心目中想象的女子或女神。玛丽、梅布尔、简可能存在过，莎士比亚十四行诗的背后也许确实有过一位黑皮肤女子，但是，真正的玛丽、梅布尔、黑皮肤女子只存在于诗人的脑海中。

当时最受欢迎的挽歌诗人是奥维德，当然，他也是现代最知名的一位。他写道："提布鲁斯是加卢斯的继承者，普罗佩提乌斯是提布鲁斯的继承者，而我，按时间来说，是第四代。"

奥维德本来是贵族，是环绕着皇朝的那个光辉灿烂的社交圈中的一员，后来出于某种原因，招惹了皇帝，被逐出罗马。也许是因为他的诗作《爱的艺术》得罪了皇帝，不过这个可能性不大，因为这首诗幽默而愉快，虽然不适合纳入图书馆，但也不至于震动一个愤世嫉俗、文化成熟、能够产生像奥维德这类诗人的国家。《爱的艺术》是一部真诚坦率的作品，不加修饰却光彩夺目，抹掉了大多数爱情诗歌中那些精神上的浪漫描写，因此可能不太受软弱、无知的人欢迎。但专业的文学家一直都喜爱奥维德的真实、活力和想象力。他的想象力在《变形记》中发挥到了极致，将众多希腊神话以及受希腊影响的罗马神话融合在一起。对于现代诗人、文艺复兴时期的意大利人、莎士比亚及其同时代的作家们，以及十八九世纪的英国诗人来说，这部作品是一个巨大的古代传说资源库。他如果能预见自己死后享受到的荣光，也许在被流放的过程中就不会那么难过了。奥维德可能从来没有写过惊世骇俗的诗句——许多比我更优秀的拉丁语学者都没有找到——但他天生就是一位技艺超群的故事家和诗人。他的作品作为一个整体，对现代各国的文化都产生了无法估量的影响。在这方面，即使是维吉尔也无法超越他。从马洛到德莱顿，以及更后期的英国诗人的作品里，都充斥着奥维德的影子，不仅因为他将古代流传下来的故事讲得如此清晰（其他诗人也经常涉及那些故事），还因为他在《爱的艺术》中，以学者、诗人和绅士——而非道德家——的态度对待那些略显禁忌的话题。

奥古斯都时代之后（让我们省略掉具体的日期吧，心里想着公元之初的那段时期就好），拉丁语诗歌从优秀退步到平庸，又从平庸退步到末流。但这个过程并不是持续发生的，而且毫无逻辑性。文学可不是工程师或者地理学家画在图纸上的线条，它的演变是无法绘制成曲线的。而人生，作为文学的题材，也是如此。拉丁语诗歌衰落了，但这个过程与帝国的衰败一样，持续了好几个世纪，在这期间，虽然没有出现伟大的天才，但优秀的诗人还是有的。

塞涅卡的侄子卢坎就是1世纪时的诗人当中的一位。他是一位杰出的青年演讲家，他的诗歌编年史《内战记》在当时被广泛传阅，一直流传到中世纪，并且持续影响着法国的古典诗歌。而且，马洛为《内战记》的第一卷做了非常出色的翻译，所以英国读者也特别关注他。1世纪时的另一位重要人物是斯塔提乌斯，他创作了大量史诗，在很多人眼里他比维吉尔更出色。他的《底比斯战纪》受到英国诗人蒲柏和格雷的高度赞誉，并且被翻译了部分篇章。译文读起来有一种温和的典雅气质，但似乎缺少天才之火。

在1世纪的白银时代中，还有两位诗人，在其领域中不但没有比前人退步，反而成为卓越的大师。他们是讽刺诗人马提雅尔和尤维纳利斯。罗马人好讽刺，甚至发明了一种表达这种情感的诗歌类型。贺拉斯写过一些文学水平高超的讽刺诗作，讽刺只是他的天赋的一部分，而且他的措辞温文尔雅。但马提雅尔和尤维纳利斯，尤其是尤维纳利斯，攻击起来更为猛烈，当时的各种腐败和丑闻也给他俩提供了丰富的素材。任何时代、任何地方都能为讽刺诗人提供充足的题材，但讽刺是一门精巧的艺术，并非每一位诗人都能拥有。在这方面，英语世界真是人才辈出，伊丽莎白一世和詹姆斯一世时代的诗人们将这门艺术打造成了一柄威力无比的大刀，德莱顿为它加上锋利的刀尖，蒲柏又把它做成了柔韧的细剑。所有这些英国讽刺诗作，都直接或间接地师承罗马的拉丁语诗人，尤其是尤维纳利斯。

马提雅尔的《警句诗集》虽然水平不太稳定，但有一个不变的优点：描绘了他眼中的罗马生活，诚挚而忠实地记录下他看到的各种显而易见的缺陷。虽然他的诗歌形式比较朴素，但简洁且富有表现力。在他之后真正的讽刺短诗都打上了他的精神烙印。尤维纳利斯的性格比马提雅尔更加尖刻，他那无情的现实主义态度、对虚伪和伪善的憎恨、对暴政和自以为是的特权的厌恶，表现得像一个老牌讽刺家。他说自己的作品是"怒火铸成的诗句"。他真正的，或者说所谓的粗糙只是生活的粗糙，诚实的人不必为这种粗糙负责。他凭借对文字的掌控，他的暗喻、对具体画面进行两层和三层引经据典的能力，无人能出其右。德莱顿翻译了尤维纳利斯的作品《讽刺诗集》当中的五篇，并且雇用助手翻译了其余部分。约翰逊博士的两篇仿写作品也许比较符合尤维纳利斯的精神，因为约翰逊虽然不是天生的诗人，却是一位伟大的学者。

我们无法沿着拉丁语诗歌的演变路线一直走到中世纪的黄昏，但它那优雅衰落的趋势可以从拉丁语诗选中看得出来。它与希腊语诗选一样，并不是由本国的诗人随着诗歌的自然成长而收集起来的选集，而是某位现代诗歌学者从更早期的诗集或者从恩尼乌斯开始到公元1000年之间的各个诗人的作品中挑选的。拉丁语诗选中最可爱的诗歌是《维纳斯节守夜》，它是一首写给春天的庆贺维纳斯母神①节的诗歌。作者的名字已经失传，创作的日期也只能推测。我们只知道，它所赞颂的节日表达了罗马人从希腊人那里借鉴的最美好的想象，它的作者是一位真正的歌手。它是罗马诗人留下的最后一个美丽的音符。拉丁语诗歌已死，但拉丁语散文在文坛上活跃了许多个世纪。

---

① 维纳斯母神：在罗马传说中，维纳斯是罗马民族的祖先，特洛伊王子埃涅阿斯的母亲和保护神。——译者注

第十三章
拉丁散文

权宜之计决不能成为基本规则,即使你以为它能帮助你得到有用的东西。

——西塞罗《论义务》

有一个人,生活在公元前1世纪的前50年里。他写作、发言,他主宰了当时以及其后数百年的拉丁语散文界。他就是西塞罗。他是政治家、史学家、演讲家、哲学家、批评家、道德家和法学家,但他的成就不止这些。他的拉丁语散文成为他身后一千六百多年的标准范本。在他之后,优秀的拉丁语作品被形容为"西塞罗风格"的,尽管很多中世纪时的教徒和哲学家写的拉丁文远远比不上优雅的古罗马人写的拉丁文。据我所知,在整个文学史上,再没有别的人能将自己的个人风格强加在几乎每一个试图使用拉丁语实现艺术效果的作家身上。他被另一位罗马政治家派出的刺客杀死后,头颅被割下。马克·安东尼的妻子用发针扎穿了他的舌头,但是,西塞罗的声音却一直回荡至今。

由于西塞罗的作品包含海量的引用和典故,所以他成为前代文学知识的宝库。举个例子,恩尼乌斯最优美的篇章得以流传到我

西塞罗

们手里,要归功于西塞罗引用它说明诗歌的力量。他的哲学思想属于学院派,在道德方面十分推崇斯多葛流派的理念,因此他品行端正,并且得到了基督教作家的认可,其中包括圣哲罗姆和圣奥古斯丁。对于很多英语作家来说,他还是雄辩和高雅的典范,一直持续到18世纪。所以,我们在有意无意间都带有一点西塞罗的风格。

曾经有人反对他,说他根本不是一个原创作家,而是一个模仿者、抄袭者,只不过擅长创造警句而已。确实,他在许多演讲场合提到的政治和法律案例,与在议会大堂中响亮回荡的那些令人警醒的言论相比,是过时了些。我们在勤奋学习他与喀提林对抗的著名辩论词时,谁没有感受过对演讲者和反对者双方都心生厌倦呢?不论如何,就算西塞罗是个警句写手,他也是一位技艺高超的写手。说到底,文学的本质就是造句,不论句子背后的推动力是浅薄的还是深厚的。他是一位卓越的书信写手,他写给好友的书信不仅令人读来愉快,还提供了很多关于亲密关系的有价值的细节。对于年轻的普林尼来说,西塞罗写给他的书信都是关于人生和大自然的小论文,对他直接起到鼓舞的作用,价值无可估量。对于18世纪那个书信写作是精致艺术的时代来说,所有出色的书信作家在某种程度上都是西塞罗的学生。

西塞罗死后,尽管他的影响力犹在,但拉丁语散文已经开始衰落。不过,在古典文学的暮色中,仍有几抹靓丽的色彩。尼禄皇帝的朋友佩特罗尼乌斯的《萨蒂利孔》非常风趣,是罗马生活的真实写照。它留存至今的残篇是我们手中唯一近似于现代小说的拉丁语散文,搞笑而又诚实地描绘了当时的社会,或者说一个社会层面的画面。由于那时候的社会放荡而腐坏，这幅画面并没有什么道德教化的意义。最近它的一个英译本就在内敛的道德家当中引起了一些非议。但是牛津大学的麦凯尔教授——一位拉丁语和英语文学的博学权威——公正地将佩特罗尼乌斯与莎士比亚、菲尔丁相提并论。让我们重申一次这本书的原则之一：任何有智慧的人都可以阅读任何印在纸张上的文字，并不会受到最轻微的道德伤害；而缺乏智慧与幽默感的人也很安全，因为他们不会阅读文学作品，或者即使读了也不懂。

佩特罗尼乌斯对礼仪和风俗，也就是日常生活的描写，近似于我们现在所谓的现实主义小说。一个世纪后，阿普列尤斯创作了《金驴记》，讲述了丘比特和普绪克之间的一段浪漫动人的爱情故事。我们如果把这个故事当作学校课本，取代伟大的恺撒和西塞罗，以及沉闷到令人难以忍受的尼禄等人的作品，就会怀着对拉丁语更多的好感长大成人，也许就能阅读原文。然而现实是，现在我们想看拉丁语的作品，只能依赖现代作家的翻译。丘比特和普绪克之间的故事，在威廉·莫里斯的《尘世天堂》中可以读到。而《金驴记》是《堂吉诃德》《吉尔·布拉斯》《十日谈》等作品中一些插曲的故事来源。

阿普列尤斯的作品充满了欢乐与想象，犹如沉闷长河中的一座亮丽孤岛。此时拉丁语已经成为学校和教会的官方语言，那里的人偏向于研究宗教和哲学，而非艺术。

有很多作家，在历史、哲学和宗教方面的地位举足轻重，却称不上文学艺术家；还有很多作家，虽然不关心旧世界的未来，但偏偏是天生会施展言辞魔法的艺术家。有一个人虽然不是伟大的艺术家，但是他在拉丁语古典文学方面的贡献几乎可与西塞罗相比。他名叫昆体良，是一位批评家和演讲家，他的演讲类著作包含的拉丁语文学知识比其他任何一部罗马人的作品都多。他是当时唯一成功的老师，从事教育工作二十年，还写了一部关于教育方面的著作。要知道，在那个充满竞争的年代里，并不存在像大学教授这种能够保证勤勉的学者崇高地位的职位。昆体良纯粹凭着个人的造诣保持在行业的领先地位。从精神层面来说，他虽然不能与亚里士多德相提并论，但可以说与之相似。

西塞罗风格经过昆体良的发扬后，出现了小普林尼的书信。小普林尼是塔西佗的朋友，并且自称是其追随者。他还是图拉真皇帝的宠臣。他的养父老普林尼是一位杰出的博物学家和活动家，为他提供了优厚的教育条件和社会地位，但也把他变成了一个古板的学究。他的书信反映了当时的社会与政治生活，因此很有价值，可是从文学艺术的角度来说，算不上一流。

在基督教征服罗马的同时，罗马的语言也征服了教堂。拉丁语直到今天仍然是天主教教堂的官方语言。许多个世纪以来，各种语言都在蓬勃发展，但拉丁语一直被看作是智慧的语言，是有教养的人们应该懂的语言。

拉丁语之所以能够延续下来，是因为当时的罗马就是世界，还因为罗马变成了基督教国家。一千多年以来，所有古籍，不论是宗教著作还是世俗的著作，都是用拉丁语写的。虽然基督教的拉丁语失去了古典拉丁语的少许优雅，但是在古罗马灭亡后许多年，仍然有拉丁语杰作诞生。举几个例子：公元四五世纪，圣奥古斯丁的《忏悔录》和《上帝之城》；差不多同一时期，圣哲罗姆的拉丁语《圣经》（通行版）；13世纪时，圣托马斯·阿奎纳的哲学著作和神学著作都是意义深刻的思想杰作，成为罗马教会的标准哲学。而学习并非修道士与牧师们的专利，像斯宾诺莎那样的普通哲学家同样理所当然地使用拉丁语写作。

第一部分　古代文学

在我们这个时代，人们即使接受过高等教育，也无法"解释"西塞罗或者维吉尔笔下的句子。希腊语和拉丁语这类古典语言在正式文学方面的运用日渐式微。但不管我们是否意识到，拉丁语早已融入我们的血液。它几乎是所有现代西欧语言——罗曼语族——的起源，包括法语、意大利语、西班牙语，还有我们此时使用最多的英语。法语是现代的拉丁语，保留了这种古代语言的大部分形式与神韵。英语在某种程度上更近似于德语，它的形式以及部分词汇来自德语，但也有很多内容来自拉丁语。经常听到有人建议，要使用"优秀、有力的盎格鲁-撒克逊人①的词语"，这完全是胡说八道。大部分普通词汇（主要涉及我们与动物都有的身体活动方面）来自盎格鲁-撒克逊人的语言，但是当我们谈到人际关系，也就是文明生活时，必然会用到拉丁词语。我们所用的走路、呼吸、睡觉、醒来和死去，全都是盎格鲁-撒克逊人的词语；但是，前进和撤退、到达和离开、鼓舞和推动、协商和讨论、比较、驳斥、辩论、毁灭或幸存，更别提各种贸易、财经、政治、外交和职业上用到的词汇，全都是拉丁语。没有那些源自拉丁语的词汇，我们无法交流，如同没有肩膀上的脑袋，我们无法生存一样。确实，英语在那些未曾学习过拉丁语的作家笔下显得更高效、更有魅力。但是同样真实的是，大部分杰出的现代作家在读书时期接触过古典名著，稍微了解过希腊语和拉丁语的含义、词汇的根源。许多教授古典名著的老式课堂无疑很枯燥，很难令人产生兴趣。还有很多缺乏想象力的学究，虽然能够读懂拉丁语诗歌，却永远无法学会清晰地思考或者灵活地运用自己的语言。不论如何，如今普通学生从学校里接触到的拉丁语内容浅薄得可怜，那些试图将拉丁语逐出学校的人完

---

① 盎格鲁-撒克逊人：大部分英国人是盎格鲁-撒克逊人的后裔。——译者注

全不是在为教育考虑。麦考莱对真正的学者的定义是：双脚搁在暖炉的炉围上阅读柏拉图的人。这句话不仅定义了学者，还定义了为愉悦而阅读的文学爱好者。这种愉悦——不是自我改进的严肃义务——才是阅读的真正动力。不论这个世界上是否真的存在麦考莱理想中的学者，能通过译本理解古典名著的读者总是有的。我们不要说拉丁语已死。它既活在由它衍生出来的现代语言子孙中，又活在不灭的高贵自我中，拥有双重的永生。而罗马，依然是一座永恒之城。

第二部分 中世纪文学

从艺术的角度来看,最丰富多彩的中世纪文学是诗歌、史诗、传奇和抒情诗。散文对于历史、哲学和神学具有不可估量的重要性,但我们的中世纪祖先喜爱唱歌,以各种韵律形式编织着手中的纱线,就连知识类的著作也要用粗糙的韵文编写。直到13世纪,德国人从未尝试过用散文做艺术媒介。而英国,在乔叟之前没有出现过多少散文佳作,口语经历了很长时间才发展成标准的书面语言。

第十四章
德语、凯尔特语和传奇小说的起源

> 欧洲各国人民所使用的语言渐渐排挤并且取代了古老的语言,以至于如今连学者们都很少会想到用拉丁语写书了。再没有哪一场革命,比这更有趣、更重要。
>
> ——詹姆斯·哈威·鲁滨孙

永恒之城罗马的语言、文学和宗教统治着大部分欧洲,一直到近代。在中世纪,恺撒的帝国以德国为基础,重新改造成一个神圣罗马帝国。可是按照伏尔泰那诙谐但不太准确的说法,它既不神圣,也不罗马,更非帝国。罗马教皇通常是全世界教会的统一领袖,不仅要主导许多欧洲国家和公国的精神生活,还要管理它们的世俗事务。其中有一位教皇称得上是一位伟大而强悍的至高君主,将一众国王踩在脚下,他就是教皇格列高利七世希尔德布兰德。

所以,在我们称为中世纪或黑暗时代的漫长的数个世纪里,欧洲并没有完全脱离罗马的影响。那么,什么是中世纪?在传统历史的划分上,中世纪是指从5世纪到15世纪中期大约一千年的时间。文艺复兴时期,重新发现经典古籍的人文主义者热情高涨,认为他们自己的精神与希腊、罗马同气连枝,隔在他们与那个古代世界之间的一切都是"中间"的,而且大部分时期很黑暗。但他们并非理智的历史学家,并不理解刚刚过去的那几个世纪。他们对"中世纪"这个词的轻视至今依然存在,反映了他们对欧洲文明发展史的深刻误解。

在那10个世纪中,确实有过黑暗的痕迹,从某种意义上来说,确实算是"中间的"。但是,它也有过灿烂辉煌的时刻。中世纪的活力、快乐和艺术热情胜过无知、迷信、连续的战事和艰苦的生存条件。不仅如此,我们必须记住,人类的思想、人类的生命,并非断断续续的过程,而是在持续不断地发展,无论是好是坏。当5世纪的德国人奥都瓦克罢黜罗马最后一个皇帝,成为意大利的统治者时,人类的智慧进程并未终结,也没有发生突兀的转变。我们同样不清楚文艺复兴的阳光是从哪一刻开始照亮地平线的。历史并非泾渭分明的一个个阶段,所有历史时期的边界都是模糊的,互相交叠。4世纪的时光流入5世纪,15世纪的时光流入16世纪。让我们记住,涉及人类活动与思想的所有种族、语言和地理区域上的划分,都是无法清晰界定的,欧洲没有一个民族、国家或者省能够独立于周边的邻居而自行发展。

中世纪最厉害的艺术天赋并不是通过文学体现出来的,而是通过建筑及其相关的艺术体现出来的。那些哥特式大教堂,就算不能让现代人自惭形秽,至少能压制他们对中世纪祖先们的那种鼻孔朝天的高傲气焰。但文学才是我们这次研究的主题。

从艺术的角度来看,最丰富多彩的中世纪文学是诗歌、史诗、传奇和抒情诗。散文对于历史、哲学和神学具有不可估量的重要性,但我们的中世纪祖先喜爱唱歌,以各种韵律形式编织着手中的纱线,就连知识类的著作也要用粗糙的韵文编写。直到13世纪,德国人从未尝试过用散文做艺术媒介。而英国,在乔叟之前没有出现过多少散文佳作，口语经历了很长时间才发展成标准的书面语言。

中世纪文学按照种族和语言划分，主要有日尔曼语文学（包括斯堪的纳维亚语和英语）、凯尔特语文学、法语文学、西班牙语文学、意大利语文学。这些文学互相借鉴，想要厘清它们之间的依赖关系，得花费漫长的时间进行比较。此处只要点明一个重要的事实就够了：在那个一众小国之间战事不断、和平进程冗长缓慢的"黑暗"时代，思想在欧洲大地上来回流动，从各个隐秘角落里流出的涓涓细流渐渐汇聚成滔滔洪流。很多时候，我们无法判断一个故事的各种版本究竟哪个是最早萌芽的，哪个是完全成熟的。因此，我们可以按照自己的愿望，从欧洲的主要文学类别中随便挑一个，以此走进作品繁多的中世纪文学世界。

我们首先要对这些文学类别共有的特性进行说明。大部分传奇、史诗、传说和叙事诗歌，都是在赞颂骑士在战场上、情场上的功绩。它们或是一窝蜂地，或是循环重复地围绕某个真实或者虚构的国王而作，比如亚历山大大帝、恺撒、查理曼大帝或者亚瑟王。它们描述的冒险故事互相模仿、抄袭，例如遭遇巨龙、拯救落难少女、保护无辜者、惩治恶行。它们的神话体系则是基督教与异教的混合体。传奇中的理想骑士是基督徒。现实中确实存在这样有血有肉的骑士，为主人而战，并且跟随十字军东征到达圣地。当时的社会与伦理规则就是骑士精神，这种精神在一定程度上确实存在，但其余的部分只是诗意的幻梦罢了。理想与现实的骑士精神一直盛行，直至文艺复兴时期在法国人巴亚德（一位无所畏惧、无可指责的杰出骑士）以及英国人菲利普·锡德尼爵士的身上得到实证。有些冒险故事相当"夸张"，塞万提斯就在他的作品《堂吉诃德》中对它们进行过讽刺，并且留下了永恒的笑声。西班牙语传奇，比如大受欢迎的《高卢的阿玛迪斯》，虽然是用西班牙语写成的，但故事来源可能是法国。它们的故事写得尤其离谱,我们完全可以拿那些荒诞的描写当笑料。

中世纪传奇取材于零散而且被曲解过的拉丁语古典传说,因为只有少数牧师和学者读过那些古籍,而他们的知识并不完整。人们围绕埃涅阿斯、狄朵以及其他"与特洛伊相关的一切"创作出一整套故事,若是荷马和维吉尔看到一定会感到疑惑。当时,贵族绅士、夫人们的消遣方式之一是搞搞复杂的宫廷恋爱,于是,我们前面介绍过的讲故事大师以及爱情艺术专家奥维德的作品,就成了某种权威的指导手册。亚历山大大帝被写成半人半神的封建君王,就连最崇拜他的希腊人也认不出来了。

凯尔特人对中世纪传奇的贡献有两点。首先,在爱尔兰、苏格兰和威尔士等地方的文学作品中,出现了许多以韵文或散文形式表现的充满诗意的优秀故事。这些故事对欧洲大陆后期的传奇文学产生了一定的影响,但是这种影响在早期并不明显。英语读者可以通过现代翻译了解它们,例如,麦克菲森假托苏格兰人的名义写的《莪相作品集》,盖斯特夫人用威尔士语写的《威尔士民间故事集》,还有凯尔特复兴运动领袖们近期的作品。凯尔特文学包括大量诗歌和传奇。数个世纪以来,凯尔特人一直与欧洲其他地方隔绝。

凯尔特人早期的另一个重要贡献是"布列塔尼纪事",它是众多法国传奇——主要是亚瑟王圆桌骑士的故事——的灵感来源。法国西北部的布列塔尼行省就在英吉利海峡的边上。英国(或称不列颠)的部分海岸、康沃尔和威尔士如今仍属于凯尔特人,而那一带在很久以前全部都是凯尔特人的领地。撒克逊人入侵后,很多不列颠人越过海峡逃亡,在习俗和语言上融入法国,但是保留了很多来源古老到没有任何文字记载的凯尔特传说。接下来发生的事情可能是以下两种情况之一（其实不论是哪一种，都没有多大区别）：要么是这些流落到法国北部的凯尔特人将他们的故事讲给法国作者听，要么是留在英格兰的凯尔特人将故事讲给诺曼底的英语作者听，后者又将它们传到了法国。无论如何，以亚瑟王为主题的传奇第一次以文学形式出现在法语作品中。我们无法知晓亚瑟是真实存在过的国王，还是传说中的人物。就算他是真实人物，那他也是一位凯尔特人的国王，是英国的敌人。至于说，他被塑造成一个足迹远至罗马的伟大征服者，是因为受到了亚历山大大帝和查理曼大帝的传说的影响。

亚瑟王和圆桌骑士的故事以法语以及译自法语的其他语言形式传回英吉利海峡的另一边。最早提及亚瑟的英语作品是13世纪的一首编年史诗歌：莱阿门的《布鲁特》。这部作品的基础是泽西岛的一位名叫瓦斯的诺曼底诗人写的法语编年史诗歌，而后者来源于蒙默思的杰弗里所著的一部号称记载不列颠历史的拉丁语编年史。虽然莱阿门的作品里更多的是幻想而非事实，但是从文学角度来说这样更好。我们在他的作品中不仅能找到亚瑟和梅林，还能找到莎士比亚的《李尔王》的故事雏形。

亚瑟王的故事在法国发展出各种版本，进入英语文学界时已经衍生出丰富多彩的情节。15世纪后期的托马斯·马洛礼爵士根据各种法国传奇编撰而成的《亚瑟王之死》，能为读者带来许多快乐。当时，还有好几部英语格律体传奇描述各种伟大骑士的冒险故事，例如兰斯洛特、郎佛尔或者高文。但是对于英语读者来说，马洛礼的作品才是正宗的亚瑟王故事，是许多现代英语诗人的灵感来源。在现代英语诗歌当中，最受欢迎的亚瑟王传说是丁尼生的《国王之歌》。丁尼生把亚瑟写成了典型的英国国王，就差说他头上戴的是丝绸帽子而不是钢铁头盔了，而且他丢弃了很多老版本故事中包含的凯尔特人元素和神话元素。最近，对中世纪研究得比丁尼生更深入的斯温伯恩提出了很多针对他的反对意见，引领文学批评的潮流向贬低他的方向发展。但是不论如何，《国王之歌》里有很多恢宏的篇章，是英语诗歌的杰作。

以亚瑟的名义写了很多故事，有的互相重叠，有的取材自一些原本与亚瑟毫无关系的传说。最初这些故事主要与他本人有关，讲述他与吉尼维尔王后的婚姻，说王后不信教，还爱上了兰斯洛特，王室衰落了，亚瑟王死在阴险的莫德雷德手中。

接下来出现的故事是最有诗意的一个：圣杯的故事。这是一个将基督教的传说与一些最初与基督教毫无关系，可能早在基督纪元之前就开始流传的故事结合在一起的有趣例子。圣杯是保存基督之血的容器，是完美的象征，只有如同基督一般圣洁的骑士才有资格看到它。兰斯洛特的品德有污点，因此他看不见。根据不同版本的故事所说，能够看见圣杯的英雄有高文、加拉哈德和珀西瓦尔。珀西瓦尔在法国和德国版的故事中都是圣洁的骑士，在瓦格纳的歌剧中叫帕齐法尔。

第三个与亚瑟传说有关的伟大故事是特里斯丹和伊瑟之间的故事。它本身已经很独立、很完整，其中的角色和背景显然出自凯尔特人，因为伊瑟是爱尔兰公主，而派遣特里斯丹将她接入王宫的人是康沃尔的国王马克。这个故事是流传最广的中世纪传奇之一，在欧洲近乎家喻户晓。法语读者可以在约瑟夫·贝迪耶的《特里斯丹和伊瑟》中读到这个故事的精彩复述。斯温伯恩的《里昂尼斯的特里斯丹》同样光彩夺目，措辞优美。在瓦格纳的歌剧中，这个故事的配乐堪称有史以来最打动人心的爱情乐曲。

在当时盛行的传说中，有一位能与兰斯洛特匹敌的英雄，叫高文。他与亚瑟王有关联，他自身也是许多传奇的主角，而且在早期的故事当中甚至比亚瑟还重要。其中一个最优秀的英国版故事叫《高文与绿衣骑士》，它没有法国原版，确凿无疑来自凯尔特（可能出自威尔士）。它是一个活泼的故事，节奏比多数较为慵懒的中世纪步调更快，是早期英语头韵诗的代表。

不要以为中世纪所有的英语文学的主题与灵感都要依赖凯尔特人和法国人。它还带有来自它的撒克逊祖先日耳曼人的强烈气质。不过，英国撒克逊人的想象力比他的邻居凯尔特人和法国人逊色许多，在艺术方面也落后于他们。撒克逊人的语言作为文学载体，在一个学者们说拉丁语、贵族绅士们说法语的世界里，苦苦挣扎求存。幸好，撒克逊语"活"下来了，而且直到今天，英语诗歌的节拍、口音、音调和感觉都仍然是德语的风格，尽管古代诗歌的韵律学与现代英语差异颇大。盎格鲁-撒克逊人的语言作为一种地方语言消失了，我们现在读它的感觉就像在读外国语言，就像在读它的亲戚荷兰语、德语一样陌生。盎格鲁-撒克逊人的文学作品流传到我们手中的很少，不过，仍然值得记住。

篇幅最长、保存最完好的一首盎格鲁-撒克逊语诗歌是《贝奥武甫》。它是一个英雄故事，远远够不上史诗的级别，内容与各个国家流传的那数百个骑士冒险传说差不多。不列颠博物馆对馆藏最古老手稿的年代评估通常是：从公元5世纪，日耳曼人入侵亨吉斯特和霍萨统治下的不列颠，到公元10世纪。《贝奥武甫》也是在这段时间内完成的。虽然它用盎格鲁-撒克逊语写成，但里面的主角和背景是斯堪的纳维亚语和德语风格的，说明它可能来源于欧洲大陆，在被文字记载下来前，也许是靠口头传诵的。其中有些情节类似冰岛语传说《壮士格雷蒂尔》（我们会在后面的章节里讨论冰岛文学）。贝奥武甫当然是一名强悍的战士。邻国国王的王宫遭到恐怖怪物的袭击，他前去保护国王，杀死怪物和怪物的母亲，后来还屠了一条龙，自己却被炙热的龙焰和剧毒的龙牙杀死。这是一个神话故事，也许还是所有现存的欧洲文学中最古老的一个，虽然算不上杰作，但有内在价值。它有好几个现代英译本。向来热爱远古和中世纪事物的威廉·莫里斯翻译的版本充满活力，而最优秀的译本之一要算美国诗人兼学者威廉·埃勒里·伦纳德的版本了。

此外，还有一些盎格鲁-撒克逊匿名诗人的作品，例如《威德西斯》和《狄奥尔》。盎格鲁-撒克逊文学大部分作品都已经失传，因此这些诗歌对文学历史学家很重要，别的不说，它们至少能够展示出盎格鲁-撒克逊文学的发展程度。有一首名叫《航海者》的短诗，词句非常优美，是现存最早的描写大海的英语诗歌杰作。幸好有约翰·梅斯菲尔德，海洋的诗歌至今未曾灭绝。

凯德蒙和基涅武甫是两位宗教诗人，但我们不能确定他们的生卒年以及他们有什么作品。不过，凯德蒙显然是8世纪时候的人，他用韵文翻译了《创世记》和《出埃及记》。曾有人推测，凯德蒙的《创世记》中有一段跟弥尔顿有关系。凯德蒙的故事值得一说，因为它能给那个时代赋予一丝色彩与感情，还因为它能引出那位高尚的老撒克逊人：可敬的比德。而比德之所以会被记入英语文学范畴，只因为阿尔弗雷德国王翻译了他的《英吉利教会史》。故事是这样的：凯德蒙是修道院的仆人，在一次节日聚会上，因为不会唱歌，也不会弹奏传递给他的竖琴，被迫离场。在他的睡梦中，一个陌生人命令他歌颂万物的创造，于是，他从未听过的诗句自动从他的嘴唇间冒出来。

再说基涅武甫，我们相当确定他是三首被统称为《耶稣》的圣诗的作者，因为他通过离合诗的设计将自己的名字写进诗里。他还可能是四篇《圣徒的生命》的作者，其中某些片段具有相当浓烈的戏剧和叙事色彩。诗歌一直都是宗教的仆从，而基涅武甫在宗教诗歌的漫长传承史中占据着崇高的艺术和精神地位，他体内的歌者从他的信仰中获得了真正的诗歌灵感（这可不是虔诚的宗教诗人一定会有的能力）。

第一批将我们祖先的语言写下来并赋予它们文学形式的人是诗人，也许因为诗歌比散文更适合记载崇高的主题，也可能因为散文作为理性的语言，比作为情感语言的诗歌发展得晚一些。不过，在盎格鲁-撒克逊人的文学作品中，有相当多的散文，其中最有意思的是阿尔弗雷德大帝的作品。他以仁政统治了9世纪末期三分之一的时间，努力教化人民，不光传授法律，还教导艺术和哲学。他将已故罗马哲学家波伊提乌的著作翻译过来，可能还参与了《编年史》的编撰。《编年史》是盎格鲁-撒克逊人的重要散文著作，是我们了解8世纪中期到9世纪中期英国大部分史料的来源，在历史与文学方面都有重要价值，已经被翻译成现代英语。

盎格鲁-撒克逊人的语言，即"古英语"，随着诺曼底被征服而渐渐消亡。但它的消亡并非完全是被征服的缘故。在它消失了一个多世纪后，中古英语才成形。在12—14世纪，散文仍然发展缓慢，文学只剩下诗歌了，包括格律体传奇和主要源自本地而非凯尔特和法国的英语诗歌。这一时期有两部作品值得铭记和阅读：一部是诗歌《珍珠》，讲述一位年轻女孩之死，充满感染力和美感；另一部作品是故事《丹麦人哈夫洛克》，从题目来推测，可能源自斯堪的纳维亚语著作。等到中古英语演化至现代人一眼就能看懂，但会觉得它充满古代韵味的时候，意大利的文艺复兴浪潮已经涌来，将英国淹没在乔叟的华丽的诗歌中。

现在，让我们横渡英吉利海峡，去拜访邻居们：法国、西班牙和德国诸省。

第十五章
中世纪法国文学

> 这里有高尚的骑士精神、礼貌、人道、友谊、勇气、爱情、怯懦、谋杀、憎恨、美德与罪恶。要追求善良，远离邪恶。
>
> ——马洛礼《亚瑟王之死》的序言《卡克斯顿》

中世纪法国的语言和文学（如同地理和政治）被一条位于现代法国中间偏下位置、横贯东西的界线一分为二。南部的面积比北部小，文学也较弱。北部的文学大获全胜，南部的语言和文学一路衰退，如今只存在于少数将保存与发扬普罗旺斯语视为爱国行为的诗人的作品中。最知名的现代普罗旺斯诗人是弗雷德里克·米斯特拉尔。在中世纪，南部普罗旺斯的文学蓬勃发展。在12—14世纪，那是一片阳光普照的大地，西边与西班牙为邻，东边与意大利为邻，拥有欧洲最绚丽、最迷人的文明。

当时的诗人都是"Troubadour"（游吟诗人），从这个词就知道，他们需要去寻找、去创造。法语中的"trouver"（找到）是我们英语单词"treasure-trove"（埋藏于地下的宝藏）的后半节。游吟诗人身穿华丽的歌剧戏服，弹着吉他，四处游荡表演。这也许不能算是他们最辉煌的艺术时期，但他们将诗歌与音乐培养成了高雅的技艺，从这方面来说，他们是绅士、骑士、贵族甚至国王。游吟诗人享受的特权是招人妒忌的。一个人只有证明自己拥有创作歌曲的能力，才能获得这个身份。而且，即使出身低微的人也有可能赢得他渴望的称号，这体现了一种民主。自己不会作诗的贵族会赞助诗歌艺术的发展，在家中豢养游吟诗人，也会招待来访的其他贵族豢养的游吟诗人。除了游吟诗人，那时候还有一种以取悦客人为职业的杂耍艺人（法语写作"jougler"，英语写作"juggler"），他们不一定有创作诗词的能力，但都擅长唱歌、背诵叙事诗与传奇故事。

　　游吟诗人以创作爱情抒情诗为主。他们的诗歌有很多被保留至今，有些作品简洁动人，像自然淳朴的民歌；有些作品复杂精致，因为诗人们互相竞争，经常创作新的诗歌形式或者在原有形式的基础上进行创新。游吟诗人也是长篇叙事诗的创作者和保存者。各种传奇故事之所以能够在欧洲大陆上广泛流传，很大程度上要归功于他们。有一百多位普罗旺斯游吟诗人的名字，以及一部分人的生平资料流传到我们手里。这门艺术依赖于封建宫廷的繁盛程度，因此，到了13世纪，南方贵族因为战争而衰落，随后游吟诗人的诗歌艺术日渐式微，消失在北方西班牙和意大利的光辉之下。

　　法国北部的诗歌（和散文）的生命力更长，它们就是统治欧洲数个世纪的法国文学，从未中断，延续一千多年，直到最近一位年轻法国诗人创作出最新的抒情诗作品。与普罗旺斯游吟诗人对应的是北方叙事诗人。相比南方的同行，北方叙事诗人在早期就养成了一种更专业、非业余的对待艺术的态度，而且他们对故事、人生的兴趣比音乐更大——从文学角度来说这非常重要。结果，南方数世纪以来一直是音乐之乡，而北方则成为叙事传奇的国度，尽管法国叙事诗很早就开始蓬勃发展、从未衰亡,尽管普罗旺斯的歌者也曾唱过优秀的叙事诗歌。

第一类充满活力地发展起来的法国诗歌是武功歌——这个名字的意思是"功绩(或冒险)之歌",主题是某位骑士或王室英雄的武功。从题材上来看,它算是史诗,常常洋溢着强烈的民族与爱国精神,是讲述法国历史(法国主题)的真正颂歌。另一些故事的核心仍是过去那些面目模糊的伟人,比如亚历山大大帝、荷马和维吉尔的神话英雄(罗马主题)。还有一些故事是关于亚瑟王及其圆桌骑士的(不列颠主题)。这些颂歌和韵律浪漫诗先是以韵文的形式表达,后来开始用散文记述,但全都是长篇巨著,满足或部分满足了人们对故事的天然渴望——这也正是如今成千上万的小说(这是新玩意儿)和数百万本杂志努力满足的同一种渴望。这种中世纪作品,大多数会让我们觉得相当冗长乏味。所以,除非我们是连每一张旧纸片都要珍视的学者,要不然,我们可以很乐意地忘掉其中的大部分作品,永远不去读。不过,我们手中的数百首武功歌中,还是有几首杰作的,其中一首便是《罗兰之歌》。罗兰是一位真实存在的历史人物,是查理曼大帝的骑士。查理曼的军队在西班牙落败后,他跟随军队撤退,经过比利牛斯山脉时牺牲了。勇猛的战士罗兰,拒绝吹响召唤查理曼援军的号角,一直坚持到他和麾下的士兵陷入无可挽救的绝境为止。罗兰和他的堂弟奥利弗一同战死,临死时(这是相当感人的一幕),罗兰向上帝发出质问。这首诗以及很多早期的法国诗歌一直到大约一百年前才被发现,从那时候至今,它被编辑过很多次,翻译成现代法语和英语。罗兰的故事有无数个版本,一直流传着,穿越中世纪,进入文艺复兴时期,在意大利受到大众欢迎,成为阿里奥斯托的名作《奥兰多》的主题。但它在英国并没有引起太大的反响,直到这个故事被弱化并且写成散文后。不过，在英法两国之间形成循环的伟大故事并不是这个，而是我们在前面章节里简单讨论过的亚瑟王传奇。

对这一系列故事做出过真正天才般贡献的早期法国诗人有很多，其中有两位很重要：玛丽·德·法兰西和克雷蒂安·德·特鲁瓦。玛丽·德·法兰西大半辈子生活在英国，可能是亨利二世宫中的贵妇，那里崇尚法国文化，埃莉诺王后是普罗旺斯的公主。玛丽的《籁歌》篇幅短小，蕴含着童话故事的灵魂和韵味。在她的诗里，我们会遇到特里斯丹和郎佛尔。她是真正的诗人，也许很天真，因此没有意识到自己讲的故事多么动听。另外，也许她拥有非常成熟而专业的智慧，清楚自己在做什么。现代学者倾向于认为，早期诗人其实并非真正的开创者，而是拥有非常丰富的背景知识，在他们之前有数个世纪的前人经验，可供他们充满热情地去感受、去学习，只不过现代研究无法复原那部分历史而已。玛丽的《籁歌》已经有翻译和注释。对于英语读者来说，19世纪的诗人亚瑟·欧肖内希翻译的部分《籁歌》有趣而且免费。

克雷蒂安·德·特鲁瓦品德高尚，是在亚瑟王传奇的漫长发展中最重要的诗人。他生活在12世纪后半期法国香槟区的宫廷中。他的《雄狮骑士（伊文）》《埃里克和伊妮德》《战车骑士（沙雷特）》《特里斯坦》《珀西瓦尔》，是早期法国叙事诗歌当中的鲜花，也是后期马洛礼翻译的各种散文体传奇的基础。克雷蒂安对德国文学也产生了重大的影响，我们将会在下一章中讨论。

除了与亚瑟以及其他英雄有关的各种传奇，还有三类诗歌——虽然糟糕的作品有很多——能作为丰富想象力天赋的例证。其中之一是寓言，它借动物的故事教人为人处世的道理。从伊索那时候开始，到我们现代，用来哄宝宝睡觉的小兔的故事一直都很受欢迎。狐狸列那的传奇就是这一类动物寓言的统称，但故事之间的联系并不紧密。乔叟翻译的一个英文版列那故事《坎特伯雷故事集》是一个不错的例子。在这个故事里，狐狸并不像通常印象中那么灵巧、机智、得意扬扬，而是像伊索的寓言中一样输掉了游戏。后来的法国文学中还出现了一位卓越的寓言作家，叫拉封丹。他的寓言题材不仅来自中世纪的法国先辈（他们的作品确实直到19世纪时才重现于世），还取自经典古籍，并凭借他自己敏锐的洞察力和丰富的想象力给予了辛辣的讽刺。古老的寓言只是简单的动物故事，没有影射社会的含义，但是带有对人性的幽默讽刺，类似于我们的雷默斯大叔①讲的那些故事。

另一类诗歌以讽喻、说教或者教诲为目的，其主题是抽象的美德与缺点、爱情、憎恨等。这类诗歌的代表作是《玫瑰传奇》。它是一首长诗，主题是爱情的艺术，以一种清新的讽刺口吻讲述风流韵事。中世纪的人们尽管受严肃的骑士精神、社会规则和繁琐礼节的约束，但还是很喜欢搞笑的。《玫瑰传奇》在肃穆、庄重之中，幽默而诚实地描绘了当时的社会，因此成为同类作品中最重要的一部。它可能是唯一由两位诗人以继承而非合作的方式完成的诗歌。前半部分的作者是洛里斯的威廉，写于13世纪前半期；后半部分隔了两代人之后，由让·德·默恩完成。让·德·默恩是一位真正有才能的诗人，他笔下的主题已经远远超出爱情的范畴，涉及中世纪的大部分社会思想。而且，他还很有前瞻性。最公正的法国批评家之一朗松教授说过，这位诗人的作品表达的是即将萌芽、生长的事物，是未来。因为他写的是生活，民众的生活。乔叟翻译了《玫瑰传奇》的一个片段，但学者们对其他被归入乔叟

---

① 雷默斯大叔：同名小说中虚构的故事家，擅长讲述非裔美国人的民间传说。——译者注

名下的翻译片段的权威性有所怀疑。这首诗在中世纪长盛不衰，主导着人们的幻想，持续了整整三个世纪。它揭示了中世纪思想和人性的许多方面。它在历史上的重要地位毋庸置疑。至于它能提供的愉悦，则是另一个问题了。尽管诗中不乏活泼的幽默，尽管它像另一篇更宏大的作品——斯宾塞的《仙后》——那样充满极致的诗意，但是现代读者很难像中世纪的祖先那样，热情地欣赏如此长篇大论的道德寓言。

中世纪诗歌的第三种重要分支是抒情诗，它们盛极一时，数量庞大，花样繁多。很多作者的名字都已经被遗忘，但是流传到我们手中的名字数目依然惊人，而且来自社会所有阶层。其中有学者，将音乐与自己的学识交织在一起，将人性以诗歌的形式表现出来。其中有贵族，既资助这门艺术，又参与创作。在那段时期，就连国王都会唱歌。蒂博特四世就是众多王族歌手中的一位，和他一样有歌唱天赋的其他王族成员还包括：英格兰的"狮子心"理查德一世、苏格兰的詹姆斯一世和西班牙的"大学士"阿方索十世。相比爱作诗的贵族，普通民众的作品数量更丰富，技巧并不逊色，他们的流行颂歌和所有国家的民歌一样，贴近生活，表达悲欢离合、嬉笑怒骂等基本的情感。

14世纪时傅华萨的伟大著作《闻见录》也许归类为骑士传奇比较恰当，它记载了"法国、英格兰、苏格兰和西班牙"近乎一整个世纪的历史，比普通传奇更刺激，是一个时代的宏伟写照。傅华萨是一位不知疲倦的旅行家，怀着不变的好奇心观察世界，并且将自己从别人那儿学来的知识和自己亲眼看到的知识一一记录下来。欢快清新的风格，诚实无欺、不证自明的材料，使他成为最重要的历史学家之一（托马斯·格雷称他为"野蛮时代的希罗多德"），同时也是叙事艺术的大师之一。《闻见录》在16世纪早期通过伯纳斯的翻译进入英国文坛。傅华萨是一个技艺还算优秀的二流诗人，但他处在一个散文的时代，而法国的七弦竖琴直到下一个世纪才奏响魔法音符。傅华萨虽然在细节处理方面缺乏秩序感，但引领法国散文走向理性的发展道路，这种理性的思维成为法国文学的重要优点，持续了数个世纪。

西班牙文学与中世纪法国的文学，尤其是南部普罗旺斯的文学，关系十分密切。其中与法国《罗兰之歌》相对应的民族英雄诗歌作品是《熙德之歌》。熙德是一个真实人物，曾经与摩尔人英勇作战。他名叫鲁伊·迪亚兹·德·比瓦尔，他的称号"熙德"是由阿拉伯语中用来称呼贵族的词翻译成的西班牙语。熙德与罗兰以及其他历史真实人物一样，成了各种传奇的主角。睿智的塞万提斯通过他笔下的一个角色说："熙德这个人毫无疑问是存在的，但他是否真的做过传说中的那些事情就很值得怀疑了。"这句评语既适用于文学，也适用于历史，可以套用在大多数中世纪传奇上，应当牢记于心。熙德这个人物走出西班牙，成为欧洲文学最喜欢的角色之一，也是法国剧作家高乃依的一部经典悲剧中的主角。

另一位真实存在过的中世纪西班牙人同样拥有许多令人难以置信的功绩：13世纪时卡斯蒂利亚王国的国王，"大学士"阿方索十世。他一手与世界作战，另一手在奋笔疾书。他是文化之王，做调研，创作卡斯蒂利亚语诗歌，编纂或者监督编纂所有艺术和科学的著作，欢迎法国艺术家和歌手——尤其是普罗旺斯政局动荡期间逃难的游吟诗人——到他的宫廷做客。由于西班牙是一个贫穷的国家，西班牙游吟诗人一直未能像法国的游吟诗人那样受欢迎，但他们仍然创作了大量抒情诗歌和叙事诗歌，涉及各种情感、各种美德，从打油诗到高雅的韵文都有。西班牙的音乐具有独特的韵律，能为西班牙的抒情诗歌增添色彩，它的历史可以追溯到中世纪。这种韵律现在已经从世界上其他地方消失了，只有从现今或者曾经处于西班牙影响下的国家才能找到。如今西班牙是众多现代国家中最落后的一个，但在表面上仍然保留着某种中世纪的气质。文艺复兴时期的西班牙将在后面的章节里为我们提供一个靓丽的主题。

第十六章
早期德国和斯堪的纳维亚文学

> 古代故事向我们述说伟大的奇迹,
> 英雄的丰功伟绩以及勇敢的冒险。
>
> ——《尼伯龙根之歌》

尽管中世纪欧洲的政治、民族和语言丰富多样,但各国的文化从来不是孤立的。思想在各国之间流传,速度虽然比不上电报,但是如果与思想历史的时间长度比较,已经是相当快的了。给教堂雕刻木石的工匠们是真正技艺高超的艺术家,他们来往于欧洲各地,前往任何一个需要建筑房子的城市。会讲拉丁语的牧师和学者在任何一个国家都能顺畅地交流。文学的使者不论到哪里,都能得到礼貌的接待。政治家常常遭遇神秘死亡,记录却显示,很少有恶行针对那些主要兴趣在于诗歌、并不参与实际政务的人(尽管个人之间的争吵有很多)。不仅上流社会培养和庇护歌者,普通民众也喜欢聚集在一起听他们唱歌,听他们讲各种战争、骑士和神话故事。唱首歌就能获得一顿晚餐和一夜住宿,难怪有那么多人想要争取职业游吟诗人的资格。

在众多国家中，诗人在德国诸国①的地位最为尊贵，尤其是南部的巴伐利亚和奥地利。在普罗旺斯游吟诗人的影响下，宫廷恋歌渐渐成型，歌颂遵循各种繁复礼节的宫廷恋爱。与普罗旺斯相比，德国的恋歌诗人更粗犷、更诚恳、更直白。他们对待这门艺术十分严肃，使它在十二三世纪持续发展了两百年，产生了大量的抒情韵文，其中大部分水平一般，但也有一些展现出真正的诗歌天赋。这些作品，连同其他更为淳朴的流行歌曲一起，成为德语歌曲的基础，使后者在曲调和歌词方面都遥遥领先。德国的恋歌诗人通常是等级较低的骑士，而宫廷恋歌的主题主要是他对某个社会地位远高于他、永远无法企及的贵妇人的爱慕。这位贵妇人有时候是那位骑士的主人的妻子，有时候仅仅是想象中的人物。中世纪时期和文艺复兴时期的诗歌，主题多数是年轻恋人以及诗人对无法得到的王后的纯洁爱情。这是一场半戏剧化的大型游戏，但往往源自真诚的热情，产生了美妙的诗句。

其中最伟大的恋歌诗人是瓦尔特·冯·德尔·福格尔魏德。他的诗歌技艺出众，但更重要的是，他拓展、加深了抒情诗歌的范围，赋予它一种不可思议的与现代诗歌相似的热烈感情，不像是追求者向女士献歌，倒像是诗人在抒发自己内心的情感。现代诗人对他的评价很高，认为他比其他同时代的诗人更贴近我们。他的诗作《菩提树下》（和柏林那条著名的林荫大道没有关系）为他获得了海涅的同门师兄的美誉。这首抒情诗感情真挚，女主角不是名门望族的贵妇，而是一个普通的平民女孩。

13世纪早期，瓦尔特·冯·德尔·福格尔魏德在图林根的宫廷中认识了沃尔夫拉姆·冯·埃申巴赫。这是德国两位最具活力和原

---

① 德国在中世纪时是一个政治联合体。——作者注

创精神的诗人的见面。沃尔夫拉姆是一位恋歌诗人，不仅如此，他还创作了史诗传奇《帕西法尔》，讲述了最出色的圣杯故事。他在法国搜集到这个故事的素材，部分来自克雷蒂安·德·特鲁瓦，部分来自其他法国资料。与克雷蒂安的作品相比，沃尔夫拉姆作品的风格更粗犷，看待故事和戏剧价值的视野更广阔。有时候，他的作品显得粗糙和模糊，部分是因为德语作为叙事的载体并不算太成熟，比不上其他"出口成歌"的语言。沃尔夫拉姆与其他活在自己的浪漫世界中的诗人相似，成为后世浪漫传说中的一个传奇人物。瓦格纳在《汤豪舍》中说，沃尔夫拉姆曾经对数以万计的从未读过他一行诗句的听众演唱，说明恋歌诗人也是一种充满竞争性的艺术家，与希腊那些互相比赛、争夺奖品的诗人兼剧作家相似。历史上真实的恋歌诗人汤豪舍出生得太晚，没有机会仰望沃尔夫拉姆那张不太庄严的脸庞，但这没有关系。在传奇故事中，所有时间都确实而标准，但在真实的文学历史中，重要的是精神而非日期。

另一位与沃尔夫拉姆和瓦尔特同时代，与他们组成中世纪日耳曼诗歌铁三角的诗人，是哥特弗里德·冯·斯特拉斯堡。他写出了全德国（或者全欧洲）最出色的史诗传奇《特里斯丹》。诗歌的题材取自法国的资料，但诗句的表现力、故事的完整性、人性的真实度比法国的任何作品都要高超，成为后世包括瓦格纳的歌剧在内的所有衍生故事的标准版本。诗中人性因爱情魔药和其他迷信道具而扭曲的程度，与《麦克白》中人性因女巫而扭曲的程度不相上下。至于特里斯丹的故事与亚瑟王传奇之间的关系，前面已经讨论过了。

《尼伯龙根之歌》是一部完全在德国起源、发展并最终成型的史诗，它是中世纪德语诗歌的丰碑。这首史诗使用13世纪开始出现的中古高地德语，由一位或者多位不知名的诗人编撰而成，收集

西格弗里德

了许多英雄故事和神话传说。素材的来源只能猜测,不过我们可以假设这些故事早在诉诸文字之前已经口头流传多年。史诗中的故事或者系列故事随着瓦格纳的歌剧传出德国诸国,为现代世界所熟悉。至于说,瓦格纳是否曾经改编过这些故事以适应他所处的时代已经无关紧要。它们在不同的故事家嘴里、在漫长的传统朗诵和重复的过程中,可能会发生各种变化,但它们的基本要素几乎从未变过。故事的主角是半人半神的英雄西格弗里德和身兼女神与柔美王后双重身份的布伦希尔德。西格弗里德就是另一个冰岛神话故事当中的西格德,后一部作品的故事也十分传奇。

补充说明一下,"中古高地德语"中的"高地"一词与智力水平的高低无关,只是简单的地理概念。高地方言,或者更准确地说,德语的高地分支指的是德国南部或者中部使用的语言。我们还有一个与之对应的词"低地方言",它是诸国(即河流下游的尼德兰地区)使用的语言。"中古"是指时间,常被学者们多少带点儿武断地用来指"古代"和"现代"之间的时期。我们英语中对这个词也有同样的用法:中古英语也是介于古代英语和现代英语之间,大概使用了三个世纪。

北欧人,即德国人和英国人的斯堪的纳维亚亲族,进行过许多次航海探索,征服和掠夺已知或未知的海域,航迹远至美国。在诺曼底、法国北部、西西里岛和意大利南部,他们洒下鲜血,却放弃了自己的语言(只留下少许痕迹),采纳了被征服者的语言。在冰岛那座孤独的海岛上,他们没有人可以征服,却躲开了欧洲的诸多纷争，发展出高贵美丽的文明，并且与爱尔兰、苏格兰以及西方诸岛上的凯尔特邻居的文明融合在一起。我们从这些冰岛民族身上继承了一种文学，它的起源不明，却不知怎的跟德语文学相连，而且毫无疑问是近亲。

我们的维京人①祖先既是战士，也是豪气冲天的诗人。他们的歌手留下的生平记录并不多，但诗歌幸运地被保留了不少。在13世纪，一位名叫斯诺里·斯图鲁松的诗人兼学者编撰了一本故事集，名为《新埃达》。"埃达"这个词本身就带有童话的意味，因为它的意思是"曾祖母"，暗指由最具创意、最唠叨的故事家讲给孩子听的故事。另一本《埃达》被称为《老埃达》，收集了很多诗歌。这些诗歌似乎连冰岛人自己都遗忘了（除非他们是用口口相传的方式记录的），直到17世纪时一位博学的主教发现了它们。到了18世纪，随着珀西主教、托马斯·格雷和其他人对北欧诗歌产生兴趣，这些诗歌的零碎片段被传入英国文学中。不过，直到五十年前，威廉·莫里斯推出他的译本《壮士格雷蒂尔》和《沃尔松和尼伯龙的故事》，冰岛传奇才开始在我们的语言中露出全貌，大放光彩。这些"saga"（这个词的意思是"故事"）现在已经成为人们熟知的西格弗里德（西格德）等众多英雄的传奇。大家都知道西格弗里德如何打造魔法剑和屠龙，知道布伦希尔德的爱情与悲伤以及她杀死西格弗里德的经过，就像人人都知道灰姑娘辛德瑞拉和巨人杀手杰克一样。沃尔松的故事也许并不是莫里斯号称的"有史以来最气势恢宏的故事"，但它确实很宏大，而且它的斯堪的纳维亚语版本可能比带有中世纪浪漫色彩的德语版本更有活力。它的瓦格纳歌剧版有英译本可读，除了华丽的音乐，也算是一个有趣但不够诗意的版

---

① 维京人：泛指8—11世纪一直侵扰欧洲沿海和英国岛屿的北欧海盗。——译者注

本。对此，萧伯纳的批评解读著作《道地的瓦格纳派》中有许多建议和精彩见解，但其中有些观点可能会让瓦格纳吃惊。

《尼伯龙根之歌》本身就是一部杰作，可以成为一座纪念古代德国人民天才的丰碑。但是，它的显赫一部分要归功于周边邻居的平庸。德国几乎没有创作过有纪念价值的文学作品，直到宗教改革时期才出现了一位身兼工匠歌手、古怪牧师、诗人、叛逆者和清教徒身份的人物：路德。工匠歌手是恋歌诗人的直接继承者，而他们的诗歌在形式上和结构上有较少的自发性和较多的传统性，但他们将德语抒情诗的传统继承了下来，至今未断。

第十七章
但丁

他是整个世界的中心，代表着想象力、道德和智慧的所有能力的至高水平，并且完美平衡。他是但丁。

——罗斯金

历史上没有一个时期能够明确界定开始或终结的年份。人类的生命长河（以及记录它的文学）流过浅滩与激流，有曲折，也有隐秘的地下部分。年代的划分仅仅是为了方便大致地标示出我们所处的航段，在实际航行中并没有什么帮助，只能作为测量者放在岸上的定桩。像"中世纪"和"现代"这样的词，除非拥有灵活度，否则没有意义。如果我们试图用它们来做大坝，在某个时间点拦住生命之河，它们就会崩溃。"中世纪"这个词使用起来含有居高临下地进行责难的意思，暗示在它之前的"古代"或者在它之后的"现代"的事物更加优越。这完全是对人类历史的误解。本章的主角是跨越所有人类时代的至高天才，他属于全世界。关于他为什么要在生命长河的某个特定时刻降生的问题，不论在过去还是将来都无法解答。

但丁出生于13世纪，一直活到14世纪。他生活的年代比官方确定的"文艺复兴"开始的时间早几年，但他本身就是一场复兴。他的故乡是佛罗伦萨，在当时以及他去世后的两三百年间都是文学和艺术的中心，只有黄金时代的雅典可以与之相比。然而但丁的杰作并非创作于佛罗伦萨，因为他在一场激烈的政治斗争中处于落败一方的阵营中，被逐出了城市。他辗转于好几座意大利城市，比如维罗纳和拉韦纳，在当地富裕的庇护者家里避难。

他的作品《神圣的喜剧》通常被称为《神曲》——但丁自己并没有这样叫，描写的是一场梦中的旅途，穿越地狱、炼狱与天堂。它是一部在所有文学领域中都堪称完美的作品。在它面前，所有最高级的形容词都变得软弱无力。它不能算是"史诗"，也不能归类为任何已知的体裁，因为它是一部空前绝后的作品，从题材、格式到语言，都是但丁所创。虽然没有人能够在没有前人知识积累的基础上凭空发明任何东西，但《神曲》是个人智慧的原创之作。

但丁在创造自己的题材的同时，也总结了他那个时代的智慧。当他前去"拜访亡者"时，他需要阅遍历史和人物传记，才能用精彩简洁的诗句复述或暗示各色人等的故事，包括各种各样的罪人、尚且善良的人们以及受到祝福的圣人。正是这些故事赋予这首长诗非凡的人情味，尤其是在地狱，因为罪人的生涯比圣人更具戏剧性。但丁对罪人的态度带有清教徒式的苛刻，有时候达到可怕的程度。他描述的地下世界的酷刑从身体上、精神上对人进行折磨，但主导情绪并非怀恨报复，而是同情怜悯。但丁体验着罪行的苦难和幸福的狂喜。《神曲》中单单一个片段，就没有一首叙事诗歌能够超越。比如著名的《地狱》的第五首，保罗和弗兰西斯加的故事所传达出来的情感力量。更妙的是，这种力量贯穿全诗。梦之旅的结尾是一幅异象：神性在"推动太阳与群星的爱的力量"作用下，与个人意志相融合。

第二部分　中世纪文学

但丁公开宣称的创作目的，是要打开我们所有人的视野，引领我们脱离苦海，前往福地。从这方面来说，他没能成功，对他那个焦躁时代的人们都没能成功，因为这种任务已经超出了诗人的能力，而且从各种可以观察到的结果判断，超出了但丁模仿并追随的君主的能力。不过，他作为诗人，作为美好事物的创造者，确实成功了。他留下了很多神学与哲学纠缠不清的谜题（因为生命本身就是如此），此后六个世纪以来，学术界一直努力解开它们，却徒劳无功。我们作为读者，只需要了解但丁作品的表面价值外加少许注释，比如诺顿的译本，并且欣赏文字中包含的许多基本的与深层次的美感，就够了。但丁将一层又一层的含义叠加在一起，但他这次弱弱发声（这是他的谦辞）的主旨很清楚。批评家们的争论多数都是关于带领但丁走向天堂的比阿特丽斯究竟是一个真实的女子，还是一个复合的象征，仅仅是为了掩饰漂亮面庞而存在，并非但丁想要的诗意面纱。

　　除了广博雄伟的创意，但丁的诗句形式同样精美绝伦。从技术成就的角度来看，他的诗句结构是创作的奇迹，其优美的格式和连贯程度没有任何诗歌能与之相比。《神曲》包含三个部分，或者说包含三首颂歌：《地狱》《炼狱》《天堂》。每个部分包括三十三首诗，再加上《地狱》前面的一首序曲，一共一百首。每一首诗长度相当，都是一百四十行左右。每个诗节都是"三韵体"[1]。以下是一个英译版三韵体的例子，出自《地狱》第五首的最后十行，由现代诗人瓦尔特·阿伦斯伯格翻译：

　　　　当我们读到，一位如此多情的人

---

[1] 三韵体：三行一节，连锁押韵（aba，bcb，cdc……）。——作者注

157

得以亲吻他一直渴望的微笑双唇,
这位,一直陪在我身边的人,
亦全身颤抖着,亲吻我的嘴唇;
加利奥特①以及这个故事的作者啊!
那天我们再也读不下去。"②

当这个灵魂诉说时,那悲伤的情绪
令其他灵魂都悲痛地哭喊起来,
我也激动得一阵眩晕,
像死去的人一样倒下了。

  每一个三行诗节都与前一个以及后一个诗节相连,直到终结这一韵脚和这一首诗的最后一句。每一个三行诗节的中间一句,与下一个诗节的第一、第三句押韵。这种押韵连环不断,贯穿全部一百首诗。这是但丁独创的格式,在他的操纵下,这种格式不仅成了一门精巧的韵律技艺,还成了能够容下各种叙事、抒情、讽刺、哲学的奇思妙想的天然载体,也是他用来把所有线索囊括无遗地编织成美丽诗篇的手段。有一个例子可以反证他这门技艺的精湛程度:自从但丁创立的三韵体成为常规格式后,很多诗人都尝试使用这种格式,但没有一个人能达到他的那种高度。这是他的创造物,是只有他才能够掌控的表达方式。

---

① 加利奥特:两人此时一起阅读的故事中的角色。——译者注
② 这半边双引号是因为此处仅是节选,前半边没有被作者选入。另外,个人能力有限,无法使译文还原原文完美的三韵体。《神曲》有现成的散文版中译本。——译者注

他的独创性不仅体现在诗节的韵律上，还体现在措辞和语言上。当时，文化人都理所当然地用拉丁语作为书面文字，他却使用托斯卡纳方言创作文学，以至于这种语言后来经过演变成了现在的经典意大利语。意大利的过去和现在都有许多方言，有些方言还发展出自己的文学作品，或通俗，或从容风雅。托斯卡纳方言是佛罗伦萨以及周边城市、地区所说的语言。虽然即使没有但丁，佛罗伦萨及其邻居们也有可能成为整个靴形半岛的标准模范，但是他们的方言能够从众多竞争者当中获胜，成为文化人的正规语言、官方语言，几乎完全是但丁的功劳。带领但丁穿越地狱的角色是维吉尔，但丁称呼他为传授自己"美丽风格"的导师。确实，维吉尔对但丁以及"中世纪"和"现代"欧洲所有的博学诗人都有十分深远的影响。但是，如果要说史上有哪位诗人能自创一种"美丽风格"，那就是但丁。

朗费罗翻译了《地狱》，并且写了一首优美的十四行诗作为序言。诗中，他将但丁的诗歌比喻为一座大教堂，那端正、高贵的外形喻示着诗歌的结构辉煌而又坚固。但是，对于旁观者来说，石头杰作与遣词造句而成的文学杰作是有区别的。当我们靠近、走入一座大教堂，它的魁梧与光彩立刻就能将我们吞没，无论我们事后花费多少时间细究它的各种细节。但是诗歌并不具有这种立竿见影的效果。我们必须从第一行读到最后一行，才能获得整体印象。但丁将自己的诗作想象成一个球体——宇宙，如果我们将球体拆开，它就不再是球体了。无论如何，我对读者的建议是，甭管但丁自己有什么计划，也甭管他的逻辑是否完整，纵身跳入《神曲》的世界里吧，在这里、那里随意探索，去寻找自己感兴趣的片段，比如《地狱》的第五首、第二十六首。我从朗费罗的大教堂比喻中得到的感悟超出了他本人的意图：当我走进罗马的圣彼得大教堂时，我会久久地站在米开朗琪罗的《圣母怜子像》面前冥思,但这座雕像只是一个装饰的细节,并不足以撑起那个宏伟的穹顶。确实,这并非学者的态度,然而,这是一个非常人性化、非常愉快地了解但丁的方法。

不懂意大利语的英语读者可以在好几个译本里找到但丁诗作的内容及其精髓(尽管诗句本身的魅力无可避免地有所损失)。最好的译本是查尔斯·艾略特·诺顿的散文式翻译。诺顿除了翻译《神曲》,还出色地翻译了但丁早期的一部作品《新生》。后者描述了但丁年轻时对比阿特丽斯的爱慕之情,是后来的长篇诗作《神曲》不可分离的前传。19世纪早期,亨利·F.卡里将《神曲》翻译成无韵诗,这个版本成了英语的经典之作。朗费罗的译本同样是无韵诗,虽然也很优秀、很忠实,但节奏缓慢,缺乏热情。《圣殿经典》中用三个小章节收录了《神曲》,将意大利语原文印在左页,将还算流畅的英语译文印在右页,对于略懂意大利语的人来说,这将是一次非常愉快的阅读。但丁是一个"高深"的思想家,他的思想细腻而复杂。从字面上来说,他的意大利语并不算太难读懂。他想对全人类发言,他就像一个傲慢的宗教预言家,深信自己传达的信息至关重要。如果我们从各种语言中涌现出的越来越多的译文、评注和传记判断,那么他的作品像他自豪地期盼的那样,正在走向全世界。

第三部分
19世纪之前的欧洲文学

莎士比亚是个务实的剧作家，且能驾驭他自己的故事，他的天赋在人物和措辞、诗歌和幽默中表现得淋漓尽致。19世纪之前几乎没有哪一部作品可以跟莎士比亚的文字相媲美，包括那些名不见经传的作品。但我们要知道，这种诗歌风格的形成，从某种程度上来说，不应该完全归功于某一个人，而应归功于整个时代的努力，很多诗人写出来的诗句颇有莎士比亚的风格。

第十八章
意大利文艺复兴

文艺复兴这个比喻，也许标志着欧洲国家普遍进入了一个充满活力的全新阶段，暗示着与中世纪时期相比认知更全面、能力更自由地发挥。

——约翰·阿丁顿·西蒙兹

宣称文艺复兴将人类从盲目地依赖权威中解放的说法，是典型的"中世纪"思维。赞赏这种谬论的人本身就很依赖历史学家的权威，盲目地无视最普通的思考过程。

——詹姆斯·T.肖特维尔

薄伽丘

几年前，J.P.摩根先生买下一份中世纪手稿，花费的钱足以让那位不知名的抄写员和不著名的作者一夜暴富。当与但丁同时代的乔万尼·薄伽丘来到一座著名修道院的图书馆时，他发现那里收藏的手稿残缺不全，部分页面被修道士撕走，当作魔法符咒卖给了迷信者。世界一直都很无情，但它也许从未像现在一样残忍地毁坏着一切。幸而,我们20世纪的人对学问,或者说对代表学问的象征物和文档资料都心怀敬意,因此我们与10世纪的人们不一样。有一种光芒,一种持续增强的光芒,确实照亮了十四五世纪欧洲人的面庞。那道光首先来自意大利,所以文艺复兴确实源于意大利,尽管它是在法国发展成型的。而那道光,部分源于类似薄伽丘对那些修道院手稿的兴趣,因此,文艺复兴确实是学问的复兴或者重生。而且,碰巧有许多天赋异禀的人发现了那道光,并且增强了它的光亮,指引了它的方向。

其中一位是彼特拉克,比但丁晚了一代。他在自己的时代以及随后的两百年间,名声都超过了但丁。他是在罗马加冕的桂冠诗人,享受过同时代的人们给他的所有荣耀。他活在他的抒情诗作里,尤其是他的十四行诗最为优美,以至于英语里的十四行诗被称为彼特拉克体。他不只是诗人,还是一位文化传道者,一位"人文主义者",四处宣扬文明——希腊和拉丁文明。

与彼特拉克相比,薄伽丘不算是热心的人文主义者,但更具有人性。很多批评家认为,薄伽丘是意大利首位叙事散文巨匠,在短篇故事方面至今无人能及。他与彼特拉克是朋友,也是一位充满热情的学者,喜欢收集、抄写手稿,鼓励大家学习希腊文化。他比大多数同辈更知晓但丁的伟大之处,并且为之写了一部传记。他还是一位多产的诗人。但是,他所有的其他成就都无法与《十日谈》的风光相匹敌。这部作品收集了一百个故事。17世纪时的一个英文译本写了一个副标题,对它们进行了出色的总结:"欢笑、机智、雄辩与谈话的模范。"这些故事内容的跨度十分大,从插科打诨到细腻悲悯都有。有些故事十分琐碎,有些故事则不适合登上现代家庭杂志的版面。但是,没有一个故事犯有文学上最大的罪行:无聊。整部《十日谈》和其他伟大的文学作品一样,任何一个理智正常、明辨是非的人都可以安心愉快地读完它。有些故事是薄伽丘原创的，有些是经过他改编的当代奇闻逸事，还有一些则取自古老的法国寓言。《十日谈》成为整个欧洲文学的一部分，从乔叟到济慈，很多英语诗人都曾经借鉴过它。可惜它有强烈的时代和地域色彩，忠实地反映了14世纪时意大利社会生活的各个方面。

薄伽丘的散文轻松灵活，是承载愉快艺术的媒介。而下一个世纪里的马基雅弗利则将意大利散文打造成阐述与分析的锐利工具。他是一位政治家、活动家，也是文字的艺术家。在意大利文艺复兴时期，各种文艺活动并不相互冲突，一个人可以同时做诗人和政客，雕刻家也可以写诗、上战场、列席议会。佛罗伦萨的暴君洛伦佐·德·美第奇比马基雅弗利年长几岁，既是一个艺术赞助商，又是一个文学家。马基雅弗利作为派驻异国宫廷的大使，见过世面，仔细审视过自己服务的政府，研究过洛伦佐的生平，于是他开始动手为国家的问题寻求解决方案。在《君主论》中，他首创切实可行的检验政治社会的理论，依据事实说明一个成功的君主需要做些什么事情。从那以后，"马基雅弗利"这个名字就成了政治上不择手段的权谋的代名词。因为马基雅弗利毫不虚伪地揭穿事实，他不是一个无政府主义者，他相信政府有存在的必要。他追寻的并非理想社会，而是强有力的国家制度。《君主论》是一部原创的思想杰作，虽然有一些地域性的、过时的细节，但主导思想仍然新潮。政治作家，尤其是那些奉承君主、鼓吹国家荣耀的人也许会曲解这本书。但务实的政治家和外交家，那些最近把世界搞得一团糟的人，内心深处都明白，马基雅弗利准确可靠地阐述了政府运作的方

马基雅弗利

式。他的著作中的各种暗喻诚挚到了危险的程度。所以，虽然马基雅弗利是一个保守派，在一定程度上维护了暴政，并且帮助统治者制定了法律，但是将他的名字指代政治权谋，就像拿医生的名字给他发现的疾病命名一样。

我们这场匆忙的梳理针对的是文学，但文学仅仅是艺术的一种，而艺术仅仅是生命的一部分。在文艺复兴时期，正如我前面提到过的，知识大融合的程度是我们这些局限在思想小隔间里的人无法想象的。当马基雅弗利为国谋划时，他可能会在佛罗伦萨的大街上，或者在美第奇的宫中遇到最具天赋的一位艺术家：米开朗琪罗。这位雕刻家和画家被列入作家的行列，并非因为他用凿子和刷子做出来的作品，而是因为他也写诗。他在六十岁高龄时，仍然将部分余热用来创作十四行诗。几年后，另一位雕刻家切利尼携着他那引人入胜的《切利尼自传》，为意大利的散文和民族的欢乐做出贡献。这部作品是一个浪漫、神气、自负的男人的自画像，他那优美的珀尔修斯青铜雕像如今仍屹立于佛罗伦萨的佣兵凉廊上，证明他有资格自负。

文艺复兴时期的作家和艺术家，个个兼具浪漫气息与古典气息。但这两种气质之间的差异并不明显。有一部作品，将骑士传奇和类似古典叙事的模式结合得美妙绝伦，它就是阿里奥斯托的传奇史诗《疯狂的罗兰》。这部作品成为十五六世纪众多传奇故事当中最受欢迎的一个，并且为它的作者赢得了"神圣的鲁多维科[①]"的称号。由于这部作品没有适合的英

阿里奥斯托

[①] 鲁多维科：是阿里奥斯托的名字。——译者注

译本，我们只能相信它是一部杰作。约翰·哈灵顿曾在16世纪末期出版过一个译本，和很多法国、意大利传奇一样，为伊丽莎白时代的诗人所熟知。至于奥兰多，当然就是法国故事里面的那位查理曼大帝的大将军罗兰了。

　　16世纪最有才华的意大利诗人是托尔夸多·塔索。他的《被解放的耶路撒冷》讲的是十字军东征时，戈特弗里德·布留尼夺取圣墓的故事。这首诗的长度近乎史诗，其主题对于塔索及其同时代人的那种崇高的宗教意义是我们现在无法感受到的。对我们来说，《被解放的耶路撒冷》的价值似乎就在于，说明塔索的作品能与司各特的小说《魔符》相提并论。但我们必须同意19世纪的意大利诗人兼批评家卡尔杜齐的说法：塔索是但丁的继承人。塔索在年轻时创作了这首长诗和许多其他作品。年近中年时，他变成了一个半疯子。他就这样凄凄惨惨地代表了他那个时代的历史。在他之后，意大利的文艺复兴进入了黄昏时期。这个比喻很美，但并不太符合逻辑，因为文艺复兴永远不会消逝。它活在那些作品中，活在那些大理石、青铜、画像与文字里。它还扩展到了其他国家。在意大利，虽然诗歌式微了，思想却流传了下来，并且它因为政治上的黑暗而变得更加活跃，这体现在布鲁诺和伽利略的哲学散文中。这两位都不只是单纯的哲学家：从他们的散文风格上来说，他们也是文学家。有这么一个故事，说教会的权威逼迫伽利略否认地球围绕太阳转动，本来跪地忏悔的他立刻站起来高呼："但它确实在转！"这个故事也许并不真实，但这句话成了完美的座右铭。当你想到天文学、人生或者文学的时候，你都应该想起它。

塔索

第十九章
19世纪之前的法国散文

> 对于知晓如何恰当选择的人来说,书本包含着许多令人愉快的品质。
>
> ——蒙田

16世纪的法国散文由两位文学史上最具创意、最讨人喜欢的思想者统领:拉伯雷和蒙田。拉伯雷生活在前半个世纪,蒙田则生活在后半个世纪。这两位的脾气相差颇大,拉伯雷幽默快乐、精神饱满,蒙田满面忧郁、时常沉思。而且,没有证据显示蒙田了解另一位伟大前辈的作品。蒙田是一位充满书呆子气的古典学者,对纯法国的事物有点儿轻蔑。就像某人发明某物一样,他们两人一起创造了法国散文,并且对英国散文作家和讽刺作家产生了巨大影响。他们俩建立的传统流传至今,直接影响了阿纳托尔·法朗士这样的现代作家。

在文学界,有两种罕见的人才:会写诗的诗人,会搞笑的幽默作家。拉伯雷很会搞笑。各种幽默作家之间的区别在于他们作品的题材是严肃的哲学还是轻松的随笔。我们可以通过几个例子说明一下这个问题,而不是给出解决方案。乔纳森·斯威夫特的笑料能让你笑得全身发抖,但他的幽默带着伤感,从来不会令你放声大笑。他肯定是认识拉伯雷的。狄更斯和马克·吐温在内心深处都是严肃的人,理解民间疾苦,因此他们的笑料会让你咯咯笑或尖声笑,同时感到一种荒诞的快乐。拉伯雷也是如此。他是一个智者,也是一个段子高手。他的几部小说相互有联系,但并不紧密。在小说中,他向现实世界与幻想世界推出了巨人英雄卡冈都亚及其儿子庞大固埃,以及书中最迷人的角色、和蔼可亲却一无是处的巴汝奇。他们在冒险中相遇相离,回顾当时整个社会生活的状况,全都从广阔但讽刺的角度描写,真实而滑稽地反映了人性。小说对各种身份、各种类型的人,尤其是有文化的职业,比如牧师和律师,进行了严厉的敲打。拉伯雷曾经做过修道士,后来成为医生。他并不敬畏礼袍[①]和学历。他的作品和所有优秀的幽默作品一样,在肆意的玩笑下有着基本的严肃。他对"穿皮毛法袍的猫"的嘲笑,是带刺的嘲笑,如果大声读出来,可能会招来厄运。他的不敬冒犯了当时某些心胸狭窄的人,他的讽刺和粗俗与我们现在某些最细腻的情感相违背,但他那些天大的笑话,正如他的巨人英雄卡冈都亚一样,能让一本正经的表情变形,能治愈伪善和忧郁——前提是那些心智和灵魂的疾病还有救。他拥有海量的词,有些词是他造出来的。他将各种形象和类比层层堆叠,简直太多了。他很幸运(或者说我们很幸运),17世纪的两位英语译者厄克特和莫特重现了他那急速充实的风格、荒诞滑稽的词句,并由此丰富了英语的语言,但其中有些词是不允许出现在我们现代的礼节性对话中的。所以,他的作品虽然喧闹搞笑,但有点儿精力过剩。厄克特和莫特的译本是经典,

---

[①] 礼袍:此处指表示职业或地位的长袍(如法官、律师、教师、大学校董所穿的)。——译者注

被重印了许多次。伦敦的查托和温达斯书屋推出的一个版本配有古斯塔夫·多雷的插图,风格跟小说本身一样活泼。莫利世界文库收藏了一个删节版,专为那些需要现成的精选文学的读者准备。我相信,任何肠胃健康、心智正常的读者都可以将拉伯雷的作品囫囵吞下,而不会有副作用。拥有细腻的文学感受力和完善的道德判断力的柯勒律治说过:"拉伯雷著作的道德高度能让教会目瞪口呆,让教徒唉声叹气。我可以写一篇论文赞美它,满篇都是事实,只有事实。"但拉伯雷不需要这样的论文。他本来就很圆满了,而且更重要的是,他能让你笑到尖叫。

"开心起来吧,伙计们,打起精神来!"这就是拉伯雷传递的信息与感情。蒙田对欢乐的伙伴不感兴趣,只会静静地与自己的天性和书本交流。在众多文学体裁中,随笔是唯一无法被断定其来源和发表日期的体裁。戏剧、抒情诗、短篇小说、长篇小说的起源都能隐隐约约地追溯到过去的某个时段,但是我们无法明确地断定随笔是由哪一位天才创造或者发明的。随笔本身带有日期,在那日期之前它不存在,在那之后它就永远存在了。1571年3月,米歇尔·蒙田离开扰攘的尘世,隐居在他家城堡的一座塔楼中,开始跟自己聊自己的事。从那时候起,他开始构思随笔。九年后,他的《随笔集》第一版第一次印刷。作为第一位随笔作家,他也是最伟大的一位。如果你认为亚里士多德和西塞罗的论文也算随笔,那么在蒙田的生前与身后,在所有语言的文学中,有过很多杰出的随笔作家。但是隐居在那座塔楼里的蒙田仍然统领众人,是公认的"将军"。

"我对着纸张说话,就像对着遇见的第一个人说话一样。"蒙田写道。在另一页中,他又写道:"我自己就是我的著作的根基。"再没有别的人,能站在一个比他更坚实的地基上,对着纸张说出比他更多样、更有用的话了。我们从《随笔集》的目录就可以看出它的题材多么广博。蒙田将自己的藏书消化吸收，使之成为自己的第二天性。他还以深入自身的好奇和客观超脱的态度检视自己的人性。他是个怀疑论者，质疑自己所处的年代，但也宽容地相信那些有关人类美好品德的报道。他的矛盾，是人生的矛盾，是同一个人生观察者在不同情绪下的矛盾。"我不是哲学家。"他说道。如果哲学意味着理性的思想体系，那么他说得对。可是如果哲学家意味着热爱智慧，那么他是哲学家。他以钢铁一般的意志忍受着因为不停地讽刺而遭受的迫害和身体的痛楚，没有一声抱怨。"世界，"蒙田说，"不过是胡言乱语罢了。"然后，他继续"胡言乱语"。

那真是一场精彩纷呈的对话！蒙田作品标准的英译本是约翰·弗洛里奥在17世纪早期翻译的。弗洛里奥的母语是意大利语，他通晓多种语言，是牛津大学的法语和意大利语老师。他这种超凡的语言能力，使坐在高塔上俯瞰世界的蒙田作品成为一部英语杰作。而隐世哲学家蒙田，对于英语读者、对于他自己的同胞来说，都是世上最好的伙伴。

没有哪位读者会觉得拉伯雷或蒙田晦涩难懂。对于读着他俩的著作成长起来的法国人来说，也没有人会觉得他们过时。他们都以自己的方式表现出一种自由和轻松，就像伊丽莎白时代早期的英国散文作家一样。随着法国散文发展到17世纪，它的清晰度、规则性和形式逻辑都有所增进。差不多跟拉伯雷处于同一时代的加尔文，通过一系列清晰易懂的论文展示了他的力量，这种力量可能是从他的拉丁语传达到法语文字中的。他的《基督教原理》是为特定学生撰写的，内容冰冷得令人敬畏，但他那出色的写作技巧将他从神学领域拯救出来，送入文学世界。17世纪早期，让·路易斯·巴尔扎克为法语散文提供了类似马雷伯为法语诗歌做过的服务（如果可以把这视为一种服务的话）：目标是改错、润色、校正韵脚和思想。这个理想实现了，因为处于那个"伟大世纪"（古典主义时期）的许多卓越的散文作家的作品都被送到学校——不论他们自己是否知情——交给了巴尔扎克。法兰西学院建成后，成为风格纯净的官方裁判与模范。更新、更严的高雅演讲术标准和西塞罗式的完美形式并没有对那个世纪的法国散文造成任何损伤，因为当时有很多天赋异禀的作家，而天才总能从老师那里学到思想不会被钳制的知识。我们也许还记得，不久之后的英国在法国的影响下，也发生了一场针对抑制和规范词句的运动。不过，英国人——与法国人相比——向来都倾向于漠视规则、我行我素。

对于某些思想家，我们很难判断他们是属于文学领域，还是属于某个特定的哲学或科学分支。不过，一般读者不需要做这种判断，因为他们可以追随着自己的兴趣，在书海中任意遨游——这是最好的阅读方式。不过，在这本供读者快速浏览的关于文学的书里，我们必须在法国人所谓的"漂亮文字"和不属于文学范畴（无论它多么重要）的作品之间画下一条宽阔的界线。先不考虑戏剧、小说、诗歌，光是对哲学进行一次简略而不充分的论述，就足以写出一部比我们这本书厚许多的著作。我们试图画下界线时，应该会做出很多错误判断，并且因此感到内疚。下面让我们通过几个例子摸索出一个粗略的划分原则吧！柏拉图是哲学家和文学艺术家，弗兰西斯·培根和叔本华也是。从纯粹的文学角度来看，以下几位才华横溢的思想家可以被排除在文坛外：阿伯拉德、托马斯·阿奎纳、康德、黑格尔。我乐意接受任何针对这些例子的不同意见，因为，它们至少能指出我是在盲目的摸索中撞上了什么东西。

17世纪有两位法国哲学家，不仅在哲学领域有一定的造诣，在散文方面也是艺术大师，他们是笛卡儿和帕斯卡。笛卡儿教哲学说法语，就像培根教哲学说英语一样。到他们那个时候，大部分学术论文都是用拉丁语写的，而笛卡儿和帕斯卡则用传统的学术语言书写他们的大部分著作。笛卡儿用法语写的《方法论》是一部体现秩序、逻辑和思维方式的卓越范本——此后我们都将它当成法国散文的典范。至于笛卡儿的哲学，我们无法讨论，这个问题就留给哲学家吧。但我们可以提出一个核心要点，一个恰到好处的要点：他是在蒙田去世后的一两年间出生的，他信奉理性，信任人类思考的能力。他的哲学始于他那句著名的开场白："我思故我在。"他的思考如此精确，措辞如此亮眼，以至于他成为后世所有法国思想家的楷模，即使他们不同意他的观点。笛卡儿的主要著作已经被翻译成英语和其他语言，进入世界文学的宝库。

笛卡儿是一个理性主义者，他相信我们能够知道的所有真相都源自我们的内心。帕斯卡比笛卡儿晚一代，他不相信人类的理性，认为真相在我们身外，要靠信念追寻。他是异教詹森教派的信徒，试图从内部改革天主教教会，并且攻击耶稣会。那是一场古老的纷争，对我们已经没什么意义了，但它是帕斯卡的《致外省人书》和《思想录》的创作背景。这两本著作将神学争论和宗教思考写成了令人愉快的文学作品，因而独树一帜。帕斯卡是一位格言大师，用一句话就能包含一整章的深意。他崇拜蒙田，他的作品能让蒙田满意。伏尔泰满意地评价他的《致外省人书》道："这本书囊括了所有雄辩技巧。"

古典主义时期最多产、最积极的散文作家要数波舒哀，他精力旺盛，工作勤恳，曾经做过老师、牧师和主教，并且是当时的法国文坛领袖。他的地位并非通过文学艺术作品得来，而是通过布道、众多有争议的论文与演讲得来，并且在法国文学学者的心目中一直保持至今。从这个角度来看，他是一位演讲艺术家，他的演讲雄辩有力。但演讲术作为文学的一种形式，在历史上并没有受到太多重视。也许波舒哀一直是一位讲究方法与效果的演讲家，不论是在英国女王的葬礼上，还是在谴责剧场的滥用，或者批评新教徒，或者宣传正统的天主教教义上。他并非沉闷的传道士。他拥有强大的人格魅力，善于运用表达艺术控制他人的思想。他学识渊博但并不迂腐，是虔诚教徒但并不偏执，打击凌厉但维护公平。虽然他善于展示出宏大的气势、有力的言辞，但总体上，他简单、诚恳，善于把握从崇高到普通的多种心态和语气。

另一位擅长演讲但不如波舒哀有力的牧师是康布雷的大主教费纳隆。他性情温和，其作品主要是关于他的职业，以及他在教育、道德和宗教方面的思想演变。未曾体会过天主教国家精神的读者必须记住，在那个伟大的时代，有文化的人很自然会走上牧师这条职业道路。我们会发现，有枢机主教担任首相，有各种级别的牧师为散文与诗歌的世界大书库做出贡献，这种现象就跟意大利的画家不仅能穿画室里的罩衫，也能穿修道士的礼袍一样。费纳隆在《寓言集》中表达道：在与上帝的关系中，我们应该忘记自我，将基督视为人类的救赎者，而不是某位特定罪人的救赎者。波舒哀抨击这种言论，费纳隆的著作遭到罗马的谴责。两位牧师都在文学上青史留名，他们的争论孰是孰非不是我们关注的重点。教皇英诺森七世也值得在文学史册上留下一笔，因为他谴责费纳隆的话中透着幽默的智慧。他说，费纳隆错在太过于热爱上帝，而波舒哀则错在太不热爱邻居。费纳隆确实热爱他的同胞。他在一部类似寓言的作品《忒勒马科斯历险记》中勾勒出一个奇妙的乌托邦社会，这成为18世纪自由主义者和民主主义者某些梦想的前兆。

17世纪的散文并非全部出自博学的牧师之手。民间同样存在才华出众的散文作家，其中一位是拉布吕耶尔，一名体察世情的律师。他的《品格论》描绘了当时典型的法国人。这部作品原本是受希腊哲学家狄奥弗拉斯图的作品启发而写的，但拉布吕耶尔远远超出了老师的教导。他那锋利的"剑刃"常常深入敌身，触怒了很多同时代的人。不过他的兴趣在于研究人类，这也是我们的兴趣，而且他对同胞的评价很中肯。他的格言和警句充满智慧，是法语的典范。

另一位格言作家虽然不如拉布吕耶尔有天赋，但也很精明。他叫拉罗什富科，诙谐幽默，因在现实中遭遇挫折，有点儿颓丧。他并不愤世嫉俗，他的基本思想（或者说众多思想中的一个）是，人类的所有动机都能简化为某种自我利益。他的格言在之后的两个世纪中仍然适用，它们也许算不上古今通用的智慧，但说得很巧妙，举个例子："我们都有足够的能力忍受别人带来的不幸。"

"伟大的时代"期间，女性在政治和文坛上都有突出的贡献。然而她们接受的教育在很多方面都有限制，在其他方面她们表现得分外自由。当女性开始运用自己的智慧时，她们就会成为大地上的一股力量，无论官方的老师们如何教导。很多杰出女子主持的沙龙对文学产生过深远的影响，其中几位——当然都是上流社会人士——在文学史上留下了一笔。

最迷人的一位是书信女王塞维涅夫人。她早年的生活被笼罩在悲伤与失望的阴影中，但她心志坚定，头脑冷静，凭着坚毅与幽默熬过来了。她的书信内容都是闲聊，是一位受过高等教育的女子用手中的笔记录下来的各种日常生活琐事、公共事务和文学话题。但她并非闭眼瞎写，她仔细地审视自己的题材与风格，就像贵妇人审视长裙的布料与款式一样。她的书信揭示了很多她在贵族圈中的生活状况，并且展示出令人钦佩的清晰头脑与诚实性格。

另一位拥有卓越表达能力的女士是曼特农夫人。她从灰暗痛苦的环境中崛起，成为路易十四国王的王后。这场婚姻从来没有被公开宣布，但人人皆知。曼特农夫人享受女王的实际特权三十年，以出色的手腕处理伟大君主需要面对的事务，但从来不干预国王的政事。她的书信是当时最重要的政治和社会档案之一。在家中，她成立了一所私人学校，并且对女孩的教育写下了睿智的建议。她天生是一位老师，理解年轻人的动机，并且善于表达出来。

塞维涅夫人和曼特农夫人并不打算做文学艺术家，但上天赋予的才华将她们带入——不论有意识还是无意识地——重要作家的行列。还有一位略微逊色，但同样重要的文学作家，是拉法耶特夫人。她的小说《克莱芙王妃》也许是女性作者笔下第一部诚实的作品。不仅如此，它还是小说革命的奠基作品之一，用生活中的自然语言取代了那些虚构的情节和浮夸的风格。拉法耶特夫人没有花太多的精力继续钻研创作，但后来的法国小说都要感谢她小说中那沉静的真实感，就像它们要感谢拉布吕耶尔那光彩夺目的《品格论》一样。

到了18世纪，小说开始向前发展，尽管进步不大，而其他的文学艺术形式则渐渐脱离了古老的传统。很多大思想家都善写随笔。那是一个理性的时代，或者说，除去轻浮和狂野的一面，是理性的。也许是因为理性的增强，诗歌中的鲜花与香气荡然无存，小说里也添加了许多辛辣和理智的色彩。新时代的第一部小说出自勒萨日之手，他创作了很多戏剧和故事，但主要是因为卓越的《吉尔·布拉斯》而出名。这是一部关于流浪者的冒险小说，仿照西班牙同类小说而写，背景也设在西班牙，但是给读者的感受和风格完全是法国式的，而且它所体现的人性适用于全世界。然而，它的吸引力并不在于内在的人性和情感，而在于外在的体验。吉尔·布拉斯飞快地经历了许多冒险，没有时间休息和反思，却有很多时间准备下一次冒险,并且活灵活现地记录下来。这本书游遍了欧洲,在英国文坛的地位几乎比它在法国的还重要,因为它在自己的国家没有继承者,却跃过海峡影响了它的翻译者斯摩莱特和一位更伟大的艺术家菲尔丁。

普雷沃神父的《曼侬·莱斯柯》在文学界占据了一个永久的席位,是他唯一被世人记住的传奇。这是第一部从题材到腔调都有小说质感的作品。里面的爱情故事伤感而热烈,人物的动机解释得很完美,笔法简单直接,不做作。如今的人们已经读过两个世纪的小说,仍然会为曼侬的悲剧由衷地流下泪水。

18世纪的文化主力并非小说家或者诗人,而是思想家,例如孟德斯鸠、伏尔泰、卢梭、狄德罗等人。他们用各种风格表达着自己的想法,但主要方式是哲学论述或者随笔。他们全都反叛当时存在的社会秩序,每个人都以自己的方式对导致法国大革命的大思潮做出了贡献。

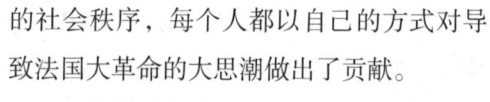

孟德斯鸠在他的时代,名气比伏尔泰略逊一筹。他是一个自由派改革家,不是卢梭那种类型的梦想家,也不是改革家,而是对自己那个阶级(从我们现在的角度看)的权利和美德不抱幻想的保守派贵族。他从《波斯人的信札》开始,讽刺教会、国家、社会和文学上的愚蠢。那是一本幽默的作品,轻松的文笔下充满智慧。他在随后的作品中表现得严肃很多,化身为渊博的历史和法律学者,以及政治科学的先驱。他创作了《罗马盛衰原因论》。吉本肯定读过这本书,他和孟德斯鸠一

孟德斯鸠

卢梭

样，受到的文化熏陶主要来自法国，一部分来自英国。可是孟德斯鸠有一个缺点：他过于轻率地根据单一事实得出结论。因此，哲学家、史学家经常与他争论。后世同样杰出的历史学家，包括吉本，都会尽量避免自己犯这样的错误。不过，外行的读者只要感受他那新奇的论断，享受他对历史事件的因由做出的清晰审视就可以了。他毕竟是与吉本和泰纳同样的人物，是历史概论的巨匠。而且，他的文笔可读性强，其写作风格载着他在众多想法之间穿梭。他的代表作是《论法的精神》，这是一部关于法律体系、社会和政府形式、古代与现代国家的风俗礼仪研究以及上千种其他话题的巨著。若是在我们这个时代，这些内容至少需要十个不同学科的教授分门别类地研究。

即使在那个人人都可以自由地在很多科目上摆出权威架势的年代，人们也能感觉到，知识是分门别类的，寻找真相的方法就是将所有最优秀者的智慧集中在一起。这是狄德罗主编的《百科全书》最基本的理念。那是一个分许多卷，涵盖当时所称的科学及许多其他方面内容的知识库，参与者包括最优秀的法国思想家，以及一些不算一流的作者。这部《百科全书》是狄德罗的伟大成就，而他的随笔则使他成为文学界的重要大师和创新思想家，而且它们从内容上来说，有点儿类似《百科全书》，从天才的文章到草率的老生常谈都有，主题的范围相当广阔。他的随笔虽然算不上杰作，但是每一篇都有一定的意义和指导性的建议。他从多方面观察事物，观点大胆而独立，这些特点体现在他所有的作品中——从早期著名的《论盲人书信集》到获得歌德高度好评的《绘画论》，并且贯穿在他对自己的很多基本哲学思想的表达里。他的哲学思想是自然哲学。和当时许多思想家一样，他认为大自然包容一切、可以解释一切，因此，大自然——传统意义上的上帝——是他的诗意的女性化身。狄德罗的自然哲学不像卢梭的那么柔和、伤感,而是有更多理性、更少诗意。通常认为,《拉摩的侄子》是狄德罗的杰作。这是一部异想天开的讽刺小说,它通过歌德的翻译传遍了欧洲,但它并非狄德罗的最高艺术水平的体现。他的天赋在于快速而独特的论述,是"灵感爆发的记者"式谈话风格的最佳例子。

布丰的自然哲学与狄德罗的不一样。布丰是一个自然主义者,是一位职业生物学家,研究植物、动物和矿物,对它们进行描述和分类。他并非现代那些在野外和实验室里工作的生物学家,而是怀有丰富的想象力、试图寻找并且描述自然秩序的人。到了现在,他所发现的秩序已经被改变,甚至被毁灭了,而且,还有成千上万新发现的事实证明布丰当年的无知。不过,他的秩序依然存在,因为那是一个拥有强大综合能力的观察者的秩序,他将整个世界真正地统一起来,并且以栩栩如生的风格而非僵化的体系保存里面的各种物种。不论科学界如何看待他的《自然史》,这部作品都会在文学史上永垂不朽。同样是布丰,作为一个科学家,在法兰西学院的就职演说《风格论》中,给文学界上了一堂课。

布丰以温和的态度观察自然。他的大自然没机会对他说爱默生的那句话:"小伙子,干吗这么激动?"当时的很多作家,不论是至今仍然引人注目的,还是已经被遗忘的,都很容易激动,或者假装很激动,而且经常以争论的心态写作。伏尔泰就是这些笔战作家中的一位主力,但他多才多艺,作品中包含许多辩论之外的内容。他的一生占据18世纪的四分之三,他尝试过所有的文学形式,包括戏剧、诗歌、讽刺小说、历史、评论、亲友信札。他的通信对象那么多,以至于使他成了那个时代的缩影。从某个角度看,他很像约翰逊博士。他的人生故事比他的任何一部作品都精彩。他与教会和政治势力斗争,是普鲁士的腓特烈大帝的座上宾。一般认为,他嘲讽和反对基督教,但其实他攻击的对象并非基督教,甚至也不是当时如同文化界暴君一般的基督教教义。他用自己的智慧迷惑当时针对他的敌人和批评家,也令后来的批评家不知所措,其中就包括托马斯·卡莱尔——他写下著名的随笔时似乎已经丧失了幽默感。我们既要阅读伏尔泰的作品,又必须阅读卡莱尔的。在伏尔泰的诸多作品中,最有趣的是散文,那些活泼坦率的散文深受法国作家的钦佩,即使他们蔑视伏尔泰的思想。他的作品有很多——并非全部——已经被翻译成欧洲的主流语言。从《查理十二史》中,我们可以看到他那多样性格中严肃的一面;而《老实人》则是他的搞笑讽刺能力的最佳例证,这是一部乐观主义的滑稽讽刺剧,书中的邦葛罗斯博士不顾自己和学生遭受的不幸,坚信"在这个最美好的世界中,一切都是为了最好的结果"。至于伏尔泰的书信,则充分体现了他思想的活力与多样、个性的优势与弱点,文学史上再没有比他更有意思的书信作家了。

伏尔泰

伏尔泰是一位理性主义者,天生具有敏捷的思维和无尽的幽默。另一位比他年轻一些的同时代作家让·雅克·卢梭,虽然没有天生的幽默,却拥有怜悯心和美感,对思想和历史的影响更加深远。他多愁善感,反抗当时的社会秩序,成为法国大革命的预言家。当然,导致大革命的并非他或者其他思想家和行动家,但卢梭以十足的说服力列出了很多动机,他的思想在大革命之前通过欧洲的传奇文学得到了广泛传播。相对于现代来说,卢梭的一部分想法已经过时,但另一部分仍然遥遥领先于现实世界。他的《社会契约论》阐述了一种没有经济实力基础、无法实现的社会状态。他相信人性本善，是社会组织的腐败和错误腐蚀了人性。他认为，个人必须为大众的利益牺牲自己的自由。"为人数最多的人群谋取最大的利益"是一种理想，至今仍然有意义。卢梭的民主思想，混合了某种回归自然、回归无知状态的运动，以及对希腊和罗马那种已经被历史事实证明无法持续的旧日好时光的向往。像卢梭这类感情丰富的作者，其存在价值就是提议和激励，而不是准确而符合逻辑地反映现实。他相信人性生来纯洁，并且由此发展出一套教育理论，体现在小说《爱弥儿》中。其主要原则是，孩子应当自由成长，不应受到长辈的错误知识的束缚——这是一个美好的愿望，却不太实际。不过，它的精神在所有倡导自由的教育体系中流传下来，一直传到蒙台梭利博士手中。卢梭在《新爱洛绮丝》中表达了他对人性和大自然的热爱。他是第一位将大自然的景色与心灵联系到一起的作家。在他之后，这种结合变成了常用手段。他最有趣的作品是关于他自己的《忏悔录》。他创作这部作品时已经到了晚年，他的思维仍然有活力，但他那敏感古怪的灵魂已经失衡。书中有些事实值得怀疑——因为没有任何自传能反映全部事实——但它能揭示卢梭的性格。

第二十章
19世纪之前的法国诗歌和戏剧

"爱",是我们所有的手稿中的第一要义,
维庸,是我们那悲伤、快乐、疯狂的兄弟的名字。

——斯温伯恩

15世纪前,抒情诗诗人已经发展出多种多样的韵文手法和格式,并且将它们变成了创作的惯例,但写出的作品大多毫无感情,缺乏纯真的诗意。但是,这些格式已经存在,只等着诗人到来,使用它们,为它们填充生命。到了15世纪,诗人确实来了,其中的几位还拥有真正的诗歌天赋,最为突出的三位是:奥尔良公爵查尔斯、法兰西斯·维庸和克莱芒·马罗。

奥尔良公爵查尔斯,即使算不上诗歌上的新类型之声,也肯定是真实之声。从他的韵文格式和思想来看,他是中世纪的贵族,但他的所唱、所想都饱含感情。他虽然没有如火的热情,但是有迷人的魅力。他的风度很自然,他的情感很真实。公爵被囚禁于英格兰,虽然在历史上没有什么功绩,但作为一个在不列颠的海岸上用诗歌唱出对法国的思乡之情的诗人,永远不会被遗忘。

在查尔斯之后,是一位与优雅的公爵形成鲜明对比,并且卓越得多的诗人：法兰西斯·维庸。他是浪子、小偷，他的脖子不止一次险些被套进绞刑吏的套索，但他却拥有讨人喜欢的个性，因为他找到了一位赞助者送他去读书。他将自己的个性写入过去数个世纪里宫廷诗人早已规定好的格式中，并且将前所未有、以后可能也不会再有的生命力注入其中。以下是斯温伯恩翻译的《绞刑架上之歌》，当时维庸以为自己和伙伴会在第二天被绞死，所以写下这首诗歌：

在我们死后仍然活着的人们啊，我的兄弟，
莫要对我们太过苛责；
若你们对我们穷苦人多几分怜悯，
上帝对你们的慈悲将来得更快。
你们看见，我们这五六个人被绑在这里，
被喂得太饱的血肉之躯
一点点地被蚕食、腐烂、分裂、撕碎，
我们的骨头将化为尘土和灰烬；
莫要嘲笑我们的痛苦，
祈求上帝他能原谅我们所有人。

若我们请求你们，兄弟们的原谅，
莫要蔑视我们的祈求，虽然我们
受法律的制裁而死；你们知道所有生者
并非总是拥有刚正不阿的智慧；
所以，由衷地为我们
向诞生于处女子宫的他求情吧，
愿他的雅量不会像干枯的水源，
求他的雷电莫劈在我们的身上；

我们已死,莫要折磨或困扰我们死者,
祈求上帝他能原谅我们所有人。

倾盆大雨荡涤着我们五个人,
烈日将我们烤干烤焦;是的,死后,
乌鸦喜鹊用喙来叼啄和撕扯,
挖出我们的眼珠,拔掉我们的胡子和眉毛
当作小吃,我们永远无法解脱安息,
一次都不行;风仍然在这里、那里
随心所欲地掠过,摇动着我们,
被鸟叼啄的次数比花园墙上的水果更多。
人们啊,看在上帝仁爱的分上,莫要嘲笑,
祈求上帝他能原谅我们所有人。

耶稣殿下,全知全能的主啊,
留下我们吧,地狱并非我们的苦域;
在那座大殿之中,我们无事可做。
愿你们莫要步我们的后尘,
祈求上帝他能原谅我们所有人。

一直等到19世纪,法国诗歌当中才再度出现像维庸这首诗以及其他作品一样深刻的作品。现代英国诗人被其精神、格式所吸引,并且以高超的技巧进行翻译,比如斯温伯恩这首灵巧的译作。罗伯特·路易·斯蒂文森的《名人名著研究》中对维

维庸

庸有一段贴切而人性化的批判性评论。而斯蒂文森的《夜宿》是根据维庸的一生加以想象而写成的精彩的短篇故事。斯蒂文森针对奥尔良公爵查尔斯所写的随笔也令人欣喜。

我们跟随维庸的脚步，离开了中世纪的法国诗歌。他的继承者兼编辑克莱芒·马罗是一位优雅的诗人，带领我们来到16世纪，品尝现代风味。他最出色的诗作以笔触轻巧、使用日常口语以及运用严格复杂的格式而与众不同。他因此成为第一位社会诗作家。所谓社会诗，就是描述琐事的小诗，精致而不愚钝，词句简练，但更加难写，因为无法用刺绣掩盖纹理中微小的瑕疵。英语诗歌的读者可以在19世纪找到一位精通这种诗的英国人：奥斯汀·多布森。这种诗歌巧妙、朴实，虽然不宏大，但非常讨人喜欢，现代热爱社会诗的人都很钦佩马罗。有一段时期，一群新诗人崛起，势力强大，风格严肃，意图净化法国语言，模仿古典主义。他们的阴影笼罩了马罗，差点儿将他从文学史上抹去。他们是那场被我们统称为文艺复兴运动的参与者，不仅向经典古籍学习，还向意大利学习，将意大利的十四行诗引入法国。他们模仿希腊的七位诗人，自称"七星诗社"[①]。他们竭尽全力地摆脱古老的法国诗歌，在精炼和完善他们自己的语言的同时，也与法国生活中的一个重要组成部分分道扬镳。他们认定，法语应当像希腊语一样精致高雅。他们不但没有把法语改造成功，反而把它变得做作、僵硬。他们创立的法国古典韵文一直传到了19世纪，才被"自由诗"作者和其他叛逆者打破。在16世纪的七星诗社里有两位重要人物，分别是约阿希姆·杜·贝莱和皮埃尔·德·龙萨。他们确立了法国韵文的格式，甚至在他们退出文坛200年之后，这种影响还长盛不衰。不仅如此，他们的诗

[①] 16世纪中期法国的一个文学团体，由七位人文主义诗人组成。——编者注

作还传入我们的文学中，如同一股文艺复兴的浪潮，拍打在英格兰的土地上。斯宾塞翻译了杜·贝莱的《罗马怀古》，伊丽莎白时代的英国诗人显然了解这些法国诗人。他们是诗歌格式的实验者，过于看重诗歌的修辞，无视法国本土诗歌的优点，但他们并不缺乏人性和诚实的情感。如果你认为法国诗歌冷漠、死板，那么请读一下杜·贝莱的《小狗的墓志铭》吧！它的基调和感觉都像是19世纪的诗歌。尽管16世纪的抒情诗显得僵硬和伪古典，在真挚感情的表达方面却比后面两个世纪的诗歌有更大的自由度。后者变得过于冷淡而精确，全是理性，没有感情。竭尽全力地推动法国诗歌产生这种变化的人，是马雷伯。他既是诗人，又是批评家。我们回头阅读他那些死气沉沉的诗歌时，会觉得他能产生如此巨大的影响真是不可思议。现代的灵魂要穿透那一层冰冷的玻璃隔板，才能看到维庸、奥尔良公爵查尔斯和克莱芒·马罗那温暖的人性光辉。

　　到此，让我们对法国诗歌略做评价吧，以便帮助我们理解所有的现代诗歌。诗歌的韵律、格律和诗节是人为规定的词语形式。但诗歌也是自然的产物，人们因为有需要而唱歌，而歌声来自民众的嘴唇和喉咙，他们可能对韵律学理论那种高深的著作根本一个字都看不懂。因此，诗歌有两种来源：自发而成的和刻意创作的。这两种作品的区分或者对立并不严格，民歌可能包含非常巧妙精致的艺术，而高雅"文学"和精心编写的诗歌也可能充满对人生的感悟。当我们所说的自发而成与刻意创作（两种定义都是非常模糊的）结合在一起时，就会出现完美之作。弊端在于，诗人会非常关注格式的问题，流于形式主义，变得僵硬，扼杀思想，失去活力。法国诗歌便是如此。《牛津法语诗集》的编者说："对秩序的热情……如同骑跨在诗人身后那匹飞马背上的幽灵。"因此，很多法国诗歌，尽管辞藻华丽，读起来却是冷冰冰的。在意大利，但丁将简朴的本土方言与复杂的诗句结构结成了至高联盟，但是在他之后的诗歌出现了僵化趋势。英国诗歌是现代文坛最伟大的诗歌（这可不是什么语言学上的爱国主义，全欧洲的批评家都会同意"最伟大"这个形容词的），一直都是那么自由、灵活、多变、忠于生活对话的自然韵律，并且同时做到了结构坚实和表面光亮。18世纪，英国诗歌受到了法国诗歌的影响而过于重视文学形式。幸好这只是暂时的情况，到了18世纪末期，英国诗歌恢复了天然的自由，并且在随后的一百五十多年里再也没有失去过。因此，所谓的"自由诗"在英语里面算不上什么新玩意儿，无论它们如何令人吃惊、违反常理，或者美丽迷人。在德国，流行诗歌的传统一直未断，甚至经历了古典主义时期仍然可以延续下来，而歌德是其中的巨匠。德国人将荷马和维吉尔的希腊-拉丁语六步格诗纳入其语言体系，成为全欧洲最渊博的古典学者。但他们的抒情诗歌仍然保留着德国风情，其精神与德国音乐结成了神圣的艺术联姻。俄语、匈牙利语和其他语言也有类似的结合，但对于它们的情况我们只能凭着信念接受或听信权威，因为，我们的耳朵虽然能够听懂作为全世界的新娘的音乐，却无法听懂作为新郎的各种语言。每一个人都觉得用自己的母语写成的诗歌是最自然、最优美的，而真正的诗人唱出的每一种语言的诗歌必定都很动听。不过，各种诗歌还是有些差别的，这种差别本身就很有趣，而且能够作为一种方法帮助我们了解任何一种文学。要记住，这些差别并不巨大。我们可以说，英语诗歌就是英语的音乐，因为英格兰很少有一流作曲家，而诗歌既属于人民，又属于文学。我们可以说，德国诗歌因为音乐而得到了升华，并且保留了它亲民的感觉和格式，因此，即使出自最学识渊博、最深思熟虑的诗人之手，仍然是民主的艺术。法国的诗歌几乎总是那么精致和文艺，注重格式。法国诗人可能思想叛逆，想在表达上进行创新，但仍然会遵循惯例，保留一定的格式。这是一种约束，又是法国诗歌中一个美妙的基本因素，而且这与法国散文明晰、整洁的特点是有关联的。

流于形式的倾向出现于法国戏剧的早期，一直延续到现在。法国戏剧的来源——其实也是所有西欧戏剧的来源——有两个（与抒情诗歌的情况类似）：一是希腊和拉丁语文学作品，二是民众。民间戏剧多为奇迹和神话，对白非常简单，主题从圣经故事到幼稚的插科打诨都有。（英国戏剧的发展历程与法国的相似，所以，我将会在第二十五章谈到英国戏剧时，再说说这些早期戏剧。）十六七世纪的法国戏剧家几乎完全抛弃了这些中世纪早期的戏剧，将大部分精力投入接纳古典戏剧并且进行本土化当中。

法国第一位伟大的悲剧诗人是皮埃尔·高乃依，他主要生活在17世纪，写了超过三十部喜剧和悲剧，其中有些在当时就获得了成功，在法国舞台上长盛不衰直至今天，并且在很大程度上确定了法国戏剧的发展之路。虽然高乃依有好几部戏剧的灵感来自古代经典，但他远非单纯的古典戏剧模仿者。他最受欢迎的戏剧《熙德》是在西班牙原作的基础上创作的，戏中的主角是半传奇、半历史的西班牙将军——我们在介绍中世纪传奇中的英雄时提到过他。高乃依的剧作被翻译成多种现代欧洲语言，并且在他自己的时代引起了巨大的轰动。与他敌对的诗人和批评家们，其中包括伟大的枢机主教黎塞留，纷纷抨击他的作品，但都失败了，因为人民热爱它。我怀疑，那部戏剧的活力与它的模范水平，或许与它对古典形式的突破没什么关系，也并非因为高乃依的高雅风格，而是因为它那极致浪漫的情节。我还怀疑，其他很多被淹没在大堆的批评和注释下的伟大戏剧和故事，只需要抖抖肩膀、站起来，就能凭借那原始的情感力量号令我们。高乃依拥有高水平的悲剧作家所需要的全部天赋。他的戏剧情节有秩序，有戏剧化的场景，有动作，对角色的把握很坚定。他还是人类天性的资深研究者，尤其擅长描写内心的冲突、意志的碰撞。不仅如此，他还掌握了诗歌终极的艺术：恢宏的气势。他以超凡的能力保持着这种气势，尽管有时候他也会写出平凡老旧的韵文，就像莎士比亚一样。最重要的是，他的诗歌听起来就像鲜活的日常对话那么自然。在《秦那》《贺拉斯》《塞多留》和《罗多古娜》中，我们都能听到腔调最为高雅的戏剧诗歌。法国公众很早就给予他应得的肯定，为他的剧作鼓掌欢呼，尽管其中部分作品现在看来不算最佳之作。他的戏剧在舞台上活跃了两个多世纪。从高乃依的古典戏剧到现在，出现过许多传奇戏剧，比高乃依那些逻辑严谨的情节更有激情、更多彩；也出现过很多现实戏剧，十分贴近生活。大多数古典戏剧已经衰落，高乃依的剧作并非全部值得阅读，不过他的最佳作品将永远流传。

让·拉辛比高乃依年轻，既是他的继承者，又是他的竞争对手。拉辛的主题是希腊和罗马，如《安德洛玛克》和《费德尔》；也有圣经故事，如《以斯帖》和《阿达利》。他的作品在法国本土观众听来热情动人，十分出众，因此受到赞誉，但我们听起来却觉得相当冷淡，只不过，在那冷淡之下——经过糟糕的翻译后更显冰冷——我们仍然能看出拉辛对人性的了解。他笔下的人民并非希腊人、希伯来人，甚至不是法国人，而是我们所有人，如同莎士比亚或易卜生笔下的角色一样真实。拉辛的理想是完美的格式和词句，这个理想在他的五六部最杰出的戏剧作品中实现了。它们那紧凑一致的结构和高雅（是这个词所形容的最高水平）的措辞，从高乃依到克洛代尔，法国诗人无人能够超越。拉辛是一个敏锐的批评家，他在自己的戏剧序言中不卑不亢地阐述自己的理念，虽然遭到浪漫主义者的诋毁和现代剧作家的驳斥，但对于古典戏剧来说绝对合理。他在《勃里塔尼库斯》的序言中表达的理想很简单，没有过多杂事，符合常理，绝不标新立异，以角色的兴趣、感受和热情推动剧情一步一步地发展到最后。人们通常会拿拉辛和高乃依做比较，但这种比较就像拿本·琼森和莎士比亚，或者拿丁尼生和勃朗宁做比较一样，毫无意义。然而，值得注意的是，高乃依是更有活力、更独立自由的天才，而拉辛更谨慎、更柔和、更守规矩。

英语读者若想寻找法国悲剧的秘密，也许得花费一些工夫。法国喜剧则享誉世界，连最无知的人也能被它逗乐。莫里哀生活在与高乃依和拉辛相同的时代，是世界文学史上顶尖的喜剧作家。他是17世纪的法国人，但他与其同胞拉伯雷和阿纳托尔·法朗士、西班牙人塞万提斯，以及我们的语言学大师莎士比亚、菲尔丁、萧伯纳、马克·吐温等人一样，是那种不受时间和民族限制的笑料制造者。

莫里哀和传说中的莎士比亚一样，是演员，也是剧场经理。他的戏剧不仅可以用来阅读，也可以上台演出——法国剧场从来没有拒绝过它们。在文学上，他占据着独特的地位。他通过描绘典型的愚蠢形象的方式嘲笑人类。有人说，莫里哀笔下的人物形象是过度典型化、概括化的讽刺漫画式的人物形象。他笔下的伪君子就是所有伪君子的集合体，守财奴亦是所有守财奴的集合体。但莫里哀深知，舞台上的描述必须快速而明确，所以他描绘的轮廓宽泛而紧贴生活，他画出的线条如此清晰，以至于它们经过翻译后仍然能保持基本形状，尽管大部分对白中的诙谐味道会丢失。他的戏剧中的反派主角达尔杜弗与狄更斯笔下的佩克斯列夫是同类，而《贵人迷》中的儒尔丹先生显然与辛克莱·刘易斯笔下的乔治·F. 巴比特同属一个星球。莫里哀将矛头指向自大、迂

莫里哀

腐、伪善、贪婪和其他常见缺点，反对无知的小恶、简单的愚蠢和徒劳。有些矛头很锋利，甚至带毒，因此他招惹了很多敌人。他被称为道德家、哲学家和社会改革家。也许他三者都是。而我认为，他首先是一位剧作家，努力为娱乐演出创作。有人说，喜剧是逝去的作家留下的闹剧。莫里哀的许多作品都是闹剧，有些至今仍然新奇搞笑。他的杰出作品表面上是闹剧，实质上是对人生百态的滑稽的批判。

莫里哀的朋友拉封丹的作品中同样洋溢着滑稽的气息。拉封丹的《寓言》是以飞禽走兽代替人类角色的故事形式的最出色范例。这种故事形式很古老，可以追溯到许久以前的《伊索寓言》，那时候的人们相信动物会讲话。常见的民间故事和神话传说，比如乔尔·C.哈里斯的《雷默斯大叔》里面那些来自传统神话的黑人故事，动物像人一样说话做事。近代作家肯尼斯·格雷厄姆在《柳林风声》中通过小动物绘声绘色地刻画了它们的两脚兄弟。动物故事不论是否与人性相关，都会一直受到人们的欢迎，直到最后一个孩子长大成人、所有故事绝迹的那一天为止。动物寓言正如我们从小就听过的《伊索寓言》一样，是用来说明道德准则的短小故事。拉封丹将散文式寓言改写成令人愉快的韵文，以精巧的幽默表现人类的特质。论《寓言》的重印次数和传播广度，法国其他诗人的作品没有能够超越的。孩子们喜欢它那生机勃勃的故事，成年人享受它对人性的机智点评和巧妙的韵律。

有一位天才，居于所有这些剧作家和诗人之上，从亚里士多德到马修·阿诺德的任何一位批评家都比不上他权威。他就是布瓦洛。他心高气傲，才华横溢，通晓古代与当代最优秀的文学，对逊色于自己的同行嗤之以鼻。他一眼就能看出拉辛作品的优美和莫里哀作品的幽默。他的才华，以我们最熟悉的人物来类比，相当于贺拉斯和亚历山大·蒲柏。他的《诗艺》是在贺拉斯的《诗艺》基础上写的，如同蒲柏的《批评论》和《夺发记》是在布瓦洛的作品基础上写成的。布瓦洛和蒲柏一样，双足稳稳地站立，拥有独特而强烈的个性，慷慨、公正、热心，尽管有点儿狭隘和学究气。可是他的诗歌对我没有魔力，在我这双不懂法语的耳朵里，它们像冰柱似的冰冷而尖锐。在我看来，戈蒂耶的《艺术论》和魏尔伦的《诗的艺术》中包含的理智和美感，胜过布瓦洛最著名的诗歌上千倍。当布瓦洛写出"让我们离开意大利所有这些虚假的光辉，疯狂的光辉"时，他确实指出了17世纪时意大利诗歌的一个缺点。但我们很想知道，他有没有读过或者能不能读懂但丁。这位法国诗歌批评家，不论在时代还是地域方面，都有局限性。

　　到了18世纪，仍然有两三位喜剧作家的笑声充满活力与真心。我们前面介绍过勒萨日，一位幽默小说的巨匠，他那刻薄夸张的讽刺作品《杜卡莱先生》在文坛和喜剧舞台上都占据崇高的地位。在他之后，出现了一位古怪的天才——马里沃。他不能被算入理性、讲究秩序、被过度批评的法国作家的行列。他的小说《玛丽安娜的生活》是一次向现代现实主义的跳跃，讨论人的心理活动。马里沃的剧作，尤其是《爱情偶遇游戏》，诙谐、优雅，带有略显刻意的原创性：他不喜欢按大家的方式说话，讨厌已经组合在一起太久的形容词和名词，因此拆散了很多约定俗成的词语组合。他是文学上最有创意的作家之一，深受所有法国批评家的喜爱，即使他们也指出了他的很多缺陷。他那天马行空的风格，太多隐喻，太过反常，以至于创造了一个新奇的法语词"马里沃体"。这种情况与英国文学中的"尤弗伊斯体"[①]差不多，尽管两者的含义相差甚远。

[①] 指一种矫揉造作、过分文雅的文体。——编者注

马里沃那卓越而古怪的天赋使他一直未能成为法国公众的宠儿，在法国之外更是无人知晓。另一位比他晚的剧作家博马舍，却成为全世界永远的快乐之源。他的《塞尔维亚的理发师》和《费加罗的婚礼》逗笑的人数，比世上任何一部戏剧都多，连《查理的姑姑》也不例外。这些喜剧带来的快乐加上莫扎特和罗西尼的音乐之后，更加多样化。费加罗成为文学史上最搞笑的角色之一。我想，假如各位作家能在天堂的某个角落相遇，博马舍和谢里丹可能会讨论、计划如何给诸神和人类搞恶作剧吧。

第二十一章
古典主义时期之前的德国文学

> 我不能也不会放弃,因为,违背良心的行为既不安全,也不谨慎。我站在这里,别无选择。上帝保佑我吧,阿门!
>
> ——路德在沃尔姆斯会议上的发言

很多活动家都善于写作,比如瓦尔特·雷利和匈牙利诗人卡蒙恩斯。历史上唯一同时在其祖国的政坛与文坛上都拥有强大的个人影响力的人物是马丁·路德。从文学表达上,要想将一个人性格中的一面与其他方面,或者与其人生中的任何一个阶段割裂,是不可能做到的。我们无法说清,路德在宗教和政治方面的影响力在多大程度上依赖于他对文字的掌控能力。经过他发展之后的萨克森德语成为全国通用的现代德语的基础,但我们同样无法解释,在促成这一变化的众多因素中,他成为德国民族英雄这个因素起了多大的作用。我们感兴趣的主要是文学方面的事实。这种一个人支配一个国家的语言和文学领域的情况,在文学史上唯一与之相似的,只有但丁对托斯卡纳语的支配,以及他那独特的托斯卡纳语风格对意大利文坛的支配。从文学的角度(我们记住,这种角度对于历史来

文学的故事

路德

说是不完整的）来看，路德翻译的《圣经》赋予了他权威和重要地位。16世纪德国的宗教改革，并非完全是一场针对教会暴行的反叛，也并非完全是神学的运动。它具有突出的德国气质。路德看到将自己的力量凝聚在一起的方法：给他的人民翻译一个本国语言版本的《圣经》。在他之前，《圣经》只有古语版，因此只有文化人、学者和牧师才能读懂。路德的动机与早期《圣经》英文版的译者的动机相似，为了给人民提供基本的文献——所有基督教宗教纷争的源头。可以确定的是，当时很多人不认字，也买不起书，但是他们能够听懂自己的语言，可以朗读给他们听。后来，德国学者和哲学家的散文变得复杂难懂，就连母语读者都难以理解。但路德的"通用德语"直到今天仍然是通俗德语散文的主心骨。路德最初的意图并非成为文学艺术家，他是出于实用的目的而写作。据说，他曾经用墨水瓶投掷恶魔，那个故事很可疑，但从象征意义上来说是真实的，只不过他扔的是墨水，而不是瓶子。他和当时从王公到农民的许多人一样，了解简单的音律，并且以擅长弹鲁特琴闻名。而且，他是在15世纪的复活赞美诗中成长起来的，那种诗歌的音调和歌词都与很多英国赞美诗（音乐则常常借鉴德国的）相似。路德写了一些强有力的德语赞美诗，歌词肯定是他写的，作曲可能也是他。他最著名的赞美诗是《上帝是坚固的堡垒》。这首生机勃勃、简洁精悍的德语诗从未被恰当地翻译成英语，也许根本就无法翻译。就连崇拜德国天才的托马斯·卡莱尔，也未能参透路德的意思。其中有一句"Mit unsrer Macht ist Nichts gethan"，意思很简单，就是说，没有了上帝，我们人类的力量微不足道。它的下一句继续表达同一个意思。卡莱尔的译文是"我们的武装力量一事无成",不但误解了原文的意思,而且是一句非常糟糕的英语诗句。对于我们这次简单的调查来说,这也许是无关紧要的细节,但它说明:翻译的困难是文学史上一个至关重要的问题。

路德和宗教改革并没有耗尽16世纪德国的文化生命力。在工匠、商贩、绅士、骑士组成的伟大的歌手行会中,民间诗歌繁荣地发展了起来。他们继承了十二三世纪的恋歌诗人的传统。他们的艺术非常严肃,要想获得工匠歌手的头衔,候选人必须证明自己有能力创作歌词和音乐,而成功获得头衔就跟获封骑士或者大学毕业一样光荣。工匠歌手的精神、诗歌和喜剧,都被保存在瓦格纳的歌剧里了。其中最著名的诗人是路德的同龄人和追随者,纽伦堡的汉斯·萨克斯。萨克斯是一位补鞋匠。当时补鞋匠的地位并不比绅士和学者低,虽然仍有君主和贵族,但已是显现民主的时期。工匠并非重复机械工作的奴隶,而是独立的工作者,还是非常强势的行会成员。伊丽莎白时代的剧作家托马斯·德克在喜剧《鞋匠的假日》中描写的鞋匠当上伦敦市长的故事,虽然可能在特定的细节上并不完全真实,但大体上是事实。汉斯·萨克斯是一个多产的散文和诗歌作家,很多作品都成为德国文学史上永远存在的成员。比任何个人作品更为永恒的,是来自普通民众的成千上万的业余爱好者,他们都是市民和工匠,训练有素,一起创作歌曲,即使不会创作的人也能复述和传播诗歌。这种公众艺术与德国各阶层的孩子都理所当然地

汉斯·萨克斯

学习诗歌与音乐基础知识的事实，有密不可分的关系。最普通的德国人也能演唱和弹奏巴赫和舒曼的曲子，会阅读歌德和席勒的作品。当伟大的德国音乐家和诗人出现时，他们的同胞已经做好了理解、欣赏他们的准备。

但是德国的卓越天才被推迟到十八九世纪时才出现。17世纪时，尽管法国和英国发展得风生水起，欧洲中部却是一片黑暗。三十年战争一直打到了1648年，而且还未完全结束。这场战争摧毁了德国，压垮成年人，屠杀少年人（谁能知道，在战争中被杀的男孩中有多少人拥有天赋呢）。照耀欧洲其他地方的文艺复兴之光在德国这里消失了，只留下一点点伪古典主义或者模仿邻国的死气沉沉的文学作品。幸运的是，思考并未停止，即使在绝望的时期也从未停止。三十年战争末期，第一位伟大的德国哲学家莱布尼茨诞生了。他的理性主义盛行于18世纪的思想家中，包括德国本土的和法国的。但是德国的文学艺术，尽管没有消亡，却黯淡了上百年，一直到我们在第四十章试图概括的那个时期，才再度复兴。

第二十二章
19世纪之前的西班牙和葡萄牙文学

> 噢,最无与伦比的作者!噢,快乐的堂吉诃德!噢,著名的杜西尼亚!噢,搞笑的桑丘·潘沙!愿你们联合而又独立地在人类快乐和消遣的无尽岁月中长存!
>
> ——塞万提斯

在我们眼里,西班牙是一个传奇的国度,热血、黑眼睛、独特的风情、刺激的冒险。这种印象并非来自易受感动的游客,而是来自西班牙的作家们,甚至包括几位现代杰出的小说家。充满自豪感、骑士精神,拥有帅气礼仪的西班牙人,天生拥有极强的幽默感——这也许算是一种对他们形象的修正吧。在17世纪初期,塞万提斯创作的《堂吉诃德》,成为文学史上最伟大的滑稽小说。就连拉伯雷也无法与塞万提斯匹敌(从事不同类型创作的天才之间当然没有比较的意义),因为拉伯雷写的是大型滑稽作品,其中的主角荒诞得离谱,而塞

堂吉诃德

万提斯写的是可以想象、无法否认、忠于生活的人物。塞万提斯笔下的搞笑骑士堂吉诃德读了太多骑士传奇,沉迷其中,于是开启了像故事里一样的冒险。他将风车当成巨人,将宁静的旅馆看作威风的城堡。他那务实的侍从桑丘·潘沙则以朴素而准确的语言评论这些冒险和灾难。这是梦想与现实的滑稽碰撞,而塞万提斯以及读者们的同情心多数都送给了做梦者。堂吉诃德是一个老疯子,但他是一个讨人喜欢的老疯子。他心地善良,只是走错了路。塞万提斯针对的是导致堂吉诃德行为古怪的原因。他在小说的最后写道,他的唯一目的是"曝光并且嘲讽那些夸张、愚蠢的骑士故事"。

如果那就是他唯一的目的,那么他的实际成果已经超出了初衷。骑士精神自然死亡了,大部分骑士故事也消失不见了。塞万提斯创造了一个如同人生本身一样广阔而多样的故事,即使是嘲笑他的读者们,也看得十分开心。它的意义比滑稽模仿或改编的作品更为深远。塞万提斯的出发点也许是曲折的狭窄小巷,走着走着,却走上了人性的康庄大道。他热爱自己笔下的两个傻瓜,那是一种父亲般的情感,而不是多愁善感。他的作品第一次出版后,便有一个恬不知耻的竞争者写了一部续集。这种伪造行为激怒了塞万提斯,于是他写了一部真正的续集,结果比第一部还要出色——这在系列作品的历史上是罕见的现象。他假称自己的故事来自一位名叫熙德·阿默德的作者提供的可靠资料,而本章开头引用的句子就是他对这位

桑丘·潘沙

虚构的原作者说的话。如果说这是塞万提斯在自卖自夸，那他夸得很对！《堂吉诃德》被翻译成了欧洲的每一种语言。标准的英文版是莫特翻译的，他也是拉伯雷作品的译者。《堂吉诃德》是有史以来最杰出的作品之一，主角与他的忠实侍从在旅途中遇上了人类可能遭遇的各种状况，而塞万提斯通过这些状况描绘了西班牙人的生活。这些人并不只是西班牙人，他们就是我们，疯狂的骑士和伪装的实事求是的哲学家，至今仍然遍布全世界。

假如塞万提斯没有写出《堂吉诃德》，他会在文坛上以剧作家和故事家的身份占据一个光荣、有趣的席位。类似的，假如乔叟没有创作《坎特伯雷故事集》，他在历史上会是一位非常重要的诗人。不过，一个人如果被笼罩在自己的卓越著作的影子下，他便可以抱着它高枕无忧，而将其他的小作品放置一边。

在塞万提斯的时代，西班牙正处在政治与文化的鼎盛时期。在塞万提斯去世前，西班牙史上最重要的画家委拉斯开兹出生了。西班牙的文学与艺术霸权一直延续到17世纪，但政治上的霸权在1588年塞万提斯41岁的时候，随着无敌舰队败给英国舰队而终结。水手当中有一位年轻人，名叫洛佩·德·维加，后来他成为西班牙戏剧的奠基人，并且可以被称为17世纪西班牙文坛的绝对霸主。不过，他的所有作品若是离开西班牙，就会失去文学价值，在英国文坛上当然亦是如此，尽管它们对伊丽莎白时代的戏剧稍有影响。洛佩·德·维加是西班牙文学史上最光辉的人物之一，他本身确实惊人，创作了超过一千部戏剧。如果你觉得这个数字有夸张成分，那就这样说吧，他创作的剧目多到没有一个西班牙人敢说自己全部看过。此外，他还写了很多非戏剧的作品。也许，他之所以没有一部格外突出的作品能够证明其天赋，就是因为他的作品太多。但我们必须在这趟文学旅途中停留足够长的时间，向这位能够在二十四小时内写完一部三幕剧的作家致敬!

整个17世纪的西班牙剧场,几乎都被一个名叫卡尔德隆的人填满。他是洛佩·德·维加的正统继承人,但是比起专业的舞台艺术家,他更像一位诗人。西班牙有一类宗教主题的戏剧,与英国和法国的神迹剧类似,叫"劝世短剧"。表演方式是一个戏剧队伍身穿奇异而虔诚的戏服在街上巡游,最后去拜见国王或主教。卡尔德隆是这一类戏剧公认的大师。他还写传奇寓言戏剧,比如《神奇魔术师》,并因此受到所谓浪漫主义时期的德国诗人与英国诗人的赞赏。我们可以举几个如雷贯耳的名字来说明:歌德、雪莱以及晚半个世纪的翻译《鲁拜集》的诗人菲茨杰拉德。这类戏剧的主题多数是遭受冤屈的人拔剑洗冤的故事,是堂吉诃德骑着疯马追逐老骑士精神的残留物。西班牙仍然怀念那种精神,维克多·雨果也一样,因为它是雄伟歌剧的好题材,只不过需要由出色的音乐家和真正的诗人将它提到真正悲剧的高度。卡尔德隆做到了,高乃依做到了,雨果也做到了。

西班牙所在的半岛末端,是她的邻居和亲戚葡萄牙,虽然它是一个小国,但在16世纪拥有强大的海上力量。葡萄牙诗歌王子卡蒙伊斯是敢于乘坐小船挑战汪洋大海的水手,他凭经验知道,自己笔下的英雄瓦斯科·达·伽马会遇到怎样的风险和苦难。那位杰出而残酷的老海盗是第一个绕过好望角、发现通往印度的航海路线的葡萄牙航海家,死于卡蒙伊斯出生的那一年,即1524年。诗人将瓦斯科·达·伽马的冒险经历写成一部辉煌的史诗,即使葡萄牙语事实上只是欧洲众多语言中的一位小弟弟,也不会掩盖其光彩。这部伟大的史诗名

卡蒙伊斯

为《葡国魂》[1]，不仅是达·伽马的故事、葡萄牙的赞歌，而且是关于探索、与大海的抗争以及征服陌生土地的传奇。它是从《奥德赛》以来最恢宏的海洋诗歌。假如哥伦布是诗人，这就是他可能会写出来的诗。19世纪，理查德·伯顿翻译了这首诗的英文版，他本人和卡蒙伊斯一样，既是文学家，又是冒险家。当西班牙占领里斯本，将卡斯蒂利亚语定为官方语言时，卡蒙伊斯的著作拯救了他的母语免遭毁灭，激励了他的同胞抵抗入侵者，保卫国家。笔尖也许不如剑刃锋利，但有时候，它也能决定国家的命运。

---

[1] 又译《卢西塔尼亚人之歌》，"卢西塔尼亚"是葡萄牙在传说中的名字。——作者注

第二十三章
伊丽莎白时代之前的英国文学

乔叟是第一个认为今天与昨天一样美好的伟大诗人。

——洛厄尔

乔叟之前的大部分英语文学作品，其创作动机也许是为了艺术，结果更像是历史书，而不是艺术作品。其中不乏有趣之作，但大多数都比较乏味。突然间——无法解释——一位讨人喜欢的杰出诗人乔叟横空出世。他如同沙漠中的棕榈树，或者更贴切地说，一丛灌木中高高伫立的松树。乔叟和所有14世纪的英国绅士一样，受到法国文化的熏陶。他的国王理查德二世的宫廷说法语，而且对英语有几分歧视。乔叟翻译法语作品，并且大量借鉴意大利语，但他使用英语写作。当时的英语与现代英语略有不同，我们必须稍加学习才能读懂他的词汇的含义、韵律的轻重以及元音的丰富味道。所有使用现代英语的俗语去修改乔叟作品的尝试都失败了，即使像德莱顿那样聪明的人物也不例外。乔叟的

乔叟

杰作《坎特伯雷故事集》是将从众多来源收集的故事，整合在统一的场景中。讲故事的人是前往坎特伯雷朝圣的旅人，他们更像是假期出游，而不是虔诚朝拜。故事都很精彩，但是描述这些人的序言比任何一个故事都更出色，寥寥几笔，就把骑士、牧师、女修道院院长和其他人写得栩栩如生。在所有文学作品中，再没有比它更简洁、更清晰的性格总结了。讲故事者来自各行各业，组成了14世纪的英国缩影。他们所讲的故事，流露出各种情绪，从沉痛的悲剧冒险到欢乐的喜剧都有。

坎特伯雷朝圣者

假如乔叟没有写《坎特伯雷故事集》，他将会凭着其他诗作在英语诗坛上占据一个崇高的地位。他的《特洛勒斯与克丽西德》也是莎士比亚的一部剧作的主题，虽然很有趣，但是不论是乔叟版，还是莎士比亚版，抑或乔叟所借鉴的薄伽丘的《菲拉斯特拉托》，都不算太激动人心。乔叟最出色的"小"诗集是《公爵夫人之书》，是一本可爱的杂录，从各种来源以及他的所读所梦中选取材料，组成一个松散但条理清晰的集子。乔叟的所有诗歌都值得一读，大部分都令人愉快。而他的散文至少在考古方面是有趣的，尤其是他翻译的哲学家波伊提乌的作品。乔叟那时候以及乔叟之前一千年内的思想家都比我们更敬重波伊提乌，因为我们没有机会读他的著作。

乔叟在一个贫瘠的时期如此出色，以至于他令我们一时忘记，随后才想起，还有两个与他同时代、在思想和语言上迥异的人：高尔和兰格伦。

高尔是一个传统而优秀的将散文改写成诗歌的诗人。他懂法语、拉丁语和英语，在他的时代备受敬重。他的《情人的忏悔》有一些妙句，但拘谨沉闷，除了学者，没人会去读。乔叟在《特洛勒斯与克丽西德》的结尾处对他有一句比较可靠的评价："噢，德高望重的高尔！我将这本书献给你。"

乔叟是一位卓越的艺术家，他了解自己的同行，因此，我们接受他的判断。但是，时光褪去了高尔作品的色彩，他的作品在我看来，既不精彩，又不优美。不过，高尔的诗句经过沃德或者其他选集主编精选后，值得大多数在英语诗歌领域闲逛的读者一读。

兰格伦又叫兰利，是一位古怪的诗人，但比起高尔有活力得多。他创作了《农夫皮尔斯》。我们对这位作者一无所知，他能写出这么独一无二的原创诗歌，必定是一个精力充沛的人。这首诗歌结构松散，是关于天堂、地狱和基督一生的梦境寓言。诗歌的格式大体上是头韵诗，风格更偏向于传统而非新潮，缺乏乔叟作品的那种雅致和魅力，但仍然是一首出色的诗歌，富有想象力、高贵、诚恳。

乔叟之后的一个世纪里，英语诗歌都很平庸，一部分原因是诗人当中缺少一流天才，另一部分原因是他们不得不与一种不再是乔叟式，却尚未演变成莎士比亚式的语言角力，被迫重新学习诗律的艺术。当时最迷人的抒情诗作品来自北方的苏格兰，来自亨利森、邓巴、道格拉斯和詹姆斯国王（尽管归在他名下的诗歌的作者存疑）。他们全都是乔叟的追随者，但并非模仿者，他们的作品因一直包含着清新、自然、有活力的苏格兰词汇而更加丰富多彩。

15世纪，高雅诗歌并不繁盛，通俗民谣进入了一个伟大的时代。大多数流传至今的英格兰民谣和苏格兰民谣的最优秀版本，都明显是用15世纪的语言写成的，尽管我们不可能也没必要确定准确的日期，尽管很多民谣可能也有更古老的版本。我们对它们的作者一无所知。诗歌不会自己成型，可能任何一个版本的民谣的最终形态都是某一个人的作品，但它们的来源就像童话故事的来源一样不明确。当时有职业的民谣歌手或者朗诵者，他们也许会根据自己的需要改动熟悉的诗歌。即使后来开始出现将单首民谣印刷出来沿街叫卖的现象，也不能保证民谣的形态永久不变。民谣的主题都是简单的爱情故事，多少带点儿虚构的冒险，如著名的罗宾汉主题传奇，或者为了庆祝某个真实事件，或者为了讴歌某位英雄的战斗或死亡，如《帕特里克·斯宾斯爵士》。

民谣与中世纪兴盛的史诗和传奇密切相关，但是会用更短的形式处理大致相同的题材。18世纪时，托马斯·沛西编辑的《英诗辑古》成了民谣的主要手稿来源，对浪漫主义的复兴起到了重要作用。美国学者柴尔德教授的选集是一本里程碑式的著作，收集的民谣最多。除了自发形成的通俗民谣，还有刻意仿写的民谣，如柯勒律治的《古舟子咏》、奥斯卡·王尔德的《里丁监狱之歌》以及斯温伯恩对这种优美文学形式的许多实验之作。但是像《古舟子咏》这样的文学杰作的风情，与传统民谣是不一样的，如同香槟与苏格兰啤酒之间的差异。就连瓦尔特·司各特，心中可能记下了数十首民谣，也无法在自己的诗歌中重现那种韵味。无论如何，民谣对正统诗歌产生了巨大的影响，每一位真正的诗人都能感受到它的魅力。

16世纪早期的诗人，因预示着伊丽莎白一世的伟大时代的开端而备受关注。在那之前最重要的两位诗人分别是托马斯·怀亚特和萨里伯爵亨利·霍华德。怀亚特模仿并翻译了彼特拉克的十四行诗，此后这种诗一直是英国诗人最喜欢的格式之一。他还尝试过其他诗歌格式。萨里伯爵比怀亚特年轻，他的诗歌更加流畅，他翻译的《埃涅阿斯纪》向英国文坛展示了最早的无韵诗。先锋和探索者总是值得敬佩的，但萨里伯爵并非卓越的诗人。（乔叟之后）伟大的诗人尚未出现。

虽然怀亚特和萨里伯爵都不是出色的诗人，但他们给英国诗歌引入了意大利的清新韵调。那时候，年轻的英国大学毕业生都会到意大利访问，我们只需要想想弥尔顿、雪莱、济慈和勃朗宁夫妇，就能记起，数个世纪以来，意大利一直都贴近英语诗歌的核心。除了怀亚特和萨里伯爵，其他有作品被收录在《托特尔杂集》里的小诗人，都受到了意大利的影响。这本杂集是英国诗歌史上的里程碑。在那个年代，绅士们将写诗歌视为礼仪技能，朋友之间会传阅作品手稿的抄本。有心的出版社会收集这些手稿并集合出版，但不太在意写作顺序或者作者是谁。我们要感谢托特尔和其他杂集编者，要不是他们，很多诗歌可能会失传，而且毫无疑问，有很多诗歌确实已经失传。

在这个时代的众多小诗人中，有一些人作为先驱和前锋而名留青史，盖斯科因就是其中之一。他的《钢玻璃》是英国诗歌中第一部讽刺作品，是不可小觑的开山之作。另一位更出色的诗人萨克维尔参与了《法官之镜》的创作，他写的部分是诗中真正有诗意的地方，描述了诸王之死的悲伤故事，是乔叟和斯宾塞之间韵律最佳的诗作。

15世纪和16世纪早期的很多英国散文，甚至比诗歌更显老旧。真正的诗歌似乎不会受到时光流逝的影响，而散文似乎会渐渐变得陈腐、过时。不过，在这个时期，仍有几位散文作家能够克服那个时代与后世之间的差异，继续焕发生命力。15世纪末期，有一位才华横溢的作家托马斯·马洛礼。我们前面已经提过他的《亚瑟王之死》。这部作品是把法国传奇故事的翻译松散地组织在一起而成的，但是有几个情节相当精彩，其写作风格也很完善，只是略显古老而已。

早期的英语文学是通过自由的翻译以及接纳外国的语言丰富自身的。最早、最勤勉的翻译家之一，是既有学问又有品位的英国出版业之父卡克斯顿。他意识到，乔叟"润色美化"了英语，于是他研究乔叟的法国原著并且模仿大师的手笔，同样对英语进行了修饰，对我们的散文影响至今。他翻译了二十本书，在自己的出版社印刷发行。这是英国第一批自费出版的书籍，后面至少还有五十批。他出版并赞助的其中一本书，就是马洛礼的《亚瑟王之死》。

大约在马洛礼从事翻译期间，英国史上最高尚的人之一，"受祝福的"托马斯·莫尔出生了。莫尔的杰作《乌托邦》在英国文坛上占有重要地位，但它最初是用拉丁语写的，一直到莫尔去世后都未能被翻译成英语。后来，它被翻译成其他欧洲语言，它的书名成为世界通用的名词，用来指代任何理想的社会状态。在描述一个完美共和国的各项优点的同时，莫尔也抨击了他所处时代的弊端，而那些弊端显然与我们这个时代的非常相似。如果说，莫尔笔下国家的各项原则未能被付诸实践，那么柏拉图的《理想国》或者任何哲学政治家的最出色的想法同样未能获得推行。而莫尔——拥有亨利八世时代最高尚的灵魂，仅仅因为过于正直、诚实，就落得身首异处的下场，这就是历史的讽刺之一，并不算异乎寻常。他的重要性远不只是作家那么简单。他与荷兰的伊拉斯谟是朋友，因此成为英国最早的人文主义者之一，提倡教育平等和地位平等。从文学成就上来说，他不算天赋异禀，但人文主

托马斯·莫尔

义者的职责并非成为其母语文坛上的艺术家，而是播撒经典作品的种子。

一般读者对宗教争论和说教没有兴趣。而克兰默作为坎特伯雷第一位新教大主教，其作品风格优美，因此将一些因文字功力不够就会早早消亡的内容保存了下来，这是他天才一面的一个证明。他的作品的韵律风格相当现代，仿佛他本来应该比他生活的年代至少晚一百年出生。他除了是历史上重要的宗教改革家，也是伊丽莎白时代之前英语散文界最重要的艺术家。

另一位主教拉蒂默虽然不如克兰默那么雄辩，但同样有力、诚挚。他也是宗教改革史上的重要人物，这也许是他的说教辞能流传下来的主要原因。不过，他的作品风格直率，摆脱了"牧师"的条框，使用源自生活而非其他书籍的插图而充满感染力，因此值得一读。

这一章也许可以用一段对阿谢姆的点评结束。从实际角度来说，他确实是伊丽莎白时代的开创者，因为他是伊丽莎白一世的老师。他最著名的作品《校长》是英语文坛上第一部讨论教育的重要专著。虽然其中的问题已经被推敲过许多遍，但有些内容至今未过时。阿谢姆有点儿学究气，是个学者而非文学家。有一件事可以说明他的价值观：从《亚瑟王之死》中获得纯粹快乐的人比当时的任何一部散文著作的读者都多，但阿谢姆认为这部作品有害。

第二十四章
伊丽莎白时代的非戏剧文学作品

> 我的缪斯对我说：蠢人，细看你的灵魂，然后写作吧。
> ——菲利普·锡德尼

16世纪中期，菲利普·锡德尼、爱德蒙·斯宾塞、瓦尔特·雷利等作家诞生了，此时正是英语文学开始百花盛开的时期，花朵多到无法数清。菲利普·锡德尼是一位诗人，而他的一生也充满了诗意。他在战场上受到致命伤后，将自己最后一滴水送给了另一位垂死的士兵，如此高尚的举动，可与罗兰或者任何传说中的骑士媲美。他爱上了女孩斯黛拉，但是在他意识到自己的爱意之前，对方已经嫁人了。不论他对斯黛拉的爱意是深是浅，这段经历已经是一个足够浪漫的故事，激发了他的灵感，使他写出英语文坛上第一首精致的十四行诗：《爱星者与星》。诗中的感情很真挚，而展现真挚就是文学作品的首要因素。此外，掌控词句的能力也很重要。锡德尼精通十四行诗，将自己的作品写成了一首自然的，或者说融入了英语韵律的诗歌。

《爱星者与星》即使并非斯宾塞的十四行诗《爱情十四行诗》的直接灵感来源，也对这位伟大的诗人产生了一些影响，甚至对莎士比亚的十四行诗也有影响。十四行诗是当时的潮流。绅士们和职业诗人都在学写十四行诗,就跟学习如何用剑一样。有些十四行诗写得很拘谨,不过是优雅的习作;有些则洋溢着真正的热情。大多数情况下,我们无法像对锡德尼的作品一样,判断诗中歌颂的爱情是否针对某位特定的夫人。莎士比亚在他的十四行诗中提到的黑皮肤女子,就是一个未解之谜。在我看来,德莱顿的十四行诗,水平仅次于斯宾塞和莎士比亚的作品。除了剧作,德莱顿还留下大量情真意切的诗歌,是当时除斯宾塞外最多产的诗人。很少有十四行诗能比下面这句开场白引出的作品更出色、更深刻地反映人间的爱情了:

既然无望,那就让我们亲吻,然后分手吧。

另一位能写精彩的十四行诗的诗人是塞缪尔·丹尼尔,从他的诗作中抽出下面几行为例子:

她的美貌,连本该哑声的腹中胎儿,
亦开口赞叹:"看呐,她躺在那儿!"

正是这样的作品,使他与莎士比亚齐名。

锡德尼被德莱顿称为"散文的英雄"。他的散文著作包括《阿卡迪亚》[1]和《诗辩》。后者是前者的续作,也更为重要,是一篇出色的散文,简朴而优美,与另外几篇论文并称英语批评文学的

---

[1] 《阿卡迪亚》:书名全文的意思是"彭布罗克的阿卡迪亚的伯爵夫人"。阿卡迪亚是古希腊地名,有世外桃源的意思。——译者注

奠基之作。《诗辩》是针对戈森对戏剧与诗歌攻击的《恶习的学校》而写的回应，每一页纸都反映了当时文学的状况，阐述了诗歌如何克服重重困难，终于战胜了所有批评而走上正途。另一篇可能受到《诗辩》的影响，与之齐名的散文是韦伯的《英语诗歌论》。还有《帕特纳姆的英语诗歌艺术》甚至比锡德尼的作品更有指导

锡德尼

意义，是那个时期最重要的批评著作。不过锡德尼的论文出色，他是开创者。

  从这位开创者留下的散文和诗歌，回头去看看他的《阿卡迪亚》，也挺有意思。那是聪明的外行人所写的作品，无聊、忸怩、做作，但有些章节写得不错。《阿卡迪亚》是少数几个不受时代品位影响、超越现实世界的限制、脱离散文形式、被改成仙境诗歌的形式、显示动人魅力的传奇，就像洛奇那异想天开的《罗莎琳达》被莎士比亚改写成魔幻传奇《皆大欢喜》，而洛奇本人所写的诗歌已经颇具魔力一样。诗歌天然就带有一定的夸张成分，但是同样程度的夸张用在散文中就会令人无法忍受。对此有一个非常合适的例子：李利的《尤弗伊斯》，那牵强、虚伪的风格在我们看来十分荒谬，但是那种风格如果用到当时的诗歌中，就没有什么害处，往往会成为恰到好处的修饰。

  那些说尤弗伊斯体——李利的作品为我们创造了一个新名词——对莎士比亚作品的风格造成恶劣影响的人，不理解诗歌或者风格的问题在哪里。尤弗伊斯体弥漫在空气中，没有一个作者应该为它负责。英国人天生喜欢使用极为复杂的说话方式，练习各种机巧多变的词句，以便取悦女王或者某位女士。对他们来说，这就像穿上

蕾丝轮状皱领和粉色丝绸马裤，披上刺绣斗篷，配上镶嵌宝石的长剑一样。这简单地解释了为什么诗歌高贵、庄严，常常显得高高在上，传奇性散文常常显得浅薄、荒诞，而说理性散文则冷静、庄重而理智。《诗辩》和《阿卡迪亚》正好体现了这种区别：散文的论点稳固、流畅而完整，是一流的批评；抒情诗的某些小节很迷人，但其余部分近似于胡说八道，如同一个顶上放着一个陶瓷牧羊女的婚礼蛋糕。

不久，英国的诗歌里将会出现牧羊女，而牧歌，正如我们在前面章节中稍微讨论过的，很快就会变得自然而然，以至于我们差点儿忘记，英国的乡村从来没有听过燕麦秆吹出的笛声，也没有听过爱玛莉莉丝和赫里克笔下那位名叫伊丽莎的失踪牧羊女的声音。斯宾塞在1579年出版《牧人月历》的那一刻，是英语诗歌的重要时刻。它宣布了一位一流诗人的出世，而随后的"短篇杂诗"则证实了这个宣言。卓越的诗人常常会遇到一种情况，那就是，他的传世杰作的光芒将其他稍微逊色的诗作笼罩在阴影中，导致后者的失传。但斯宾塞并没有遭遇这种状况，弥尔顿也没有。把这两位放在一起说很合适，别的不说，他俩都是无与伦比的抒情诗大师。

抒情诗犹如一位喘气急促的人，虽然它也许用四行诗就能写出一个宇宙。恢宏的诗歌——如果单凭长短就能判断是否恢宏——会设计出大型的框架结构，然后用各种讨人喜欢的抒情诗填满框架。斯宾塞是继乔叟之后，第一位既有精彩构思又有执行能力的英语诗人。《仙后》是一首精心构造的寓言诗歌，计划写十二篇，但最后只完成了六篇。每一篇叙述一位骑士的功绩，每一位骑士象征一种美德，神圣、节欲、纯洁，诸如此类。也许我们对寓言诗歌没有太大兴趣，而《仙后》又过于冗长。人人书库版的《仙后》整整两卷，而全球版则密密麻麻地印了四百页纸，所以它并不符合爱伦·坡设定的"应当坐下来一次就能够读完"的诗歌长度的规则。它是一部鸿篇巨制,受到很多斯宾塞同时代人以及后世所有诗人的赞赏。查尔斯·兰姆称斯宾塞为"诗人中的诗人"。理由之一是诗人们佩服他的多产和创作能力。《仙后》是用他自创的斯宾塞体诗节写成,在那数百个诗节中,尽管主题有时比较沉闷,但是所用的技巧一直未曾断过。另一个理由是,斯宾塞拥有最出色的诗歌天赋:乐感、韵律、画面感。那些无法将《仙后》从头到尾读完的人(除了诗人、学者和校对员,无人能做到),随便翻开一页,看到那如同古老织锦的华丽纹理一般的诗歌,必定会眼前一亮。那"老旧的音韵和陈腐的词句",在当时受到诘难,在后世却为诗歌增色。

在一个盛产诗歌的年代中,想要成为顶尖的抒情诗人,必须非常卓越。从伊丽莎白一世和詹姆斯一世的时代,到整个17世纪(前一个时期十分顺利地过渡到后一个时期),吟唱抒情诗的声音如此多,很难把它们全部听完。当时的作品风格清新,种类多到令人眼花缭乱,就连欣欣向荣的19世纪的作品也不能与之匹敌,而且19世纪的诗人还会回到那个时期寻找题材与灵感。秘诀是什么?翻开当时的任何一本选集或者杂录,比如,1600年出版的《英国诗坛》《英国现代诗人极致之花》和《英国诗歌灵感之源》,都能读到精致的作品,其中有些作者的名字很陌生。或者,去看看那些剧作家,甚至是二流作家,我们会发现,所有为舞台写作的诗人都能唱歌。或者,可以翻开一本由现代有品鉴能力的编辑精选而成的现代诗歌选集,比如谢林教授的《伊丽莎白时代的抒情诗》及其姊妹篇《17世纪的抒情诗》、亚伯的《英国谷仓》和布伦的《伊丽莎白时代的抒情诗》,享受一场"抒情诗盛宴"(这是赫里克在写给琼森的诗中用到的词),可能更棒。

伊丽莎白一世时期的诗歌有一个明显的共同特点:它们是真正

的抒情诗,并非史诗、戏剧、讽刺小说或警句。它们自带乐感,而且事实上,有些抒情诗必须是唱出来的。戏剧中的抒情诗肯定能用来唱,另外一些诗歌带有传统的乐感,还有一些则编造出新的曲调。有些诗人不仅能写,还精通鲁特琴。其中最杰出的诗人音乐家是托马斯·坎皮恩。他的《空中四书》既有词句,又有音乐,所有词句和大部分音乐都出自坎皮恩之手。他的每一首诗都有一种自带音乐的质感,即使只有歌词没有曲谱,也能唱出来。但奇怪的是,如此完美的歌手却对自己的歌并不欣赏,提倡无韵诗,而且,他竟然被彻底遗忘了,直到现代才被学者重新发掘。

本·琼森是所有诗人公认的诗歌王子。等我们后面说到戏剧时,还会对他多说几句。他那首著名诗歌中脍炙人口的诗句:"你只用双眼向我敬酒。"但这只是他数十首风格优美,用词精准,并且散发着高贵的气质、克制的热情的诗作之一。也许琼森的博学导致他写的悲剧比较沉重,但他的诗歌却以有力而优雅的翅膀承载起他的学识。他的声音不像猫头鹰的叫声,却像云雀的叫声。他对经典古籍的热爱,对他的诗歌以及追随他并组成部落的诗人的所有作品都大有裨益,因为他并不是古籍的奴隶,而是掌握并运用它们为自己的利益服务。贺拉斯、卡图卢斯、马提雅尔影响他,是他的榜样。他了解罗马诗人,就像后来的诗人阿诺德和丁尼生一样,相信罗马诗歌的整齐格式值得英语诗歌学习。伊丽莎白一世时期的诗歌面临着走向古怪反常的倾向,而琼森以无上的权威使它们保持整齐而不僵硬、正常而不俗套、清新而不陈腐。

琼森的一位朋友叫德拉蒙德,在英语诗坛上同样地位崇高。他的情歌和十四行诗优雅、精致,充满感情。还有哪一首十四行诗能比他写给夜莺的那首更出色呢?我相信,济慈肯定读过那首诗。

十六七世纪时,在伊丽莎白一世统治下的英国及所有欧洲西部国家的杰出人物，个个都拥有文化上的好奇心、对冒险的热爱及尝试新想法和新格式的胆量。那个时代确实如丁尼生所说的，是"广阔的时代"，人们多才多艺的程度令人惊讶。瓦尔特·雷利既是探险家和船长，又是最优秀的抒情诗人之一。被关押在伦敦塔期间，他靠着撰写《世界史》自娱自乐。

伊丽莎白时代的抒情诗囊括了人类灵魂有可能感受到的所有感情，如此辉煌，我们应该以一首温柔情歌的快乐音符，为这几个不够完美的篇章画上一个句号。可是，那个时期的生活中和舞台上一样，充满悲剧。所以，引用雷利那首略带伤感的《结局》也很合适，尤其是在那个多变的时代中，他的思想和行动都具有代表性。

> 即使这个时代，用信任骗取
> 我们的青春、快乐，我们所拥有的一切，
> 只有泥巴和尘土作为回报；
> 当我们一路流浪到此，
> 那黑暗、沉默的坟墓，
> 将我们所有的故事终结。
> 但是，我相信，上帝将使我
> 从这片土地、这座坟墓、这些尘土中重生。

弗兰西斯·培根是独立、原创的思想者之一，他奠定了英国现代哲学的基础。至于他算不算诗人，我们在这里无法断定。他最著名的作品是《论说文集》，集中了他对五十个乃至上百个当代话题的想法。他似乎已经阅遍世间所有的智慧之作，汲取了每一个想法的精华。他在一封著名的书信中写道："我将所有知识都纳入我的研究范畴。"他即使除了随笔什么都不写，也足够证明他名

215

弗兰西斯·培根

不虚传。他的随笔具有讽刺意味，语言流畅，爱用类比，材料丰富且都是朴素的常识，与当时很多花哨的散文截然不同。但《论说文集》仅仅是他众多拉丁语及英语著作中的一部。他最重要的作品是《新工具》，是他策划的庞大哲学专著中的一个碎片，但他未能完成。实际上也没有人能完成。他以为，一个人有可能参透全宇宙的真相并将它们整理成一个最终形式——这是他唯一的错误。他的伟大贡献是他的实验方法，以及他对学术权威的反抗。数个世纪以来，亚里士多德及其信徒几乎统治了所有思想，他们一开始就接受了各种原则，然后开始对特定细节进行争论。培根反其道而行之。他说，我们必须首先找出特定的事实，然后推理得出通用的原则。这种思考方法被称为"归纳法"，与苏格拉底的方法类似。这种探究模式的精神在欧洲思想界引发了一场革命，并且在现代科学界获得了胜利。培根的《新大西岛》促成了皇家学会的建立，后者成为科学发展史上一股强大的力量。在独立思考、争取个人自行研究的权利与责任这一方面，培根的贡献很大。他在《学术的进展》中写道："人类过度脱离对大自然的沉思和对经验的观察，只在自己的推理和幻想中跌跌撞撞。"他又写道："不论任何学科，更有恒心、更勤勉的教授们都应该要求自己推动学科的发展，但他们却将自己的精力放在对某种次等奖励的追逐上。要做一个深度的解说者或评论者，做一个敏捷的战士或防守者，做一个有条不紊的调和者或者编写者，这样，祖先传下来的知识才能得到改进，偶尔得到增加。"在培根之后，虽然我们已经取得了一些长足的进步，但他的建议仍然是对现在某些学者的鞭策。

伊丽莎白时代的文学繁盛在很大程度上归功于翻译家们，他们不仅翻译经典古籍，还翻译同时代欧洲的其他文学作品。我们前面已经提过弗洛里奥译的蒙田的作品、托马斯·诺斯译的普鲁塔克的作品、查普曼译的荷马的作品。现在的翻译有一条基本规则，那就是风格方面可以不用太出色，但应该尽量忠实于原著，就连盗版译者也被要求在这方面诚信。不过伊丽莎白时代的译者没有这样的概念。他们对原著进行各种自由的改写，把它们当成他们可以随意运用的材料，而且由于英语已经真正独立，他们对外国作家的知识产权没有一丝敬意。结果，伊丽莎白时期的外国经典英译版非常英国化，与其说是翻译，不如说是移植，几乎完全成了本土文学的一部分，而英国文学因此得以飞速发展。

第二十五章
莎士比亚之前的英国戏剧

倘若世间所有的笔都曾被诗人握在手中，
笔尖流淌出诗人伟大的思想，
每一个触动诗人内心的甜蜜瞬间，
深深吸引他们心灵，触发灵感的话题；
如果所有精美绝伦的灵感都涌向诗人，
绽放出他们如花朵般永生绚烂的诗篇；
……
如果这些诗篇成就了一代诗歌，
以美妙呈现，
盘旋在文思未曾停歇的脑海中，
至少也曾在一片思绪、一点风度、一丝疑惑中驻足，
而后凝成文字，美德藏于其中。

——马洛

英国戏剧的两大来源是流行文化和文学。莎士比亚戏剧的流行先驱是中世纪的传奇剧。传奇剧是基于《圣经》中的故事展开的简单的对话，比如亚伯拉罕和艾萨克，以及救世主诞生的故事。这些

传奇剧通常带着强烈的敬畏之心在教堂上演。但是剧中演员，无论是祭司还是普通信众，都在剧中添加了世俗观念，甚至一些饱含喜剧意味的观念，基督教会不允许这些演员进入教堂。然而演员们很喜欢这种世俗而诙谐的表演，所以他们开始在公共场合进行表演。行会和工会开始接纳他们，为他们精彩的演出而骄傲。未遭淘汰的剧目以它们发展的城镇命名：切斯特、约克、考文垂。这些剧目可能还有其他名称，其"神秘性"与剧目主题的神圣性毫无关系，在英语和法语中，"神秘"这个词的本义是"交易"，因为这些演员都是手艺人。这可能就是戏剧性对话、训练有素的演员和原生态的舞台艺术的开端。除了传奇剧，还有寓言剧，剧中各类角色都充满寓意。部分剧目不乏真正的文学品质，比如几年前重现于舞台上的剧目《世人》，事实证明它是相当成功的。诚然，大部分道德剧通过粗鄙的对话呈现出《圣经》中的故事，这些角色所呈现的道德观念（包括罪恶、仇恨、骄傲、愚蠢等）以及插曲，都是完全世俗的娱乐，是对人性的嘲弄——所有的这一切对戏剧发展史而言，并没有多少诗意。它们的意义仅存于历史和考古中，而这同样是不应被忽视的。正如森茨伯里强调的那样："现代戏剧的确源于传奇剧。传奇剧演变成了道德剧，而后道德剧转向了现代戏剧。"

不管怎么说，即便是早期那些和现代戏剧形式或多或少有些相似的英国戏剧样本，也是由受过高等教育的人撰写的，他们应该对经典作品有所了解。尼古拉斯·尤德尔从牛津大学毕业后出任伊顿公学的校长，他于16世纪中期撰写的《拉尔夫·罗伊斯特·多伊斯特》是最早的一部"合法的"英国喜剧。这出喜剧饱含了滑稽剧中的英式幽默，又有戏剧的轮廓和连续性，体现了其对英国传统的挑衅。戏剧中的台词多以打油诗的形式呈现，这里面可没什么好话。

另一出低廉粗俗、充满笑点的闹剧是约翰·斯蒂尔写的《葛顿老太太的针》。约翰·斯蒂尔是一名剑桥大学的毕业生，随后成了该校校长。整出戏剧由英文写成，辛辣尖刻，采用了彻头彻尾的英式风格，其行文结构和那些经典著作一样老派，不过对于英国戏剧来说倒是挺新鲜的。

第一出英国悲剧是常规的塞涅卡式悲剧《高布达克》，人们认为其整部作品是萨克维尔撰写的，也有人认为萨克维尔只写了其中的一部分。萨克维尔作为早期的抒情诗人和叙事诗人而闻名于世。这部作品沉闷阴郁，章节内容枯燥灰暗，但在架构和人物品格方面均有其独特的展现形式。

所有这些作品都只是在实验中摸索着前进，女王统治早期的其他作品也是如此，懵懵懂懂又枯燥沉闷，马洛之前的大部分作品亦是如此。但就在马洛之前，聚集着一群大学才子派别的戏剧家，他们同样是抒情诗人、时评家和杂类文学作家，包括李利、皮尔、格林、罗吉、纳什和基德（基德没上过大学，读的是公立学校）。除了马洛，这些人的优点并不突出，并且伊丽莎白时代的戏剧已然成熟，其光荣而辉煌，大大削弱了这些戏剧家的光芒。

李利，他的尤弗伊斯式散文表现出其自负且虚伪的心理，然而他开始撰写浪漫主义戏剧时，纠正了他的一些缺点，还增加了不少美德。《恩底弥翁》和《月亮里的女人》虽然没有千古流芳，但（用华丽的辞藻）勾绘了精美的幻想。莎士比亚显然对此了然于心，琼森在悼诗中加入关于李利、基德和马洛的前言并非毫无意义。

皮尔最好的两部作品：《帕里斯受审》是一部内容有趣的田园假面剧；《大卫和贝塞比》是一个极具戏剧性的圣经故事，包含很多富含诗意的精彩段落。

格林最好的戏剧《培根修士和邦吉修士》是一个马戏和爱情故

事的完美结合体,这个结合体比马洛的《浮士德博士的悲剧》还要完美。比格林的戏剧更有趣的是他的时评,特别是他的《万千悔恨换一智》,其中包含了一些有名的对莎士比亚的不敬之词。

罗吉不仅是一位戏剧家,更是一位抒情诗人和时评家。而纳什则是个聪明的时评家,甚少触及戏剧。

基德的《西班牙悲剧》是一部血腥的悲剧,充斥着咆哮和谋杀。换言之,这是一部咆哮的情节戏剧。

这些人在马洛面前相形见绌,而马洛在莎士比亚和弥尔顿面前同样相形见绌。马洛是英国第一位伟大的悲剧诗人,为人凶狠,性格傲慢,用短短的二十九年走完他传奇的一生。他写了四部戏剧,主题都是关于人类的野心和对权力的热爱,以及人类探索宇宙的猎奇心理。他最好的戏剧是《浮士德博士的悲剧》,讲述了一位魔术师将自己的灵魂卖给魔鬼,以获得无穷无尽的权力。歌德在其复杂的诗剧《浮士德》中也讲述了这个故事。《浮士德》也是古诺最受欢迎的歌剧作品。

在马洛的戏剧中,悲剧英雄是诗人本身,他同人类的束缚做斗争,努力追求无限的知识。这部戏剧使用了很多浮夸的语言,涵盖了很多马洛"欣赏的主题",那是马洛用英语写过的最精彩的诗歌,即使由莎士比亚来写,也不会比这更加精彩。当梅菲斯特召见特洛伊的海伦时,浮士德曾说过一些广为流传的话:

> 这是不是那位发动了千艘战舰,
> 烧毁特洛伊无数宝塔的人?
> 亲爱的海伦,请给我一个吻,
> 让我永生。

浮士德问：

你是如何从地狱中逃脱的？

梅菲斯特答道：

嗨，这里就是地狱，我并没有逃出去：
你想想我是见识过上帝容貌的人，
也品尝过天堂中永恒快乐的滋味，
现在被剥夺了享受无尽福祉的权利，
难道不像是在万重地狱里受着折磨？

《浮士德博士的悲剧》是马洛的杰作。他的另外三部戏剧同样具有特色，内容精彩卓绝。《帖木耳大帝》这部戏剧是一场修辞盛宴，以拜伦式的英雄为主人公。正如序言中所说，惊人的措辞令人耳目一新，就像琼森所说的那样——马洛精彩的叙事线，将戏剧原本的辉煌向前推进了一大步。马洛极其娴熟地驾驭着戏剧，使剧本既不失其美，又不流于矫饰。《马耳他岛的犹太人》是血腥悲剧的样本，内容充斥着残忍暴力。但是这部作品暴露了马洛的一个缺点——缺乏智慧，大概是因为马洛年少轻狂，对人性漠不关心或者直接忽略了人性。在写《爱德华二世》时期，现实的环境以及人性影响了他，他有些惶恐不安。虽然这部作品里缺少华丽的故事，但就作品的戏剧性而言却是写得最好的。马洛是一位伟大的抒情和叙事诗人。大众会因为《希罗与利安德》而知道他，因为每个人都知道这一句词，尽管有些人不知道这是他写的：

相爱的人们,谁不是一见钟情?

无论是马洛还是其他人都没能创造出无韵诗体,或者突然间就创造出英国悲剧。事实上正如斯温伯恩认为的那样:"他是最伟大的先驱,也是诗歌文学中最有勇有谋的先驱……他为后来者铺就了道路,也为莎士比亚铺就了一条笔直的大道。"

第二十六章
莎士比亚

> 最可爱的莎士比亚,充满想象力的孩子。
>
> ——弥尔顿

1623年,英国文学史上最重要的一本书——莎士比亚戏剧的第一个对开本出版。

这本书及其作者都是复杂至极的未解之谜,我们有限的篇幅不足以对此进行太深入的探讨;我们只能提出疑问,因为这是很重要的,或者说,至少在英国文学的故事中添上了生动的一笔。莎士比亚是谁?我们对他知之甚少,就像我们对其他天才也不甚了解一样。莎士比亚传记记载,1564年,他出生于斯特拉特福,十八岁时与安妮·海瑟薇结婚,大约二十岁时去了伦敦,而后成了一名演员。而立之年,他以诗人和剧作家的身份广为人知,他曾当过作家、剧场经理、剧场老板,事业步步攀升。

四十五岁的时候,他退休回到斯特拉特福,1616年于斯特拉特福逝世。大约在19世纪中叶,有人质疑:一个没有接受过大学教育也没上过多少学的人,能否写出内涵丰富又极具文学素养的作品?有人提出一个至今都令人不太信服的观点,莎士比亚只是弗兰西斯·培根的化名或"伪装"。由于事态复杂，我们无法佐证这一论点。其要点在于，培根的粉丝坚称这位斯特拉特福的演员根本达不到培根的高度。莎士比亚的粉丝则认为，从培根的散文可以看出，培根根本写不出剧本和诗歌，莎士比亚完全有能力成为剧作家和诗人，事实上他做到了。

随他们去吧！我们有莎士比亚留下的十四行诗和戏剧，这一系列作品是英文诗歌中的顶级配置。十四行诗可能具有重要的传记意义，但那些和十四行诗的含义以及谁是莎翁悲剧式爱情对象的相关争论，并不利于研究它们的深层价值，掩盖了它们的外在美。

人言可畏，勃朗宁一生饱受舆论的折磨，他对此深有感触，莎士比亚的十四行诗也未能打开他的心房："如果是这样的话，莎士比亚就不像莎士比亚了！"爱情十四行诗成为莎士比亚时代的一个惯例。如我们所知，许多诗人都写过十四行诗，其中不乏精彩绝伦的作品。

作者从诗人而非情人的角度写下诗歌，唯一的问题是这位诗人写出来的十四行诗是否精美。当然了，要读懂下面这首充满爱意的十四行诗并不困难，诗人通过这首诗描述了那些我们难以言喻的心情。

> 当我受尽命运和人们的白眼，
> 暗暗地哀悼自己的身世飘零，
> 徒用呼吁去干扰聋聩的昊天，
> 顾盼着身影，诅咒自己的生辰，
> 愿我和另一个一样富于希望，
> 面貌相似，又和他一样广交游，
> 希求这人的渊博，那人的内行，
> 最赏心的乐事觉得最不对头；

> 可是，当我正要这样看轻自己，
> 忽然想起了你，于是我的精神，
> 便像云雀破晓般从阴霾的大地
> 振翮上升，高唱着圣歌在天门：
> 一想起你的爱使我那么富有，
> 和帝王换位我也不屑于屈就。

莎士比亚的第一部戏剧作品集包括十四部戏剧、十部以英国历代国王名字命名的历史剧，还有十一部悲剧。我们不知道这些作品诞生的先后顺序，也没必要刻意去了解。我们甚至都不确定作品的质量是否会随着作者年岁的增长而提高；一位已过知天命之年的作家，即便曾在年轻时写过优质作品，也有可能在人生巅峰之后开始走下坡路。钻研莎士比亚的学者们并不认可这个问题，也没必要因此困惑，因为戏剧就是这样——"戏剧就是戏剧"。

当你简单地了解莎士比亚戏剧的发展史后，你可能会被一个事实震惊——莎士比亚的戏剧作品流传至今，经历了三个世纪的洗礼和变迁，其数量远超伊丽莎白时期所有戏剧家的作品合集。虽然这么多年过去了，他不再是最红的那个，但他对世人仍有深远的影响，观众和有抱负的演员们从未遗忘过他。

19世纪著名的演员，如埃德温·布斯、亨利·欧文、莫德耶斯卡和萨尔维尼，都曾因在莎士比亚的戏剧中扮演角色而享受极大的赞誉。

我们曾看到的莎士比亚的戏剧演出，大多数都是成功的，比如《错误的喜剧》《仲夏夜之梦》《威尼斯商人》《皆大欢喜》《第十二夜》《理查三世》《亨利四世》《罗密欧与朱丽叶》《尤利乌斯·恺撒》和《哈姆雷特》。在德国，莎士比亚戏剧可谓是舞台上的常青树，上演率极高，而且据说演出非常精彩。

最重要的是，戏剧里只要带有优美的英文诗词，就会讨人喜欢，正如诗歌本身一样。莎士比亚时代的人们不像我们这样容易接触书籍，所以戏剧作为当时重要的思想传播载体，比对当今大众的影响大得多。

情节生动丰富，故事精彩动人，这两点是大多数莎士比亚戏剧的基本要素。

莎士比亚的灵感来源丰富而广博，包括早期戏剧、意大利故事、英国编年史、希腊与罗马名人传。他运用技巧给自己笔下的故事打造了筋骨，并用他的语言赋予其血肉。作品中的一些情节微妙且传统。他曾经可能是一名务实的剧作家，能够驾驭自己的故事，他的天赋在人物、措辞和幽默的行文风格中表现得淋漓尽致。几乎没有哪一部作品，可以跟莎士比亚的戏剧相媲美，包括那些名不见经传的作品。但我们要知道，这种诗歌风格的形成，从某种程度上来说，不应该完全归功于某一个人，而应归功于整个时代的努力，很多诗人写出来的诗句颇有莎士比亚的风格。而莎士比亚，他可以是旷世奇才，也可以是文坛领袖，但他不是神，他也常常有失水准，写出一些品质不高的作品和散漫凌乱的诗句。因此，仅仅以作品的优缺点评判作者的水准，难免会令人质疑。

也许我们对莎士比亚的作品赞不绝口，是因为我们之前就对其有一定的了解。如今可能还有人具有与他一样的语言魅力，这种语言魅力无论在哪个年代都不会过时，不会消失。

莎士比亚精彩的作品《暴风雨》中关于普洛斯彼罗的诗句如下：

> 盛会到此结束。我们这些演员，
> 我说过了，都是精灵，

已经溶入空气中，溶入稀薄的空气中；
正如这场无根的幻景一般，
耸入云霄的高楼、华丽的宫殿、
庄严的庙宇、伟大的地球本身，
不错，它所有的一切，都将消逝，
就像这场虚无缥缈的盛会逐渐隐没，不着一点痕迹。
我们的本质跟梦境一样；我们短暂的生命，
到头来以睡眠结束。

埃及王后克莉奥佩特拉将毒蛇放在她胸前自杀时说：
安静！安静！
你难道没有看见我的孩子正在吮吸着乳汁，
使我安然睡去吗？

《哈姆雷特》大部分篇章都包括了现代舞台版本省略的部分，用词完美，每一段与哈姆雷特性格有关的场景描写都堪称经典。

麦克白听到女王逝世时所说的话：

她总有一天会逝去，
总有一天会听到这个消息。
明日，复明日，再复明日，
一日接一日缓慢前行，
直到最后一秒；
我们所有的昨天，
不过替傻子们照亮了到死亡的土壤中去的路。

当然可能有些人会引用本书标题范围以外的内容。其他诗人可能只能完美地描述特定事物，然而莎士比亚毫无短板。他的思维广阔深刻，他的性格亦如此丰富。无论是小丑还是国王，或者喜剧人物法斯塔夫，抑或复杂多疑且郁郁寡欢的哈姆雷特，甚至是机智聪慧的波西亚和悲惨的麦克白夫人，他都能表达出这些人物的思想和情感。荒唐的闹剧，痛苦的情感，都是人类的经历，莎士比亚都以准确的语言进行展现。他的一个较为显著的缺点便是缺少丰富性。

哈姆雷特

当某种处境衍生出一个观点，诗人就会和剧作家一样，将此观点通过不同方式呈现出来。这就是我们在不耐烦的时候，演出版本会被严重删减的原因之一。例如，麦克白在谋杀沉睡的国王后，会感到恐惧：

> 我听到一个声音哭喊着，不要再睡了！
> 麦克白已经扼杀了睡眠。

莎士比亚为其写了一首关于睡眠的抒情诗，其中含有六个辞藻华丽的隐喻，对于一个焦虑不安的人来说，这有些过了。

当本·琼森表示他希望莎士比亚的作品少一些的时候，他提到的那一段并不出彩，但是对于那些仰慕莎士比亚并将其当成对手的人来说，这已经足够了。

莎士比亚不只是一代大师，而且是永恒的大师！

第二十七章
伊丽莎白时代的其他戏剧家

诗者灵魂死而复生,
你认为的极乐世界是什么样的呢?
是欢乐的田野,是长满苔藓的洞穴,
还是美人鱼小酒馆?

——济慈

出于方便,文学时期总是以君主的名字或者年代来命名(在英国文学中,女王一直占据主导地位,比如伊丽莎白、安妮和维多利亚)。但是,没有哪场文学运动的时间与统治者在位的时间完全吻合。大多数伊丽莎白时代的戏剧是在伊丽莎白女王逝世(1603年)至詹姆斯一世登上王位期间写的,而这位女王的名字在文学史上得以保留,是因为她也是一位伟大的诗人。伊丽莎白时代的戏剧在17世纪最初的25年发展到了顶峰。除了莎士比亚,还有许多同样优秀的戏剧家。对于那些不愿意也没机会读完这些戏剧家所有的作品的读者来说,《美人鱼》系列大概是他们读过的最好的戏剧了。而对于那些只愿意品鉴佳作的人来说,查尔斯·兰姆的《莎士比亚故事集》算是他们心目中最好的戏剧了。

当时莎士比亚戏剧的忠实拥护者之一是乔治·查普曼,但人们多是因为《荷马史诗》的翻译而知道他,而不是因为他的戏剧。查普曼一开始并不是戏剧家,他选择戏剧的原因是,在所有文学形式中,戏剧是"不断改进"的,就好比如今那些富有文学天赋的人,无论是否擅长写小说,他们都愿意尝试一番。

查普曼的喜剧相当沉闷。即便在《全是傻瓜》里也很难找到笑点,甚至有时候会被琼森粗暴的幽默激怒。他的《布西·德·昂布阿》及其续篇《复仇》是建立在同时期历史基础上的血腥悲剧,其中不乏辞藻华丽的诗句,也有枯燥难懂的诗句。查普曼天生是一个善于思考哲学的诗人,他是一个旷世奇才,不过他的作品的质量却极不均衡。

本·琼森是可以与莎士比亚媲美的诗人,或者说,如果莎士比亚在美人鱼小酒馆(智者聚会的一个场所)加入当时的诗人团体,那么本·琼森可能会是这一群诗人的领袖。在整个17世纪,他的声誉和权威甚至超过了莎士比亚。如果只选择他的一部戏剧,那便是《个性互异》(标题中的"个性"指的是人类的情绪和特点,有好有坏)。这部作品嘲讽了人性的弱点,是一部意义非凡且生动形象的"礼仪喜剧"。如果需要证明它的价值,除去戏剧本身的优秀,这也是查尔斯·狄更斯从他所在的戏剧团接触到的第一部戏剧。在世界喜剧的发展史中,琼森不仅是一位学者,还是一位观察者。我们从他的悲剧《西亚努斯的覆灭》和《卡塔林的阴谋》中可以看出他的学识,内容不迂腐且有深刻的悲剧意识。如果说琼森的罗马戏剧在人物和语言魅力方面不如莎

本·琼森

士比亚，那么只能说明琼森不是莎士比亚。《蹩脚诗人》是琼森创作的一部罗马戏剧，这是一部莎士比亚及其他戏剧作家都无法写出的杰作。《蹩脚诗人》的风格更像是奥古斯都时代的几位诗人——维吉尔、贺拉斯、奥维德、提布鲁斯的结合，然而它却是琼森的作品。此部作品借以讽刺罗马文化表面下同他一个时代的几位精于算计的剧作家，德克和马斯顿。弥尔顿称其为琼森的"学者袜"，袜子里有一只脚，还顺带踢了一脚。

琼森最成功的三部喜剧是《福尔蓬奈》《个性互异》《炼金术士》。琼森的喜剧有一个特点，即每一个角色都代表着一种特性，比如幽默、贪婪、狡猾或者傲慢。在琼森所有的喜剧人物中，最完美、最可靠的是《炼金术士》中的马蒙·伊壁鸠爵士，他本人和他的名字一样有趣，但谈吐举止又像福斯塔夫那样自大。

琼森也写了很多假面喜剧。假面剧在17世纪上半叶非常受欢迎，但因观赏费昂贵，在民间不怎么流行，一般只有宫廷贵族才有足够的钱财去观赏。这是一种歌舞杂耍戏剧，或者说更像我们现代的"荒诞剧"，一种集歌唱、舞蹈以及精彩表演等为一体的节目。建筑师伊尼戈·琼斯为其搭建了非常精细的"艺术舞台"，同时由最好的作曲家为其创作音乐。他们的整体协作必须依赖于舞台来呈现，给我们留下了大量优美的歌词。那个时代最博学的人除了培根，就数这位以粗犷豪放且狂妄傲慢的性格著称的人，他的感官如蝴蝶扇动翅膀般细致敏感。有关琼森的介绍，即便篇幅再怎么简短，也不能遗漏他的散文作品，其情节紧凑且内容风趣幽默。琼森的小论文集《发现》记载了其对人和事的解读，是充满透彻智慧的人间宝藏。琼森逝世后葬于威斯敏斯特大教堂，他的墓碑上刻着"稀世奇才本·琼森"。

琼森的才能在许多方面都很出众，他自身也充满了矛盾。他的诗词精致细腻，他的幽默粗陋蹩脚。琼森的搭档、亦敌亦友的托马斯·德克（不是莎士比亚）是一位更为和善的幽默家。伊丽莎白时代的戏剧家们一同在舞台上工作、争论、互相讽刺、喝酒胡诌，这本来就是一出好戏或者一系列喜剧。德克的最佳剧作是《鞋匠的假日》。这部作品描绘了一幅欢快的伦敦生活和风度翩翩且浪漫的人物角色交织在一起的美好画面。谈及这部愉快的戏剧，我们不禁想到德国的鞋匠诗人汉斯·萨克斯。德克笔下的鞋匠虽然不是一个诗人，但绝对是一个萨克斯会很喜欢的有趣人物。

托马斯·海伍德的代表作是《被善意所杀的女人》，故事的内容和书名一样，讲述一个被冤枉的丈夫选择用宽恕的方式惩罚他的妻子，极致地悲哀且坦诚。在措辞上，它是伊丽莎白时代最简单、最朴实的戏剧之一。现阶段它可能和莎士比亚的任意一部戏剧同样成功，我们能从这部戏剧中窥见19世纪的戏剧的踪影，在这些戏剧中，人们并不总是用手枪和匕首这种粗暴的方式进行报复。兰姆称海伍德为"莎士比亚式散文作家"，并解释道：海伍德笔下的人物都很写实，他不同于莎士比亚，没有魔力使我们相信难以发生的任何事情。

人们将莎士比亚戏剧当作衡量伊丽莎白时代戏剧作品的标准，试图找出最接近大师水平的天才。即使对那位崇尚伊丽莎白时代一切事物的诗人斯温伯恩而言，这也不是一种好的评判方式，好在它还比较公平。排名第二的最佳悲剧作家是约翰·韦伯斯特，他的作品《玛尔菲公爵夫人》恐怖而令人心碎。像这种意大利式或伪意大利式的血雨腥风的复仇剧有很多，它们中的大多数不过是诗化的通俗剧，只有少数能够上升到诗意的高度。其中一部是莎士比亚的《奥赛罗》，另一部是两个世纪后的雪莱的《钦契》，还有一部就是韦伯斯特的《玛尔菲公爵夫人》。在这出戏中，强烈的情感迸发出震撼人心的诗篇，比如斐迪南德看到他死去的妹妹时高声呼喊："遮住她的脸庞，我的双眼早已湿润；我那英年早逝的妹妹啊。"

兰姆对韦伯斯特的这部作品做出了最好的评价："《玛尔菲公爵夫人》表现出了那种疯狂而又庄严的悲痛。"韦伯斯特另一部伟大的作品《维多利亚·科隆博纳》描写了一位美人无论身处何地，都将带来死亡和灾难，若没有上升到像希腊悲剧或莎士比亚戏剧这样的境界和高度，很可能会沉浸于死亡和腐朽的想象中而难以自拔。

莎士比亚的其他竞争对手还有博蒙特和弗莱彻，他俩一直合作到博蒙特去世。这两位只写喜剧和悲剧，不同于他人作品中突然出现的让人捧腹大笑或心惊胆战的桥段，两位的作品自始至终都很优秀，读者很容易分辨出。他们生而优雅，且受过绅士礼仪的教育，德莱顿（一位出色的评判家）发现了他们身上的闪光点："英文在他们的笔下是如此完美"。博蒙特和弗莱彻的作品范围很广，他们写的五十部戏剧（无论是单独完成还是双方合作的，或是与其他剧作家合作完成的）中，具有代表性的戏剧是《菲拉斯特》和《少女的悲剧》。这两部作品浪漫得不真实，又悲惨万分，颇具人性和诗意，从戏剧的角度来看，其内容精致且毫无瑕疵。只有琼森和莎士比亚才知道这两部作品是如何创作的。博蒙特和弗莱彻还有一部喜剧佳作是《烧火杵之王》。几年前，耶鲁大学的学生们曾表演过这出戏，在座的观众们都笑得不能自已——还有什么比长久保鲜更能证明这部剧的乐趣呢？

马斯顿是一个不太出名的剧作家，他的许多作品都是和别人合作完成的。有部有趣的作品叫《向东方去》，是马斯顿同琼森、查普曼一起创作的。值得一提的是，有人控告这部简短的作品侮辱了苏格兰人，查普曼和马斯顿因此锒铛入狱，琼森随后也进了监狱。作为一名讽刺作家，马斯顿在他那个时代享有很高的声誉，他有些消极厌世，不满于当时的社会。因为现在的人很难读懂他的讽刺作品，所以他的作品一直未能跻身一线。剑可以雕刻出精美的艺术品，而棍棒永远不行。比起莫里哀对《恨世者》中厌世者的处理，马斯顿的《愤世者》的缺点很明显。

在米德尔顿的所有作品中，至少还能挖掘出一部佳作——《换生灵》。他擅长写家庭悲剧，而不是英雄故事。因此，他在人性刻画方面和海伍德很相似。劣势让他显得平庸，但优势又让他极为出色，倘若他不像德克和其他戏剧家那样，总是匆忙写作，他的作品可以写得更好。他的作品《妙计捉鬼》在"幽默"上可与琼森的作品相媲美。《女巫》比较有趣的一点是它可能暗示了《麦克白》中的女巫。在这两部剧中，米德尔顿的写作风格从现实主义转向了浪漫主义。《西班牙的吉卜赛人》生活在《皆大欢喜》的魔法世界中。《一场公平的争吵》是一部极具戏剧性的作品，正如兰姆所说，充满了"令人钦佩的激情"。

伊丽莎白时代戏剧的黄昏熠熠生辉（虽然已从詹姆斯统治时期过渡到查尔斯统治时期，但这一阶段仍属于伊丽莎白时代），莎士比亚和琼森已经逝世，但又有谁能说马辛格、约翰·福特和詹姆斯·雪利不是有价值的接班人呢？马辛格因一部出色的喜剧《新法还旧债》而闻名，这部戏剧直到19世纪都很受剧院的青睐，剧中的主要角色欧沃瑞奇是许多演员参演此剧的部分原因。马辛格是一位没有激情的诗人，正如兰姆所指出的那样，在马辛格的作品中找不到暴力，只有平静、安宁和愉快。

约翰·福特是戏剧诗人中最多愁善感，亦是最忧郁的一个。痛苦的时候，他的情感脆弱到了极点，甚至有些矫揉造作，但他以一种非常现代的情感分析来寻找灵魂。福特是一个真正的诗人，他的措辞优美，尽管相较于那些热血沸腾、饱满生动的诗人来说苍白了一些。他的戏剧标题常表现出他的心情，比如《情人的悲哀》《破碎的心》和《爱是奉献》。

詹姆斯·雪利身处伊丽莎白时代戏剧的黄昏时期。这是一段愉悦甚至美好的黄昏，尽管德莱顿认为它很沉闷。当雪利尝试着写悲剧（比如《少女的复仇》）时，他提醒我们戏剧正在日渐衰落；而当他写喜剧（他写了很多喜剧，比如《享乐女士》）时，他又告诉我们王政复辟时期的戏剧即将回归。但那也许会在多年之后，在许多历史被创造之后的某一个时代。1642年，清教徒关闭了剧院，伊丽莎白时代的戏剧就此落下帷幕。

第二十八章
17世纪的英语抒情诗

在你收集玫瑰花蕾的时候,旧时代仍然在继续。

——赫里克

几乎所有伊丽莎白时代的剧作家都是抒情诗人,他们的戏剧中镶满了词曲的瑰宝。倘若他们自己不能打造珠宝,他们会以自己过人的智慧将其偷走,而后嵌入一个新的情节背景中。

英国文学中的抒情诗如同永不熄灭的火焰,是永恒的存在。这火焰永远不会熄灭,只是颜色会不时地改变,有时几乎难以察觉,不过是一种色调与另一种色调的相互交融罢了。那些对抒情诗类别有一定了解的人不难发现,17世纪的抒情诗分为三个阶段。第一个阶段是伟大的本·琼森仍然健在且活跃,并享有比英国文学中其他任何一个文学家都高的权威的阶段。第二个阶段的权威人物是约翰·多恩,与琼森完全不同,多恩是一个糊涂蛋,亦是一个善于自省、不遵受诗歌韵律的人,而古典主义戏剧家琼森,仍然注重诗歌的形式,虽然他并没有被形式束缚。随着时间的推进,出现了一群"本·琼森的传人"或者说也是多恩的传人(只不过相对没那么直接,也不那么明显而已),这些人缺乏琼森的学术活力,虽然他们看起来挺像样的,也学不到多恩这位独一无二且奇怪的诗人巧妙的能力,但多少还是受到了多恩的错误影响,比如怪诞、不规范的句法,牵强的言辞。德莱顿称其为"玄学派"(约翰逊博士也曾借鉴过这个词)。玄学派诗歌在当时被滥用,直到下一个世纪才被遏止。

而后到了第三个阶段,诗人们寻求思维的清晰、理智及规律。我们对德莱顿已经有所了解,接下来是蒲柏。文学的反应好比钟摆,虽然不如钟摆那么规律明确。蒲柏时代对多恩时代的批判,完全对等于后来华兹华斯和柯勒律治对蒲柏和约翰逊的刻板和限制的批判。而生活在那个伟大的浪漫时期的一些人,致力于挖掘多恩及其继承者的所有"黄金珠宝",他们认为蒲柏的"模塑金属"并没有那么珍贵。从批评的角度来看,或者从纯粹的外行角度来看,这是不对的。每个诗人、每个艺术家都值得赏识,可以批判,我们应该欣赏和珍视他们,无须计较他们以前、现在或以后有什么建树。两种不同的类型都是个中翘楚,我们谁有资格去评定哪一个更好呢?

虽然这些文学宗谱和这一系列的历史展现了一种连续性,亦成为我们故事中的一部分,但倘若要了解一个诗人,可以用最简明的语言阐述他的观点。本章的宗旨在于告知大众诗人的姓名,记录下他们最精美的诗章。对于他们来说,诗歌即人生。

其中最典型、最原始的一位英国抒情诗人就是约翰·多恩,他的低调与神秘感将其隔绝于公众视野之外。年轻时他曾写过情诗和讽刺文学。后来他成了一位著名的传教士,他的诗歌的类型也就转为了宗教诗歌。17世纪的宗教诗歌具有强烈的美感,这种美感在那之后的英国诗歌中很少见到。英式圣歌与其他形式的宗教诗歌相比更注重宗教情感而非诗意。即使19世纪出现了许多诗人,在弗朗西斯·汤普森出现之前,我们也无法找到一位在宗教诗歌的诗意表达方面可与多恩相媲美的诗人:

天父上帝颂

您是否愿意原谅我这些与生俱来的罪孽，
即使这些罪孽早已存在？
您是否愿意原谅我一直还在持续的罪孽，
即使我已感到悔恨，但罪恶仍在继续？
您也许原谅，却依然不原谅；
因为我的罪孽还有很多。

您是否愿意原谅我为了成功不择手段，
还让其他人也遭受了同样的罪孽？
您是否愿意原谅我选择避世一两年，
只为了获得成功？
您也许原谅，却依然不原谅；
因为我的罪孽还有很多。

我心怀恐惧，在我卷上最后一捆线绳的时候，
我将死在彼岸；
但我向您起誓，在我死亡的时候，
您的儿子将比现在更加耀眼；
我更加耀眼，您原谅我；
我再不会恐惧。

有人说多恩不懂律诗美学，所以他深奥美丽的篇章被晦涩的热情打乱了阵脚，我并不赞同这一说法。多恩知道自己在做什么。他的倒装用语和断续的节奏是有意而为之的。其实只要他愿意，他也

可以写出琼森那般有规律的诗歌。

比多恩更积极乐观的牧师是罗伯特·赫里克,他曾经是一位惹人喜爱的小抒情诗大师。他写了很多和《致水仙》一样好的作品,我之所以挑选这部作品,是因为其质量优秀,虽然这部作品并没有很好地表现出赫里克的幽默风格。

致水仙

美丽的水仙花,你凋谢得太快,
你让我们感伤。
正如初升的太阳,
还不曾到日中。
停下来,停下来,
直到匆忙的时光
跑到只剩黄昏的歌唱,
让我们如影相随,
让我们共同祈祷,
让我们在短暂的时光里停留,
让我们为我们的青春担忧。
如你,如万物,
绽放后便要凋零。
我们也会死去,
正如你的时光
在凋零的时候,
就像夏天的骤雨,
就像早晨的露珠,

离去不可留。

赫里克是本·琼森最杰出的追随者。正如斯温伯恩说的那样，他只需要懒散地抬起手，就能弹奏大师精心调音的乐器，抒情诗的音调"即刻就能感应到他指间传递的智慧"。

如果琼森是他的父辈，那么霍勒斯·沃波尔和卡图卢斯就是他的祖辈。他写的颂歌和婚姻赞美诗跟拉丁文的抒情诗一样，主角是一个虔诚的基督教徒，其行为又像个彻头彻尾的异教徒，因为他有一打虚构的情妇。赫里克因为措辞不当，其作品很难被现代作品当成警句引用。美国作家奥尔德里奇称他为一位伟大的小诗人。这本身是一种夸奖，但放在某些语境下，人们可能会误解这个"小"字。

托马斯·卡鲁是多恩的追随者，他为多恩写过肃穆的挽歌，他和赫里克、多恩不一样，他热爱鲜花、红酒和女人，路德派三部曲的第三部作品就是他的代表作。他的诗歌柔顺、优美、轻快。他诗歌中的意象更像伊丽莎白时代的那种已然消逝年代的意象。他更喜欢那种精巧且通俗易懂的讽刺诗。作为先驱者的大师们成就了这种讽刺诗，他们勇敢地从17世纪迈向了18世纪。

森茨伯里先生满怀热情，他说这一时期的诗人又多又迷人，他们的魅力往往是由细节一点一点堆积而成的，我们可能会被他们过分强调的魅力所吸引。囿于篇幅的限制，许多优秀的作家都未被提及，我们不能在后伊丽莎白时代的唱诗班里逗留太久。

有三位宗教诗人在下面短短的几段文字中被提到，就那么短短的几句，挺令人难过的。文静而虔诚的诗人乔治·赫伯特写道："于我而言，没有哪一首诗可以打动我，但诗中的奇思妙想却总让人沉醉，虽然总是事与愿违，但至少足够真诚。"亨利·沃恩的诗句更为奇特，也更令人难忘，比如"青葱欲滴的嫩枝绿意常在"。当你看到这样的诗句时，你就知道你遇到了一个诗人：

那天晚上我看到了永恒，
就像一束纯净而无尽的光。

在理查德·克拉肖的作品中，我们看到了那个年代的特色，世俗与"异教徒"以及宗教之间的争论与结合。克拉肖曾写下优美的诗句：

无论她是谁，
她都不可能，
不可能支配我的心和我的人。

他还以圣特雷莎为题写下了这首伟大的作品：

你是无畏的欲望之女！

骑士派诗人，之所以这样称呼他们，是因为他们多是在内战中为国王效力的绅士，其中有两人值得一提：萨克林和洛夫莱斯。萨克林的情歌有一种潇洒的魅力，它们是世间男人的笑声，完全没有复辟时代的愤世嫉俗。他的诗歌语言整洁大方，没有过多修饰，这跟当下许多优美且巧妙的文章很相似。他的下面两句诗最有代表性：

为什么如此苍白暗淡，我的爱人？

为何如此苍白?

　　萨克林的很多作品,包括戏剧都很难读懂。洛夫莱斯的大部分作品同样也很难读懂,但他有两三首诗作简直堪称完美。

　　　　亲爱的,我无法爱你这么多,
　　　　爱情不及荣誉多。
　　　　　　　　　　　　　——参战

　　　　石壁不足以为囚牢,
　　　　铁栅栏亦成不了牢笼。
　　　　　　　　　　　　——狱中致奥尔泰娅

　　这种诗歌风格一直在持续不断地流传,因为战争的原因又被一分为二。安德鲁·马维尔就是赫里克风格的延续。他们的相似点在于对自然、昆虫鸟兽和鲜花单纯的喜爱。马维尔有一部作品叫作《萤火虫的割草机》,如果这首诗出现在赫里克的作品集中,一点儿也不违和:

　　　　你是一盏鲜活的小灯,是温柔的灯光,
　　　　夜莺直到夜晚还在歌唱。

　　马维尔是伟大的田园诗人:

　　　　将一切造物化为虚妄,
　　　　变成绿叶中新鲜的思想。

马维尔涉及的领域很广。他的《少年情爱》极具魅力，让人联想到半世纪后的一部作品《致一个有教养的孩子》。他的《克伦威尔从爱尔兰归来的颂歌》庄严而令人印象深刻，其与贺拉斯的精神和风格无比接近。

诗人亚伯拉罕·考利在他的时代被世人过于高估，但在我们的时代却被低估了。在他那个时代，他比弥尔顿更有名，而对于我们而言，弥尔顿的光芒将他完全遮盖了。他的实力绝对是毋庸置疑的。至少他的"品达体"颂歌的结构精妙且富含技巧。如果不是德莱顿和波普后来居上，写出更有力而巧妙的英雄体偶句诗，他的两行一韵和单韵体诗歌的名气要大得多。考利是实现从形而上学时代向理性时代过渡，这样的过渡在同时代的人看来是全新的奇妙现象。但实际上，考利既错过了吸取正在衰亡的一类诗的力量，同时又未能洞察英国诗歌发展的新方向。

另一位过渡时期的诗人是约翰·德纳姆，他只对两行一韵体诗歌感兴趣，这也是沃勒的兴趣所在。不过在他的时代，他是最擅长联句的人。他是个聪明的诗人，他的直觉会告诉他新的诗歌是什么。就像法国人马莱伯一样，他被认为是与生俱来的古典主义诗人。他的联句非常紧凑，在他的两首抒情诗《去吧，可爱的玫瑰》和《花环》中，能读出一种真实的诗意。

如果这些过渡时期的诗人摆脱了旧诗纠缠，摆脱了其中假隐喻性的荆棘，他们一样会留下野花和蜜蜂。但有一位伟大的诗人保留了旧诗的荣耀，保留了戏剧的力量和抒情诗歌的美感，同时又没有被新诗歌所取代，这个人就是德莱顿。还有一位更伟大的诗人，他和斯宾塞、莎士比亚、琼森一起遵循着旧诗风格，这个人就是弥尔顿。

第二十九章
弥尔顿

弥尔顿！你应该活在这个时代。

——华兹华斯

弥尔顿的一生跨越了整个17世纪的四分之三。众所周知，弥尔顿是他那个时代的巨人，也是继莎士比亚之后的英国诗坛巨匠。比起大多数诗人的传记，弥尔顿的传记更有价值，也更有趣，且与他那个时代的历史有关。每一位诗人多少都受到了他那个时代的影响，而且一些诗人还参与了那个时代诗歌的发展。

弥尔顿为17世纪的精神史奠定了基础。年轻时的弥尔顿是一位才华横溢的学者和早慧的诗人，从精神方面来说，他又是伊丽莎白时代的诗人。他第一次出版作品是在1632年，他写了一首赞美诗，置于莎士比亚第二本对开本戏剧前面。他写过一些精美的短诗，比如《快乐的人》《沉思的人》和《列西达斯》。他如果就此逝去，就会在英国抒情诗人中占据重要的一席。1642年，英国资产阶级革命爆发时期，弥尔顿参加革命。为了革命，他将所有精力都花在了撰写革命小册子上。他虽双目失明，但仍然担任克伦威尔的外语秘书。1660年，英国封建王朝复辟，弥尔顿被捕入狱，不久被释放。

被迫隐居后,他余生都在创作他的代表作《失乐园》《复乐园》和《力士参孙》。

因此,他的创作生涯可以对应三个不同的政治时期:伊丽莎白时代晚期、资产阶级革命时期和王政复辟时期。

弥尔顿早期的诗歌没有一点儿稚嫩的笨拙感,他很快就发现了自己在抒情诗方面的天赋。他二十一岁时写下的赞美诗《圣诞清晨歌》无与伦比,影响了后来将基督教主题变为史诗的诗人们。《快乐的人》则充满了生活的乐趣:

> 老老少少一起玩耍,
> 在一个洒落阳光的假期,
> 直到长日渐消,
> 酌一杯棕色麦芽酒。

这其实说明,清教徒不完全敌视快乐。弥尔顿自己就能证明,他写这首诗的时候,敌视艺术或者思想自由的运动尚未开始。这原本是一场净化教会和纠正明显弊端的运动。它有狂热的一面,正如麦考莱的著名格言所讽刺的那样:清教徒反对诱饵,不是因为它伤害了熊,而是因为它取悦了人民。清教徒对剧院的反对,导致他们私下观看或者去剧院观看任何演出,都被定为犯罪,这不是对戏剧艺术的对抗,而是对一个事实上已经腐朽的组织进行道德上的反叛。

弥尔顿热爱剧院,正如下列诗歌所示:

> 随后我们进入了道路平铺的阶段,
> 如果琼森足够渊博,他将步履无阻。
> 最可爱的莎士比亚,充满想象力的孩子,

颤着声唱出故乡森林中自然清新的曲调。

一个人可能既是艺术家，又是热爱生活的人，同时还是一个清教徒。对弥尔顿和17世纪的其他诗人来说，宗教不是一种苦行，而是一种庄严的喜悦。《沉思的人》的诗句告诉我们，他本身是一个管风琴手，他的父亲曾经教过他音乐。

> 希望我永远持续前行，
> 走在勤奋的修道院篱笆墙外，
> 高耸的屋顶多么迷人，
> 柱子古色古香，
> 窗户也富丽堂皇，
> 发出淡淡的宗教灯光。
> 吹响风琴，
> 吹响所有的音符，
> 圣歌清晰可闻，
> 甜美的声音拂过我的耳朵，
> 让我陷入狂喜之中。

弥尔顿早期最有力的诗歌是《利西达斯》，是一首纪念亡友的悼诗。它是英国文学中三大挽歌之一，另外两首是雪莱的《阿童尼》和丁尼生的《悼念》。《酒神之假面舞会》是出于弥尔顿个人喜好而写的，凸显了弥尔顿与伊丽莎白时代戏剧的密切关系。如果他早出生一个世纪，他肯定会成为一个剧作家，如同他在《力士参孙》中表现出来的那样，直到生命的尽头才愿意停笔。《失乐园》是一部具有古典史诗特征的英语史诗。人们常将它与但丁的《神曲》作徒劳无功的对比，虽然它们的主题都与圣经故事有关，比起《神曲》，弥尔顿的《失乐园》更具古典特征。《失乐园》是弥尔顿根据《创世记》中寥寥数言的故事写成十二卷庄严的无韵诗集。诗集的基本主题是希伯来基督徒。但是这部作品的构造及大量隐喻和典故的运用都属于纯异教的风格。夏娃比潘多拉更加可爱，亚当和夏娃的"伟大的创造者"和"朱庇特的真正的火"写在了同一个故事中。

因为大家都知道这个故事，对情节也很熟悉，所以我们仅仅对弥尔顿华丽的辞藻做出分析。我认为认真地读完前四卷就够了，而且《复乐园》的美感不及《失乐园》。

《失乐园》是一部宗教邪说，但它享有像查尔斯·艾略特·诺顿这样的学者的权威评论。诺顿认为两卷《失乐园》足以使我们了解整部作品，但我们也不能忽略第三卷的开篇，即盲人诗人对《神光》的祈祷。《失乐园》的每一卷都有精彩的篇章。

《失乐园》含有一些枯燥的台词，因为弥尔顿的天赋以及他缺乏自我批判式的幽默，他自始至终一直保持着"伟大的风格"。我们读《失乐园》是因为其独特的风格，也是因为现在人们对它的兴趣不如之前将其奉为真理时那么浓厚了。对于我们而言，除去措辞，弥尔顿的原创性还表现在他对撒旦性格的塑造上。撒旦是这部作品真正的英雄，亚当和夏娃只是牺牲品，上帝和天使也并不代表正义。撒旦作为整部作品的核心，其形象栩栩如生。

弥尔顿的最后一部杰作是《力士参孙》。诗人是否曾以一种更为体面的方式告别？他将自己的失明戏剧化地表现在参孙的失明上，这是英式悲剧中最接近希腊悲剧的表达方式。这部作品以平静的言语收尾：

心平气和，激情消散。

弥尔顿是他那个时代最重要的散文作家之一，也是一位积极的辩论家和政论家。他的一些文章还是有美好前景的，其中一部闪烁着不朽的光芒——《论出版自由》，这是出版界的自由，是那些相信言论自由的人们的宣言。"杀人只是杀死了一个理性的动物，破坏了上帝的一个形象；而禁止好书则是扼杀了理性本身，破坏了瞳仁之中上帝的圣像。"在将近三百年之后，我们仍然在思考弥尔顿的问题："试问哪一个官员又能保证不听错消息？尤其当出版自由被少数人操纵的时候就更容易如此了。"

华兹华斯的诗句中蕴含着诗意的真理：

你的灵魂就像一颗星星，与众不同。

但事实上，弥尔顿在激烈的矛盾中度过了他生命中最重要的二十年，并以其超凡的智商在所有的英国诗人中脱颖而出。

第三十章
17世纪的英国散文

> 造物皆是谜,尤其是人类的诞生。这正是追忆往昔、思考我们祖先的时候。
>
> ——托马斯·布朗

诗歌和散文的最大区别在于,诗歌历久弥新,而散文每换一个时代,往往会变得陈旧、离奇,甚至过时。如果一位现代诗人写了一首非常棒的十四行诗,就像弥尔顿的十四行诗一样,这首诗就会像刚出炉的一块面包那么甜美。但如果一个人试图在国会辩论或劳工大会上用弥尔顿式的风格做演讲,毫无疑问他是个傻瓜,难以让人理解,比那些以我们当代风格辩论的人还要蠢。18世纪时清晰的散文,隐藏于我们和17世纪的散文家之间,抑或在其中闪着光。喜欢17世纪的散文是一种后天的文学品位,但17世纪的散文值得细细品味,特别是当查尔斯·兰姆邀你一试的时候。兰姆最喜欢的作家之一是罗伯特·伯顿,他称其为"了不起的老人"。伯顿的《忧郁的解剖》是有史以来写得最明朗的书之一。这是作者阅读无数古书后写就的一部伟大的纲要选集,书中充满了奇思妙想和雄辩,有一种像蒙田一般独特迷人的气质,但又没有那么平静和富有哲理。

托马斯·布朗的修辞奇特，颇具反思性和哲理性。他的《医生的宗教》（布朗是位医生）和《瓮葬》是对生与死的深刻思考，充满说教又沉重严肃，但绝不是呆板的严肃，而是用既庄严又异想天开的英文书写其内容。对大多数与弗洛伊德有关的现代心理学来说，人们不愿意用布朗的想法来解释睡眠和梦境。"我们称睡眠为死亡，但正是清醒杀死了我们，并摧毁了那些生命之家的灵魂。"布朗的平静超然体现在他的作品中，他的作品中没有任何迹象表明他经历了大革命。他与弥尔顿以及大多数同时代的人的不同之处在于，他超越了教会和国家之间的冲突。

托马斯·布朗

杰里米·泰勒和托马斯·富勒是两位具有文学天赋的人，知道他们的人不是那么多，因为他们的作品大多以布道文的形式出现。不论读者的信仰是什么，不论读者是否会在周日去教堂礼拜，他们都不愿意阅读布道文。但泰勒的《神圣生活》和《神圣死亡》具有文学性质，使他能够从讲道坛上走下来；而富勒在《神圣之国》以及《英格兰名人传》中表现出来的世俗智慧，使他深受兰姆和柯勒律治喜欢，这已经足以证明他的实力了。

似乎有这么一条定律，人们如果不喜欢阅读宗教和道德方面的书籍，就喜欢阅读关于钓鱼的文章。艾萨克·沃尔顿的《钓客清谈：做人与生活的境界》一直深受业余渔民和那些从没钓过鱼的文学爱好者的喜爱。书中除了钓鱼还有别的内容。沃尔顿是个令人愉快的人，坐在他旁边的堤岸上倾听他的谈话也是一件乐事。除了这部杰作，他还写了许多吸引人的小传记，比如多恩、赫伯特和其他人的传记。

霍布斯是那个时期伟大的思想家，是介于培根和洛克之间最著名的哲学家。他的大部分作品超出了哲学的范畴，但并未通过文学艺术的形式展现哲学风格的魅力。不过他的一部作品《利维坦》毫无疑问属于文学范畴。这部作品指出国家是至高无上的，要么就像一个伟大的巨人，要么就像一个吞没个人的怪物（利维坦）。霍布斯文风并不优美，但是却很耐读。他倾其一生对修昔底德的研究给他的文字带来了活力。

17世纪大多数散文家的风格很不一样，其中大部分作品是雄辩而美丽的，显然兰姆和柯勒律治以及19世纪的其他作家都从中学到了这一点。在17世纪下半叶出现了一个作家，他的文章在结构、节奏和措词方面都值得我们借鉴，这个人就是德莱顿。

第三十一章
复辟时期的英国文学

诗歌中渐入暮年的往昔；
散文中初现破晓的文章。

——佚名

  这一章可以称为"德莱顿时代"，因为斯图亚特国王重新获得王位这件事还不如德莱顿出席庆典更引人注目。他是如此杰出，或者说与他同时代的人是如此不杰出，他的名字在当时就是文学的代名词。时代让我们铭记，生活不是照着日历过，文学亦不是按年代分。年轻的德莱顿认识也钦佩老弥尔顿，而精通韵联的老德莱顿则是18世纪诗人的始祖。

  本章开头的对句指出德莱顿的成就，他不仅在诗歌方面，而且在散文方面也是一位真正的革新者。他之所以显得黯然失色，是因为我们透过他看到了那些古老的戏剧和诗歌，而他的才华无法与之相提并论。他的天赋是博大精深的。他创作抒情诗、讽刺诗、戏剧和评论散文。

  他的抒情诗具有那个时代的特点，直到许多年后，我们才在英文诗歌中发现，没有比《圣塞西莉亚节之歌》和《亚历山大的宴

会》更优美动听的诗句了:

唯有勇者才配美人。

德莱顿的韵联富有活力,颇具灵活性,题材繁多。其创作的英雄式的悲剧及消解性的讽刺诗作,虽不是最优秀的作品,却含有一些诙谐的诗句。他用词极为准确,例如,他在《麦克·弗莱克诺》对句中使用"偏离"一词,来痛斥一个蹩脚诗人:

含糊其词地遮遮掩掩,
但沙德威尔从不偏离常规。

德莱顿的戏剧在他那个年代要比现在更受欢迎。我们是莎士比亚的盲目崇拜者,会觉得德莱顿的《一切为了爱情》就是《安东尼与克莉奥佩特拉》的一个新版本,这简直无耻。可是他成功地创作了一部非常好的戏剧,不管它不如莎士比亚的作品,还是优于莎士比亚的作品,这都不重要。

德莱顿是英国第一位伟大的文学批评家,他对戏剧的一些评价比他的戏剧有趣得多。他的《论戏剧诗》及其他文章在英国文学批评与戏剧的发展史上都具有划时代的意义。

他的时代和他之后的时代是散文时代,他是当仁不让的第一位散文大师。

我们对德莱顿同时代的大多数剧作家的印象几乎只有名字。喜剧似乎是最快结

德莱顿

出果实的东西，两个世纪的口味变化已经足以让大部分"复古"戏剧退出舞台，只有个别的学生投身其中，试图让其重新出现在舞台上。不过，当时的一位年轻剧作家智慧过人，使轻松的"社会"戏剧得以保存，他就是威廉·康格里夫。他的戏剧对话有一种不加掩饰的光辉。他的《两面派》和《如此世道》就像犯罪一样邪恶。此时清教徒势力依旧强大，他们对戏剧中放荡的情节感到震惊，认为所有复辟时期的戏剧看起来都罪孽深重。现在，我们才能欣赏到作品中有趣的一面。

大多数文学艺术家和其他艺术家都是受过教育的文化人——尽管教育的含义可能很宽泛。当博学的弥尔顿创作他最后一首伟大的诗歌时，世间的智者们正在创作一些闪光的又有点淘气的戏剧，约翰·班扬作品中未经雕琢的天才智慧体现在对受欢迎的宗教的宣传上。

班扬的《天路历程》发表于1678年，正是弥尔顿去世四年后，与德莱顿的《一切为了爱情》同时出版。我们不确定德莱顿是否听说过班扬，但我们有理由确定班扬完全没有读过德莱顿的作品，也没有读过那个时代任何一位绅士学者的作品。班扬属于人民，属于一个对大多数世俗文学一无所知或深恶痛绝的世界。这是一个人口众多的世界，在这个世界里，班扬发现了比任何一个纯粹的文人群都多的读者群。

《天路历程》变成了第二部《圣经》，它来自第一部《圣经》，也来自日常对话，班扬从中发展出了自己的风格。就他的目的而言，这种风格很适合传播，表达口语化，结构直接，还用《圣经》篇章进行点缀。这是一个梦幻寓言，代表基督徒的奋斗和最后的胜利。总的来说，它是一个成功的寓言，在故事的背后藏着深刻的含意。即使对基督教毫无兴趣的人，也可以愉快地阅读《天路历程》。

在文学的故事中，一些最有趣的情节是偶然事件。班扬是一个偶然，他瞄准了宗教真理，追求着文学不朽。更出人意料的是《佩皮斯日记》，这部作品并不打算出版，直到19世纪早期才被人发现并解读。在过去的一百年里，这部作品和佩皮斯时代任何伟大的艺术作品一样，受到人们的喜爱。这部作品包含许多那个时代平实的闲谈，或许在无意间，塞缪尔·佩皮斯通过这部作品向我们呈现了各种琐事，描绘了他那个时代的伟大画面。佩皮斯、班扬、德莱顿和康格里夫等是一群精神上的同龄孩童——思想领域如此宽阔，上面躺了一群互不认识的孩童。

第三十二章
18世纪的英国散文

这一时期最伟大的人物是乔纳森·斯威夫特。

——卡莱尔

18世纪是英国散文的时代,这并不是因为当时的诗歌很糟糕,而是因为散文过于出彩。18世纪上半叶至高无上的大师是斯威夫特。他的《格列佛游记》如此经典,每个孩子都很喜欢它。格列佛在小人国的冒险经历让这些孩子非常开心。小人国的公民太小了,格列佛在他们中间简直就是个巨人,而格列佛在巨人中间又跟侏儒一样矮小。成年读者都知道格列佛的船上载满了辛辣讽刺,因为这本书是对人类种族毫不掩饰的嘲讽。在智马国,马才是真正的人类,而耶胡人则是他们卑贱的仆人。这部作

《格列佛游记》插画

品在英国文学和任何文学中都具有无法比拟的野性力量。其秘密在于，书中没有明显的愤怒，语气并不激昂，而是冷漠、克制、讽刺，只有在斯威夫特的荒谬感凸现的时候，才可窥见文中愚弄的味道。

然而，斯威夫特独有的幽默却很少引人发笑，包括他自己。在生活中，他是个非常骄傲的人（当然他有资格这样做），因此受了不少挫折，比如没能提升在教堂的职位。他有某种形式的精神错乱，这甚至妨碍了他的婚姻。

不过，他憎恨那些被称为"人类"的物种，不仅仅是因为他遭受了委屈。他将冷静的视角和激烈的愤怒结合起来，他觉得人类太蠢了，他想要无情地鞭挞人类。然而，这并不表示他真的无情，因为在他表面的冷酷之下，有着深深的遗憾和怜悯。他对他的朋友有很深的感情。正如他所说，他爱汤姆、迪克和哈利，但他憎恨人类。他经常使用他的笔为人类服务，特别是为正义的爱尔兰人服务，但他假装轻视这些崇拜他的人。他的作品《一个澡盆的故事》嘲讽了罗马教会、英国教会和加尔文教三大教派的弱点。尽管对于我们来说，这个主题不如格列佛有趣，但这代表了斯威夫特的最佳作品。他在年老时发出的感叹非常实际："我写那本书的时候，是多么有才华啊！"

《给斯黛拉的日记》详细地记载了当时的历史和八卦，其重要性相当于《佩皮斯日记》对于前一个文学时代的重要性。这本书反映出斯威夫特所有的情绪。然而，这是一本神秘的书，写得小心翼翼，我们完全没办法从这本书或者其他资料中了解到斯威夫特和美丽的斯黛拉之间的关系。我们并不打算八卦作家的私生活，我们可以通过他的作品了解他。但我们想了解斯威夫特的作品，就必须了解他的生活。误解一个人就很可能误解这个人的天赋，就好比萨克雷精彩但有瑕疵的文章一般。斯威夫特在生活上没能交出一份令人满意的作品，当然可能根本就交不出来。他的作品具有强烈的个人色彩和实用性，其他人的作品中的人物关系，都不及他笔下的人物关系密切，即使是《格列佛游记》和《一个澡盆的故事》这样个人色彩最为淡薄的作品中也是如此，这些作品都是他内心世界的反映。因此，他的传记比大多数文人的传记更值得研究。我们对他研究得越多，就越相信，他坚强地承受着极大的痛苦和折磨，而他的冷酷无情掩盖了他宽厚和深情的天性。他所憎恨的不是人类而是人类的虚伪。他为人非常诚实，这直接影响了他的作品的风格，朴实无华，不矫揉造作。他笔下的文章虽然没有多少美感，但表现出来的活力却无人能及。

与斯威夫特的活力形成鲜明对比的，是约瑟夫·艾迪生和理查德·斯梯尔的从容和温文尔雅。他们与其他合作者共同创办了《旁观者》。那是一份杂志，由一篇短文和一些简短的广告和公告构成。在那个年代，没有类似于现代报纸的读物，英国绅士在早餐桌上发现的不是《泰晤士报》，而是《旁观者》，这份杂志上的小短文的内容是关于礼仪、道德、书籍、宗教和品格方面的。这份杂志发行了大概两年时间。艾迪生和斯梯尔（特别是艾迪生）是道德家，他们办这份杂志的目的除了娱乐还为了传递高雅的品位。他们的幽默是真诚、自然的，同时也带着有意而为之的批判性和哲理性。其中最好的一篇随笔是艾迪生撰写的，这篇随笔以哲人的话开始："在所有的写作中，作家很容易在表达幽默的时候遭遇滑铁卢，因为他们找不到让他们有动力去超越的作家。"

《旁观者》的投稿人很少遭遇类似的滑铁卢，他们展现出来的智慧能让人会心一笑，因为社会的弱点几乎没有改变（尽管《旁观者》的作者们努力纠正这些弱点），还因为这些散文若隐若现的严肃性无可比拟。约翰逊博士认为，要想写一手好文章，就应该花时间和心思去学习艾迪生的文章。这位知识渊博的约翰逊博士一身书卷气，虽然他不是通过这种方式学习写文章的，但这是很好的建议。也许我们不适合将斯威夫特当成榜样，因为他让我们望尘莫及。《旁观者》的稿子主要是由艾迪生和斯梯尔撰写的，其他投稿人学着使用两位大师的风格写作，成为英国文学的一股清流。有些评论文质量上乘，是在德莱顿之后兰姆之前的最为优秀的评论文章。艾迪生的好恶和我们不一样（他当然有自己的好恶），他知道如何抓住事物的核心或本质，用几句话表达出来。在这份杂志中，我们看到了一位老乡绅平静的生活和天真无邪的冒险经历，其中蕴含了小说中最重要的元素——人物性格和社会背景，却缺乏另一个重要的元素——情节。

《旁观者》的作者们野心勃勃，他们打算"把哲学从书房、图书馆、中学和大学中解放出来，带到俱乐部和集会里，茶几上和咖啡馆里"。当时有一个哲学家，他因为懂得如何写作，所以被划入了文学圈。乔治·贝克莱是不是一位伟大的哲学家这个问题，我们留给哲学家去探讨；他的理想主义超出了我们的研究范围，有待商榷。但无可争议的是，他是英国散文大师之一。大多数英语和德语哲学很浮夸，根本读不下去。贝克莱的《视觉新论》《人类知识原理》以及他的其他作品都像玻璃一样清晰明了。

善良的贝克莱主教性格平和，善于思考，辩论时十分克制。丹尼尔·笛福一生执着于与别人争论，虽然他技巧上不如贝克莱、艾迪生和斯威夫特，但胜在作品有活力。他的许多小册子都非常生动，即使其中所谈论的问题根本无解。然而，我们不记得笛福的小册子作者这一身份，我们只记得《鲁滨孙漂流记》的作者。这可能是流传最广、被阅读最多的英语故事。我们只要提到这本书，就能回忆起这本书的精彩之处，以及它给我们的童年带来的欢乐。成年后我们更喜欢这本书，因为这本书的写作技巧令人赞叹。大多数小说和故事描述的都是社会中的个体，主要描述的是男人间发生的故事。《鲁滨孙漂流记》讲述的是一个孤独的个体。我们崇拜书中的英雄主义，但很少有人能拥有那种自立精神。笛福有一种非常现实的想象力。《鲁滨孙漂流记》据说是由一个叫塞尔柯克的水手的经历改编的。然而，这本书给我们留下深刻的印象并不是因为故事本身，而是因为笛福对细节精妙的把控，他让这些事情看起来跟真的一样。如果我们回味故事的情节，就会发现，我们一直相信《鲁滨孙漂流记》中的故事是真实存在的，在无人之地发现沙滩上的脚印，这一惊人的发现并不是虚构的，就像哥伦布发现美洲一样。正是这种对细节的感知赋予了《大疫年日记》生命，这本书的受众比《鲁滨孙漂流记》要少，但其生动性令人着迷。在瘟疫之年，笛福还是个小男孩，在那段可怕的日子里，他还不记事，但这本书让人觉得他好像经历过这一切。阅读《辛格顿船长》时，我们仿佛置身于非洲（笛福可能从来没有去过）。《骑士回忆录》与历史非常相似，甚至蒙骗了查塔姆勋爵这样的历史学家，更不用说一般的读者了。笛福的其他作品曾被《鲁滨孙漂流记》的光芒遮盖了，但这些作品足以让那些主流作家以外的作家大赚一笔稿费。他如果今天还健在，就会让H. G. 威尔斯先生之类的人物警惕他们头上的桂冠，他必然是明星记者和报刊通讯员。笛福是第一位伟大的现实主义小说家，是最优秀的天才。他的兴趣点在于冒险而不是人物本身；他笔下人物的外在和行为都很真实，不过他对人物的灵魂不大关心。

英国第一位走入读者内心，尤其是女性读者内心的小说家是塞缪尔·理查逊。在他之前的一个世纪里，剧作家们研究并塑造了人物，诗歌中对人物的生动描写至少可以追溯到乔叟的作品。薄伽丘因为翻译而闻名,所有的英国作家都知道他翻译的作品,他翻译的作品包含了小说的全部素材,以及对短篇小说的完美处理。不可思议的英雄主义浪漫散文可以追溯到中世纪。如果我们说凡事皆有始有终的话,那么英国小说起源于18世纪,理查逊便是英国小说的引路人。《克莱丽莎》是情感大作,这本书的关注点不在于情节或冒险,而在于女人的情感。书中有一个阴谋,一个相当简单的阴谋,这个阴谋迫使一个无辜的少女从天真走向放荡。这本书是以书信的形式写就的,看起来很单调,并且一点儿幽默感也没有,但是这个女孩克莱丽莎的形象栩栩如生。她的悲惨故事不仅在英国、法国和德国迅速流行,还对现代小说产生了巨大的影响。在司各特和拜伦之前的英国作家中,还没有哪个作家能像理查逊一样在他的一生中享有如此广泛的声誉,扬名海内外。

理查逊的早期作品《帕美拉》的重要性不仅在于其鼓励了理查逊继续创作,还在于其启发了英国伟大的小说家亨利·菲尔丁写下他的第一部喜剧小说。《帕美拉》从道德的角度来看是荒谬的。贫穷的女孩帕美拉拒绝主人的求爱,而她因自己的美德所获得的奖励居然是嫁给自己的主人。这个故事也有好的一面,比如它关注女性的道德品行,包括忠贞和坚守,以及语言的细致谨慎。这本书值得一读,因为这本书在小说史上意义重大。我们不必纠结于这本书的名声和地位,《帕美拉》也不比我们今天认为的好电影差多少。

帕美拉的善良触动了菲尔丁。在《约瑟夫·安德鲁斯传》中,他扭转了这种局面,使一个有德行的年轻人代替放荡的纨绔子弟作为一位夫人的情人。如果他写到这里就收手,只是做了一次滑稽的模仿。但他忘了,或许他已经偏离了最初的意图:嘲笑理查逊,然后写成了一部关于人物和风俗的现实小说。他的兴趣点,或者说也是我们的兴趣点,与其说是在约瑟夫身上,不如说是在斯利斯洛太太和帕森·亚当斯身上,他们是不朽的奇迹。在《约瑟夫·安德鲁斯传》中,菲尔丁发现了自己的艺术才能并找到了创作方法,并且在《汤姆·琼斯》中更进一步地发挥和展现。

我们在总结这些好书的时候,总喜欢用"伟大的"之类的字眼,用得多了也就滥了。但我们实在找不到其他词来形容《汤姆·琼斯》,小说所具有的一切优点这本书都有,每一个小说家都对这本书由衷地赞赏,这种情况长达150年。菲尔丁塑造了英国的小说。菲尔丁在18世纪享有表达自由的权利,这与他天性中的刚毅坦率有关,然而接下来的一个世纪却禁止这种表达的自由了。萨克雷曾遗憾地说过:"自从《汤姆·琼斯》的作者被埋葬以来,我们再也不被允许用最大的力量描绘一个人了。"但是菲尔丁的手法在《汤姆·琼斯》之后的大多数幽默小说中都能看到。他笔下的人物不仅是18世纪的英国人,也是今天和明天的英国人。菲尔丁是一个诚实、公正的人,他运用自己深切的同情心和敏锐的洞察力观察着世态炎凉。他以讽刺的眼光看待生活,但他的眼光宽大公正,他的讽刺中没有苦涩的成分。

18世纪可以被称为充满笑声的时代,也可以说是散文的时代,因为除了理查逊,几乎每一个文人生来就有一种幽默感。幽默感就是一种生活的态度。托比亚斯·斯摩莱特是那个时代中的头号幽默家,虽在艺术上的成就比菲尔丁逊色一些,不过他和菲尔丁一样都是敏锐的观察者。他曾担任军舰上的医生,在那里他了解了英国水手的性格,并首次运用粗俗的幽默来刻画这样的性格。他是第一位航海作家,他的同行还有库柏和玛丽亚特,以及约瑟夫·康拉德,当然他们不像斯摩莱特那么粗俗泼辣。斯摩莱特在陆地上的时候也接触各种各样的人,他的杰作《汉弗莱·克林克》的故事场景不是在海上,而是在苏格兰和英格兰。《蓝登传》和《柏雷葛伦·辟克尔》也是他的作品，有点儿艰涩，难以消化，但它们充满了生命力，司各特和狄更斯都非常喜欢这两部作品。狄更斯还从斯摩莱特那里学到了一些描绘人物的技巧，稍显奇异却非常真实。

笛福、菲尔丁、斯摩莱特和斯威夫特的共同特征在于他们精力充沛的头脑和丰富的学识，这些特征至少在他们的写作结构和文风上可以体现出来。

劳伦斯·斯特恩的幽默是聪明的、荒诞的，也是古怪的。《项狄传》可能是世界上最疯狂的杰作，也是最令人愉悦的作品之一。这本书没有一定的顺序，文章主题跳来跳去，毫无规律可循。然而斯特恩知道他写的是什么。藏于这本书肤浅的外表之下的是最深刻的主题——人应该如何对待痛苦，是对人物最有力的刻画，比如特里斯丹的父亲沃尔特·项狄和叔叔托比的魅力经久不衰。斯特恩写作的时候才思敏捷，妙语如珠，出口成章。只要他一开口，便能说出最为出色的语言。他的世界里没有恶意。《感伤的旅行》是一部半自传体短篇游记，充满了感伤和幽默，不像《项狄传》那样怪诞。

斯特恩后来成了一个多愁善感的幽默家，萨克雷就不喜欢他，并对他的矫揉造作吹毛求疵。但人们是不可能不喜欢塞缪尔·约翰逊和奥利弗·哥尔德斯密斯的，因为他们不管存在怎样的缺点与不足，都不能否认他们为英国散文做出的巨大贡献。

约翰逊博士是18世纪下半叶的文学评论家。一个半世纪以来，因为他的批评标准和审美观与我们不同，他不再拥有他同时代人崇拜的那种权威了。有人说他最好的作品是鲍斯威尔为他写的《评传》。

他是一个伟人，是一个空谈家，却不是个伟大的作家。因为约翰逊是唯一没有留下重要艺术作品的文人。他的《英语词典》是他的勤勉和博学的体现。但是，即使词典的释义再有趣，再富含创意，这也不是艺术。他的著名小说《拉塞勒斯》是一部枯燥无味的作品。他仿照《旁观者》写就的文章很沉重，缺乏早期大师的优雅。他在《诗人传》中提到的很多声名不显的诗人都已经死亡，这部作品只能作为个人喜好和时代偏好的历史记录。他的诗微不足道。然而，他是一个伟大的人，是一个鲍

哥尔德斯密斯

斯威尔愿意维护的人，那个年代最聪明的人也一样爱戴他，尊敬他。

哥尔德斯密斯是一个艺术家，除了日常杂事外，他还试着了解一切事物。《威克菲尔德牧师传》以其浪漫的情节和幽默的人物刻画，广受读者喜爱，重印率比其他18世纪的小说都高，当然比《鲁滨孙漂流记》低一些。也许世界上唯一不喜欢它的人是马克·吐温，他认为在集市上被欺骗的威克菲尔德并不好笑，显得很悲哀，令人痛苦。然而，哥尔德斯密斯知道自己在做什么，也知道喜剧人生背后所隐藏的辛酸。萨克雷的话很对："在那个甜蜜的故事中，哥尔德斯密斯找到了进入欧洲每一个城堡和每一个村庄的入口。"歌德谈到了哥尔德斯密斯："崇高和仁慈的讽刺，表达了对所有错误和缺陷的公正态度。"

哥尔德斯密斯的两部剧作中较好的一部《屈身求爱》已经在舞台上风行了一个半世纪，它和谢里丹的戏剧《情敌》及《造谣学校》是当时仅有的几部具有生命力的作品。不管是在剧院里欣赏，还是在印刷品上阅读，它们都是很好的喜剧。除了他的诗风和叙事的天赋，哥尔德斯密斯还有约翰逊、艾迪生和他的同事们所缺乏的写作通俗散文的才能。在他的《世界公民》一书中，一位中国绅士

对英国的生活做出评价，具有独特的魅力和真正的讽刺意味。哥尔德斯密斯还写过一些诗，质量也很不错。他的《荒村》为人所乐道。在那个时代，大家都爱模仿蒲柏的风格，他也不例外，但他表达了自己的观点，蒲柏本人是很难写出来的。

在《报复》这部著作中，哥尔德斯密斯机智地评价了他的朋友，这句话是这样的：

> 他为宇宙而生，缩小了他的心胸，
> 并放弃了原本属于人类的东西。

这些诗句描写的是埃德蒙·伯克，一位演说家和政治家，或者更准确地说，他为了政治放弃了文学。他的大部分演讲和小册子的主题在我们这个时代都无足轻重了，但在当时那个时代却是十分重要的。其中一篇演讲稿叫作《与美国和解》，特别吸睛，这篇演讲稿的雄辩力和逻辑性并没有随着时间的推移而减弱。伯克的演说非常有激情，当他可能被误解时，他的真诚给他华丽的辞藻戴上了真理的光环。他的形象往往是诗意的，他的文章总是能引起共鸣。

有一位与伯克同时代的作家叫爱德华·吉本，也善于雄辩，风格与伯克极为不同。他的《罗马帝国衰亡史》是写得最为精彩的一部史学著作。后来的历史学家为其增加了细节，修正了不准确的地方。他使所有历史学家相形见绌，包括他的远见卓识、他整合历史素材的能力，以及使历史更加迷人的文字技巧。

吉本的作品是文学艺术。大卫·休谟的作品不如吉本的优美，这种稍显逊色指的是作品本身的美感稍有欠缺，但因其内容而具有持久的价值。休谟的哲学著作《人性论》从社会角度探讨了基于公共意见与信念而形成的人的社会本性，书中的思想从未被超越。这本书不仅为苏格兰和英国哲学开启一个新纪元（尽管休谟的同胞们迟迟不肯承认他的成就），而且成为德国哲学，包括康德的两三部核心著作的思想来源。

  大多数18世纪的散文名篇都重印了好几次。这些作品其实离我们很近，许多19世纪的散文都是由这些作品沿袭而来的。后世的英国作家越来越欣赏奥古斯都时代的作品，不仅是因为那个时代拥有像斯威夫特和菲尔丁这样的散文大家、文学巨匠，还因为这个时代产生了如此多的壮美诗篇。

第三十三章
18世纪的英国诗歌

> 诗意的表达既包括声音，也包括含义；德莱顿说，音乐是无言的诗歌；蒲柏的优点之一，便是他作品中的旋律。
>
> ——约翰逊

一个多世纪以来，英国的天才诗人们不断吟唱，他们的金色旋律让我们对前一个世纪二流诗人的吟唱失去了兴趣。即便他们唱出来的诗歌是亚历山大·蒲柏写的，在当时的约翰逊博士听来是如此优美动听，但在我们听来却没有那么悦耳。虽然蒲柏的双行诗充满智慧，也很优雅，但如果我们一长串读下来，就会感到有些单调。在这些短短的段落中，他展现出完美的措辞，但他的思想受到了形式的限制，显得很狭隘。除了莎士比亚，他写的诗比英国任何其他诗人都多。我们也提过他翻译了荷马的作品，这说明他是一个勤奋和聪明的人，当然也给他带来了财富，但这并不能证明他的天赋。他写得最好的喜剧是《夺发记》《愚人志》，当然还有他那本吸引人的《致阿巴斯诺特医生书》。他的哲学和美学著作是那个时代的平庸之作，但措辞令人耳目一新：

真正的智慧在于表达人们想说却始终不能巧妙说出的东西。

蒲柏是一个只顾清晰的表达而不顾诗歌的神秘性和思想深刻性的伟大的诗人。他的模仿者不计其数，但没有一个成功过，大多数人都已经被遗忘了。在那些没有被遗忘的聪明的诗人中，有两位仅次于蒲柏的诗人：马修·普赖尔和约翰·盖伊。普赖尔曾经是自由诗大师，创作了很多优雅、轻松、诙谐的讽刺诗，他写的情诗虽然缺少激情，但很有魅力。他的《致一个优秀的孩子》这部作品非常完美。人们怀念盖伊，不仅因为他的《琐事》和其他零星作品，还有他对城镇的观察，更多人是因为他的《乞丐歌剧》而记住他的。这是一部有趣的叙事歌剧。两个世纪后，这部歌剧依然活跃在我们的舞台上并获得极大的成功。他和同时期的一流诗人都有这一特点，尤其是普赖尔和蒲柏，他们在自己的能力范围内学会了诗歌的艺术，即便在不经意间也能用巧妙的措辞来写作。然而，17世纪和19世纪时迷人的抒情诗并不在他们的天赋范围内。

在威廉·柯林斯为数不多的诗句中，最妙的是一首抒情诗，这使他看上去更像济慈那一派的诗人，而非蒲柏式的。柯林斯的知名度很低，尽管人们提到托马斯·格雷的时候总会提到他。

我们只要提到格雷的《墓畔哀歌》，那些熟悉的诗节就会在我们的记忆中穿行。诗节并不完美，诗句也有瑕疵，但诗歌的整体结构非常好。格雷只写了一些诗，用来取悦自己和他的朋友，正如狄更斯对他的评价那样："没几个诗人像他一样，仅仅靠着几篇

蒲柏

不朽的作品就加入诗人的行列。"

格雷是一位学者和历史学教授,精通艺术、建筑和音乐。在他那个时代,欣赏自然风光的人非常少,他是其中之一。他还寄情于浪漫主义复兴,对古老的英国民谣以及爱尔兰和威尔士的古代凯尔特文学产生了兴趣。在《游吟诗人》中,浪漫主义与古典主义得到了很好的结合,威尔士的传统依托颂歌的形式呈现了出来。他回望德莱顿和弥尔顿,期待着华兹华斯和柯勒律治时期的浪漫主义,我们马上就会讲到这一时期。马修·阿诺德认为,那个时代平淡无奇的精神压制了格雷,所以他并没有很好地"表达自己"。但他可能已说了所有想要表达的内容,以及那个时代过分强调的诗意。

对自然的爱体现在詹姆斯·汤姆森的《四季》以及威廉·考珀的诗歌中。威廉·考珀的诗歌温柔而忧郁,他的作品《任务》表现出来的简洁和自由,对那个时代的人来说很新鲜。从他的民谣《约翰·吉尔平》中我们能够感受到他的幽默。他的幽默在他的信件中更为突出,至少从某种程度上来说,他是一个非常出色的英文书信作者,因为他懂得如何使生活中的琐事变得有趣。

英国诗歌中的一股新生力量始于乔治·克雷布。在他的叙事诗《乡村》与诗集《村庄》中,他为英国诗歌引入了一种前所未有的现实主义。他没有篡改田园诗,而是描绘了真实的场景和活生生的人,从而为文学注入了新鲜血液。他和罗伯特·彭斯一样诚实。他的缺点在于他的作品缺乏韵律,而且他的措辞有时很生硬。他精力充沛、真诚,经常在作品中迸发出巨大的力量。

18世纪后期,有两位抒情诗人很受关注:威廉·布莱克和罗伯特·彭斯。他们在精神上没有那么大的分歧(尽管彭斯可能从未听说过布莱克),对人和动物的爱使他们紧紧联系在一起。布莱克既是一位画家,也是一位雕刻家,还是一位诗人,每个职业之间相互影响。他在铜版上刻他的作品的文字和插图设计,然后通过手工印刷的方式印制出来。他在诗词和绘画方面名声大噪,最后竟成为年轻诗人心里的偶像。我们读一读他最著名的一首抒情诗,就会明白其中的原因。

老 虎

威廉·布莱克

老虎,老虎,金色辉煌,
在夜晚的森林里闪闪发亮,
是怎样伟大的一双手或者一双眼,
塑造了你这可怕而匀称的体形?

在多么遥远的海洋或天空中
练就了你的火眼金睛?
是什么样的双翼带着你飞翔?
又是什么样的双手紧紧攥着火焰?

是什么样的肩膀,以及什么样的技巧,
造就了你的心脏?
当你的心脏开始跳动,
又是什么样的肢体将你操控?

是什么样的铁锤,什么样的链条,
什么样的铁炉锻造了你的头颅?
是什么样的铁砧,什么样的一双手,

敢于锻造如此可怕的东西?

当星宿零落的时候,
眼泪在夜空中洒落,
造物主看着自己的作品是否面带微笑?
他创造羔羊,也创造了你。

老虎,老虎,金色辉煌,
在夜晚的森林里闪闪发亮,
是怎样伟大的一双手或者一双眼,
塑造了你这可怕而匀称的体形?

　　布莱克的《天真的预言》和《天真与经验之歌》包含许多具有神秘意象的诗歌和简单和谐的抒情诗。但他的神秘表现得很模糊,就如那些17世纪的宗教诗人,他与这些宗教诗人之间有着密切的联系,因此错过了成名的机会,只有诗人和其他文人才知道他有多伟大。

　　罗伯特·彭斯具有双重天赋,既能令文学家着迷,又能触及凡夫俗子的心灵。

　　在他去世之前,他是公认的苏格兰桂冠诗人,直到今天,他依然牢牢占据这一宝座。他是英国文学史上最伟大的抒情诗人之一,成千上万的人知道他、歌颂他,即使是不属于苏格兰种族和语系的人们对他的作品也耳熟能详。苏格兰盖尔语对世界上任何说英语的人来说,只要稍加注释就足以理解。彭斯的光芒是一个帝国和两三个共和国的共有财富。他的《约翰·安特生,我的爱人》《友谊地久天长》及其他数百首诗歌在他的渲染和打磨下形成了最终的艺术形式，契合当地的诗歌风格。当地的诗歌风格是苏格兰的传统风格，大家都不知道这一风格是何时形成的。他的原创诗歌《写给小鼠》《致山中雏菊》《佃农的星期六晚》《快活的乞丐》，无论是否借鉴了早期苏格兰民歌，在内容和技巧上都是上乘的。他之所以失败，是因为他试图像18世纪的英国人一样写作——他变得拘谨、严肃，缺乏文学趣味，还因为他是一个土生土长的苏格兰人。

　　幸运的是，当那个时期的英文诗歌退出历史舞台的时候，北不列颠传来强烈、悲壮的欢声笑语。诗歌真的退出历史舞台了吗？恰恰相反，诗歌进入了新高潮。

第四部分
19世纪和当代文学

但丁采用中世纪的世界观和宇宙观，而莎士比亚追随文艺复兴时期的道德秩序。歌德不做任何假定，他是一个很现代的人。他拼搏奋斗，让生活本身凝聚成艺术。他是一流的抒情诗人，他是《浮士德》的作者，他的过去、现在和未来都与我们紧密相连，等同于《神曲》与14世纪的人们之间的联系。

第三十四章
英国浪漫主义诗歌的复兴

黎明尚在的时候是多么幸福啊!
但复兴,是另一处天堂!

——华兹华斯

1798年,柯勒律治和华兹华斯出版了《抒情歌谣集》,其中包括柯勒律治的《老水手》,这是他非常出彩的一部作品,还包括华兹华斯最好的诗歌《丁登寺》。这本书因其革新性被称为英国诗歌的转折点。浪漫的元素并不新鲜,一百年前德莱顿就很清晰地用作品说明了这一元素。真正新鲜的是,它带来了两位新诗人,两位非常伟大的诗人。

华兹华斯写了数不清的诗,其中许多作品看起来文笔拙劣,可读性不强,而且最好的一部作品和神有关。他崇拜上帝和自然,他觉得星星和雏菊之间存在着密切的联系。在崇高的复仇中,上帝、自然、星星或雏菊有时也会掌控他手中沙沙写着字的笔,成为他诗歌的写作素材。我们回忆一下他的几行

《抒情歌谣集》插图

诗，这也许能激发我们阅读的欲望。

在《孤独的割麦人》中：

> 没有人能告诉我她在唱些什么吗？
> 也许是悲伤的音符在流动，
> 对于古老的、不幸的、遥远的事情，
> 很久以前就发生过的战斗。

一首完美的十四行诗《作于加莱附近海滨》的开头：

> 这是一个美丽的黄昏，平静而自由，
> 圣洁的时间像修女一样安静，
> 静穆得让人屏息。

另外一首十四行诗《威斯敏斯特桥上》的第一行：

> 地球上没有任何东西比这更公平。

选自《不朽颂》：

> 瀑布在陡峭的地方吹着喇叭；
> 我的痛苦将不再扰乱季节；
> 我听见声音回荡在群山之中，
> 风从睡眠的原野向我袭来。

但是，仅仅引用这些诗中的一段是不公平的，爱默生认为华兹

文学的故事

华兹华斯

华斯的诗代表19世纪诗歌的高潮。华兹华斯的作品质量并不总是这么高,不过他有一些脍炙人口的佳作写得很美。我们可以摒弃一些他欠佳的作品,这些作品确实可以忽略不计。他试图在诗歌中对人类、自然和社会做一番哲学探讨的伟大计划从来都没有实现过。但在他的一些较短小的作品里,比如《迈克尔》,他就像彭斯和狄更斯一样,触及了普通人的命运和心灵承受的痛苦。他的自然的诗歌亲切又美妙,以至于后来那些离开英国乡村到荒蛮异域的诗人,每一位英国作家几乎都以散文或诗句的形式谈论自然,形成了所谓的华兹华斯派。

《抒情歌谣集》的作者之一华兹华斯旨在使平凡的东西变得不寻常,而柯勒律治则意图使不寻常的东西具有可信度。柯勒律治的意图在《老水手》中展示了一部分,这是一首神奇的民谣,之所以可信只是因为它具有魔力。它的结构和节奏以古老的英国民谣为基础,柯勒律治赋予了其奇妙的辞藻。

> 太阳的边缘低垂,星星奔涌而出:
> 黑暗忽然而至;
> 远在海面上的耳语,
> 唤醒了幽灵。

他在描绘奇妙意境方面颇有天赋,比如在《克里斯特贝尔》(他未完成的诗作)中,或者在《忽必烈汗》梦境的片段里。

> 但是啊!浪漫的深渊倾斜着,

漫过雪松覆盖的绿山盘铺而下！
一个野蛮的地方！神圣而迷人。
残月下的梦魇中，
女人为她魔鬼般的情人哭泣！

柯勒律治是一位重要的文艺评论家。他教育并激励了同时代的人，是德英两国浪漫主义精神的重要联络人。他的《文学传记》内容丰富，不仅表达了柯勒律治的个人观点，而且概括了那个诗与哲学的时代。

与柯勒律治相比，沃尔特·司各特虽然才华不及他，但在新诗的普及化方面具有更大的影响力。世人欣赏他散文中的浪漫主义元素更甚于他诗歌里的叙述。不管他为什么写起了小说，或许因为拜伦的诗歌的日渐流行，或者小说比诗歌更赚钱，这都是文坛的幸事。他是伟大的小说家之一，但不是一个伟大的诗人。不过他有能力以押韵的形式写出朗朗上口的故事，大部分人都能读懂。对于这些人来说，柯勒律治和雪莱作品的美感一样曲高和寡，难以理解。他的《最后一个行吟诗人之歌》《玛米恩》《湖上夫人》大获成功，当很多诗人被忽视的时候，他依然是一位受人敬仰的浪漫传奇大师。我们中的大多数人在学校里都读过《玛米恩》，我们依然记得这是我们阅读过的最简单真实的作品或者说杰作之一。这部作品的优点正在于此，轻松、清晰，故事流畅连贯，一气呵成，诗句虽然稍显单调，但并不影响作品的魅力。关于司各特的散文，我们将在下一章简述。

拜伦是司各特的继承者和竞争者，一夜之间饱受英国人的欢迎，也受到了欧洲人民的崇拜。他说，二十四岁时，随着《恰尔德·哈罗德游记》前两部的出版，一天早晨醒来后他发现自己成名了。《恰尔德·哈罗德游记》是一部描述去非洲大陆冒险的诗歌,诗歌内容活泼有趣,人物形象生动逼真,引人入胜。他的诗采用的是斯宾塞体,这一点显示了浪漫主义回归的迹象。拜伦的诗歌中带着一种力度和热情,不同于斯宾塞的庄重优雅。他对自己的作品满不在乎,自认为不费吹灰之力就可以写下一首诗。他的即兴创作信手拈来,作品质量常常好得令人咋舌。他对诗歌艺术的热爱远不及雪莱,他的成功在于他的精力、热情和机智。他曾在希腊独立战争中为希腊人而战,他愿意马革裹尸,这是他动荡的人生中的一个高潮。不幸的是,他在希腊死于发烧,年仅三十六岁。在短暂的一生中,他创作了大量的叙事诗、戏剧和抒情诗,比如《异教徒》《锡隆的囚徒》。百余年来仅仅是那些广受欢迎仍有受众的作品名单就能填满一页纸。虽然也有很多缺点,但几乎从来都无法撼动其作品的质量。他最后的脍炙人口的作品是《唐璜》,他还没写完就去世了。这部作品包含了拜伦的各种思想,有许多对幽默、讽刺,以及对人性、景物和哲学的描写,这些都曾被认为是阴郁的悲观主义,但我们可以欣然接受这一切,因为拜伦本人很喜欢。在所有英国诗人当中,拜伦在欧洲受到的赞誉最多,甚至超过了莎士比亚,而且有迹象表明,在过去五十年间,他在英国的声誉又提高了。

拜伦的巨大影响既直接又持久,部分原因是他的思想直截了当,或者说至少是易于掌握的,而且这些思想可以被迅速翻译成其他语言。他的力量与那个时代最脆弱的抒情诗人雪莱相比,是原始和粗犷的。谈论一位伟大的诗人比另一位更伟大很不合适。但是,承认他们的优点不同并不愚蠢。和拜伦一样,雪莱也是那个时代的产物,属于那文化风暴的一部分——法国大革命时期为

拜伦

争取自由而进行的斗争几乎是徒劳的。来势汹汹的法国大革命被拿破仑主义耗尽或者说摧毁了，剩下的只有梦想。拜伦多少带有愤世嫉俗的嘲讽，他像他那个时代的记者和政治家一样，看穿了整个阴谋，并切实地为自由事业做出了牺牲。

雪莱梦见一个模糊的未来，人们在梦境中得到了自由。在雪莱去世五十年后，马修·阿诺德称他为"无能的天使"。他是如此，阿诺德本人也是如此。正如我们在1914年以后的几年里痛苦地了解到的那样，所有的诗人和梦想家在现实世界中都是徒劳无功的，而且我们可能已经从历史资料中了解到了过去的故事，比如说大约公元33年发生的事。但诗歌超越了现实。最重要的是，雪莱是一个天使，一个像天使一样吟唱的人。他就像自己的云雀，他祈祷成为《西风颂》中的那把七弦琴。他的七弦琴上有一根松散的弦，使他像弥尔顿一样缺乏幽默感。幸运的是，他很少尝试去弹奏它。他其余的琴弦不断发出饱满连续的声响。也许他在三十岁时溺水身亡的原因是，众神无法包容一个有着如此无穷无尽诗歌才能的年轻人。他的长诗《伊斯兰的起义》（即人性的反叛）和《解放了的普罗米修斯》（即人类的解放），其中许多抒情片段可能会让读者阅读时忘记，雪莱充满激情的描述是有目的的，是前后一致的。而他的戏剧《钦契》则充满了优美的诗句，以至于淡化了戏剧性——这是其唯一逊色于莎士比亚作品的地方。《阿童尼》是一首描述济慈之死的挽歌，然而这首诗并没有使济慈不朽，却使雪莱流芳千古。只有最伟大的诗人才写得出来这样的诗句：

生活就像一个五彩玻璃的圆屋顶，
玷污了永恒的白色光辉。

雪莱是空灵的、有远见的，尽管他对人性充满了怀有敌意的爱，却仍然星光熠熠。

济慈是属于大地的，是大地上最美丽的、色彩斑斓的和芬芳的存在，是当下的青春和永恒的青春。他唱着欢乐的歌：

> 美是永恒的欢愉。

他唱着悲伤的歌：

> 她与美丽相随——这份美丽即将凋零；
> 快乐也即将逝去。
> 他的手永远放在唇边轻轻说着再见。

《希腊古瓮颂》《秋颂》《夜莺颂》这三首完美的颂歌，让人难以相信出自一个在二十六岁时便去世的人之手，他的诗篇形式整饬，措辞精美。诗歌和音乐属于年轻人，对于很多诗人和音乐家来说，当他们还是孩子时，他们已经创作出了惊人的作品。济慈一夜成名。如果他还活着，他能在这条路上走多远，我们不得而知，而未完成的《赫披里昂》可能仅仅暗示了他的天赋所在，但我们不需要为此而悲伤。他的诗不是幼稚的承诺，而是完美的成就。马修·阿诺德坚信，在英国诗人中，济慈一定是被铭记的一位。阿诺德的评论很中肯："没错，他堪与莎士比亚比肩。"他是一位真正的诗人，是那些大师的同辈，他在《希腊古瓮颂》中写了这样的颂词：

> 哦，文雅的形状！唯美的形态！
> 渲染着大理石雕刻的男子和少女，
> 还有树枝，和践踏过的野草；

沉默的形体啊，你让我们失去了思考，
如永恒一般冰冷的牧歌！
当这一代人年老时，
你依然如故；在其他悲哀中，
你会对后人说：
"美就是真理，真理就是美。"仅此而已。
你们知道的，也是你们需要知道的一切。

济慈英年早逝。沃尔特·萨维奇·兰德，比济慈早出生了二十年，与柯勒律治和华兹华斯差不多是同时代的人，都生活在19世纪，年轻的诗人勃朗宁和斯温伯恩都知道他，也很钦佩他。他把诗歌带到了另一个时代，他属于两个时代，因为他并不像华兹华斯那样在年迈时衰落，而是终其一生都作为诗人而存在，一直那么活跃和耀眼。《假想对话录》是他最著名的作品，当然，这本书应该受到更多人喜欢，它以诗歌的方式呈现，描述了历史和传奇人物之间的戏剧性对话，其中包含各个时代智慧的精髓。兰德是好战和暴力的，和他那个时代的大多数作家一样，他被卷入了欧洲的大动乱中，这一场动乱始于法国大革命，并没有随着拿破仑的垮台而结束。的确，除了拜伦，兰德在政事上比其他诗人都更活跃，他在西班牙成立并领导了一个组织来反对拿破仑。但他的诗歌平静而纯洁，深受希腊奥林匹亚式风格的影响。在他引以为傲的四行诗《写在七十五岁生日之时》中，还原了那个风雨交加的时期：

我不与任何人争，因为没有人值得。
我最爱自然，然后爱艺术；
我在升腾的火焰前温暖着双手，
火焰沉寂，我准备离开。

第三十五章
19世纪的英国小说

> 人的生活不是小说的主题,而是被选主题中取之不尽的材料。它们有很多个名字,每一个新的主题,真正的艺术家都会改变自己的方法及切入点。
>
> ——斯蒂文森

整体看来,英国小说的发展令人瞩目。19世纪数目庞大的小说家们能够娴熟有力地从生活中的方方面面汲取灵感,掘取创作素材。19世纪,英国出现了各式各样的小说,不同类型的小说在任何时候都不会相互排斥。司各特和简·奥斯汀生活在同一时期;罗伯特·路易斯·斯蒂文森和亨利·詹姆斯是朋友。菲尔丁之后的英国小说一度衰落,但还是有许多人去尝试写作小说,取得了些许成功。随后,1814年司各特出版了《威弗利》,这是他的长篇浪漫传奇系列中的第一部,它开启了英国小说的新篇章,吸引了来自各个国家的数百万读者。对于从未到过苏格兰的人来说,甚至在某种程度上对于出生在苏格兰的人来说,苏格兰就是沃尔特·司各特的故乡。

他熟悉且热爱苏格兰的每一个角落,因此他的视野不仅在于故事华丽的外表，而且在于故事扎根发芽的岩石和土壤。他丰富的历史知识为他的小说提供了素材：惊险刺激的冒险故事和传统的英雄形象。此外，他对平凡人有着深厚的感情。他笔下的玛丽·斯图亚特女王远没有普通女孩那么精彩，比如《密得洛西恩监狱》中的纯朴少女艾菲和珍妮·迪恩斯。而在《待嫁的新娘》中，我们不仅记得高调的雷文斯伍德，也记得老迦勒·鲍德温。司各特学识渊博，创作极其丰富，有时不免有些仓促粗心。即使在他生病或者过度劳累的时候也总是精力充沛。他生来就是一个会讲故事的人，故事中的情节和风格全凭他的自由发挥。他也是一个非常伟大的人（尽管这种评论偏离了我们的主题），他欠了出版商的钱，而在法律方面这本是可以避免的，为了挣钱偿还债务，他精疲力竭。但他从未使读者厌烦，不管是无忧无虑的小孩，还是成年的读者，他们若带着一些批判性的质疑，可以试着去阅读威弗利系列小说：《盖伊·曼纳令》《罗布·罗伊》《艾凡赫》《护身符》《昆丁·达沃德》。这些小说开门见山的主题，打开了我们的记忆和想象之门。

司各特生活在小说和诗歌盛行浪漫主义的时代，而从他个人的生活来看，他还是这个时代的核心人物，并享有名誉、声望及财富，被封为"一个不靠谱的爵士"。

简·奥斯汀是司各特同时代的小说界最伟大的一位作家，她是一个内向、羞怯、默默无闻的女人，住在远离喧嚣的地方，她的作品直到她去世之后才广为人知。司各特读过她的小说，对她的赞美是毋庸置疑的："那位年轻的女士有一种描绘平凡生活中的情感和品格的天赋，这是我所见过的最与众不同的。普通描写我可以做得不

司各特

比任何人差，但是，那种使平凡事物和人物变得有趣的细腻手法，我实在做不到。"

简·奥斯汀写了六部小说：《诺桑觉寺》《劝导》《理智与情感》《傲慢与偏见》《曼斯菲尔德花园》和《爱玛》。对于一个喜欢她拐弯抹角的嘲讽方式及她对性格的简单微妙的分析的人来说，每一部都很完美，实在是无法做出选择。她的小说中没有英雄人物，也没有惊心动魄的冒险故事。《诺桑觉寺》是一部温和的讽刺小说，它讲述了幽灵城堡的神秘故事。在她所有的小说中，她笔下年轻人的爱情虽然庄严神圣，但还是以轻松戏谑的幽默风格广为人们所接受。她是描写中产阶级的悠闲生活小说的奠基人。她的文风轻松自如，很好地诠释了德·昆西的言论，我们应该多读读这位文雅的贵妇人的作品，她的作品未被世俗的俚语和陈词滥调所腐蚀。

大约在简·奥斯汀的《傲慢与偏见》和司各特的《威弗利》出版时，狄更斯诞生了。在所有继司各特之后的英国小说家中，他是最受欢迎的一位。二十五岁时，他凭借《匹克威克外传》一跃成名，这部小说包含了他后来小说中的所有元素——滑稽荒唐的故事、动物的精神、哀伤的情感、戏剧动作和场面。他博得了公众的好感，也使批评家们哑口无言。他写了一部又一部小说，创造出许多怪诞的人物形象，这些人物至今仍然栩栩如生。他以杂乱无章的情节及冗长的篇章将读者牢牢抓住。狄更斯天生具有强大的创造力，只有他对它的滥用才会最终耗尽它。

狄更斯热爱生活，喜欢写作（为了打发时间，他写了很多私密的书信）。他非常喜欢他笔下的人物，且很信任他们。他们是一个庞大而人口众多的集体，我们的父辈和祖父辈都很熟悉他们。但是，年轻一代知道他们（韦勒、佩克斯尼夫、斯诺德格拉斯、邦布尔、斯威夫勒、佩格蒂、波德斯纳普、卡特尔、赛克斯、南希、内尔、艾米莉以及所有其他人)吗?

据说在狄更斯的人物画廊里没有一个真正的贵族画像,很难找到像在司各特、莎士比亚和萨克雷作品中的对贵族人物的刻画和描写。他对上层社会的了解是有限的。他的世界是普通人和只存在于人脑中浪漫宇宙的混合体。他最好的小说是《大卫·科波菲尔》,其中包含了他所有的优点和大部分缺点,真实性与戏剧性、真正的悲情和感伤、漂亮的文风和如同暴风骤雨般的景象。书中贯穿着这种巨大的驱动力,所以即使是最枯燥的段落也没有让读者失去兴趣。他对我们情绪的影响是巨大的,因为只需一页纸,他就能让你捧腹大笑,而在接下来的一页,他又可以用真诚打动你的内心,让你眼眶湿润。狄更斯的小说有暗黑,亦有温情。暗黑的一面是令人切齿的恶徒,他们总是结局悲惨;而温情的一面则是可爱的女孩和勇敢的年轻人,他们享受着尘世的繁华,一同走向美好的结局,或者宁静而悲悯地死亡。因此,他虽然热情地描写了这些可怕的谋杀和流氓行为,但不妨碍另一位伟大的小说家这样评价他:"我很感谢《大卫·科波菲尔》的作者,感谢他那纯洁的文字给我的孩子带来欢笑。"

狄更斯

另一位小说家是萨克雷。萨克雷的早期作品包括喜剧、小品和讽刺诗歌,其内容非常精彩。如今我们铭记萨克雷是因为我们对他的全面了解。《名利场》使他名垂千古,令人难忘。这是一部被他称为"没有主角"的小说,然而其中还是有一位女主角的,名叫蓓基·夏普。

萨克雷笔下"完美无瑕"的女人很没意思,他作品中不够完美的女人反而很有吸引力(尽管萨克雷对其笔下的女人向来很温柔)。蓓基·夏普如此,《亨利·艾斯芒德的历史》中那个任性、被宠坏的女孩碧爱崔丽克斯亦如此。萨克雷对过去戏剧浪漫史的感受和司各特一样深刻。在《亨利·艾斯芒德的历史》中,他不仅构思了激动人心的情节,而且赋予了那个时代智慧的基调。在《潘登尼斯》和《纽可谟一家》中,他用饱经世事的眼光看待他身处的那个社会。萨克雷对人生喜剧的看法比简·奥斯汀更为全面。这些故事以一种悠闲随意的方式展开,如同生活本身,只有当萨克雷用道德评论去打断事件的进程时,人们才会被打破认为事情本质上就是这样的这种幻觉。萨克雷善于刻画年轻人,比如亚瑟·潘登尼斯和克莱夫·纽可谟,他对他们有一种慈父般的关爱。他笔下的老年人更好:潘登尼斯少校,见过世面的好人,萨克雷可能在伦敦的某个俱乐部里遇到过他;纽可谟上校,一个很好的老绅士,也许是太过纯真,尘世间很难遇到。这样的人物刻画否定了曾一度风行的说法——萨克雷玩世不恭。

萨克雷完全不是那样的人,他是一个和蔼可亲的人。他坐在一把舒适的扶手椅上,赞赏人性,并对它一笑了之。萨克雷的天赋和菲尔丁一样,结合了散文作家和说书人的优点。他的短篇小说虽然难免疏漏或不准确,但仍算佳作。在对情节和人物性格的熟练掌控方面,他是一位大师。我们不妨列举几个他笔下的精彩情节,比如艾斯芒德将剑折断,发誓要放弃他与生俱来的权利;罗登·克劳利打垮了浪子史丹利。

对英国小说有突出贡献的作家中有几位杰出的女性,简·奥斯汀是她们中最年长的一位,未曾婚配。女性是否在其他艺术形式上取得了巨大成就,我们无须回答这样的问题,但她们在小说上的功绩是毋庸置疑的。如果真的需要解释,其实是很好解释的。在描写情感的小说里,聪明女性对人性的领悟能力完全不逊于男性。

此外，语言的运用是女人与生俱来的天赋，她们和小孩说话时传授语言；她们口齿伶俐、思维清晰是尽人皆知的。在这个时代，女性成为文学家是一件平常的事情。对于一部新的小说，我们并不因其是否由女性所写而质疑，反倒更关心它到底是由梅·辛克莱、伊迪丝·沃顿还是格特鲁德·阿瑟顿写的。在我们祖父那个时代，女性会比现在受到更多的限制。尽管在简·奥斯汀之前就有其他女性写作并出版过书籍，但她以匿名方式出版小说的原因不同于司各特，而且并非完全出于个人的谦虚。夏洛蒂·勃朗特、艾米丽·勃朗特和安妮·勃朗特三姐妹的情况也是如此，她们以柯勒、埃利斯和阿克顿·贝尔为笔名出版了她们的小说。艾米丽和夏洛蒂都是极具天赋的女性，尽管她们在施展天赋的过程中一直遭受挫折，但她们至少留下了一篇佳作。比如艾米丽·勃朗特的《呼啸山庄》和夏洛蒂·勃朗特的《简·爱》。《呼啸山庄》是一部感情色彩极为强烈的作品，它完全不同于之前的任何小说，给人一种沉闷阴郁的感觉，而且它情节中描绘的孤寂，与它在英国小说中一样孤独。《简·爱》也很有独创性，似乎与任何一位前辈的作品都没有关系，它是对传统世袭观念的一种反叛，因为女主人公简·爱并不美丽，出身卑微贫寒。在英国小说中，一个不漂亮的女人去品尝生活的浪漫，这是一件很新奇的事。法国的巴尔扎克以不同的方式表现了这一主题，但不知道勃朗特是否看过巴尔扎克的小说。《简·爱》流传至今的部分原因是，一个既不是灰姑娘也不是特洛伊女孩海伦的女性，最后获得了幸福，让普通的女性找到了一丝慰藉。

夏洛蒂·勃朗特的朋友兼传记作家伊丽莎白·盖斯凯尔写了至少两部佳作，而这两部作品在英国小说中的意义是非常重大的。《玛丽·巴登》讲述了曼彻斯特劳动人民的故事，广受大众的喜爱，也赢得了卡莱尔和狄更斯的青睐。它是穷人的真实写照，没有卡莱尔的激愤，也没有狄更斯的多愁善感（如在《艰难时期》中）。也许因为它很平和、很宁静，没有一点儿戏剧性情节，也可能因为人们不喜欢冗长的穷人编年史一样的作品，它的伟大已被遗忘。我们喜欢阅读《克兰弗德》里的故事，或者更确切地说，是一系列乡村生活的素描。这是一本充满乡土气息的书。在那个小小的世界里，什么事都不会发生，或者什么事都会发生。它是一种夹缝中的生活，或者说是一种藏于妇女针线中的人世生活。

英国文坛上最强的女作者是乔治·艾略特，因为她兴趣广泛，具有分析人物特性的能力——现在被称为"心理学家"，因其自身具有的阳刚气质，她常被人称赞。她其实是一位心思缜密且敏感的女性。在她的第一部佳作《亚当·比德》中，好男人亚当和塞司，以及罪恶的年轻人顿尼索恩等角色，都是以其雷厉风行的果敢风格创造的，且在人物塑造过程中，并没有暗示作者的性别。艾略特的感性展现在对不幸的赫蒂·索蕾尔的母亲的同情上，也展现在对勃兰色太太人物形象的刻画上，勃兰色太太以欢快精明的形象出现在人们的视野中。乔治·艾略特的能力在于她对人物的把控，她与它们生活在一起，感受生活的苦难，像狄更斯一样公开表露自己的内心。她很懂常人的心思，比如《弗洛斯河上的磨坊》里的塞拉斯·马南和麦琪·塔利弗，以及《罗慕拉》中那个英俊的恶棍提托。她真挚的情感和理性的力量——在后来的作品中她是倾向于表现情感——由于叙述上的缺陷而难以调和。她所欠缺的，可能是萨克雷轻快舒畅的气场，也可能是狄更斯的杂乱无章、信马由缰。

乔治·艾略特自己都没意识到她有多么受欢迎，她初步取得成就之后，并没有因此而停滞不前，而是接着写了下一部小说，解决新的问题。生活中的问题有时会淹没她的故事，掩盖她艺术家的身份,而我们最终从她那里学到的是如何用幽默和哲学去面对问题。

另一位对人生问题和社会问题以及该如何解决问题感兴趣的维多利亚时代的小说家是查尔斯·里德。他对改造监狱和精神病院及其他管理制度的不合理处的热情不亚于狄更斯,但区别在于里德的热诚并没有被狄更斯的豪放幽默所冲淡。里德的代表作《修道院与壁炉》讲述了人文主义者伊拉斯谟的故事,部分取材源于伊拉斯谟的口述和其他著作。这是中世纪末期或文艺复兴初期的一次绝妙的盛会,故事情节非常戏剧化,其中还有两个令人心碎的优美情节:杰勒德第一次看到他的孩子,以及孩子的母亲去世。

另一位稍微逊色的天才是安东尼·特罗洛普,他是英国出书最多的小说家。他每年能写三四部小说,连续二十年不间断。他的作品目录甚至用数学运算也无法算清。他的小说没有一部是一流的佳作,但也没有一部是不尽如人意的二流作品。这在狄更斯、萨克雷、梅瑞狄斯、哈代、乔治·艾略特和查尔斯·里德的作品中比比皆是。他取得的成就和他精湛的写作技巧令人惊叹不已,如果偶然能有一束神圣的火焰点燃他的笔端,他应该比任何其他小说家更适合去写英国《人间喜剧》。他笔下的众多人物都是真实存在的,比如镇上的办事员和乡下的牧师、国会议员和猎狐的乡绅、漂亮的姑娘和老妇人,其中有些人被他写进了一部又一部小说中,他总是把这些角色当成老朋友。在特罗洛普比较优秀的作品——很难从他那水平相当的作品中选择——《巴彻斯特大教堂》《巴赛特的最后纪事》《索恩医生》《阿灵顿的小屋》《弗莱姆利教区》中,他展示了自己独特的才华。

在读者的眼中,小说(和其他文学形式)作家可以被分为三种(读者可能不是专业的文学评论家,却是作者生命中最重要的人)。首先,最幸运的是像萨克雷和狄更斯这样的作家,他们俘获了同时代人的想象力，同时又能够使后人感兴趣。还有一些人，他们在自己的时代里广受赞誉，随着时间的推移或许有些过时了，但他们没有也不应该被世人遗忘。在19世纪和今天同样受欢迎的作家不胜枚举。我们还得问一问图书管理员和再版流行作品的出版商，现在有多少人仍在阅读威廉·哈里森·安斯沃思的《温莎城堡》、詹姆斯的《黎塞留》、杰出的政治家迪斯雷利的《维维安·格雷》《康宁斯比》、爱德华·鲍沃尔·李敦的《庞贝城的末日》、马里亚特上校的《海军军官》、《新森林的孩子们》（我们的孩子如果不知道这些书，损失挺大）、狄娜·克雷克的《约翰·哈利法克斯先生》、布莱克莫尔的《洛娜·杜恩》、查尔斯·金斯莱的《希帕蒂娅》和《向西方》、威尔基·柯林斯的《白衣女人》、玛格丽特·奥列芬特的《塞勒姆教堂》以及其他小说家的作品。而我们父辈对这些作者的崇拜，不亚于那五六位被我们视为小说界巨星的人。第三类作家并不多，主要是那些等待被认可的天才。1859年，狄更斯的《双城记》和乔治·艾略特的《亚当·比德》出版的同一年，乔治·梅瑞狄斯的《理查德·费弗雷尔的苦难》也面世了。这本书和其作者注定多年不为人知，只有少数有见识的人，其中大多数是文学家，如乔治·艾略特和但丁·加布里埃尔·罗塞蒂，才能意识到英国文学史上又出现了一位天才。今天，越来越多的读者知道梅瑞狄斯在世界小说家中享有很高的地位。

梅瑞狄斯可能永远都无法吸引大量的读者，因为他的故事多是悲剧，他的那些幽默无法将读者从沉闷抑郁的故事中拉出来。《理查德·费弗雷尔的苦难》是一出令人痛心的悲剧，男主角只剩下平静的死亡。他最著名的小说《利己主义者》也有一个可悲的结局，读者必须鼓足勇气才能在沉默中对它莞尔一笑；《包尚的事业》以徒劳无功的悲剧而告终。此外，梅瑞狄斯的叙事方式令读者困惑，其思想的多样性致使他的叙述向各个方向延伸。他的凌乱如勃朗宁（他在某些方面与勃朗宁相似，特别是他的思想更加错综复杂）。人类的思想是复杂的，而梅瑞狄斯更关心的是产生这一切稀奇古怪思想的主体——人。当然，他的小说中也不乏"故事"，那些经典的情节是扣人心弦的。在哪里你能找到比《罗达·弗莱明》更动人的故事，或者比《哈利·里奇蒙德的冒险》更富有戏剧性的奇遇？他需要那种能够充分理解他和懂得他内心的读者，在这一点上莎士比亚和其他每一位天才对读者的要求也同样苛刻。

1909年梅瑞狄斯去世后，很多人都认为维多利亚时代就此结束了，然而伟大的时代并不会突然开始或突然结束。1925年，一位伟大的小说家仍然健在，他就是堪与19世纪的大作家相比的小说家托马斯·哈代。1874年，当他的第一部小说《远离尘嚣》在一本杂志上匿名发表时，一些读者还以为这是乔治·艾略特的作品，这也表明了哈代与维多利亚时代的小说家是多么相似。但是，一些读者可能已经发现，这本书的悲剧性讽刺和女主人公的反复无常并不是乔治·艾略特的风格，也不是世人之前听说过的任何其他作家的风格。哈代的文风十分明确，他的故事像通俗剧一样简单明了，因此他不必像梅瑞狄斯那样等待一小撮迟来的读者，尽管他冷淡黯然的哲学理论有时拉开了他与多愁善感的读者之间的距离。

哈代最著名的小说是《德伯家的苔丝》，小说的副标题是"一个纯洁的女人"。苔丝是命运安排的受害者，总是出些莫名其妙的意外，是一个懦弱的男子和另一个邪恶的男子的牺牲品。这是一个温柔而残忍的故事，温柔是因为哈代对他的女主人公有无限的怜悯，残忍是因为他把生活中所有的无常都安排在她身上。反观理查逊却并没有如此无情地虐待他笔下的克莱丽莎·哈洛。喜剧以活泼的语言和原始的思想为中心，而悲剧则表达了人类在难以理解的险恶世界中的斗争和激情。他最有力的小说《无名的裘德》表达了他的悲观厌世主义，这种悲观主义导致连喜欢苔丝的读者们都向他责难，所以哈代有三十多年都没写小说，他的余生与小说无缘了。

在哈代《无名的裘德》出版的前一年，罗伯特·路易斯·斯蒂文森去世了。在19世纪的最后十年里，斯蒂文森以其出彩的文风受到同侪的仰慕，以他夸张的故事博得非文学人士的好评。他的第一部作品是《金银岛》，而《绑架》则是他最好的一部作品。他的文章和书信极具魅力，以至于受其作品熏陶的读者们很难去判断他作品的重要性，但有一点可以肯定，《金银岛》与《鲁滨孙漂流记》一样流芳千古。

斯蒂文森赢得了年轻人的赞誉，他很勇敢，他对艺术有着一丝不苟的热爱。他确实非常优秀，但实际上他是一个迂腐守旧的人。当他在潜心雕琢他的句子时，另一位艺术家也在做着同样的事情，不同于斯蒂文森，他的文笔更为坚固，也更亮丽一些。这位艺术家便是乔治·吉辛，他的《德谟斯》《没有阶级地位的人》《旋涡》使他居于伟大的英国小说家之列。我以名誉担保，我对这一判断很有把握，因为人们对吉辛的兴趣只增不减。但现在去讨论谁会超过他的名气还为时过早。

同样，我们也无法去评估那些在20世纪前25年成长起来的小说家的价值，而且他们中的许多人依然健在。英国小说（包括美国小说）界是一个生机勃勃且有很多优秀成员的团体。或许一位才华横溢的小说家H. G. 威尔斯的想法是对的，他说，虽然健在的文人里还未出现一位新兴的伟人，然而实际上，他们一起玩的游戏比以往任何时候都要刺激。

50年后的人们若不知道吉卜林的短篇小说和他的长篇小说《基姆》，他们可能会对我们这个时代无从了解，也会错过许多优质的作品。比如约瑟夫·康拉德、乔治·摩尔、约翰·高尔斯华绥、劳伦斯、萨默塞特·毛姆、阿诺德·本涅特（曾因《老妇谭》扬名）、梅·辛克莱的小说，再加上萧伯纳的戏剧，或者其他十几位仍然健在的艺术家们的作品。哈代去世后，最重要的作家是约瑟夫·康拉德。而这个波兰人成为英国海员和英国文学经典作家的经历本身就是一个浪漫故事。他对大海的描写是英语小说中最为精彩的。他写的故事精彩绝伦，故事情节激动人心，比如《吉姆老爷》《诺斯特罗莫》《青春》《黑暗的心》。表面上看，他是英语散文大师之一，而实际上则是一位对生活与人物性格深思熟虑的思想家。

第三十六章
19世纪的英国散文家和哲学家

最健谈的作家所剩无几!

——查尔斯·兰姆

本章标题与其他章节一样,只是为了方便阅读罢了,不该受其所限,因为我们无法忽视其中两三位散文家和哲学家在历史或者科学方面的成就。

做出这样的分类只是为了引导我们,而不是将我们局限其中。

尽管贴在查尔斯·兰姆身上的所有标签都清晰地表明了他是最老派的英国散文家,但他还是对此种分类嗤之以鼻。他丰富而独特的写作风格,有一部分借鉴了17世纪的散文作家,但他并没有简单地拼凑了事,而是创造了自己独有的一套全新风格。《伊利亚随笔》以及兰姆的其他论文和个人书信,始于微妙的嘲弄和闲谈,终于《梦幻中的小孩子》中温柔的忧伤和细腻而具有启发性的评论。他比任何人都要专注于

查尔斯·兰姆

研究老派诗人，他同样欣赏一些新兴诗人，包括华兹华斯、柯勒律治和济慈，当然这些人也是他的朋友。他对"温和的伊利亚"的偏爱和他喜爱的书籍显示出他的文学品位。

利·亨特是一位在文学魅力和文学批评能力方面仅次于兰姆的散文家。他的杂文在各个时代的文学作品中虽然地位不高，但在英国散文（哪怕最微不足道的小品文）中却是不容忽视的。这些杂文风格平常，容易读懂，语言也很自然。亨特的随笔极为珍贵，虽然无法撼动宇宙，却能为文学界注入新鲜血液。

五十年前的评论界会把骚塞归入诗人之列。但是，从我们的角度出发，骚塞的诗已然失色，我们难以相信他曾与华兹华斯和柯勒律治一起被称为"文坛三巨头"，就像我们很难相信罗杰斯和坎贝尔曾经地位超然一样，我们也没办法相信来自爱尔兰的托马斯·穆尔享有的名声仅次于拜伦。骚塞的诗显然没能让他达到不朽的高度。

但骚塞的散文具有不朽的价值。他的《纳尔逊传》具有历史价值，写得非常出色。在这部作品和其他风格严谨的著作中，他写得很细致，颇具艾迪生的风范。他的幽默感很强，在他鲜为人知的作品《医生》中，他写了各种奇妙的傻事，这几乎跟斯特恩的无稽之谈没什么两样。

骚塞是个勤奋好学又有学问的作家，在同辈人中很受尊敬。兰姆性情古怪，异想天开，受人爱戴。亨特和蔼可亲。威廉·赫兹里特则是一个比他们更强势的评论家，他脾气暴躁，总是激怒敌人，疏远朋友。他和其他人的争论很好玩，因为通过争论，赫兹里特的写作风格越来越受欢迎，也越来越给力。他是一位渊博而系统的英国文学研究者，也是我们最重要的艺术评论家（他曾试图成为一名画家，但没有成功），他当年在评论家中的声望远不及今天。

读者不可能找得到比赫兹里特的《论英国诗人》《时代精神》

和令人惊叹的《席间闲谈》更能激发自己对书籍的兴趣并深入探索文学的作品了。他的演讲稿《莎士比亚戏剧中的人物》和《伊丽莎白时代的戏剧文学》在评论界和学术界熠熠生辉，其影响长达一个世纪。

赫兹里特作品的主题大多与文学评论有关（尽管赫兹里特其他主题的作品也令人叹服），只有那些热爱此类文学的人才会喜欢，因为很少有人阅读评论。不过每个人都喜欢人类的故事，特别是奇怪的故事。托马斯·德·昆西以其学术论文著称，而不是因为他的自传体小说《瘾君子自白》而闻名。在这部小说中，一个年轻人在伦敦游荡，和流浪的小女孩之间产生了友谊，这样的片段简单而感人。在分析鸦片对人类的危害时，他说得非常准确到位；小说中的梦境不仅是诗意的，而且从现代心理学的角度进行了剖析。像兰姆的散文一样，德·昆西的散文具有17世纪时修辞华丽的特点。但是，德·昆西的散文波澜起伏，好似大海里汹涌的波涛在岸上碎成泡沫，映射出一道道彩虹。这是他独特的心理活动，对于那些重视节奏的读者来说美不胜收，但对于那些喜欢平铺直叙的读者来说，就不会那么喜欢了。后一类的读者更愿意阅读托马斯·巴宾顿·麦考莱的作品，他的作品清晰易懂，很难造成误解。麦考莱甚至鼓励读者提出不同的见解，多么贴心。他的不朽著作是《詹姆士二世登极后的英国史》，这部历史作品相较于其他历史作品，更受英美两国人民的喜爱。这部作品阐述的中心思想很清晰，说明了历史对人的戏剧性影响，这是公众一眼就能发现的优点，任何人都无法否认，包括那些专家。他的文章也具备同样的优点，尤其是那些与公众人物打交道而不是与文人打交道的文章。能体现他力量的并不是使其扬名的《论弥尔顿》，而是像《柴塔姆》和《沃伦·哈斯丁斯》这样的作品。

第四部分　19世纪和当代文学

19世纪中叶，有一位英语文学（包括小说领域和诗歌领域）的领军人物，这个人就是托马斯·卡莱尔。

卡莱尔起步比较慢。他试图用《旧衣新裁》吸引英格兰读者的注意力。他将德国哲学和苏格兰哲学结合起来，还使用了自劳伦斯·斯特恩以来最离奇的风格来写作。当时英格兰人对德国哲学不感兴趣，尽管柯勒律治聪明地将知识点拆成碎片，向英国人传授了一些知识。卡莱尔的书只被为数不多的几个人认可并接受，包括美国的爱默生。然而，这是一部伟大的作品，讲述了一个人与自我的精神斗争以及他为了理解社会意义所做出的努力。整个故事描述的是人类荒诞的自负，当时的人类还以服饰来区分阶级。如果斯威夫特能够理解这一德国化的风格，那么这本书既会令他皱眉，也会令他高兴。然而，这本书的主题不是斯威夫特式的，而是属于卡莱尔成长的那个充满困惑的怀疑时期。这一阶段尚未结束，可能融入了新的力量，正席卷而来。

卡莱尔发出的信息是灵魂从悲观的否定中成长为冷漠，继而又演变为确定无疑的大无畏的勇气。40年来，他一直在鼓吹这些特点的各种形式。虽然很少有人从他传教士般的言论中得益，但世人开始将卡莱尔视作一股令人振奋和激励人心的力量。他的第一部成功之作是《法国革命史》，这不是一部批判或纪实性的历史书，而是一部散文史诗，生动而充满戏剧性。持久不衰的想象力使他的《过去与现在》充满生气，这是一本研究中世纪的书。卡莱尔相信英雄，相信伟人（就像他想强调的那样），在他的作品《论英雄与英雄崇拜》和《奥利弗·克伦威尔书信演

卡莱尔

299

说集》中，他告诉我们，如果要获得救赎，就要向这些伟人和高贵的强者臣服。他有一些思想很糟糕，怪诞而混乱，并被一种卡莱尔式的语言所主导，这几乎和他所谴责的伪善言辞一样糟糕。在他的鼎盛时期，他好似一位伟大的希伯来先知。他严峻而认真的外表下，闪烁着睿智的幽默。

约翰·罗斯金继承了卡莱尔的许多思想，他对道德的严肃看法以及憎恨政治和经济世界普遍存在的虚伪和残酷与他所追随的大师相一致。罗斯金和卡莱尔一样，有苏格兰血统。卡莱尔出身于农民家庭，一生穷困潦倒。罗斯金是一个富商的儿子，享受旅行和早期音乐艺术启蒙训练带给他的一切。他是一位专业的绘图员，也是继赫兹里特之后的第一位英国艺术作家，他写作的双手执过铅笔，也执过画笔。在他的《现代画家》《建筑的七盏明灯》和《威尼斯之石》中，他的视觉美感被转化为色彩斑斓的散文，充满诗意，而这些美好的事物几乎被枯燥乏味的道德主义所扼杀。他说，艺术和建筑是宗教和社会习俗的一种表现，艺术必须是纯洁的、忠诚的和严肃的。

从历史的角度看，作为对艺术家工作方式的一种叙述，这是完全真实的，罗斯金原则是伦理美学的表达。虽然罗斯金热爱所有可爱之物，但这一美学原则大大地削弱了我们对艺术的享受；我们猜测，本维努托·切里尼会笑话它，米开朗琪罗因为太忙也不会去听它，那些在罗斯金所钟爱的威尼斯建造了圣马可大教堂和多吉宫的人，会感到莫名其妙，不知道这个北方人正严肃地说些什么。罗斯金对社会问题越来越感兴趣，《给这最后来的》和《芝麻与百合》能够很好地表达他的观点。

罗斯金和威廉·莫里斯都是英国社会主义艺术的奠基人。他的理想是打造一个人人都能接触艺术的社会，丑陋的城市和建筑不应该存在。他是一个和雪莱一样的诗人,是一个被现实生活所击败的梦想家。他的父亲很节俭,他把父亲留给他的大量财产都捐了出去。他总是那么和蔼可亲,不自私,也不自负,他只是一个希望将自己的想法传播出去的人。罗斯金早年学习写作的艺术,50年来,他尽管有时在众多题材中迷失了自己,但从未失去自己的两种风格,一种是对思想的清晰而简单的阐述,包括道德的、经济的、社会的,另一种是他对艺术的热情和精妙的表达。在用词上,他从不像卡莱尔那样怪诞,也不像萨克雷那样粗放。批评家们对他的艺术观点提出质疑,经济学家们对他的社会理论进行了反驳。但没有人质疑过他的文风,更没有人否定过他在散文界中的地位。

罗斯金希望通过学习艺术、宗教和文学,使所有人都能变得文明。他的同代人马修·阿诺德(他们大约在同一时期从牛津大学毕业)对民主的热忱远不及罗斯金,但提出了文化救世思想。他的人生观几乎被势利的文化定义所限制,但他的文学观是宽广、宁静、文雅和幽默的。在《文化与无政府状态》和其他随笔中,他为理想的"希腊主义"辩护,并反对当时过于狭隘的、以基督教为代表的希伯来理想。

在《文学与教条》中,他从神学家和腓力斯人手中救出《圣经》。如果说阿诺德那些较有争议的文章已经稍显逊色,那是因为有教养的人对他那些机智的想法已经司空见惯了。

无论文学评论如何发展,也不能夺去他的《论凯尔特文学》《论〈荷马史诗〉译本》以及关于济慈和华兹华斯的文章的光彩。虽然阿诺德不是一个伟大的诗人,但至少他本人是个诗人。他真正的兴趣在美丽的文字上,而不在社会问题上。

阿诺德过多地讨论了文化,他没办法预见在我们的时代,文化会变成一个令人生厌的名词,因为这个词的曝光度实在太高了。当然他有权这么做，因为在那个时代，他的作品比其他英国文人的作品更有文化。

19世纪充满了关于经济、宗教和科学问题的争论，卡莱尔、罗斯金、阿诺德，甚至连小说家在内的领军人物都参与了关于这些问题的争论，或者回应对这些问题的争论。有一些不是文人的争论者或者解说者，创作出了很不错的英国文学作品，不管他们各自的专业是什么。

约翰·斯图尔特·穆勒的《政治经济学原理》过时了，当今社会突飞猛进的发展使19世纪的许多经济理论成为废纸。但穆勒的书可以作为说明文的典范。考虑到最近的妇女解放运动，他那本《女性的屈从地位》已经不合时宜了。不过他的关于"自由"的文章依然具有持久的生命力，在当今社会显得尤为新鲜和中肯。

约翰·亨利·纽曼是天主教会中新教徒和罗马教会争论中的主要人物，这一争论在19世纪中叶在英国文学界掀起轩然大波，具有历史意义。纽曼的著述，即使对对他的见解漠不关心或者敌视的人来说，也具有极高的文学价值。他的《生命之歌》是一部充满魅力的知识分子自传，文风完美无瑕，既简单又微妙。尽管他精力充沛的头脑主要是为了满足实践需求，但他还是一个艺术家。他也是一位教师，写过《大学的理念》，其中那些略带幽默的章节是每一位教师和每一个试图学习写作的人必备的读物。

另一位思想家从实践出发，使文学为己所用，他就是查尔斯·达尔文。评论《物种起源》和《人类起源及性选择》的科学价值并不是我们的职责，我们把这个问题留给生物学家。我们知道达尔文选择了一种完全适合他的风格，而且无论进化论在未来的走向如何，他的文学力量都赋予了他的作品不朽的魔力。

另外，达尔文的朋友、进化论哲学家赫伯特·斯宾塞，因为不懂写作的艺术，而在文学领域面临着被读者遗忘的危险。如果没有确切的定义，我们只是尽可能地去理解或者推测，那么，这两位有重量级的朋友观点是一致的，唯一的不同是一位会写作，另一位不会写作。我们由此进一步了解了文学到底是什么。

在19世纪的所有科学家中，最能为自己代言的是托马斯·亨利·赫胥黎。他是一位专业的生物学家，是该领域公认的领军人物。他的杂文和演讲使他在文学中立足，不过他的灵感来自科学自由和正统权威之间不断的辩论。他的作品不仅是技术性的讨论，而且是对自由探索和自在追求真理的辩解。

《人在自然界中的地位》《天演论》都是同类典范，没有受过科学训练的读者也能够清楚这一点，而且这些书对公众舆论有着巨大的影响力。赫胥黎唯一缺乏的是马修·阿诺德和纽曼的优雅风度。在赫胥黎的著作中，这未尝不是一种不足，这并不能表明他不优雅和不讲礼仪。他面向听众，讲述自己的论题时，有一种直接而强烈的活力和把握主题的清醒，这是科学和文学的完美结合。

散文领域迎来了非常优秀的罗伯特·路易斯·斯蒂文森（我们已谈过他的小说），还有沃尔特·佩特。佩特的作品并不多，但很精致，每一部作品都值得细细品味。他的《欣赏集》是一部优美的散文集，尤其那几篇关于兰姆、华兹华斯和柯勒律治的文章。在他去世后，英国那些试图写批评文章的年轻人中，有一半立场鲜明地成了佩特的追随者，而不是阿诺德的追随者。对于那些年轻人和其他人来说，未来如何，还有待观察。

第三十七章
维多利亚时代的诗歌

> 来时,我像一个思想徘徊的人,
> 英国最年轻的歌手,
> 走向最老的先辈。
>
> ——斯温伯恩《致兰德》

维多利亚时代的诗歌始于何时?又是由谁开创的?这些问题没人能够说清楚。生于19世纪早期在诗坛崭露头角的诗人,都深受华兹华斯、柯勒律治、济慈和雪莱等直接且持续的影响。牛津版《维多利亚时代诗歌集》以兰德的诗选来开篇是恰当的,之前我们曾提到过他。他活到了19世纪末期,年轻的斯温伯恩曾引用文章开篇的诗句,以缅怀逝世的兰德。他们可以说是世纪之交了。

也许维多利亚时代的诗歌中第一个有意义的日子,是1842年丁尼生发表他的《英国田园诗及其他诗歌》的那一天。十年前,丁尼生出版的一本小诗集,对于英国诗歌来说是一股新生力量,而他也因此闻名,吸引了一些崇拜者。1842年出版的诗集收录了他早期创作并精心修订的优秀作品,又添了一些新诗,比如《尤利西斯》《洛克斯利大厅》等。如今它们已经深入人心,其语言已深入日常生活，以至于我们在阅读的时候，完全体味不到80年前英语读者初读时的那种惊喜。例如，在《尤利西斯》中：

> 我是我所遇见的一切的一部分；
> 然而所有的经验都是一个拱门，
> 尚未游历的世界在门外闪光，
> 而随着我一步一步地前进，
> 它的边界也不断向后退让。

在《英国田园诗及其他诗歌》出版后的五十年里，从官方和民众的认可度而言，丁尼生都居英国诗人之首。在那期间他从未改变过风格，还是和他出版的第一本诗集的风格一样。他是一个抒情诗人，以高超的技巧创作着他的诗歌，尽可能地去尝试、接触不同的主题。当他试图越过抒情诗，去写叙事诗和戏剧时，他就不再那么游刃有余了。在他的浪漫长诗《公主》发表后，苛刻的诗歌评论家卡莱尔和温和的诗歌评论家爱德华·菲茨杰拉德都认为丁尼生迷失了自我。但这首长诗仍因其完美的辞藻、纯粹的抒情与叙事而流传下来。其中有趣的两段也许能弥补其枯燥沉闷的基调。

> 啊，悲伤奇异如阴郁的夏日黎明，
> 半醒的鸟儿最早的尖叫声
> 传入梦中人的耳畔，
> 窗棂上渐亮的微光映照梦中人的眼帘；
> 如此悲，如此奇，往日一去不返。
>
> 每一个声音都是甜美的，

> 你的声音更甜美，
> 无数的小溪从草地上匆匆流过，
> 古老榆树上鸽子的哀鸣，
> 还有无数蜜蜂的低语。

丁尼生花了三十年时间来创作《国王之歌》，这本该是一部伟大的英国史诗。这部作品涉及一个伟大的主题，弥尔顿是英国唯一具有真正的史诗级力量的诗人，他曾经想要改编它，但后来因为它的宗教主题而放弃了。丁尼生并没有驾驭宏大主题的能力，但他却能将这部古代的浪漫传奇故事写得异常伤感。他笔下的亚瑟王是一个自命清高的人。但值得庆幸的是，丁尼生将声音和场景处理得非常和谐。例如，贝德维尔爵士将亚瑟王的剑"埃克斯卡利伯"扔进大海的一段：

> 伟大的剑啊，
> 在绚丽的月光下制造闪电，
> 闪烁着，旋转着，在拱门下旋转着，
> 像北方清晨飘逸的彩带那般闪耀。

这样的片段有很多，与其他无数的抒情诗一样，都是丁尼生的光辉所在，且一直保持到他的绝唱《过沙洲》。他的光辉可能被批评的乌云部分遮掩，但不会消失。

狄更斯和萨克雷的名字是关联在一起的，就像维多利亚时代的小说中两个人物亦敌亦友的关系一样，而丁尼生和勃朗宁这两个名字在

丁尼生

当时相对独立的诗歌世界里也是相关联的。事实上，在那种贵族当道且无政府的文学自由的社会里，并不存在这种敌对的竞争或排他的伙伴关系。每一位天才都按自己的方式前行，他们尽管受到时代、环境和出身的影响，但可以坚守自己的性格。

丁尼生的声望影响深远，并不是因为他特意地去追求，而是因为他尽自己最大的努力去发挥他的天赋，他发现自身有一种能让人们感同身受的魅力。罗伯特·勃朗宁等了很久才得到人们的认可，因为在许多读者看来，他的诗歌显得晦涩难懂，让人望而却步。

这个世界必须学着读懂他、喜欢他。1868年，勃朗宁56岁时，他在其长篇叙事诗《指环与书》中写道："英国大众们，你们这些不喜欢我的人，上帝爱你们！"而读者之所以关注他，也许是因为他在努力发挥抒情天赋时直截了当，充满了激情和音乐感：

啊，爱情，半是天使半是鸟，
合起来便是奇迹和狂野的欲望。
最大胆的心曾经勇敢地面对太阳，
在神圣的蓝色中避难，
对着他的脸，唱出一首灵魂般的歌，
人的心却已经红了。

当黑暗大地的第一声召唤
到达你的房间，出现蓝色的微明，
我把他们的荣耀，倾倒了下来，
为人劳作，为人受苦，为人牺牲；
这就是同一个声音：你的灵魂知道改变吗？
那就来吧，倾听求助国度的声音！

勃朗宁最擅长的是创造戏剧抒情诗，或是戏剧浪漫诗，由一个假定的人物吟唱或讲述一个故事。在不同的心境下，他写了很多类似的诗歌：《威尼斯平底船上》《最后一次同乘》《本·坎兹拉牧师》《我的前公爵夫人》《爱中的一生》。这些诗是英语诗歌瑰宝的一部分，它们不需要勃朗宁诗歌研究协会的解析，普通大众也可以欣赏。勃朗宁的思维常常是错综复杂的，但贯穿其中的是一条明晰的主线，它让读者喜欢，尤其是那些绝非玩世不恭或者提出很多严格要求的读者。在他临死前，他对自己说了最后一段话：

> 一个从不回头而勇往直前的人，
> 从不怀疑云会破裂，
> 从来没有梦想，虽然正义受挫，错谬得逞。
> 支撑着我们跌倒后起来，困惑地挣扎着，更好地战斗着。
> 睡个觉，再醒来。
>
> 不，在人们工作繁忙的正午时分，
> 欢呼着向看不见的人致意！
> 促使他前进，无论是胜利还是艰险，
> "奋斗，茁壮成长！"高声呐喊着：
> "加油，加油，加油！"

勃朗宁的妻子伊丽莎白·巴雷特是一位情感丰富和智商超群的诗人。但她最终没有步入伟大的诗人之列，那是因为她既没有顺其天才的本能进行创作，也没有尝试进行技艺的训练。她和勃朗宁认识之前，发表了一首诗：

或者，有"石榴"来自勃朗宁，如果从中间切开，
显露出一颗心脏，有血色，有筋脉，有人性。

　　这是他们浪漫史的开始，也是文学史上最幸福的传说之一。她是个残疾人，害怕自己会成为勃朗宁的负担。她在犹豫是否放弃这段感情的时候，写了四十多首十四行诗，表达了自己的想法。这些诗无论在表达技巧上，还是在语言上，都是上乘的。勃朗宁对于"用十四行诗吟咏自己"不屑一顾，但他一定知道，他的妻子正是用这把钥匙打开了自己的心扉。这是在她之前的任何一位英国女性都从未写过的诗。

你离开了我，我却感觉从此以后
我会伫立在你的阴影之中。
站在门槛之内，我不再孤独，
这是我个人的生活，
我不能再自主使用我的灵魂，
也不会像以往一样在阳光下平静地抬起一只手，
没有了我所克制的感觉——
你掌心的触摸，最辽阔的土地，
命运把我们分开，把你的心留在我的心里。
我能做什么？
我的梦包括你，
如美酒必须品尝它自己的葡萄。
而当我祈祷的时候，
神听见你的名字，说：
在我的眼睛里看到两个人的眼泪。

1859年曾出现过一本小诗集,没有人注意到它,甚至连作者自己也没感受到它的伟大之处。这便是爱德华·菲茨杰拉德翻译的《鲁拜集》。这部译作是英国诗歌中的杰作。

罗塞蒂和斯温伯恩发现了这本书,并逐渐提高了它的知名度。直到19世纪末菲茨杰拉德去世后,它变成了诗歌里的《圣经》,受到了年轻文学爱好者的青睐,甚至超越了它本身的价值。如今,它比其他任何语言同样优美的诗歌都更广为人知,被人们广泛地引用。在这部译作中,奢华的宿命论与忧郁而浪漫的悲观主义交织在一起,触及了一些异教徒内心深处的情感,这种情感存在于我们所有人心中,也是西方诗人以前从未表达过的。而菲茨杰拉德的四行诗是萦绕不去的存在,它一旦传入耳朵,就会在那里停留。我们感受一下它的节奏:

> 树枝下的诗集,
> 一壶酒,一块面包——你呢?
> 与我一起在荒野歌唱——
> 啊,荒野是天堂!

我们已知马修·阿诺德是一位杰出的批评家,也是一位技艺高超、有品位的诗人。然而他的诗并没有被誉为伟大的诗歌,神的火焰似乎触及了它的边缘,随后熄灭了,留下月一般的冷寂。或许阿诺德太挑剔了,他放不开自己。他最美的诗歌是《被埋葬的生命》,它充满了激情的呐喊。不过我并不想引用它,我想引用一首更有特色的诗,它在内容和形式上都暗示了他的完美和局限性:

> 在但丁到来之前,

意大利之子就已经开始演奏欢快的圣歌，
在熙熙攘攘的人群中，
青春挽着他的新娘一起去看一场公开的演出。
新娘是美丽的，在她的前面青春是光辉的，
青春如星，青春属于什么，
华美的服装，晶莹剔透，兴高采烈。
突然，柱子断裂，高台坍塌！看！
挣扎中的受害者，受伤至死，新娘倒下！
他们战战兢兢地把她的外衣脱掉，
发现一件麻布长袍，紧挨着光滑的白皮肤。
诗人们，你们的新娘就是缪斯女神！
年轻，美丽，外表光彩照人；
而思想和精神隐藏在内里。

这一严肃的诗歌观与但丁和弥尔顿成熟时的理念是一致的。但这种苦行主义令人很不舒服，尤其是当一个人如此谈论希腊精神时。有三位诗人（但丁·加布里埃尔·罗塞蒂、威廉·莫里斯和阿尔杰农·查尔斯·斯温伯恩，他们比阿诺德稍年轻一些）对缪斯女神的看法更为欢快，更人性化。

罗塞蒂是一位画家，也是一位诗人。他是一个自称为前拉斐尔派的团体中的成员，尝试着给风格传统的英国艺术注入意大利早期绘画的朝气。罗塞蒂的绘画艺术对他的诗歌有一定的影响。这位天才从画家的角度看待生活，把文字作为视觉符

罗塞蒂

号。罗塞蒂的天赋还有另一种二元性：他的父亲是意大利人，他从小就对自己祖先的语言和文学有全面的了解。

罗塞蒂应该是英国十四行诗（从意大利传入英国）大师中最伟大的一位，这也是可以理解的。他的灵感源于莎士比亚、古老的英国民谣以及同时代的勃朗宁。但他把世界上最灵活、最随和的语言——英语，融入洪亮流畅的意大利语中。他的《生命之屋》是继莎士比亚之后最美丽的十四行诗。以下这首《在爱中死亡》展现了罗塞蒂的绘画能力与其自然的象征手法（尽管它和但丁一样古老）：

> 生命的扈从中出现了一个形象，
> 有爱的翅膀，带着他的旌旗：
> 织的网是美丽的，在其上是高尚的；
> 呵，孤僻的脸庞，你的模样和色彩！
> 如同春回大地，让人喜不自胜，
> 在它的褶皱中摇动；通过我的心，
> 它的力量像不可抗拒的时辰一样，飞驰而过。
> 就像呱呱坠地的婴儿，一切都是新的。
> 但是一个蒙着面纱的女人跟在后面，
> 她抓住了旗杆，收拢起旗帜——
> 然后从背旗人的翅膀上摘下一根羽毛，
> 将它贴在不会动的唇边，
> 对我说："看哪，没有气息，
> 我和这爱是一体的，我就是死亡。"

罗塞蒂的朋友威廉·莫里斯也是一位画家和诗人。莫里斯是一个多才多艺的天才，和中世纪以及文艺复兴时期的人们一样，他试图将文艺复兴的精神带到工业时代的英国。他过得非常充实，一边设计墙纸，一边写诗，并以娱乐的方式就社会问题发表演说。有人调侃地说，他如果再勤奋一些，甚至可以写出贝多芬那样好的交响曲。

这正是莫里斯的文学作品吸引我们的地方。在有关亚瑟王传奇的众多诗歌中，《保护吉尼维尔》是其中最优美的，丁尼生的《国王之歌》最为流行，但并不是最惊艳的。在莫里斯的诗集《伊阿宋的生与死》中，他把熟悉的希腊传说转变成了一个韵律式的浪漫故事，不可思议地将中世纪古老的精神和19世纪的快速发展交融在一起。这是当时为数不多的令人不觉单调乏味的几首长诗，而且它们在短时间内就获得了成功。莫里斯接着写了《人间天堂》，取材于与希腊神话相关的二十四个故事，这是继斯宾塞的《仙后》后最惊人的一部史诗。

莫里斯的缺点是他写得太多了，他过于追求速度和色彩，以及在英语写作中的控制权，但是很少写出像罗塞蒂那样的佳作，而罗塞蒂的两本小诗集被莫里斯的皇皇巨著淹没了。莫里斯也不及他另一位朋友斯温伯恩（其作品数量和莫里斯的差不多）那般杰出。

1864年，27岁的斯温伯恩发表了《阿塔兰忒在卡吕冬》，两年后他又写了《诗歌与民谣》。他那激昂奋进的青春、叛逆与热情，对音乐和曲调的掌握，这些都是与他同时代的任何人无法比拟的，也是任何一位在他之前的英国诗人无法达到的。斯温伯恩有一种独特的魅力，所有的英国青年诗人都被他迷住了，而那些从格律诗创作转向自由诗创作的尝试，对他而言是非常容易的。他擅

斯温伯恩

长将和声、韵律、语调等与英语单词结合起来,从最古老的材料中创造出新的格律和诗歌形式。

然而斯温伯恩的天才并不仅仅在于精湛地运用语言技巧,他还具有深刻的思想。他有那么多想法,古代和现代文学的丰富知识和他深厚的感情中衍生出来的思想相互碰撞、激荡。我们从《普罗塞皮娜颂》的四行诗句中能感受到他的乐曲,正如一个酒吧可能会播放的一首交响乐:

> 美好的时光一去不复返,忧苦和哀愁也杳无踪迹,
> 还有那旧日沉浮和今日的纷争。
> 出发远行吧,到天涯海角,
> 波涛汹涌,可怕的死亡就在前方。

斯温伯恩不仅是一位极具语言魅力的抒情诗人,也是一位伟大的叙事诗人。许多诗人都写过关于亚瑟王的诗作,他的《利昂尼斯的特里斯特拉姆》无疑是最奔放、最光彩的一部。

乔治·梅瑞狄斯(我们已知他是19世纪最伟大的小说家之一)作为一位诗人,其魅力不比斯温伯恩小,尽管其作品的题材范围比较狭窄。他歌颂人类与大自然的交融,他的爱情诗歌,将人的激情与大自然的可爱融合在一起,表现出一种强烈的美。丁尼生曾评论过他的《山谷中的爱情》:我无法将其从脑海中抹去,任何听到这悦耳旋律的人,都不会忘却。

> 腼腆得像松鼠,任性得像燕子,
> 像燕子在江面上破光翱翔,
> 飞越水面得以看到水中映出的翅膀,

她在空中逗留似乎比飞行时还好。
像松鼠一样胆怯地在松树梢间跳跃，
像燕子一样随意地在夕阳西下时飞翔，
我所爱的人啊，是很难被抓住和征服的。
真难，但是，啊，她赢了，真了不起！

与《山谷中的爱情》相比，颇像十四行诗的组诗《现代的爱情》虽然缺少些许吸引人的魔力，但是却更加具有哲理和探索精神。这部诗作与其说是证明了乔治·梅瑞狄斯的诗人气质，不如说是证明了他的小说家气质。

但丁·加布里埃尔·罗塞蒂的妹妹克里斯蒂娜，有着天使般纯洁的声音。与她的哥哥一样，她对诗歌的形式有极强的驾驭能力，尤其是十四行诗。她赞同以她哥哥为首的中世纪神秘主义，但她的神秘主义精神更具有虔诚、崇高的宗教信仰形式。她的爱情诗带有一种修女般的孤僻情调。经常有人将她与勃朗宁夫人做比较，虽然她们不是很有可比性。勃朗宁夫人的表达更加丰富和有力，但她还是无法拥有克里斯蒂娜简约至极的节奏和严密的语言。下面这首诗歌虽说不是克里斯蒂娜的名篇，但表现了她的欢喜忧悲，作品中有这样美妙的：

当我死了，我最亲爱的，
不要为我唱忧伤的歌；
别在我头上种玫瑰，
也不需要柏树荫；
在我上方是青草，
有雨，有湿露珠；

如果你愿意，请记住，
如果你愿意，也可以忘记。
我将看不到阴影，
我将感受不到雨滴；
我将听不到夜莺
像在痛苦中歌唱；
在黄昏中做梦，
既不升起，也不沉沦，
或许我会记得，
或许我会忘记。

维多利亚时代最后一位诗人是托马斯·哈代，他八十三岁时出版了一本新诗集。他和梅瑞狄斯一样，是一位小说大师，同时也是一位诗人。如果有一个人喜欢他的诗歌，那么就会有20个人喜欢他的小说。他的激情、怜悯和痛苦一直蕴藏在他的诗句中，人们从他的短诗和他精彩的诗剧《统治者》中都能感受到。他写小说是因为他有才气，有外在的需要；但写诗，则是为了服从内心的需求。他是英国文学中最悲伤的诗人。悲伤是他的代名词，而不是随便一个被滥用的贬义词。他和华兹华斯一样，既是大自然的观察者，又是大自然的崇尚者，但他没有华兹华斯那种平和的心境。他的诗写得很好，虽然有点儿难以读懂，但其思想非常有力。在他最快乐的时刻，占据主导地位的情绪出现在《黑暗中的鸫鸟》的最后一段。他听到鸟儿唱着"快乐的伊利米特"，然后写道：

远远近近，任你四处寻找，
在地面的万物上，

值得欢唱的原因是那么少,
是什么使它欣喜若狂?
这使我觉得:它带着颤音的歌词,
它欢乐的晚安曲调,
含有某种幸福的希望——为它所知,
而不为我所晓。

大多数抒情诗里都有悲伤的曲调,诗人知道如何把他们的悲伤转化为艺术,而业余的我们只想着拥它们入怀,发出尖叫或哀号,或者选择忽视它们,忽略它们的声音。在多个世纪的英国诗歌里,没有哪一首诗里有那么多伤感的词语——和古希腊或伊丽莎白时代的伟大戏剧有着天壤之别。詹姆斯·汤姆逊是《恐怖之夜的城市》的作者。他是一位无法被遗忘的天才,一个破碎的早逝天才,他精神与肉体上的痛苦异常真实。《恐怖之夜的城市》是一部被毁坏的杰作,但依然那么卓越。此处引用它是不可能的,因为脱离整体的任何一个部分都无法理解。

年轻人用充沛的活力和勇气下笔写诗:威廉·欧内斯特·亨利的"沉沉夜色将我笼罩"已经变成了一句耳熟能详的名言;罗伯特·路易斯·斯蒂文森在散文中比在诗歌中更能表达他自信的男子汉气概;鲁德亚德·吉卜林二十年前写的主旨健康、语言精美的诗篇,现在仍挂在每个人的嘴边,至今未被遗忘。

当我们回顾维多利亚时代的诗歌时,我们往往会被其庞大的数量震惊到,其实还有很多没有被提到的诗人。如果没有那些比他们更伟大的先驱,谁会想到去写出一部高尚的文学作品?托马斯·胡德,他是笔下有三四首完美诗歌的诗人。大家熟知托马斯·胡德,是因为他风趣幽默,爱开玩笑,很少有人知道他还是一位诗人。詹姆斯·曼根,爱尔兰诗人,《黑发的罗莎琳》的作者,他有着与生俱来的凯尔特魅力。克劳·阿诺德的朋友,他作品的措辞虽说不怎么华丽,但至少是真正的诗歌。考文垂·帕特莫尔,他的散文如《玩具》令人动容。锡德尼·多贝尔,他在写"自由诗"之前写了优美的《晚祷》。马恩岛诗人托马斯·爱德华·布朗,他的大部分较长的诗都是用方言创作的,但他那些用古典英语写就的短诗在思想、情感、独创性和旋律节奏等方面颇有成就。

我们不可能了解19世纪末期所有在世的或已故的诗人。那些继承了英语诗歌传统的精华,并在其中添加了独特的个人见解的诗人包括:奥斯卡·王尔德,他的《里丁监狱之歌》非常有力;约翰·戴维森,是一位真正的民谣作家;威廉·B.叶芝,精灵们赋予了他凯尔特的魅力;A. E. 豪斯曼,他的《什罗普郡一少年》证明了诗人的伟大不是以他的作品多寡来衡量的;约翰·梅斯菲尔德,他擅长抒情又颇爱冒险;沃尔特·德·拉·梅尔,其微妙的幻想是非常有深度的。英国诗歌的荣耀不仅在于那些伟大诗人的独奏,而且还在于众多诗人的合唱,每一位诗人都是独奏者,即使他不参与合唱。我们甚至可以编写出一本优美的诗集,一本我们未曾提到的小众诗人们所撰写的诗集。

弗朗西斯·汤普森是被所有在世的诗人都认可的一位诗人,且被视为19世纪诗章的高潮。他并不是最后一位英国最伟大的诗人,无论过去还是将来,他都不会是。但是,我们可以(诗意地,而不是批判地)将他视为一场壮观的日落景象,如他的《夕阳颂》描绘的那般,用挥霍无度的意象为他自己戴上王冠:

> 你这固执的放逐者,
> 你这让周围光芒失色的落日,

依旧具有初现东方时的壮丽、辉煌
此时此刻,傲然地,你走上归途,
天空也为你归途的乐章战栗,
大炎烧天,轰轰作响。
你这样得意地死去:
我看见你肩膀上的红色号角!

汤普森穷苦落寞,直到他的朋友们发现了他的天赋,并将他解救出来。他最终的梦想则是摆脱生活的痛苦。诗歌对于诗人和读者来说都是一种逃避。对宗教的痴迷使他暂时摆脱了痛苦,《天堂的猎犬》是一首虔诚忠贞且高尚的爱情诗,而《姐妹之歌》《戴安娜膝上之爱》《歌唱儿童的诗》都是在渴求温柔。他在《罂粟》中表达了自己坚强不屈的精神,赋予了自己与诗歌永垂不朽的生命力,而这一点在莎士比亚的十四行诗中也可以找到。在这一章的结尾,我们引用他的诗句,它描述了诗人的故事和诗人的最终成就:

爱情啊爱情,你那枯萎的梦之花
在美妙的诗句中得到保护,
在韵律的角落躲避栖身,
避开收割人和收割人的时间。
爱情!落入时间的魔爪,
却能延续到一首押韵的诗文里,
我所尊敬的世界——
我枯萎的梦,我枯萎的梦。

第三十八章
19世纪的法国散文①

在沃尔特·司各特如画般的罗曼诗之后，还有另一种浪漫情调有待创造，一种更美丽、更完整的浪漫。这便是史诗般的戏剧，如诗如画，真实而理想，真实而宏大。

——维克多·雨果

一切都是存在的，一切都是共存的。浪漫主义有它的傻瓜，也有它的智者。

——勒米·德·古尔蒙

可以毫不夸张地说，法国浪漫主义流派，被称为19世纪最伟大的文学流派。

——格奥尔格·布兰代斯

法国文学的浪漫主义复兴在时间和精神上与英国文学的浪漫主

---

① 原著中这一章的标题为"FRENCH PROSE OF THE NINETEENTH CENTURY"，实则主要讲述了19世纪的法国小说。——编者注

义复兴是一致的，两者都与法国大革命中滋生的思想有关。勃兰兑斯曾说过："英国的运动比法国强大得多，因为英国碰巧有天生的文学家，他们比法国任何一个天才都伟大，所以英国的浪漫主义运动繁荣得更早，也更丰富。"那个时代（以1800年为中心）激荡了英国人的思想，而英国诗人也有所回应。法国人的思想是消沉的，直到后来，法国也没有一个文学家能比得上司各特和拜伦，更不用说济慈和雪莱了。法国人在济慈和雪莱逝世多年之后才听说他们。

从18世纪的法国思想来看，伏尔泰那样的睿智大家的文学影响力逐渐消失了，尽管他个人的声誉依然存在。卢梭多愁善感的浪漫主义占主导地位，夏多布里昂则将其转化为宗教情感和智者感言。夏多布里昂在19世纪初出版的《基督教真谛》是法国最具影响力的著作，它是对基督教的一种捍卫或赞美（体现在色彩、魅力和象征方面），而不是在论证宗教或神学。

《基督教真谛》中最糟糕的是说教，最好的则是彩色玻璃和主教堂的管风琴。其中一章是这部作品的插入小说《勒内》。小说主人公勒内是一个憧憬未来、富有探险精神，但又很忧郁、孤独的年轻人，成为法国文学史上"世纪病"的典型，其在整个欧洲的小说和诗歌中相当流行。雪莱的《阿拉斯特》和歌德的《少年维特之烦恼》都塑造了同一种人物形象。卡莱尔对其的回应相当生硬："年轻人，别游手好闲，去工作。"

在我们这个时代的小说里，我们仍能发现这些可怜的、不满足于现状的孩子，我们更愿意把他们送到叫作心理分析学家的医生那里，他们对待此类问题也许比夏多布里昂更有智慧。"万物皆有之"，对

夏多布里昂

于英国读者来说，夏多布里昂忧郁的语调对一百年前的法国读者和英国读者都没有留下太多深刻印象。近两个世纪以来，英国的传奇故事一直与一个叫哈姆雷特的多疑可悲的人物相关联，而关于1800年前后的英国小说，虽然现在满是流言蜚语，但仍被菲尔丁和斯摩莱特的理智所左右，而且即将被与司各特同样强大的理智所主宰。

夏多布里昂在英国住了几年，晚年他翻译了《失乐园》等英语作品。同时，他的很多作品也都被翻译成了英语。但是出于某些原因，他在英国并没有广为人知。现代的法国人认为，他的花言巧语令人不快，但他们仍然承认，他是一位身处法国散文转型时期的大师。

在19世纪初，诞生了巴尔扎克、维克多·雨果、亚历山大·大仲马、乔治·桑等知名的小说家，以及评论家、散文家圣伯夫。巴尔扎克是法国最具创造力和最有权威的小说家，尽管他在写了许多故事后才意识到自己的目标：描述人生百态。他将自己所有的作品汇总成一部《人间喜剧》。他没有完成他的计划，在50岁时就去世了。但《人间喜剧》超越了个人、国家或者整个时代。

不过在巴尔扎克前后，再没有一个小说家能像他那样享誉全球。他拥有各种语系的各种读者——他的大多数作品都被翻译成了欧洲的各种语言——不管当地风土人情如何，也不管将他视为朋友还是敌人，都深深地认可他的天赋。巴尔扎克研究了各色各样的巴黎市民、农民和城市小资产阶级。他一生的大部分时间都是在办公桌前度过的，他忙于应付工作上的麻烦，这足以消耗一个普通人的全部精力，所以让人费解的是，他怎么有时间去了解这个社会呢？

答案是，他拥有作为一个小说家最基本的天赋——洞察力。他只要过目一次，就能了解人物及其所处的场景，这样他就能用精确的细节来表现人物与场景——有时细节非常翔实。他的聪明才智和勇气加强了他的洞察力。他就像他非常钦佩的司各特一样，不得不通过写作来解决生意上遇到的麻烦。但他从未懈怠自己作为一个作家的职责，不遗余力地埋头写作，有时一天长达十六个小时。他把所有的精力都倾注在自己的作品上，一遍一遍地修改、润饰，因而使它们永葆生机。

巴尔扎克在开始写作前，就已经解决了浪漫与现实之间长时间的争论，尽管这种争论至今仍在徒劳地持续着。这也是批评家和小说家感兴趣的学术问题。对于法国人来说，每一部长篇小说，无论其内容与写作方式如何，都可被称为浪漫，这难道不是他们用自己精确的语言给出的答案吗？法国最伟大的小说家把生活的全部或大部分时间看作灵魂的浪漫冒险，不遗余力地给人以真实的印象，这难道不是他的回答吗？巴尔扎克的文学主义和梦幻般的想象并不冲突。读者可能看到了这样的冲突，但是巴尔扎克并没有意识到这一点。

巴尔扎克的伟大在于他拥有同情心。在《欧也妮·葛朗台》中，他描绘了一个没见过世面的纯朴的乡下姑娘。在其他书中，他描绘了另一类女人的"辉煌和悲惨"。他是第一个利用塞萨尔·皮罗托在商业世界中的悲惨经历，将商业和金钱的肮脏引入浪漫小说的人。在他的许多比较重要的小说（如《邦斯舅舅》《贝姨》《高老头》）中，都通过各种形式揭露了人们虚荣、贪婪和自私的本性。巴尔扎克对生活没有任何多愁善感的感情，他对生活的看法是公正的。

对年轻女孩，他是温柔的；他对年轻的小伙子态度总体上是严肃的。在梅瑞狄斯开始写作的许多年前，他就描述过"自我主义者"。他对感情生活的认知远远超越了幸福夫妻的婚姻境界。婚姻只是人们生活中的一段插曲，人们活着，然后变老——巴尔扎克笔下的老人、古怪的人、讨厌的人、可怜的人都写得非常出彩。我们也可以这样想：这位人类观察者对景物和地点也会有敏锐的感觉，尽管他不是一个诗人，但他的《塞拉菲塔》的风格接近散文诗，这部作品是斯维登堡神秘主义的一个实验品。他是一个真正的巨人，或是一座巨人的雕像，后来的小说家从他的雕像上取下石料，进而铸造成一座更小的雕像。

巴尔扎克的朋友及同为文坛巨匠的维克多·雨果，他的生命几乎横跨了整个19世纪，有近50年的时间都占据法国文坛的主导地位。他是诗人、剧作家、小说家，还是政坛批评家。他被流放二十年，但政治上的际遇使他名声大噪。当他返回故国时，他是如此荣光，以至于一些名不见经传的法国批评家对他的显赫多有微词。

在英法以外的欧洲，他最为人熟知的作品是《巴黎圣母院》（亦称《钟楼怪人》）、《海上劳工》和《悲惨世界》。它们是情节剧，某些场景扣人心弦。当看到吉里亚特与章鱼搏斗，驼背敲钟人不幸落入大教堂的阴沟那样惊心动魄的场面时，又有谁不会浑身颤抖呢？雨果的情节剧，好比莎士比亚的作品以及所有其他好的情节剧，情节背后充满了思想和感情，令人难以忘怀。

与狄更斯的做法相似，雨果运用一些匪夷所思的情景来达到揭示某种社会本质的目的，而这些东西本身看上去是乏味而黑暗的。当然，这两个人，以及其他所有富有戏剧性想法的作家，都很欣赏自己笔下引人注目的场面。在《悲惨世界》一书中，雨果把冉·阿让的职业生涯及生平零零散散地拼凑在一起，有五六本小说那么多。这部小说几乎容纳了一切，其书名甚

维克多·雨果

至难以翻译成英语,因为它的意思不仅仅是"悲惨""贫穷""可怜""不幸",还包括更多的东西。也许雨果在法语中赋予了书名丰富的含义。

雨果所想的,所做的,就是要展示一个毫无温饱、毫无公民权利的社会。如果雨果不是一个热情洋溢的讲故事的人,这样的主题也不过是一种特殊的社会呼吁,是枯燥的琐碎之事罢了。斯温伯恩把《悲惨世界》称为"有史以来在创作或构思上最伟大的史诗和戏剧作品"。我们同意斯蒂文森冷静的观点,即雨果的爱情散文"对任何作家来说都是非常有名的,虽然它们只是雨果为自己的天才所树立的纪念碑中的一座浮雕"。至于他的诗歌和戏剧,我们将在下一章中讲解。

亚历山大·大仲马大概是一百年来给读者带来快乐最多的作家了。他是传奇爱情小说中最杰出的大师,他的作品具有深厚的历史背景,其中一些情节是虚构的,一些是真实的,而所有这些都栩栩如生。如果大仲马不是一个艺术家的话,他的故事可能会被归入廉价小说的行列。它们也许会让大众满意,但不会在文学史中占据永久的地位,也不会得到读者的尊重,因为读者更需要一部真正的小说,而不是阴谋和冒险。

不过,大仲马是一个艺术家,他不仅设计了令人兴奋的情节,还创造了栩栩如生的人物:他们穿着靴子,站了起来,或行走,或扬眉吐气地迈步,并以各种生动的口音开口说话。与司各特、巴尔扎克和特罗洛普相比,他写作速度很慢,但他的活力从未令人失望。他有许多合作者,有人讽刺他开了一家小说工厂,但他是这个工厂的灵魂。令人惊奇的是,在他无数的传奇故事(更不用说戏剧和回忆录了)中,有很多都是同类作品中的杰作。至少有两部作品——《三个火枪手》和《基督山伯爵》,是英国读者(当然还有法国读者)儿时记忆的一部分。我们永远不能忘记不朽的三人组——波尔朵斯、阿多斯和阿拉密斯。如果永恒也可以比较的话,那么更不朽的是达达尼昂。然而我们长大了,意识到大仲马不只是一个聪明的卖艺人,他的《路易十五时代的婚姻》等小说虽然并非一流的作品,但结构缜密,构思精细。

大仲马写作仓促,虚张声势。他偏重商业利益,作品往往具有戏剧性。他(和他所处的环境)没有为自己留多少时间去思考,而且他过于依赖自己与生俱来的即兴发挥能力。但在快速变化的娱乐背景下,大仲马的作品蕴含着一种丰富的生活感和惊人的智慧。

大仲马在外界的冒险中和遥远的时代发现了浪漫,而乔治·桑在自己身上、在法国以及她所关心的农民身上找到了浪漫情调。乔治·桑是法国小说家中最伟大的女性,也是法国女性中最伟大的小说家。无论她的小说的场景或情节是什么,都有一个不变的主题——爱的权利、责任和自由。在以多种形式发挥这一主题时,她是一位坦率的女性。她的男性化笔名虽没有乔治·艾略特的含义深远——乔治·艾略特是19世纪英国女作家,但乔治·桑还是不可避免地被拿来和乔治·艾略特做比较。实际上,两者有很大的不同。

她们的共同点就是她们对普通人的爱,对残酷世界的反抗,以及表达自己纯真思想的能力。乔治·桑的小说中最优秀的作品是那些描述乡村生活、迷人的小牧歌,其代表作有《小法岱特》《弃儿弗朗索瓦》和《魔沼》。

这一时期的伟大批评家是圣伯夫。他是这些浪漫主义诗人的朋友或敌人,从长远来看,也是法国文学最好的朋友。不过他的重

乔治·桑

要性在很大程度上只局限于法国。文学批评这种写作形式，导致很少有批评家在国际上享有很高的地位。可以这样说，批评家在任何其他国家都是没有荣誉的，除了在他的祖国。但圣伯夫对马修·阿诺德和其他英国批评家产生了深远的影响，可能欧洲的每一位文学评论家都曾受益于他。他的伟大贡献是他把法国文学介绍给了法国人和整个世界，但世人很少阅读批评类的作品。圣伯夫的一些论文已被翻译成英文，对于那些不懂法语的人来说，它们仍然是难懂的东西。不过对于那些懂法语的人来说，它们不仅是一本敞开的书，而且是他之前所有法国文学和同时代人的作品的序言。虽然他常常错误地评判它们（例如巴尔扎克的作品），但总的来说，我们从评判中看到了智慧的光芒。

在圣伯夫之后，再没有哪个有文化的法国人有任何借口不去了解自己的国家及文学作品，而那些在法国文学中寻求佳作的外国人，也可以在圣伯夫的引领下感受更佳。

法国思想有理性的一面，亦有批判的一面。尽管法国人在所有形式的文学艺术中都有大师，但其中最有造诣的可能是勒南和泰纳。勒南以《耶稣传》著称，这部著作既坚持怀疑论，又表示出虔诚的信仰。每一本关于宗教主题的书最后都会引起一场纷争，基督徒不喜欢它，异教徒则利用它，虽然勒南并没有这样的意图。勒南本人否认对文学的一切兴趣，他是一个追求真理的人，也是一个不拘泥于形式的历史学家。但是，文学的复仇方式是赦免敌人，《耶稣传》可能不是一本好的说明书或"科学"的历史书，但不可否认它的确是一部艺术佳作，它是对《新约》的一个清晰的重构，并添加了一些想象的色彩，因为勒南是在圣经故事的发生地叙利亚写出了书中部分的故事。

勒南本想成为一个历史学家，一个批评家，一个哲学家，一个东方主义者，然而，最终他还是成了一个文学艺术家。而文学，这位神秘莫测的女神，也接纳了他。

泰纳认为自己是一位科学的历史学家和逻辑学家，而不是一个文人。在19世纪下半叶，科学精神占领了思想领域，"科学"这个词及其所代表的理念或方法，甚至都有点儿滥用了。每一项人类活动都有其对应的一门科学，甚至还有关于性爱方面的科学。这场运动是对浪漫主义时期松散思想的一种反抗，泰纳是法国这一运动的领导者。他认为一个拥有天赋的人，不管是政治家还是诗人，只要弄清他所属的种族，所处的时代、社会环境，他的才能，就可以对其进行解读。

在这种模式下，批评在很大程度上成为传记和历史的问题。后来，批评家们对泰纳的方法提出了质疑，他们认为这并不能完全证明人类的天赋。的确，在他的散文中，泰纳本人比他所表现的更像一个诗人，他的审美热情常常驱使他超越了他所宣称的原则。对英国读者来说，他的价值是不可估量的，因为他的《英国文学史》永远不可能完全被后来的研究所取代。从伟大的法国思想的角度来看待我们的文学，是最富有启发的。

人们常以为，忧郁是浪漫所特有的气质。在法国，浪漫主义者雨果、乔治·桑、大仲马歌颂生活的欢乐，而理性的现实主义者却是忧郁和悲观的。泰纳带着近乎沮丧的眼光看着人类。而追随巴尔扎克的小说家——福楼拜、莫泊桑、左拉——也有同样的心情，不是因为巴尔扎克的影响，而是因为整个社会环境都是黯淡无光的，其部分原因是1870年爆发的战争。

福楼拜对人世冷眼旁观，同时又具有敏锐的洞察力。他对生活的看法充满讽刺，却缺乏使人大笑的黑色幽默感，这使得他的书没能广为流传，但是对于那些青睐福楼拜写作艺术的读者来说，这是完美的。他经常花将近一个星期的时间写一页稿子。他总是反复斟酌修改每一个词，呈现出来的结果并非过分雕琢或者矫揉造作，而是精彩绝伦、自然而然，感觉这个词本身的作用就是如此。

他最著名的小说是《包法利夫人》，书中描写了一个柔弱可怜的浪漫女人，以及她在一个沉闷的乡村小镇里与凡俗男子之间发生的风流韵事。这样的故事似乎并不讨人喜欢，然而它却是一部非常伟大的小说，不仅因为它完美的风格，还因为它里面忠诚地体现了人物性格。这个故事是由一些枯燥无味的素材拼凑成的，但在福楼拜笔下平凡的事物变得非同寻常，故事的进程就像潮汐一样，一波未平，一波又起，进展得非常流畅。为什么《包法利夫人》是福楼拜作品中最有名的一部？原因我们解释不清。在我看来，《情感教育》是一本更加伟大的书，是一出关于年轻人和所有希望都破灭的悲剧。福楼拜的视野非常广阔，他清除了过去与现在、事实与幻想、浪漫主义与现实主义的界限。在《萨朗波》中，他像浪漫主义小说家司各特或大仲马一样，从历史中挖掘素材，但依然保持着客观科学的态度。他善于在日常生活中发现悲剧，在温柔中表现出讽刺，在平庸中表现热情。他不是矛盾的天才，而是能看透人生真谛的智者。在他生命的最后阶段，讽刺填满了他的思想，在未完成的《布瓦尔和佩库歇》中，他把所有角色都描绘成愚笨的小人物。

福楼拜将理性带入浪漫主义，并给现实主义上了生动的一课，这是只有从大师那里才能学到的写作技巧，即生活的事实可以转化为精致的美，真理并不枯燥，优雅的词句也可以兼顾简单、准确、明晰与逻辑。

福楼拜的学生盖·德·莫泊桑是短篇小说大师，一个自学成才的天才。对于莫泊桑来说，除了故事本身、讲故事的人以及故事发生地的最简略轮廓，什么都不存在。没有一个作家对生活中的非叙事性问题不感兴趣,除了大仲马。把热情洋溢的浪漫主义者和冷酷的现实主义者相提并论是不科学的,浪漫主义者有着不同的天赋——可以不对他们的角色做出任何评论的天赋。

现在的作家也一样,没有对人性的分析,没有善与恶之间的选择,没有说明性的"心理学"。当然,相似之处到此为止。大仲马生活在五彩斑斓的过去,并创造出令人兴奋的场景;而莫泊桑则住在单一乏味的街道及屋子里,并假装什么也没有发现,这是一个欺骗所有人的浪漫谬论。不过,莫泊桑在他的观察范围之内还有另一种能力,那就是让生活本身来展示生活,作者自己完全不加干涉。这种品质在薄伽丘身上和《一千零一夜》中都能找到,但大多数现代小说都缺乏这一品质。不管生活是惨淡可笑还是趣味横生的,抑或是不体面的,那就是生活本身,与莫泊桑无关。

因为莫泊桑选择描绘生活的某些方面,而这些方面并不是客厅谈话的常规主题,所以他的某些故事遭到一些读者的拒绝,也许年轻人和软弱的人不适宜读这些故事。从整体上来看,莫泊桑的伦理观很全面,也很严肃。在这一点上,我们可以相信托尔斯泰,他曾这样评价莫泊桑:"莫泊桑是当代最优秀的作家,仅次于维克多·雨果。我很喜欢他,我认为他比同时代的人都优秀。"《羊脂球》是他的第一部天才短篇小说,该故事极易令人感伤,尽管从表面上看是冷酷无情的。他观察人和事物只是为了了解他们究竟能够发展出什么样的故事。不管这个故事是否愉快,他都是为了故事本身,不带任何偏见,既不偏袒英雄,也不贬低坏人,不会影响故事的正常发展。

莫泊桑的语言强韧有力,没有多余的细节,也没有任何一个无用的词。莫泊桑在短篇小说界是一位至高无上的艺术家,以至于我们可能忘记了他还是一位具有持久力量的小说家。《一生》和《如死一般强》几乎是法国文学中所能找到的最完美的小说。莫泊桑的语言和思想精练，成绩卓著。

多产的博物学家左拉，其作品不断罗列细节，通过篇幅取胜。与他的作品相比，巴尔扎克的作品短小而精悍，而莫泊桑的作品不过是个骨架而已。左拉的小说以其强大的力量而著称，所有的生活都被卷进其中，直到读者对生活感到厌倦并希望不再有那么多的日常。左拉的作品没有法国风格中的魅力和优雅，法国的批评家对他非常严厉。

在左拉的所有作品中，没有杰作，也没有瑰宝。但是，若在他无数小说中选择两三本的话，我们可以赋予《娜娜》《崩溃》《土地》以盛名，这三部以及其他小说，都被翻译成了英语。他的作品译文与原著出入不大，因为他的力量在于作品的内容，而不在于任何特殊的写作风格。左拉的批评者——他的小说是不可否认的证据——指责他过分强调肮脏、冷酷无情。但是他的人生观并不偏执，他只是一个想向我们描述痛苦症状的内科医生，或是告诉我们这个世界有什么问题的社会改革者，其实他也希望世界变得更好。

左拉第一部成功的作品《小酒店》是一本反对酗酒的书。毫无疑问，左拉是诚实的，他在德雷福斯一案中的英勇斗争，证明了他具有高尚的品德，德雷福斯死后被誉为民族英雄。

左拉的葬礼是由阿纳托尔·法朗士主持的，他与左拉十分不同。法朗士以法国国名为笔名[1]，因此再没有人比他更有权利来宣读悼词。他很有个性，独树一帜，但他的折中主义精神包含了法国传统的精华。即便我们只读他的书，已足够我们从中了解他的祖国、他所处的时代以及最完美的法语形式。他敏锐而坚定的怀疑

---

[1] "法朗士"与"法国"是同一个词，只是翻译上有所差别。——译者注

态度,触及了生活的每一个侧面。

　　法朗士的《企鹅岛》是一部具有讽刺意味的文明史,乔纳森·斯威夫特会对此一笑置之,伏尔泰也会高傲地不予置评。他那套统称为《当代史话》的四部小说都是现实主义作品。《波纳尔之罪》是一个浪漫的故事——内容生动有趣却又令人动容。他和他的朋友左拉一样,在重大问题上严肃而热情。他博学的程度会让一个普通学者感到惊愕。他的思想通常是革命性的,他的风格纯粹质朴。他讨厌虚伪,但他的憎恨又是温和的,带有讽刺和哲学意味,从来没有愤怒。他天生带有批判性,又像是在质询,他通过小说这一载体,巧妙地反映了他的思想和见解。

　　19世纪是法国散文最鼎盛的时期之一。小说和批评文学在数量和质量上都有极大的发展。即使没有杰出的大师,也会有出彩的散文文学。在这个人才济济的世纪里,很难说谁是最杰出的,其实也没有必要去说。这个问题虽然特别令人困惑,但显然不需要我们担心,因为小说受制于迅速变化的公众口味和评论家的判断。

　　亨利·贝尔·司汤达是一位天才,他的声望随着时间的推移而与日俱增。他的小说《红与黑》和《帕尔马修道院》在人物性格分析方面是非常卓越的。它们出版于19世纪上半叶,但直到司汤达去世后才给人们留下些许印象。巴尔扎克很欣赏他,后来的法国作家也认可了他的影响力,并宣称他是天才。现代最优秀的批评家勒米·德·古尔蒙将司汤达视为一块试金石:我们如果不喜欢他,就不属于"快乐的少数人"。

　　还有一位作家,他的小说是很多幸福的人的共同财产,他就是梅里美。他的《高龙巴》是一个与科西嘉有关的故事,叙述完美,内容丰富,就像梅里美所有的作品一样,风格古典而清新,充满诗意色彩。他的歌剧《卡门》具有不朽的双重身份,这部作品后来成了法国音乐家比才同名音乐剧的素材。

阿尔封斯·都德被称为法国的狄更斯,在热情和幽默方面都与英国的这位大师相似。他对所有的人,特别是那些在生活中遭受不幸的人,表现出了由衷的同情。在这方面,他与维克多·雨果和狄更斯都很相似。小说《小弗罗蒙和大里斯勒》使他声名鹊起,小说中的主角心地善良,一点也不多愁善感。他后来的小说也是如此,这使他在大众眼中越来越有影响力。

都德的作品魅力(也许还有他本人的魅力)受到了更具批判性和分析性的作家的敬重,比如左拉、福楼拜、爱德蒙·德·龚古尔。他属于自然主义者一派,也属于拉伯雷那样善于闹剧和搞笑风格的流派。他的《达拉斯贡城的达达兰》是文学中最有趣的作品之一。

都德的朋友爱德蒙·德·龚古尔和他的弟弟朱尔也是自然主义派作家,或者说是视觉主义者。他们认为生活与其说是叙事的素材,不如说是描绘画面的素材。但是,正如斯蒂文森所说的,叙事毕竟是传统文学的经典表达形式,叙事战胜了他们的视觉理论。在他们的几部小说中,以《勒内·莫伯兰》为例,他们把讲故事的传统方式和他们那些新颖的艺术手法结合在一起,对人物的心理活动进行细微的分析或记录。

《龚古尔兄弟日记》是重要的文献,它不仅表现了作者的信仰和个性,而且对19世纪的法国文学产生了直接的影响。爱德蒙·德·龚古尔用他的遗产成立了龚古尔学院,这个学院成立的最初目的是对法国官方学院进行抗议,但现在它已经成为龚古尔文学奖评选委员会。它丰厚的奖励,厚重的荣誉,使每一位年轻的法国作家向往不已。在法国文学中,它一直是一股强大的支撑力量。

于斯曼是一个深受龚古尔兄弟影响的人。他一开始是和左拉一样的现实主义作家，这体现在其作品《浮沉》中。后来，他成为一个宗教神秘主义者，这体现在其作品《大教堂》中。于斯曼的作品并没有全部被翻译成英文，或许只有少数书被尝试翻译成了英文。他色彩鲜明的风格很难被表现出来。他成为一位作家，是文学界的一大幸事，将来他肯定会在法国和其他国家更为人所知。

皮埃尔·洛蒂是一个精致的艺术家，他于1923年去世。他是一名海军军官，去过很多地方，感受过大海和陌生土地的魅力。他的经历在小说和回忆录中以微妙而真诚的方式重现。他以他在南海的经历创作了《洛蒂的婚姻》，以在日本的经历创作了《菊子夫人》，以在布雷顿海岸和在北海的经历创作了《冰岛渔夫》。他以敏感的笔触向外界描述所发生的一切。洛蒂是一个印象派画家，对他来说，无论在哪里，世界就是色彩、感觉、经历，和道德意义上的善与恶无关。

保罗·布尔热是一个敏锐的、极为严肃的社会研究者，而且越来越倾向于保守。他的作品深入人物的内心，如果他的态度不那么自命不凡，一定会深深打动我们的。他是一个艺术家，《弟子》和《都市》都是具有一流水平的小说。布尔热和他生活的时代有些刻板，注重精密的分析，生活上趋于保守。

第一次世界大战前，很多青年从新的理想主义之光中看到了生活的希望。其中的主要人物是罗曼·罗兰，他的《约翰·克利斯朵夫》是一部享有国际盛誉的小说，小说的主人公是一位德国音乐家，他有一段生活在法国的经历。这部长篇小说在法国广为流传，其英语译本的读者也很多。它表达的精神是张开双臂包容世界。1914年，世界和平面临一个致命的关键时刻。罗兰在一篇名为《超然于纷争之上》的文章中试图提醒这一点，但他好战的同胞并不欢迎他和其他人文主义者的作品。此时，人到晚年的法朗士保持着优雅的宁静，亨利·巴比塞（著有《火线》）和其他作家则描述了战争。

在回顾同时代的英美文学时，我们发现指出正在做什么、流行什么运动是不可能的。通过一个人生活的环境去辨别、评估甚至直接了解他——了解一个并非出自文学作品中的角色，是非常困难的。然而，我们可以大胆地认为，一个时代的结束是以马塞尔·普鲁斯特的死亡为标志的。他的小说《追忆似水年华》（有英文版）是一个敏感的观察者所写的关于现代社会的细致研究，也是半个世纪以来心理小说的总结，开启了法国文学的新纪元。

在文学的表现形式中，法国人最擅长的就是文学评论。从布瓦洛到勒米·德·古尔蒙，再到二十多位年轻的新生代评论家，法国的文学评论在一定程度上是极具创造性的，对其他文学形式的影响也是无价的。圣伯夫派、勒南派、泰纳派、舍勒派、萨西派仍在蓬勃发展。在老一辈大师之后，又出现了两位学者——布伦蒂埃和法盖。而且最伟大的印象派批评家法朗士，其小说也永远持一种批判态度。还有两位英年早逝的杰出人物：马塞尔·施沃布对英国文学和对法国文学一样敏锐；埃米尔·亨尼金对法国作家和其他国家的作家（如爱伦·坡和狄更斯）的研究过于简单，但也成了法国文学的一部分。在文学评论界，全世界的文人都应向法国致敬。

第三十九章
19世纪的法国诗歌

善与恶的预言者和歌唱家,
他们掌握了所有的歌曲。

——斯温伯恩《致维克多·雨果》

关于17世纪的英国抒情诗,我要冒昧地说,诗歌的不同类型和流派融合到了一起,阻止了一些美好的诗句;我们不知道哪家流派从何处开始,也不能说出另一家从何处终结。19世纪的法国诗歌(包括前后几年)分成了三类(虽然分类不是很清晰):浪漫派、高蹈派和象征派。英国和法国的浪漫主义者(这两个国家的运动出奇地相似但又有不同)打破了传统的束缚,无论是形式上还是内容上都如此;探寻过去的故事题材,让灵魂徜徉在太空之中,挣脱了妨碍诗兴的缰绳。高蹈派反对浪漫主义者的放纵、个人的抱怨和拜伦式的自我主义,并试图让诗歌重新回到客观、非个人和"无感情"的状态中,这里并不是说要像大理石一样坚硬、冰冷,而是要像大理石一样纯净、坚实、优美。这是一种新古典主义,它甚至认为莎士比亚和但丁都是"野蛮的"。后来出现了一些象征主义者,他们坚持以自我为中心,坚持歌颂个性,认为人除了能表达自己以外，做任何其他的事情都是不可能的。古尔蒙是他们的代言人，他说，一个人写作的唯一目的就是要张扬自己的个性。这三个"流派"和几个附属的小派（据说法国每十五年就会出现一个新的诗歌流派）并不是相互敌对或排斥的，因为诗歌毕竟只是诗歌而已。勒孔特·德·利尔是法国高蹈派诗人中最杰出的一位，他就像魏尔伦一样追求自己的个性。法国高蹈派诗人宣扬和实践形式美和声音美（魏尔伦的座右铭是"音乐至上"）。象征主义者通过暗示将自己的感受传递给读者。如果法国高蹈派诗人在某种程度上与小说中的现实主义者相对应，那么在浪漫与现实的交界处是否会出现问题呢？对于我们的诗人来说，会的！

我们不应该试图揣测他们属于哪一个流派，以期能够对他们有更深的了解。法国诗歌中的浪漫主义运动开始了，三十二岁时上断头台的杰出青年诗人安德烈·切尼尔拉开了这场运动的帷幕。他的灵感来自希腊语和拉丁语，虽然浪漫主义者声称他是一位先驱，但他却是一个彻头彻尾的古典主义者。不过他的古典主义一点儿也不迂腐，而且很有意义。他没有去借鉴他人，他天赋如此。他的诗歌是灵动和可爱的，这就是为什么浪漫主义者称他为开创者。他的一些诗句可媲美《希腊文集》中的伟大篇章。

伟大的民谣歌手和流行歌曲的演唱者贝朗瑞并不是浪漫主义者，他自成一派，不过他那些充满活力的歌曲能够融入同期的浪漫主义者的作品中。他的歌曲和民谣闪闪发光，节奏活泼、曲调优美，即便不是伟大的诗作，也是很好的歌曲。再没有哪一首歌比那首反对拿破仑的民谣——《有一个志大才疏的国王》——更激昂的了。

浪漫派的第一位伟大诗人是拉马丁。他的《沉思集》从未被人超越，是法国文学的重要著作之一。这种曲调自17世纪以来就没有在法国诗歌中听到过，它是自然的、新鲜的，也是真实的。其中的忧伤是多愁善感的、温柔的。整部诗集给人一种朦胧、飘逸和凄凉的感觉。他的感知领域可能是有限的，当雨果及其追随者们出现之后，他的朦胧感瞬间褪色显得暗淡。但毫无疑问，后来的诗人和评论家对他的评价越来越高。他最著名的诗是《湖》，我摘取了索利翻译的两段：

> 亲爱的湖泊，转眼又熬过了一年，
> 眼前是她熟悉的波浪，
> 看！我独自坐在同一块石头上，
> 这样你就会知道她在何方。
>
> 你就这样在岩石的海角喃喃低语，
> 你就这样在岩石坚硬的胸膛上碎开；
> 风把泡沫抛洒在沙滩上，
> 她亲爱的双脚踩着的地方。

另一位创新者是阿尔弗雷德·德·维尼，最令英国读者熟悉的可能是他的历史小说《森-马尔斯》。他认为自己的第一本诗集《古今诗集》颇具独创性。他在法国诗歌的发展过程中起到了重要的作用，因为他并没有止步于青年时代的诗歌风格，他的诗歌随着年龄的增长而变得更有思想性和独特风格。大多数新诗人都追随着夏多布里昂的信仰，但是维尼的宗教信仰很理性，仍然停留在18世纪。拉马丁笔下的上帝是苦难之父，而在维尼笔下上帝则是思想之神：

> 神啊，伟大的神明，是思想之神。

在我们的眉宇间偶然播下种子，
让知识在丰饶的海浪中传播；
然后，采集来自灵魂的果实，
都浸透着圣洁孤独者的芬芳，
我们要把工作扔进大海，就是人海之中，
上帝会把它拾起并引向海港。

维克多·雨果是诗人王国里的王子，他享有此荣誉长达五十年。人们追捧着他的作品的多样而丰富的内容。不过后来也有人诋毁他，或多或少影响了他的地位。雨果的戏剧一度非常火爆。在他有生之年，他观看了《国王寻乐》的演出，虽然这部剧第一次演出之后就被路易·菲利普国王禁止了，但它在五十年后又受到了热烈欢迎。而在我们这个时代，在他写完这些作品将近一个世纪之后，几乎每个礼拜都会在法兰西戏剧院表演《欧那尼》或《吕布拉斯》。雨果的戏剧中鲜见真实的人物个性，或者比较靠谱的情节。台词堆砌着华丽的辞藻，有时还会上升到非常高的诗意的水平。

雨果的戏剧尽管充满华丽的辞藻，现在却也开始有点儿味同嚼蜡的感觉了。我们说过他的散文小说更加持久（虽然现代法国评论家对此颇有非议）；一部爱情散文小说，即便语言火辣、感情浓烈，充满了虚假的塑料感，但还是比具有同样基调的戏剧更接近生活。他在创作剧作与浪漫小说间隙还出版了大量的短诗，他较短的诗歌（虽然其中有一部分已经够长了）描绘了人类的灵魂。他的许多诗都被翻译成了英文，因为他的诗歌受到了英国诗人的高度赞赏。但大多数译文对我们来说还是太长了。下面的诗歌虽然很短，但从一个层面反映出他的信仰：

孩子在歌唱，妈妈躺在床上，筋疲力尽，
奄奄一息，她美丽的睫毛低垂在阴影中，
死亡笼罩着她的头顶，
我听到了那死亡的拨浪鼓声，我听到了这首歌。

那个五岁的孩子，倚在窗边，
笑声特别迷人；
还有那位母亲，在那个可怜可爱的人旁边，
整日唱歌，整夜咳嗽。

母亲在修道院的石头下睡着了；
孩子又开始唱起了歌。
悲哀是一种果实，上帝没有种植，
因为树叶无法承担。

  这充分表现了雨果信仰上帝的仁慈和生命的神圣，他即使面临许多痛苦，也不改初心。这使他有别于同时代的一些悲观主义者，并贯穿于他所有的作品中，使他的作品具有舞台性，显得很华丽。全世界的人，包括那些找出他作品的瑕疵或者不同意他的政治观点的人，也都因此而敬佩他。

怀疑和希望都不能使他屈服，
地球上高贵的头颅，昂首到尽头。

  诗人阿尔弗雷德·德·缪塞相较于雨果没那么有活力，他有一种深深的忧郁，如果不是他还保留了一点儿幽默感，可能会让人觉得病态和伤感。他的力量来自他批判性的智慧,这不仅压制了他任性的情绪,而且使他认为在古典戏剧与浪漫戏剧间的竞争是徒劳的。他把这两种戏剧结合起来。值得一提的是,他的戏剧作品《任性的玛丽亚娜》在法国舞台上持续上演,而他的喜剧《少女做的是什么梦》《勿以爱情为戏》都是法国戏剧的保留剧目。他的抒情诗带有拜伦的那种野性、任性、即兴的特质。缪塞欣赏拜伦,但显然不能够完全效仿,这些抒情诗是基于他对法国古典诗歌艺术的把握而写出的。在他那高贵的《致拉马丁书简》中,他总结了自己和他所处的那个时代的精神、情感和希望。下面这首诗《悲哀》,通过索利巧妙的翻译,表达了缪塞忧郁的情绪:

> 力量与生命早已远去,
> 朋友不在,欢乐逝去;
> 昔日的骄傲不复返,
> 相信我脆弱的星星。

> 有一次,我向一位真心的朋友致意,
> 我还不知道她换了副面孔,
> 当我发现自己上当的时候,
> 啊,我的心里好苦!

> 她向来强大,
> 所有她生命中的过客,
> 徒劳无功地
> 享受他们的小时光。

>上帝说话，人类倾听，
>必须回答：一切都很好。
>生命覆我以洪水，
>拂去了我心上的泪水。

这个时期有三位诗人，如果不是其他伟人稍微盖住了他们的光芒，也许会非常卓越。这三位诗人分别是布里泽、巴尔比耶和奈瓦尔。布里泽是布列塔尼人，他回到自己的故乡寻找素材，所以他的作品很接地气、很真诚，充满人性。他还用三行诗翻译了但丁的《神曲》。巴尔比耶是切尼尔的学生，他用有力的讽刺诗谴责了当时社会的阴暗。奈瓦尔是一位风格细腻的抒情诗人，他保留了18世纪的优雅形式，亦陶醉于浪漫的情调。他翻译的《浮士德》使歌德在法国家喻户晓。他的小说集《火的女儿》包含了他的代表作《西尔薇娅》，精美绝伦。

在浪漫主义的汪洋大海中，泰奥菲尔·戈蒂耶乘着一艘小帆船航行得异常顺畅，白帆在大海中熠熠生辉。他的诗作《珐琅和雕玉》的形式在法国诗歌中相当出彩。戈蒂耶的才能局限于法语，无法跨越语言的界限。他以创作实践自己的"为艺术而艺术"的诗歌理论，对法国人来说很新鲜，也是法国诗人的福音。下面是乔治·桑塔亚那翻译的几节：

>万物重归于尘土，
>只有装扮出的美人留存。
>胸像比城堡生命更长。
>
>犁开古老泥土的时候，

农夫的双脚常常踩到，
一位君王或神的雕像。

唉，众神也会死亡！
但是不死而且比青铜更为有力的，
依然是自由自主的歌曲。

凿刀、刻刀和细锉，让你的梦境模糊，
把微笑留在坚硬的顽石上。

　　戈蒂耶的小说和他的诗歌一样细腻。他著名的《莫班小姐》和不太知名但同样令人愉悦的诗集《青年法兰西》在风格上已趋近完美。戈蒂耶不是一个博大精深的思想家，也不是一个伟大的诗人，而是品位优雅和摆脱平庸的典范。他在艺术中表达的理想——"为艺术而艺术"，或者我们所说的"为了艺术而战"，是法国高蹈派诗人（他是其中最年长的一员）的理想。
　　在这一群人当中，立意最深刻的诗人是勒孔特·德·利尔，他蔑视浪漫主义，也蔑视除艺术和客观真理外的一切享乐。像叔本华一样，他是一个勇敢的悲观主义者，在沉思中找到了唯一的避难所，用以逃避世界。

就像在遥远的森林里的女神，
在潮水下沉睡，
不虔诚的双手和双眼快速扫过，
隐藏在灵魂之光里，噢，多么美好！

勒孔特·德·利尔是一位伟大的古典学者。他不仅从先人那里找到了很多诗歌的灵感，而且对荷马、埃斯库罗斯、索福克勒斯和霍勒斯的作品进行了诠释。所有法国高踏派的诗人都是古典文学的爱好者，这确实很浪漫。尽管勒孔特·德·利尔认为在公众场合揭露自己的创伤有失艺术家的尊严，但他还是毅然将他的伤痛展现在读者面前。尽管他的态度并非个人的，尽管他很痛苦，他说任何令人潸然泪下的浪漫文学都不可能比他的作品更自我（来自索利的翻译）：

啊，辉煌的鲜血，来吧，让我在你的波涛中枯萎，
我也愿如此，当庸俗的乌合之众呼喊时，
让我带着纯净的灵魂去往我广阔的家园。

一位与戈蒂耶和缪塞属于同一时代的年轻人夏尔·波德莱尔，不属于任何流派，单打独斗闯出一条属于自己的路。在他的《恶之花》中，有些思想很邪恶。波德莱尔在爱伦·坡身上找到了一种志趣相投的精神，他说爱伦·坡的思想存在于他自己的头脑中，但一直未能成形。他出色地翻译了爱伦·坡的作品，使这位美国作家成了法国文学的一部分。要把波德莱尔的作品翻译成英语，译者也要像爱伦·坡一样卓越才行。而英国诗人阿瑟·西蒙斯出色地翻译了波德莱尔的散文诗。像勒孔特·德·利尔一样，波德莱尔有一种对美的追求：

我像梦中的石头一样可爱。

波德莱尔特立独行，常分享一些不属于法国高踏派诗人的想

法，他还通过第一人称公开吐露自己的心声。

泰奥多尔·德·邦维勒是戈蒂耶的弟子，仪表方面的讲究程度与他的师父不相上下。他的思想或许有些浅薄，但因为他开口的机会不多，所以每次都表现得很好。他承袭了古老的法兰西作品风格，即回旋诗和维拉内尔诗。戈蒂耶与他都影响了一些对韵文感兴趣的英国诗人。

苏利·普吕多姆对法国高踏派诗人客观性的描述采用了哲学和科学的形式。他的《正义》和《幸福》是伦理学和形而上学中的诗化作品。不过他的作品没那么抽象，因为他理解人们的痛苦。虽然他的抒情诗缺乏激情，但思想充满诗意并拥有超群的措辞。

继勒孔特·德·利尔之后，最正宗的法国高踏派诗人是埃雷迪亚，他的《锦幡集》中的诗作是继莎士比亚作品之后最出彩的十四行诗，任何国家的诗人用任何语言写就的诗都比不过它。他的同胞——法国高踏派诗人科佩称他的诗为"十四行诗的世纪传说"。这些作品被很好地翻译成了英语，不过要是由罗塞蒂翻译就更好了，他可以再现原作中精彩的场景和迷人的语言。

黎施潘是一位天才作家，他不属于任何流派，而是自成一派。他的生活和思想都稍显波折，原创能力很强。他的第一部诗集《穷途潦倒之歌》异常大胆，因其中某些诗篇"有伤风化"，他被监禁。但他没有放弃，法国人民都很认可他诚实的本质和他与生活搏斗的无畏精神。他的小说和剧本尽管充满了暴力，却让人们在心理上受到了启发。

在法国高踏派诗人步入正轨之前，他们就被新兴的象征主义流派取代。我们很难定义这一章的开头提到的"象征主义"这个词，但可能比定义诗歌本身更简单一些。我们可以通过一个熟悉的例子来说明什么是象征。如果说爱伦·坡的诗包含了他的命运或者某种阴暗面，诗歌表象下暗含着深层含义，那么这首诗就是象征主义诗歌。象征不仅指用一个事物代表另一个事物，还指用一个相关的概念表示整个概念。象征主义和诗歌一样历史悠久。法国诗人对此做了有意识的尝试。波德莱尔的弟子斯特凡·马拉美把这一方法发展到超越模糊之外的程度，这种模糊就是所谓的表达模糊。他对词语表达的思想和意义进行了二次加工，有意弱化其首要含义，使读者除了自己的想象力再没有别的线索。

这对于以清晰明了著称的文学来说既新鲜又奇怪，它甚至迷惑了法国诗人和评论家。但马拉美的许多诗歌都清晰如白昼，或是躺在迷人的暮色地带——英语诗歌的读者们都聚集在那里。马拉美像波德莱尔一样，认为爱伦·坡虽然不是一位大师，但至少是一位艺术家同伴，他也出色地翻译了这位美国诗人的作品。

少数同胞听到了马拉美的心声，但他的作品好像没办法使法国以外的读者喜欢。另一位象征主义诗人保罗·魏尔伦，作为法国甚至欧洲现代最伟大的诗人之一，广为人知。魏尔伦的诗自然地流露了他的感情——爱、恨、希望和绝望。他在使用语言时很少考虑到法国诗歌的传统规则，只服从于他的内心，这再正确不过了。在他著名的《诗的艺术》中，他遵从自己的原则，当然这对其他诗人没什么帮助，尽管许多年轻的诗人都受到他的影响。他的第一原则不是智慧，也不是花言巧语，而是音乐，音乐高于一切。

魏尔伦说到做到。他将美丽的诗篇撒向晨风，他的身上好像带着唱歌的使命，这些歌曲好像鸟儿的鸣唱一般。这些诗令作曲家欣喜，他们为美丽的诗篇谱上曲子，却让那些试图将其翻译成英文的人感到棘手。魏尔伦既是个多愁善感的人，又是个天真烂漫的孩子，一个醉醺醺的波希米亚孩子，带着宗教的神秘感走向了生命的尽头。他对艺术的掌控要强过自我掌控。魏尔伦最初是一个法国高蹈派诗人，后来又成了一个象征派诗人，但他终于摆脱了所有的流派，走上自己的路，创造了他自己的写作语言，没有修辞，简单又微妙。他鄙视生僻词，从来不使用那些无法清楚地表达他观点的词。他的诗歌中奇特的轻柔韵律令人难以忘怀。在感情的力量上，他直接触动读者的心灵，像海涅和雪莱一样，当然内容就完全不一样了。

提到魏尔伦，不得不提到一个叫兰波的男孩，一个比英国的查特顿更奇特的人才，而且还是一位出色的诗人。兰波不到二十岁时就写了许多令魏尔伦着迷的诗句，两个人一起在诗歌的海洋中徜徉。一次醉酒后，魏尔伦开枪击中了他的同伴，所幸的是他的枪法很糟糕，伤口没有致命。魏尔伦在狱中服刑两年，从一个异教徒变成天主教徒，还出版了一本法国文学中最优秀的宗教诗歌集。与此同时，兰波离开了文学界，游荡于各个国家。他的作品不多，包含了用新旧语言写就的精彩诗歌，很奇异且效果很好。魏尔伦虽然不能代表一个时代，却开创并激励了即将到来的时代。可能在他的影响下，法国存世的诗人，包括那些新近逝去的诗人，他们的作品都被集结成诗集，象征着法兰西昔日的辉煌。

在这些同时代的诗人中，只有少数人脱颖而出，尽管可能以后会有人重新评估他们的价值，但至少在我们看来是公正而有认可度的。魏尔伦是一位具有非凡力量的诗人，他出生在佛兰德斯，拥有法国的外表和德国的内在。他的男子汉气概——来自北方的粗犷，有时候会限制法语的表达，因为法语虽然可以很激昂，但本质上有着某种哲学上的约束。对魏尔伦来说，生活是一种骚动和困惑，充满了美，也充满了不幸。不过，魏尔伦其中一本书的最后一部分被称为"走向未来"，以"全世界的年轻人在每一次新希望到来之前都怀揣梦想"为主要论调。

另一位象征派诗人是比利时的梅特林克①,但他不同于那位名气较小却更朝气蓬勃的同胞,因为他纤巧、怪诞、优雅、瘦削,甚至很贵气。梅特林克与其说是一个诗人,倒不如说是个散文家。他的戏剧闻名于世,其中《青鸟》最受欢迎,当然,他笔下关于自然和文学的散文也很出名。有人认为相较于成年男女,他更喜欢孩子、狗和蜜蜂。因为他笔下的成年人物,尤其是女人形象,平淡、单薄,有如糊墙纸。

法国现代诗人中最有贵族气质、最优雅的是德·雷尼耶,他举止得体、文雅、宁静且富有哲理。他给人的感觉仿佛生活在精致的花园中,而不像魏尔伦徜徉的原始森林中。雷尼耶与古典文学有着天然的联系,他受贺拉斯启发,自己发明了名为"小颂歌"的文体。但他的思想很现代,处处渗透着心理学的洞见。他并不与生活抗争,而是像他的朋友勒米·德·古尔蒙一样,要么躲在象牙塔里,要么躲在一个装饰得非常舒适安静的图书馆里。这并不是说这些有教养的文人都很书生气。他们学识渊博,更知道如何使用书籍,并将其转化为自己的精神食粮。

比埃尔·路易斯是一位学识渊博、温文尔雅、幽默风趣的诗人。他的《碧丽蒂之歌》据说是从希腊语翻译而来的,其语气和内容都与希腊文学非常相似,迷惑了许多年轻的评论家,而老一辈的评论家则对他的希腊文化进行了研究,颇为认可。路易斯被称为颓废派,但像他这样的颓废既迷人又无害。

法国文学界几乎都认为德·雷尼耶是他们的大师,因为属于古尔蒙和阿纳托尔·法朗士的时代已经过去。不过被挑选出来的诗国

---

① 梅特林克虽然是比利时人,但他用法语创作。在巴黎结识法国象征派诗人后,他深受他们的影响,开始发表诗作。——编者注

王子（具体怎么选的不太清楚）是保罗·福尔，他是个高产的诗人，出版了一卷又一卷的《法兰西民谣》，描述从路易十一到1914年第一次世界大战期间法国生活和历史的方方面面。他精力充沛、多产，表面上鲁莽、叛逆，骨子里却非常谨慎，他尊重传统形式，可能没有一个法国人或者说没有一个真正的文人能够逃脱这样的传统。福尔用散文的形式写诗，但是当你阅读他的诗句时，你会发现他的大部分诗句都很直接。福尔最吸引人的是他那永不枯竭的灵感、丰富的创造力，还有他动人的煽情，以及一些战争诗中的柔情与愤慨。大多数战争文学新闻性太强，令人厌烦，人们对此越来越不感兴趣。保罗·福尔的诗句之所以能够流传至今，是因为他是在兰斯大教堂的荫庇下出生和长大的。

诗人萨曼比福尔纤瘦，也没什么男子气概。实际上，他是个残疾人，却是一位非常坚强的艺术家。诗歌《守夜》中藏着他的疲惫与悲伤，他心里的场景是："一处火焰，纯洁、细微、迅速，亮着光。"

诗人弗朗西斯·雅姆并未受到法国诗歌潮流的影响，他受到了《法兰西信使报》编辑的热烈欢迎和鼓励。他住在比利牛斯山，远离尘世的喧嚣，撰写了当地的传说，故事很精彩。他笔下的农民和登山者显得很真实，至少文字特别写实。我不认为他是法国现代诗歌的巅峰人物，但他的诗歌的一个标题特别契合这个章节，或者说契合任何跟诗歌有关的章节："生命的胜利"。

第四十章
德国古典时期的文学

在我们看来,歌德是一个才华横溢、天赋异禀的人,他阅历丰富,具有同情心,时常身先士卒。他在文学和其他方面都是他那个时代的导师和楷模。

——卡莱尔

在我们对文学的描述中,我希望思考的习惯和写作的艺术或多或少是一个连续的过程。它们有起有落,有天才辈出的时代,也有低迷的时代。"时期"并不是指真正的时间段,因为这个词似乎明确指向一段时间的开始和结束。在文学史上鲜见如此鲜明的时间划分。或者说,人类史上的其他方面也一样。事件和思想相互交织、融合在一起。因此,当我们提到19世纪时,我们并不是指某个思想诞生于1801年1月1日。19世纪的许多思想可以追溯到18世纪。

德国古典时期跨越1800年前后的时间大致相等。在本章中,我尽量不使用确切的日期,因为每个人都可以在百科全书中查到这些日期。但是,为了提示,我们可以这么记,比如歌德逝于1832年(即司各特逝世的同一年)。他最高产的时期覆盖了18世纪和19世纪,而他之前的先驱们主要是在18世纪进行创作的。

我们要了解歌德和他同时代的人，需要把时间轴往回拨几年，回到德国文学大师云集的古典时期。

1648年，《威斯特伐利亚和约》结束三十年战争时，所有德语地区的土地都被毁掉了，人口只剩下战前的一半。宗教改革以及随之而来的战争，导致文艺复兴在德国彻底失败，使民谣成为德国文学的唯一遗产。当然，即使在战争时期，文学也没有完全消亡。有几位作家，试图在文明的衰落中护住文学的火苗。

这些作家追求的不过是语言的准确性，因此他们引进了流畅的诗句，保持了语言的纯粹性。马丁·奥皮兹引入亚历山大体，写了一篇关于德语诗歌的小论文，并试图通过其他渠道引入那个伟大时代的法国文学形式和理想。也许，在那个文荒年代，最具独创性的作家是警句家洛高，他写的一些小诗，我们在朗费罗的译本中都读过。我们既不需要止步于剧作家格吕菲乌斯，也不需要去关注那些试图保持语言的准确性和对文学感兴趣的地方小流派。

从"三十年战争"到"七年战争"期间，只有两个人物值得一提。克里斯托夫·冯·格里美豪森在他的《痴儿西木传》中反映了三十年战争时期的社会现实和下层人民的痛苦生活。这是一部关于流浪汉的小说，具有强烈的现实主义色彩，至今仍具有很强的可读性。第二位重要人物是保罗·格哈德·纳托尔普，他是继路德之后最伟大的德国赞美诗作家。约翰·卫斯理和其他人将他的许多圣歌翻译成英语，英语国家的人们对此耳熟能详。

1740年，莱比锡成了德国的文学之都。在这个圣地，瑞士批评家波德默和布莱丁格与法国决裂，投向英国的怀抱。他们借鉴《旁观者》①，创办了自己的期刊，大肆颂扬弥尔顿的过人之处，对法

---

① 英国杂志，1828年创刊。——编者注

国人的虚伪和滔滔不绝不屑一顾。诗人阿尔布莱希特·冯·哈勒也是瑞士人,他在阿尔卑斯山上写的一首诗模仿了汤姆森的《四季》,还模仿了格雷的诗句。德国诗歌在当时还是以模仿法国为主。

当时出现了很多古典文学的早期人物,比如弗里德里希·戈特利布·克洛卜施托克和克里斯托夫·马丁·维兰德。从某种意义上说,这两个人代表了两种文学偏好,弥尔顿式的和法国式的。

的确,克洛卜施托克的长诗《弥赛亚》对于今天的读者而言晦涩难懂。战争和饥饿早就把德国人排除在欧洲文学外,但德国文学的活力和措辞的优雅仍然使德国人确信本国文学可与其他语言的文学相媲美。此外,克洛卜施托克在《春祭颂歌》中尽力展现自己的想象力,这部作品甚至可以说是18世纪较为正式的抒情诗中最好的一首。

维兰德与严肃的"游吟诗人"克洛卜施托克完全相反,他的性格与典型的法国人相似。在他有生之年,身体条件允许的情况下,他穿过了法国,到达了希腊;他去拜访了意大利诗人阿里奥斯托和塔索;还去看了莎士比亚,并翻译了一些最早的德国版本的戏剧。他的灵活、从容、明快、流畅,使他本国的读者和作家受益匪浅。他的小说《阿伽通的故事》和浪漫史诗《奥伯龙》,至今仍有读者。

在我们谈到大师之前还有一位先驱,就是约翰·哥特弗雷德·赫尔德,他不是一个诗人,也没有写出令人难忘的作品,只创作了选集,写下一些批评性的片段,但为整个时期的文学作品提供了原始素材。他研究莎士比亚,还研究基本的批判性问题,成果喜人。最重要的是,他发现了各国民间诗歌至高无上的价值。他的《诗歌中各族人民的声音》打破了古典文艺复兴文化的主导地位,为民间诗歌的发展开辟了道路。赫尔德对德国浪漫主义文学的兴起和对比较文学、神学和民俗学等学科的涌现都有很大的影响。

戈特霍尔德·埃弗拉伊姆·莱辛是剧作家、学者、思想家和批评家。最重要的是，他写得一手好散文。他认为自己缺乏创造力，却忘记了开创伟大的风格本身就是创造的最高境界。他的一些批评性论文和神学小册子在今天看来缺乏实质性内容，卢西恩和斯威夫特的作品也存在这样的问题。然而，无论是美术评论家还是诗歌评论家，都不敢对《拉奥孔，论绘画与诗的界限》进行批评，也没有任何戏剧评论家或历史学家敢对《汉堡剧评》进行批评，更没有研究思想史的学者对《论人类的教育》指指点点。对于文学爱好者来说，这些作品及其他作品都弥足珍贵。对莱辛来说，约翰逊为哥尔德斯密斯写的碑文也适用于他："没有一种文字是他没有实践过的，他不仅仅为了使用语言，也用语言来为作品添砖加瓦。"莱辛身为剧作家的成就同样令人敬佩，只不过相关的讨论没那么热烈罢了。他把第一部经典喜剧《明娜·冯·巴尔赫姆》和第一部诗剧《智者纳旦》献给了德国人，这两部作品至今还在上演。《明娜·冯·巴尔赫姆》一点儿也没有过时，《智者纳旦》很好地表达了作者的高贵、宽容和清醒的思想。

歌德是德国最伟大的作家，也是所有文学大师中最杰出的人物之一，我们很难用短短几句话概括他。他是最具现代精神的大师，因此，他的精神、脾性和行为等是最复杂的。但丁采用中世纪的世界观和宇宙观，而莎士比亚追随文艺复兴时期的道德秩序。歌德不做任何假定，他是一个很现代的人，他拼搏奋斗，让生活本身凝聚成艺术。他是一流的抒情诗人，他是《浮士德》的作者，他的过去、现在和未来都与我们紧密相连，等同于《神曲》与14世纪的人们之间的联系。《浮士德》是我们的代言人——替我们表达出我们的时代、问题和精神历程。书信、对话、格言诗和散文构成了这一博大精深且深具意义的智慧文学，在这本书中，现代所有的困难和问题都有所体现，我们能够在其中找到共鸣。

就像阿诺德、爱默生和莫利一样，我们都是歌德的信徒，不管我们是否认识他，是否了解他，任何自由的思想都或多或少与大师有过接触和碰撞，自然而然地成了他的信徒。你如果期望道德力量而非道德形式主义，期望世界团结而非国际竞争，在文学、生活、政治、思想中培养出本质的而非神话般的价值观，就能从歌德的生活中汲取无穷无尽的灵感、活力和光芒——从这些偶然的信件和简短的警句中汲取灵感。

歌德是一位伟大的诗人，但他远不止于此。他的才能表现在多方面，以至于能够弥补一些作品上的瑕疵：他的一些作品（比如小说《威廉·迈斯特的学习年代和漫游年代》《亲和力》），甚至一些戏剧，在当今世界上还有相当一部分人读不懂。

歌德年轻的时候在莱比锡求学，他写下很多传统的阿那克里翁风格的诗。前往斯特拉斯堡的旅途中，他遇到了赫尔德。赫尔德为他打开了民间诗歌的宝藏，使他几乎一夜之间就跻身顶尖抒情诗人的行列。

随后，他加入了狂飙突进运动。他崇尚莎士比亚和中世纪文化，同时在欧洲拉开了以小说《少年维特之烦恼》为标志的浪漫忧郁时期的序幕。二十四岁的歌德享誉国际，后来应邀去魏玛公国，陆陆续续地在那里度过了他漫长的一生。他把《浮士德》前半部的草稿带到魏玛，而后半部他花了六十年时间逐步完稿。之后的日子忙碌而烦躁，他前往意大利，同时创作戏剧《伊菲格涅亚在陶里斯》《托尔夸多·塔索》等，包括隽永的

歌德

《威尼斯警句》、优美的田园诗《赫尔曼和多罗泰》。直到垂暮之年,他都致力于治国之道,沉醉于戏剧、物理和生物科学的研究,以及《浮士德》的撰稿。他的生命中澎湃着永不停歇的诗意,其中所彰显的广度、激情和智慧,无可比拟。

不管他是否忙于别的工作,《浮士德》永远都是重中之重。他二十三岁的时候开始动笔,一直写到八十三岁。作品中浓缩了他的灵感和智慧。故事情节很简单,浮士德是一个对生活有渴求的学者,他知道要实现救赎不能纸上谈兵。他在与梅菲斯特的斗争中,带着邪恶的负面情绪,一头扎进生活的实践中。

歌德尝试使用世人所谓的古典文学描述方式,但他对此很不满意,他想找到一种最简单和最实际的表达。但这只是他在奋斗中迈出的一小步,而不是目的。奋斗探索之路本来就是目的,生命的开始也意味着它终将终止,只能自我实现和证明。我们没办法达到完美,我们也不知道完美到底是什么。对于人类来说,似乎停滞状态和死亡可以视作完美。因此,我们的最高成就就是高贵的活着,是不知疲倦地创造生命的奇迹。这拯救了浮士德,打败了魔鬼梅菲斯特;正是通过对这个真理的肯定,浮士德才如此受到欢迎。

我们要知道,整部戏剧比《失乐园》长得多,字里行间充溢着音乐的活力,其意义和人物刻画是世界文学史上任何一部同等分量的作品都无法比拟的。从年迈的歌德放下笔的那一刻起,《浮士德》对我们的影响便一直延续到了今天。

歌德将席勒带到了魏玛,并为席勒在耶拿大学谋得历史教授一职。席勒比歌德小十岁,他是德国戏剧家、诗人,其作品《强盗》《阴谋与爱情》达到了18世纪德国爱情悲剧的新高度。这些戏剧情节描写细致,人物塑造典型,具有革命性,奠定了现代戏剧中悲剧对话艺术的基础,但其中不乏野性和过激之处。席勒精通历史和哲学，后半生致力于诗体历史剧和悲剧的研究，并在耶拿和魏玛创作了一系列戏剧（《唐·卡洛斯》、《奥尔良的姑娘》、《玛丽·斯图亚特》、《威廉·退尔》和《华伦斯坦》三部曲），构成了莫里哀和黑贝尔之间戏剧文学的重要一环。近年来，席勒的戏剧虽然在舞台上占有一席之地，但有一部分失传了。自然主义者更喜欢他早期的剧作，他们痛斥席勒的辞藻和他偶尔的多愁善感，特别是《奥尔良的姑娘》。《威廉·退尔》和《华伦斯坦》三部曲都是最优秀的戏剧。他的哲理诗和叙事诗充满活力和戏剧性，热情洋溢。

席勒于1805年去世，可以说严格意义上的德国文学的古典时期随着他的逝去而结束了。歌德一直活到了1832年，但那个时候浪漫派退出舞台，七月革命结束了，海涅逃亡到了巴黎，一个新时代来临了。

第四十一章
歌德之后的德国文学

> 现在让我们来看看德国诗人和散文作家的作品吧。他们的能力是有目共睹的。他们在工作时认真、虔诚,带着开明的信念。
>
> ——歌德

文学、思想、政治上的因素给德国文学的浪漫派奠定了基调。德国紧紧跟随法国的步伐。诗人和理想主义者决定在中世纪的德意志帝国实现自己的梦想,这简直再自然不过了。

这些诗人和理想主义者接触了哥特式风格,接触了天主教——他们来到纽伦堡、科隆大教堂和斯特拉斯堡,见到了中古高地德语时期的抒情诗人,还听到了关于森林、小溪和峡谷的民歌和传说。哲学动机将这一切结合在一起。康德之后的思想家们愈加关注现实的残酷世界,直到费希特宣称这只是人类创造精神的投射。这些诗人有权在自己的梦中挣扎,努力实现自己的梦想,自我满足。这个浪漫主义派没有创作出任何有价值的艺术作品。施莱格尔、蒂克等人翻译了莎士比亚的作品,格林兄弟创作了语言学著作。浪漫派的作品呈碎片式,对欧洲文学产生了直接或间接的影响。只有在抒情诗中,浪漫主义才会发挥到极致。诺瓦利斯的《断片》很深奥,就像标题所示,其内容是碎片式的文章。霍夫曼的故事不是一流的文学作品。诺瓦利斯、布伦塔诺、艾兴多夫、荷尔德林、乌兰德等人的抒情诗都很好。这些作品之所以闻名于世,是因为它们就像海涅的抒情诗一样,由舒伯特、舒曼和勃拉姆斯谱写了曲子。

浪漫抒情诗生命力持久。它延续了尼古拉·莱瑙忧郁曲调中的生活,之后出现在莫里克的抒情作品中,又因为胡戈·沃尔夫的音乐而更加著名。后来,浪漫抒情诗在狄奥多·施笃姆近乎完美无瑕的诗作中达到了巅峰。

不管怎么说,浪漫派中有三个重要人物:哲学家叔本华以及两位戏剧家海因里希·冯·克莱斯特和弗兰茨·格里尔帕策,后两位分别是普鲁士人和奥地利人。叔本华被认为是悲观主义的典型代表。他认为人生充满痛苦,必须断绝"我执",根本否定"生命意志",才能求得解脱。他倡导在艺术中寻找宁静。我们之所以把他归入浪漫派中,是因为他的主要著作《作为意志和表象的世界》,还有他的其他作品,特别是两卷文集,都是优秀的散文。他在文学、艺术、音乐方面都富有启发性。

克莱斯特早早地结束了自己的生命,留下了一些获得越来越多好评的戏剧和中篇小说。他摒弃了悲剧中的英雄心理(这种心理在悲剧中已成定式),让我们直面人们内心深处的冲突。他的心理戏剧《洪堡亲王》,那部令人叹服的喜剧《破瓮记》,以及《米夏埃尔·科尔哈斯》等小说,这些作品中描述的心理状态虽然不寻常却极具代表性,虽然是病态的激情和力量,却具有强大的说服力。

奥地利最著名的剧作家格里尔帕策,与其说是心理学家,不如说是诗人。他也是一个严格意义上的浪漫主义者。他的心理和现代人很相近。不管他将戏剧场景设置在哪里,这些剧作都是描绘人间仙境的戏剧。他的政治主张及动机诗意又浪漫。苦行主义者努力打压他,这种打压的痕迹在他每一个寓言中都有所体现。他不现代,也没有远见。然而,《萨福》《金羊毛》《梦幻人生》《柳布莎》《爱与海的波浪》,这些可爱、传奇和闪光的戏剧是多么迷人啊!

有人指出,浪漫主义者既是梦想家,又是保守派,他们通常是天主教教徒。七月革命爆发了,滑铁卢惨败后,人们再一次捍卫了自由。一群被称为青年德意志派的作家涌现出来,他们更加真性情,思想更加自由。他们中鲜有人留下传世作品。比如才华横溢的小册子作者路德维希·伯尔内。再如海涅,犹太人,浪漫主义者、革命者,还是梦想家和现实主义者,充满了对人类自由的向往和热情。海涅,这位活在风暴中心的人物,迄今为止,还在德国有着广泛的影响力和很高的名望,堪比拜伦在欧洲的影响力。

海涅的作品的重要性可能不及他的个性和影响力。如果我们都像阿诺德一样,把海涅当作歌德的"继承人",那对他来说太残忍了。海涅早期的数百首诗都已经过时了,略显俗气。幸运的是,他的诗歌作品体量巨大。《北海集》依旧比较有名气,后来他写了一些情真意切的作品,内容真实,不像早期作品那么花里胡哨。他的散文口碑不错,内容丰富多彩、善于思辨。正如他自己说的那样,他是为了人类自由而战的优秀战士,他写下一千页智慧、雄辩而激昂的散文,记录了这场战斗。

19世纪中叶,海涅声名鼎盛之际,还有两个人在默默无闻地耕耘着。他们是理查德·瓦格纳和弗里德里希·黑贝尔。不过,瓦格纳的艺术理论严格来讲并不属于文学。

海涅

剧作家弗里德里希·黑贝尔是一位伟大的作家，也是一位伟大的思想家。在贫困孤独的岁月里，黑贝尔构思了现代戏剧——他的第一部作品就是现代戏剧，后来易卜生和所有后来者也开始写起了现代戏剧。他把戏剧冲突从那些死守道德的腐朽派身上转移到了冲突本身，把文明用在了戏剧诗人的评判标准上。他希望当人类和道德向死而生的时候，戏剧能够出现在新旧道德此消彼长的时期。他的主要作品有《马利亚·马格达勒娜》《吉格斯和他的戒指》《尼伯龙根三部曲》。黑贝尔去世后，他的日记被发现。这是一个坚强而正直的人的记录，这也许是一部比他的戏剧更重要的作品。

这个时期有两位著名的小说家：台奥多尔·冯塔纳和戈特弗里德·凯勒。冯塔纳是德国现实主义文学的代表人物之一，著有一些很写实的作品，虽然没那么出名，如《艾菲·布里斯特》和《迷惘与混乱》。凯勒相对来说更具有国际影响力，他的长篇小说《绿衣亨利》以第一人称述说了主人公的成长史，不过读起来稍显吃力。他的中篇小说是上品。凯勒对生活有着敏锐的观察力，他总是能够看到瑞士农民和小镇居民的缺点。他是小说大师，他描述了他的祖国从过去到现在的事情，以及一些19世纪小说中最动听、最令人愉快的故事。

就像法国一样，德国在1850—1870年见证了纯粹的诗歌形式的发展。慕尼黑学派在很多方面都和法国高蹈派诗人一致。这个流派的领军人物是保罗·海泽。他的长篇小说风靡了很长时间，虽然放在今天有点儿不够好看。他的名气主要依赖于他那些非常纯粹和清晰的诗歌选段。艾曼努埃尔·盖贝尔写的浪漫叙事诗非常可爱，颇具德国传统风格。多年来他都被视作民族诗人，因为他的诗歌严肃、优雅，又铿锵有力。然而，最厉害的德语诗人是另一个瑞士人，康拉德·费迪南德·迈耶。在他身上，"艺术诗人"那明晰而恰如其分的雄辩力,与丰富的想象力结合在了一起。

我们身处现代的开端,在世纪之交邂逅了诗人、哲学家弗里德里希·尼采。尼采是一个伟大的艺术家,也是一个思想家。相较于其他人,他更深刻地教会了人们什么是现代思想的核心,即像物质世界一样,精神世界是有变化和有生命的世界,而非没有变化和死亡的世界。因此,人完全可以超越自我。变化与超越自我这些思想虽然处于萌芽状态,但正在对现代生活产生影响。这不仅出现在《查拉图斯特拉如是说》中,还存在于他的其他作品中,比如《道德的世系》和《人性的,太人性的》都展现出了强大的、具有创造性的表达能力。他的文字铿锵有力,振奋人心。他在书中传达的信息振奋了同时代人们的心;字里行间有一种说服力(可以媲美"福音书"的说服力),一种表达的欢愉。他的作品中满是意味深长的格言,每一句话都描述着"人与自然"的好光景。他认为,圣人也是诗人,圣人的警世名言通常以抒情诗、寓言、故事的形式呈现给读者。

要理解德国文学上的最后一次革命,我们应该知道,在1880年,黑贝尔、凯勒、迈耶、尼采并没有达到事业的巅峰。公众看到的是借鉴奥吉耶和大仲马的劣质作品。年轻人倾向于多愁善感的小说和那些从浪漫主义的残余中萃取的诗句。这些诗句早已失去了原先的美感和力量。因此,在19世纪80年代初,年轻一代奋起反抗,他们形成了小团体,向国外推行他们的思想,宣扬"彻底的自然主义"的理论,奠定了充满活力的文学运动的基础。阿诺·霍尔茨的小册子很快见效。我们见证了一位诗人的诞生,他叫德特列夫·冯·李利恩克龙,还见证了一位伟大的剧作家盖哈特·霍普特曼的诞生。这个故事来得晚了一些,但篇幅并不长。自此,一种新的文学诞生了。

李利恩克龙的抒情诗是德国文学中浓墨重彩的一笔，其中重新加入了苦涩和真实。他的诗歌和民谣里有泥土、酒和面包的味道。同时，他不仅把简单的事物处理得具体又生动，而且恢复了德国诗歌的严谨的形式。

在李利恩克龙的领导下，抒情诗如雨后春笋般涌现。下一位称得上杰出诗人的应该是理查德·德默尔。德默尔在李利恩克龙的生动和具体上增添了富有哲理的见解和力量——在这一点上，他在欧洲诗人中是独一无二的——将现代生活在心理和机制方面的复杂性转化为诗歌。他可以写民歌，也可以写出中世纪简单的颂歌。他写了一百首诗，其中最突出的是《两个灵魂》。这首诗构建了当代男男女女的生活，携手开启自行车之旅，煲着电话粥，甚至记录了在隔壁公寓里弹着钢琴的女人。他的诗句清晰而睿智。

维也纳出现了新的诗歌学派，几乎与李利恩克龙和德默尔处于同一时期。这个学派故意脱离了北方的固化的现实主义，并将生活中所有元素转换成一个宁静而永恒的美丽王国。这个学派中有三位作家最令人难忘：格奥尔格、胡戈·冯·霍夫曼斯塔尔、莱内·马利亚·里尔克。格奥尔格是一个严肃而完美的大师，他的作品中的所有章节都完美无瑕，每个章节都饱含想象力和哲学思想。霍夫曼斯塔尔通过对戏剧形式的选择以及他与理查德·施特劳斯的合作，给他的团队和学派赚进大量海外资本。但是，译本就没有那么完美了，体现不出他作品的完美，还有诗歌中的神秘魔力。莱内·马利亚·里尔克承袭了布拉格学派的特点，形式严谨而神秘。他是所有表现主义抒情诗人中的大师，因为他从内心深处重建了这个世界，重塑了他细腻的音乐灵魂。近年来，在他的影响下掀起了新表现主义的风暴。新表现主义在抒情诗和哲理诗方面颇有建树，虽然在小说和戏剧方面并非如此。在这些较年轻的同时代人中，至少有一个人值得提及，那就是弗兰茨·韦尔弗。

现代戏剧诞生于霍尔茨的实验之后，最初是围绕着著名的柏林自由舞台协会开展的，由一系列在范围、丰富程度、多样性和力量方面都不凡的作品组成。赫尔曼·苏德曼在国际上享有盛誉，他是一位很有趣的剧作家。其间还涌现出两位天才：盖哈特·霍普特曼和阿图尔·施尼茨勒。

霍普特曼是一位诗人，也是唯一以宏大风格成功创作诗歌戏剧的当代剧作家，比如《沉钟》和《可怜的亨利希》——他的自然主义戏剧大概是他最伟大的成就了。在《寂寞的人们》《织工》《獭皮》《车夫亨舍尔》《米夏埃·克拉默》《罗泽·伯恩德》中，都体现了对现实的完美幻想。这是文字所能够呈现的更真实、更尖锐的语言。在这些戏剧中，悲剧存在于宇宙或者集体之中，而不是存在于个人生活中。霍普特曼笔下的主角都是受害者，他们被判有罪，可本身却没有罪。他是一位富有同情心的戏剧家，也是自然主义文学在德国的代表作家。他最厉害的地方当数对人物的塑造。至今依然活跃的作家没有人能像他一样创造出充满生气的世界。人们在他的作品里能够看到不同时代的生活。

施尼茨勒是维也纳人，他的作品风格和霍普特曼的作品风格一样真实。但他所面对的是一个复杂的社会，是一个献身于艺术的社会，也是一个喜欢反省的社会。他不如霍普特曼有活力，他优雅、精明、文质彬彬。他最好的剧作——《轻浮的爱》《遥远的国度》《孤独之路》——真实、悲伤，充满魅力。他的作品人物性格分明，带有乐感。

施尼茨勒的小说不属于德国的抒情诗，也不属于戏剧。它受困于日渐成熟的德国散文，直到尼采时代之后，才做到了现代文学要求的简单、优雅。在一些有趣的小说作家中，古斯塔夫·弗兰森和克拉拉·维比格都是坚定的现实主义作家，不管是在柏林的无产阶级，还是莱茵河畔的幸福家庭中，都一样坚定。才华横溢的女性迟早也会获得这样的赞誉和声名。丽卡达·胡赫是学者、诗人，也是充满想象力、追求艺术的纯粹性的小说家。还有两位大师，不仅擅长小说，还擅长诗歌，他们是托马斯·曼和雅各布·瓦塞尔曼。

托马斯·曼是一位非常严肃的作家。除去他的散文不论，他的一部长篇小说《布登勃洛克一家》、两部中篇小说和一些短篇小说，构成了他的全部作品。《布登勃洛克一家》讲述的是一个吕贝克贵族家庭的衰落的故事，是一部既宏大又完美，既光辉又沉静的著作。他的短篇小说和中篇小说，尤其是《死于威尼斯》，优雅，严谨。

瓦塞尔曼的主要作品《世界的幻影》，已在英语读者中流行开来。这是一位具有巨大创造力、富有极大热情的文坛常青树。他的作品有着出众的一面；他被拿来与狄更斯和陀思妥耶夫斯基做比较。经过多年的努力，他逐渐形成了富有说服力的诗歌形式和风格，能够充分表现他对事物充满激情的想象。瓦塞尔曼天生有种先知的力量。他与施尼茨勒和霍夫曼斯塔尔一样，也是犹太人。他和托马斯·曼之间的对比，就像施尼茨勒和霍普特曼之间的对比一样，凸显了激情与动荡、狂喜和对上帝的追求。这是许多德国当代年轻诗人、剧作家、小说家的作品所具有的特点。相较于当下，他们的作品更应该属于未来时代。

第四十二章
19世纪的俄国文学

> 我们将所有的事情变成了故事——这是最琐碎、最无关紧要的文学形式——两种结果：要么是垃圾，要么享誉整个欧洲。
>
> ——德鲁日宁

对于不懂俄语的西方读者来说，俄国文学是指19世纪和今天的俄国小说。这个观点太过狭隘，对俄国诗歌和其他表现形式的文学视而不见。但这种狭隘又似乎有理可寻。小说具有广泛的感染力，比其他跨越国境的作品更容易让人接受。俄国小说很强大。它不仅仅是故事，正如上文引用的评论，其发出的声音冲出国境，响彻欧洲。因此，正是俄国小说的丰富性，使我们有理由忽视俄国文学的其他部分——尽管我们对其他文学形式了解得也很多。此外，在伟大的小说家时代之前，俄国人借鉴了很多西欧文学的内容，在他们创造出新事物反向提供给西欧借鉴之前，文学影响自西向东。他们的灵感来自法国、意大利和英国，却忽略了他们本土的歌曲和故事来源。

虽然我们最感兴趣的是小说，但俄国现代文学的创始人是两位诗人：普希金和莱蒙托夫。他们也写散文。他们两人都生活在19世纪初的浪漫主义时期，深受拜伦和欧洲半数年轻作家的影响。

普希金几乎拥有所有的文学天赋：他是一个抒情诗人，一个戏剧诗人，也是一个讲故事的人。但他本质上是一个充满爆发力和美感的戏剧家。俄国作曲家们为了自己的创作主题曾多次拜访他。以他的故事和诗歌为基础的、最著名的歌剧是《叶甫盖尼·奥涅金》《鲍里斯·戈东诺夫》《水仙女》《黑桃皇后》。他对随后的俄国文学产生了巨大而正面的影响，因为他发展出或者说生而带有简约风格。

莱蒙托夫和普希金一样，具有拜伦式的风格，但他还具有一点雪莱的气质。他是一个有远见的人，对俄国神秘的灵魂和精神特质感兴趣，这种兴趣在随后的许多文学作品中都很盛行，相较于其他国家的小说，更具有俄国本土特色。莱蒙托夫的主要小说是《当代英雄》，这本书已经被翻译成包括英语在内的多种语言。故事发生于高加索地区，揭示了俄国贵族知识分子不满现实，渴望有所作为但又无能为力的生活。

第一个抛开浪漫主义传统并为了寻找写作主题而生活的小说大师是果戈理。他的《死魂灵》比标题所暗示的要活泼得多，描绘了农奴制度下俄国停滞落后的社会生活，充满了对普通人幽默的同情和对虚伪欺诈的讽刺。据说这部作品的很多幽默感在翻译过程中丢失了，这有可能是真的。但在英译本中，大量人性光芒四射，让我们意识到了这本书的伟大。除了具有讽刺意味的观察能力，果戈理还有一种更令人兴奋的戏剧性天赋。小说《塔拉斯·布尔巴》讲述了哥萨克人和波兰人之间斗争的故事。果戈理是俄国批判现实主义的奠基人之一，而后来的俄国小说家都承认他的地位，尽管他们后来者居上。俄国学者、无政府主义者克鲁泡特金认为，俄国后来的小说家的作品中更多地体现出普希金的痕迹，而不是果戈理的风格。尽管如此，果戈理的作品曾经并且现在仍然具有强大的影响力，读者依然在阅读他的作品。从他对俄国文学所做的贡献方面来说，他将小说从浪漫主义拉回到了现实中。

屠格涅夫实现了第一次大飞跃。他和陀思妥耶夫斯基、托尔斯泰是统领俄国小说的三位巨匠。屠格涅夫的第一部大作《猎人笔记》描述了农奴的悲惨生活。这本书阐述了一个众所周知的事实，俄国小说不仅仅是闲来无聊的解闷读物，还可以对社会生活产生实际影响。在《父与子》中，屠格涅夫描述了冉冉升起的新一代和老一代人之间、拥有抱负的平民知识分子与贵族之间的冲突。屠格涅夫在这部小说中用了"虚无主义"这个词，而这个词常常被政府用来唾弃自由思想，结果使屠格涅夫一度失去了他同情的这部分人的好感。数年前他抨击过农奴制度，惹恼了政府，因此被判处了短期监禁甚至流放。这位俄国作家的生活充满了惊险与刺激。然而，屠格涅夫并非政治宣传家。他是一个艺术家，一个有个性的学者，一个美丽事物的热爱者，有着法国作家的格调。他既简单又深刻。有人说，除了屠格涅夫，没有人写得出完美的小说。这虽然有点儿夸张，但他的大部分小说确实趋于完美。他在《前夜》和《春潮》中描绘了年轻女性的凄美。他觉得俄国人总是徒劳挣扎，显得很残酷。他能够理解俄国人的浓郁的忧愁，因为他同样能够切身体会到。他的不快乐不是病态的，而是勇敢而温柔的。他的分析清晰，叙述简单易懂，他可能是最能够直白地向世界描绘俄国的人。他的作品很容易读懂。只有俄国人知道他是否比同时代的作家们更真实。他的小说更多以欧洲为背景，而不是以广阔的俄国为背景。他大部分时间生活在巴黎，陀思妥耶夫斯基和托尔斯泰都认为他被法国化了，或者至少有这种可能，但他经常回到俄国去寻找新的素材。他的自我放逐，加深了他对俄国语言的热爱，俄国人觉得他的语言近乎完美。他下笔时深思熟虑，这也许是他被法国化的一个例证。当然，法国化对艺术家本人没多大影响，虽然可能或多或少伤害了俄国人。

屠格涅夫的小说是完整而克制的。

陀思妥耶夫斯基是一个更有激情或者说激情难以控制的人。他的小说没有固定的模板，更倾向于对事实进行自由的描述。他年轻时因从事革命活动（虽然这些活动只不过是虚张声势）而被捕，在西伯利亚被关了四年。他在《死屋手记》中描述了这一段惨痛的经历。他的灵魂被刻上了烙印，余生沉浸在悲伤中不可自拔。不过，也许正因为如此，他对所有受苦受难的人、对罪犯和被放逐的人、对受伤者和受侮辱者都心怀同情，正如他的作品描述的那样。他脍炙人口的作品《罪与罚》，故事可怕却动人。一个可怜的学生拉斯科尔尼科夫犯了谋杀罪，犯罪动机并不是常见的嫉妒、报复和掠夺，而是一种病态的自我主义和对生活的怨恨，颇具复杂性。他向他的爱人索尼娅忏悔。索尼娅是一个贫穷的街头女孩，说服他为自己的罪行赎罪。而后他向警察自首，并被送往西伯利亚，索尼娅随后在那里与他相见。索尼娅的忠诚是他的救赎。陀思妥耶夫斯基在创作这部小说时将视野拓展至整个俄国，梦想着爱能够拯救俄国和全世界，他不相信以暴制暴。在《群魔》中，他描述了革命阴谋的愚蠢和悲剧。他认为农民是俄国的希望，这些人让他看到了很多美德。高尔基认为，这只是那个时代的文学和政治理想。

陀思妥耶夫斯基

陀思妥耶夫斯基小说中对生命悲哀的描写有时被西方读者误认为是病态的。人类产生不健康动机时总是病态的，但小说家不应该因此受到指责，他们的病态程度比很多人轻得多，比如报纸编辑在头版刊登谋杀、火灾和绑架的新闻，比如逃向北极的航班，比如为了拯救同胞的生命而牺牲的外科医生。

陀思妥耶夫斯基不是从报纸上取材，而是从芸芸众生中取材。他最伟大的小说《卡拉马佐夫兄弟》阐述了对善恶问题的处理。小说中的主人公很平凡，生活很艰难。在陀思妥耶夫斯基的所有作品中都没有"英雄"。而女英雄们的出现也不是为了感人，这些故事悲惨而真实。陀思妥耶夫斯基的天赋中唯一缺少的是幽默感。屠格涅夫的幽默相当苍白，却富于哲理。托尔斯泰的幽默严肃而扭曲，他最多只会微笑，大笑是不存在的。对于果戈理和契诃夫来说，俄国文学中没什么好玩的。

俄国人有时让人很难理解，但比我们自己要好懂多了。陀思妥耶夫斯基的第一部小说《穷人》看起来很有狄更斯的风格，然而陀思妥耶夫斯基没怎么读过狄更斯的作品。这个世界很小。陀思妥耶夫斯基对托尔斯泰的《安娜·卡列尼娜》的奇特评论，彰显了它和欧洲其他文学作品的差异之处。小说可以阐明相关现象，但没办法解决问题。细品陀思妥耶夫斯基笔下的俄国，我们会发现他具有唤起和沟通情感的能力，以及令人对琐碎的细节和相对死板的素材产生兴趣的力量，比如《卡拉马佐夫兄弟》。在英国和美国，屠格涅夫和托尔斯泰广为人知，而陀思妥耶夫斯基就没那么出名了。陀思妥耶夫斯基强烈的民族主义使他的作品和名声在跨境传播上受到了阻碍，但至少在所有国家的知识分子中，他最终靠人性取胜了。陀思妥耶夫斯基已然被公认为19世纪的文学大师之一。

俄国小说家扛起了全世界的重担，而这是否能够提升他们作为

文学的故事

托尔斯泰

艺术家的地位，我们不得而知。他们足够强大，他们的艺术创造力惊人，他们为人正直，这就够了。托尔斯泰于1910年去世时已经是世界上最杰出的文人了。他如果只是一个小说家，就不会受到这么多人的尊敬；如果他不是小说家，仅仅是改革家和自由斗士，他的地位也不会如此崇高。有许多文人在非文学的冲突中，勇敢地使用他们手中的笔及他们的男子汉气概，例如弥尔顿和雨果。有的人为了"事业"牺牲了精力或将艺术置于事业之后；有的人选择了弃笔从戎，比如拜伦。托尔斯泰可能是唯一拥有一流创造力的艺术家，然而他试图否认并且压制他的艺术创造力，因为他将其视作与自己崇高的目标对立或者无关的东西。幸运的是，他在小说和故事中已恣意挥洒了自己的才华之后，这些崇高目标才占据了他的生活。他年轻时是个传统贵族和军人，至少外在是传统的，而本质上并非如此。他在克里米亚战争中的经历为他提供了《塞瓦斯托波尔故事》和其他军事故事的素材，这些故事使他一举成名，并使他在文学界站稳了脚跟。正如他所说，这些英雄都是真实的，没有丝毫英雄主义或者感伤的荣光。他看到了战争的本来面目：恐怖而无用，虽然普通人在战争中表现出的勇气单纯而盲目。他当时并不是一个和平主义者或政治作家，事实上，沙皇命令他离开危险地带。即使在他声名显赫的时候，相较于文字，他仍然对人和事更感兴趣——这是他力量的源泉。他待在乡下的庄园中，试图教育乡村的孩子，改善农民的生活条件。他写了两部伟大的小说：《战争与和平》和《安娜·卡列尼娜》。

《战争与和平》不仅仅是小说，它是描绘拿破仑战争时期俄国社会生活和历史的诗歌。这本书涉及的范围很广，包括很多普普通通的小故事。这些小故事流动于一个庞大的历史背景下，彼此间相互独立。在这部作品中，来自四个家族的每一位成员都是主要角色，彼此间相互独立。托尔斯泰具有非凡的人物塑造才能，刻画出来的人物栩栩如生。他的描述能力很强，场景感也很强，无论描述的是战争全景，还是莫斯科一幢房子内的场景。他的叙述紧凑而复杂，所有的故事交织在一起。他本能地遵循一种方法或者说一种原则，绝不强行终结一个故事，而是让故事自由发展。他的"自然主义"并不是一种理论，而是他的天性和思维习惯的一种表现；他以文学的眼光看待事物，也以想象的眼光看待事物。

《战争与和平》唯一的不足之处是布局太宏大，此等布局使其格式无迹可寻。《安娜·卡列尼娜》的故事视野并不广阔，情节更加集中。安娜的故事必然走向悲剧，难以避免。她的性格和她所处的环境使她走向灭亡，就像一条流向瀑布的河流最终会坠落一样。一个罪孽的女性为了才华横溢又虚荣的情人，离开了她正直的丈夫，抛弃了这个社会，而后被情人厌倦，遭到了情人和社会的抛弃。惩罚她的准则不是善恶好坏，而是无情的道德。她没有办法活下去了，只能选择自杀。

与安娜及其情人之间的激烈情感相比，列文和吉提的故事要平静许多。这本书的部分内容讲述了另一个悲剧，虽然零零散散，但非常重要，因为列文是托尔斯泰自我挣扎的缩影，他试图在宗教神秘主义中寻求和平。托尔斯泰的余生大部分时间都在发展并阐述他对伦理、宗教、政府和艺术的观点。屠格涅夫说："在当代欧洲文学中，他是无与伦比的。"他认为托尔斯泰背离文学简直罪不可恕。但对托尔斯泰来说，沉溺于文学才是真的罪不可恕——文学大师已然不复存在。什么是艺术呢？人们视若珍宝的作品被他扔进了垃圾堆，连同他自己的小说。他七十岁的时候回归创作，写下了《复活》。然而，他的创作动机并非艺术，而是为被迫害的基督教筹款。托尔斯泰放弃金钱，但愿意为别人赚钱。

这本书道德性很强，依然表现出了对场景强有力的展现。他充分利用这个机会狠狠地报复了一把教会。托尔斯泰的宗教信仰很简单，通过灵魂上的剧痛来实现：耶稣的教义——通过他对这些教义的解读——从教会权威和神学诡辩中解放出来。东正教会害怕他的影响力，开除了他，还审查他的书，却进一步加强了他的影响力。他的宗教思想导致了不抵抗与和平主义。如果他是一个贫穷且默默无闻的人，他就会被关进监狱，或者被流放到西伯利亚。但他稳坐文学宝座，比世俗主义更有力量。如果政府对他动手，整个欧洲就会掀起抗议的风暴。所以，当局对他那些默默无闻的追随者出手了，托尔斯泰因此悲恸不已，饱受折磨。随后，他于1910年年底去世了。

托尔斯泰的主要著作已经被翻译成英文，最好的译本是艾尔默·莫德翻译的。他翻译了几卷托尔斯泰的作品，包括最出名的几卷，这些译本早已被列入了世界经典著作的行列。莫德先生是《托尔斯泰传》一书的作者，此书分为两卷。通过这本书，读者会发现托尔斯泰拥有有趣的灵魂，连他对一件事情的兴趣持续过长都能让读者觉得甚是有趣。他惊人的活力使他较少流传的作品都显得活灵活现。

俄国批评家们似乎认为，老一辈人的衣钵，或者说一部分衣钵落在了契诃夫的肩上。契诃夫是一个写短篇小说和戏剧的作家，也是一个乡村医生，至少在他相对短暂的一生中，文学只是一种消遣，是生活的调味品。托尔斯泰越来越严肃，他认为契诃夫不懂哲学，但他喜欢契诃夫这个人以及他的故事和戏剧。契诃夫以一种十分天真和巧妙的方式，用一种令人愉快而奇异的幽默来描绘故事。他的方式很简单。故事自己会说话。故事往往不重要。当然了，契诃夫把俄国人常见的想法糅合在了一起。比如他的作品《宝贝儿》中对女性的温和讽刺，其中展现的幽默无懈可击。

在他的剧作中，最精彩的是《樱桃园》，这部戏剧很特别，幽默和痛苦交融。悲情幽默是文学作品中一种难得的情感。契诃夫的作品富含这种情感。他的作品简单直接得异常出彩，一些热情的评论家将他与莫泊桑相提并论，这是不对的。当一个人的影响力从一个国家流传到另一个国家的时候，跟随这样的流向很有趣，同样有趣的是，人们常常会在互不相识的作家中找出相似之处。但是，将一个人与另一个完全不相干的人相提并论，没什么意义。契诃夫和莫泊桑唯一的共同点在于：写得一手好文章。

高尔基在俄国现代文学中占有重要的地位。有一些贵族，比如屠格涅夫和托尔斯泰，视农民为朋友，同时有不少出身名门的俄国人到西伯利亚从事工人运动事业。高尔基（他给自己取了这个笔名，因为高尔基在俄语中表示"苦"）出身于农民和工人之家。他是自己的英雄，无论在他的小说中，还是在他公开的自传中，总会塑造一个出生在黑暗中追逐光明的人物形象。高尔基的每本书都是一场斗争。他算不上一个伟大的艺术家。他用力过猛了，试图在作品的每一页中进行政治宣传。尽管如此，但要找到一本比《母亲》更动人、更令人哀伤的书，还是比较困难的。由于某些不可说的原因，他对外面的世界充满了想象力，而对于英语世界来说，他可能是俄国作家中最著名的一位。

与高尔基相比，安德列耶夫是个非常理性的怀疑论者，他试着理解生活，而不是与其抗争。他越了解生活，就越感到幻灭，对生活充满怀疑。他的小说《七个被绞死的人》和《红笑》尖锐地揭露了战争与社会现实，而他的戏剧《人的一生》和《吃耳光的人》则充满了悲观主义（措辞非常消极）。即便对俄国人来说，他的这两部戏剧也太过悲观。据说，阴郁沉闷的《人的一生》一开演，就有很多彼得格勒的学生选择了自杀。如果是这样的话，这出戏比我们想象的要压抑得多，也可能这些学生本身就比较脆弱。

还有一些曾经鲜活却在近期沉寂的俄国作家也属于世界文学的一部分，但没有人知道到底有多少这样的俄国作家。人们将库普林与契诃夫相提并论，他擅长写短篇小说和长篇小说。他的作品《决斗》有一版不错的英文译本，读者较为熟悉。阿尔志跋绥夫是一个奇怪的天才，在我看来，他的作品《萨宁》看起来不真实，但他至少描述了一个好人在不符合基督教教义的世界中失败的故事——《兰德之死》。柯罗连科有一本为读者所知的书，即《林啸》。这本书情感丰富，对盲人的描述与其他作家相比毫不逊色。不过我们接触不到这些依然鲜活、前途可期的作家。我们的篇幅有限，还有十几位法国、英国、德国和美国的作家，我们没有办法全部讲述到。当然，可能一个世纪后，还是会有人记住他们。俄国情况较为复杂，一个多世纪以来，政治和经济生活（特别是第一次世界大战之后）让所有莫斯科以西的经济学家都觉得困惑不已。这本书出版以后，政府似乎不知道如何归类俄国人了，他们到底是文明人还是野蛮人呢？与此同时，俄国文学、俄国音乐、俄国的舞台艺术征服了世界。

第四十三章
文艺复兴后的意大利文学

你减轻了我们的痛苦,
永恒的生命,噢,我挚爱的艺术如此神圣,
安抚了不幸的人们。

——莱奥帕尔迪

塔索是意大利文学黄金时代最后一位伟大的天才。在他或者说属于他的时代之后,意大利所有的艺术都走向衰落,一直到14世纪,欧洲出现文艺复兴时才得以振兴。17世纪和18世纪之交,英国和法国的文学蓬勃发展,虽然当时两国的政局颇为动荡,但它们的经济和政治力量很强大。我们没有办法说清楚一个国家的繁荣和它的艺术之间,或者个人和其创作之间有什么关系。不过似乎局势稳定对于激发创造力尤为重要,进而还能推进艺术的发展。200年来,意大利遭到国内外势力的双重夹击,曾经强大的共和国四分五裂,元气大伤,意大利文学精神陷入萎靡不振的状态,试图活在往昔的荣耀中。在那些靠模仿彼特拉克等文艺复兴时期大师的作者中,没有一人能写出像样的诗。

意大利文学精神虽然稍显萎靡,但并没有完全消亡。在文艺复兴之前，有那么几位能人具备意大利文学精神，不过他们擦出的火花还是小了些。其中一位是瓜里尼，他的《忠实的牧羊人》颇有世外桃源的闲情逸致，在欧洲广为传播。细腻而令人沉醉的田园风光影响了两个世纪的意大利文学。塔索聪明而敏锐，他嘲讽那些彼特拉克的模仿者。他的滑稽作品《被盗的木桶》虽然已经过时了，但读起来还是很有趣。我们可能不会读塔索，但他依然很有分量，意大利重要的现代诗人卡尔杜齐对他的作品进行了编辑加工。但从塔索到阿尔菲爱里，两个世纪以来，这片阳光明媚的半岛似乎只是沐浴着诗歌，却没有真正的诗意。

散文哲学家布鲁诺、康帕内拉和伽利略是意大利文艺复兴晚期的一股力量。遗憾的是，我们没有办法深入了解这些伟大思想家的作品。这些作品更像是技术哲学著作，而非一般的文学艺术著作。但是，谁又能清楚地把哲学和文学分开呢？布鲁诺和康帕内拉写的诗没有多少人记得，但他们的散文和哲学思想为世人所知。布鲁诺长期受到教会权威的压制，他很多过人的思想因此被忽视。在过去的50年里，布鲁诺被公认为哲学巨匠之一。他认为，整个宇宙是一个生命体——几个世纪后，德国哲学家费希纳完美地发展了这一思想。

伽利略是个名副其实的天才，是一位科学家和文学家。我们知道他和哥白尼都是现代天文学的奠基人。可能没有多少人知道他是意大利散文大师之一，包括他的同胞们。我们在最近40年内才收集到他的文章和信件，但只有意大利语版本。就我所知，这位伟大作家的作品并没有什么英文译本传世。伽利略对意大利科学——物理、医学、电力和其他方面的贡献需要特别提及。在这份有待完成的记录中，伽利略是灵魂人物，是思想上承袭希腊和罗马大师的杰出人物。直到不久前，意大利人才开始进入德国大学。在那里，他们没有学到德国思想的力量和深度,反倒学会了德国人的刻板。意大利当代最杰出的哲学家和批评家克罗齐就是一个例子,他的作品几乎难以读懂。

意大利戏剧文学很早就与音乐融为一体,并且音乐很快取代了文学的主导地位。三百年来,全世界都唱着意大利歌剧,吹着口哨,尽管我们都不知道这些歌词是谁写的。对于世界上其他人民来说,不管他们听说的还是看到的,意大利的天才不是什么诗人,也不是小说家,更不是士兵出身的政治家加里波第,而是无可匹敌的艺术大师朱塞佩·威尔第,他甚至超越了伟大的瓦格纳。

音乐不属于我们的讨论范畴,但我们绝不能忘记戏剧、诗歌和歌曲(歌曲指的是音乐与乐队的规模式配合)之间的密切关系。所有的欧洲国家,还有亚洲、非洲、美洲的国家,都创作过歌曲。意大利人在音乐艺术方面是当之无愧的大师——即使德国人也不得不承认这一点。这里有一个有趣的推测(虽然我们永远找不到一个确定的答案):在但丁之后,意大利诗歌的衰弱是否和意大利音乐的持续辉煌之间存在某种联系?或者我们可以将问题背景设置在其他国家:为什么英国有这么多优美的民歌,却在音乐方面相当薄弱,并且英国的诗歌艺术可能是所有现代国家中最强悍的,包括内容、形式以及文学大家的数量?

正如我们已经说过的,现代意大利人是古典文学的继承者,但是他们的古典主义并没有一味地奴颜婢膝。始于18世纪的浪漫主义运动在19世纪上半叶达到高潮,其抓住并征服了意大利人的想象力。切萨罗蒂翻译了爱尔兰诗人莪相的《芬戈尔》,英文版是苏格兰诗人詹姆斯·麦克菲森从盖尔语翻译过来的。苏格兰人的作品到底是不是译本其实无关紧要。不管是不是译本,莪相都证明了自己的才华,他的传奇传遍了整个欧洲。也许值得一提的是,切萨罗蒂的版本是拿破仑最喜欢的书之一。

卡萨诺瓦是拥有卓绝天才的怪人，他真正的文学成就直到最近才为人们所知。他最初并不是一个文人，从他的回忆录中我们得知，他发现了一种优秀的散文风格。这也许和年轻人或者说天真烂漫者无关，但是对于那些知道如何在字里行间抓住文字真谛的老年人来说，关系颇大。卡萨诺瓦是最伟大的自我表现者之一。这些自我表现者都知道如何适时地表达观点，比如《佩皮斯日记》的作者佩皮斯，他同时是一个艺术家，虽然没多少人知道。随着时间的流逝，他的名气越来越大。英国批评家、哲学家哈夫洛克·埃利斯为他写了一篇精彩绝伦的文章。

意大利的喜剧相当丰富，然而在十七八世纪，意大利的舞台表演变得相当呆板（莫里哀之后的法国舞台表演和德莱顿之后的英国舞台表演也是如此）。有一个意大利天才重现了喜剧特点，他就是哥尔多尼，是一个威尼斯人，他笔下的人物也是威尼斯人，从更广的意义上说，他们都是意大利人；或者，他们是芸芸众生。哥尔多尼享誉法国，但他的作品似乎没有英译本。这意味着他没有办法在我们的舞台上与我们"互诉衷肠"，与我们分享丰富而又非常有趣的个性。然而，我们可以读一读他的回忆录。他的回忆录很多年前有过译本，是由著名的美国领事兼小说家豪威尔斯从威尼斯引入的。

在18世纪严肃的意大利戏剧文学中，阿尔菲爱里是新时代诗歌中重要的先驱。他的作品大多取材于罗马和中世纪历史。这种风格虽然或多或少借鉴了马基雅弗利，却有自己的特色，清新而有力，在意大利文学中具有巨大的影响力。阿尔菲爱里戏剧的主题虽然从未涉及英国文学，但他作为剧作家、诗人和散文作家，在文坛占有一席之地。我们应该都知道他写的关于美国独立的颂歌（他是个狂热的自由爱好者，当然也是暴政者的眼中钉）。据我所知，这些作品没有英译本。

18世纪最杰出的意大利作家是帕里尼。他的《一天》是尖锐的讽刺作品，由于第一次使用了英雄体无韵诗，从而被莱奥帕尔迪称为"当今意大利的维吉尔"。尽管帕里尼热爱昔日的经典，他的作品却是独立于经典之外的原创。蒙蒂的作品较少原创的东西，也比较没有主见，但是他很有才华。蒙蒂阐释了文学与现实之间的关系，奠定了他在文学中的重要地位。他通过写诗来谄媚、赞扬拿破仑。然而，他对《伊利亚特》的翻译使他的声誉更上一层楼，这部《伊利亚特》的译作是意大利语的最终版本，也是公认的版本。

随着乌戈·福斯柯洛，我们来到了19世纪。他的《雅科波·奥尔蒂斯的最后书简》在新世纪来临的前两年出版了。这本书使他被冠以"意大利歌德"的称呼，尽管他的视野比这位伟大的德国人要狭窄得多。这本书反映了意大利遭受了奥地利和其同谋拿破仑双重压力的折磨。福斯柯洛的作品是两国文学关系最有趣的例证，对此，人们可能会联想到欧洲的两个对头——意大利和英国。当然，对于这种关系，我们还能洋洋洒洒地写一摞。许多英国诗人在意大利生活，并在那里终老，至少有一位出色的英国诗人罗塞蒂是纯意大利血统。福斯柯洛在英国生活了许多年，在英国评论界颇受认可，受人尊敬。他的诗短小精悍，非常精彩。他的《墓地哀思》是一首凄美的抒情诗。他翻译了斯特恩的《感伤的旅行》，体现了他和英国文学之间的直接联系。

我们来看看19世纪意大利的一位天才，也是一位伟大的诗人，即莱奥帕尔迪。他忧郁、多愁、悲观，却是一位天生的歌者。我们大致上可以认为他是意大利的拜伦，

莱奥帕尔迪

相较于英国诗人，他没那么有生气，也没那么高产，但他的文笔更细腻。他的文字并没有被翻译成英语，当然可能也做不到。英国学者G. L. 比科斯特斯写了一本有趣的书，是关于莱奥帕尔迪的。但"与原著标题一致的"英文诗歌内容和意大利语的内容相差甚远。从严格意义上来说，翻译作品只能再现原著的一部分风貌，或是用译者的语言进行再创作。我们如果精通意大利语，就要阅读但丁和莱奥帕尔迪的意大利语原著。

曼佐尼是浪漫主义小说的最佳代表，很多人都认为他是意大利的沃尔特·司各特。他的小说《约婚夫妇》是一部毋庸置疑的佳作，被翻译成了很多种欧洲语言，至今仍有读者对其爱不释手，虽然意大利人并不这么认为，但是这本书有一种令人着迷的柔美和精致。曼佐尼天赋过人，他的悲剧作品为世人所知晓，也为世人所钦佩。但他的第一部剧作《卡马尼奥拉伯爵》采用了一种独立于传统小说的形式，这引起了歌德的注意，这位智者通常对美好事物保持着高度的警惕性。曼佐尼是一位充满力量和非凡光辉的抒情诗人。他写过一首关于拿破仑之死的诗——《五月五日》，在意大利语区非常出名。他即便在非常简略的文学介绍手册中也值得被提及，特别是在我们试图发现艺术的统一性和人类表达的连续性的时候，威尔第的《安魂曲》就是为了向曼佐尼致敬。

还有一位重要的中世纪意大利诗人是卡尔杜齐，他的作品难度之大简直没办法翻译。他既是诗人又是评论家。他的诗歌简洁、朴素、深刻，意大利现代诗人在意义的深刻和形式的完美方面都比不过他。

在意大利现代小说界有那么几位能人，却少有天才。也许最著名的是西西里岛的维尔加，他的小说《乡村骑士》在其他国家名气不小，甚至还被马斯卡尼用作歌剧的脚本素材。但维尔加的作品比那些浪漫的小故事更伟大，他的作品描绘了西西里岛和意大利南部的社会史和情感史。

关于仍然活跃在文坛的意大利作家，我们只能简单介绍几句。邓南遮是诗人、剧作家、小说家、飞行员以及政治家，他的才华和能量一度令很多人钦佩，即便是文艺复兴时期最活跃的人，也不及他的影响力。他对语言的掌控是惊人的，其他意大利人可能都不会像他一样掌握那么多单词。他也许有点儿装腔作势，但他的作品不仅俘获了他的同胞，而且使整个欧洲为之倾倒。他写的《死亡的胜利》和《火》经久不衰。他的抒情诗洋洋洒洒，显得有点儿冗长。他的戏剧是激烈和生动的，虽然有时候辞藻过于华丽。他还将弗兰西斯加·达·里米尼的故事改编成了一个剧本，杜丝是女主角，在任何时代都是可以赚得无数眼泪的感伤派的佳作。

皮兰德娄在戏剧方面做出了卓越的贡献，他在意大利戏剧家中拥有像霍普特曼那样至高无上的地位。他的作品富有想象力。在他的许多戏剧中，至少《六个寻找剧作家的角色》和《是这样，如果你们以为如此》这两部作品赢得了美国观众的喜爱，其中还有一些小说被翻译成了英文版本，比如《被抛弃的女人》和《已故的帕斯卡尔》。他的才华莫过于他令人惊艳的逻辑，通过想象或日常生活体现出来。皮兰德娄同时也是一个多产的短篇小说作家，其中一些作品不从类型来说，单从高度来看，不比契诃夫和莫泊桑的作品逊色。

年轻的意大利作家，如帕皮尼和马里内蒂，大胆尝试了新形式和革命性的思想。朱塞佩·埃里科是一个杰出的短篇小说作家，他的小说结构虽然不够创新，但从古典主义角度来看很完美。他的文学风格一直在改变，审美趣味也一直在改变。意大利是浪漫的国度，他传承了先人的古典风格。

第四十四章
西班牙现代文学

这里是温暖的南方，欧洲在此处扩张，
像被磨损的传单，在深海里呼吸：
胸襟宽阔的西班牙，承载着平等的爱，
在记忆中呻吟的地中海，
在未被破坏的大西洋波涛之上。

——乔治·艾略特

  黄金时代于17世纪衰落，在那之后，西班牙文学像意大利文学一样萎靡不振，作品缺乏真实性与原创性。和意大利的情况一样，我认为有必要研究和揣摩一下这个问题：一个国家的政治和经济衰落是否往往伴随着其艺术和精神力量的衰落？18世纪的欧洲局势动荡不安。西班牙王位继承战争席卷了英国、法国、奥地利、葡萄牙、西班牙和荷兰，其战争时间与瑞典和俄罗斯在东欧作战[1]的时间差不多。19世纪后期发生了法国大革命，欧洲大部分地区也卷入其中。在这种情况下，没有哪一个国家能够安心追求精神富足。然

---

[1] 指发生于1700—1721年的第五次俄瑞战争。——编者注

而，英国文学和法国文学却以各种方式表现出持续的生命力，还有德国的非普鲁士地区。而在其他国家，文学并没取得多大的发展。

法国曾是欧洲大陆上地位最崇高的君主专制国家，而西班牙则是它卑躬屈膝的附属国之一。喜剧与悲剧交杂的西班牙，这个有着动人的民谣和流浪汉故事的国家失去了勇气，成了法国平凡无奇的追随者之一。甚至在19世纪上半叶，当西班牙试图摆脱拿破仑的束缚时，其文化方面仍需要依赖法国。奇怪的是，尽管有这种依赖性，西班牙文学却并没有学到法国文学的精髓。浪漫的复兴思想在欧洲大部分伟大的文学作品中闪耀着光芒，而在西班牙，它就只冒了一小股烟。

这个欧洲最浪漫的国家没有闪耀光芒，其中的原因或者说原因之一就是，尽管西班牙人讲究礼仪，像是有着良好的舞台形象，但这似乎是给欧洲其他国家，给雨果、梅里美、约翰·萨金特，给文学爱好者看的。西班牙人在书中和绘画作品中将自己描绘得完美无瑕（我冒着激怒画家和艺术评论家的风险写下这样的话）。因此，在19世纪中叶，当西班牙文学在世界文学中占有重要地位的时候，涌现出不少文学新人。这些新兴的文化领军人物是小说家和剧作家，相较于"浪漫"，他们所描绘的西班牙生活更加"真实"，当然在情感上，大家都会觉得他们很浪漫。不过，也有可能恰恰相反。

有一位西班牙现代戏剧家已经成为西方文学的一部分，他就是埃切加赖。他是个很特别的天才，本来是个数学家，而到了晚年决定尝试戏剧创作。他独特的天赋并不具备多少卡尔德隆的特征，但显然是19世纪如易卜生、霍普特曼、萧伯纳这一类好管

埃切加赖

闲事的人。这一类戏剧方面的天才，在我们这个时代似乎越来越强大了——这是在舞台上阐述真理的好兆头，包括西班牙人曾在舞台上的出色表演。埃切加赖不是一个幽默作家，即便偶尔幽默，也显得冷漠无情。他的佳作《堂璜之子》和《伟大的牵线人》都是对人类性格的研究，特别"西班牙化"，但是观众能够理解。埃切加赖成了世界文学中的杰出人物。据说他的声誉有所损毁，不过没有哪一种文学的声誉像戏剧文学那样持久，也没有哪一个文学家比埃斯库罗斯、莎士比亚和莫里哀更永恒。人们希望活上一个世纪，去了解后代对埃切加赖、易卜生、霍普特曼及萧伯纳的戏剧的看法。今天，他们闻名遐迩，而明天也许会有其他剧作家取代他们。

西班牙小说从未消亡——在塞万提斯存在过的这个国度怎么可能发生这样的事情呢？西班牙小说在19世纪中叶又活了过来。其内容很写实，正如我们已经说过的，浪漫的西班牙在文学上并不浪漫。其中一个说真话的女性作家叫费尔南·卡瓦列罗，她最著名的小说《海鸥》在西班牙以外的地方被广泛阅读，虽然有些后劲不足，但仍然幸存了下来，因为它具有人物刻画和场景描写的典型性和真实性。阿拉尔孔的作品中有一些真实的东西，他继承了流浪汉小说的传统——西班牙小说的长处之一就是这种貌似无序可循的题材。他的关于乡村生活的小说《三角帽》既写实又有趣。阿拉尔孔不是一个伟大的艺术家，而是一个优秀的西班牙故事叙述者。

在阿拉尔孔之后，佩雷达崛起了。他描述农民和水手，他们的生活背景，以及山川和大海。他被称为西班牙文学中现代现实主义的奠基人，也许他配得上这个称号。我们应当记住，三个世纪以来，西班牙小说的优点之一不在于传统浪漫的生活，而在于对人物真实的描写。佩雷达并没有另辟蹊径，而是继承了这种传统写作手法。此外，西班牙现代小说中的场景描写和人物刻画非常具有地方特色。这也许是真正的优点，但这限制了传播，因此西班牙现代小说只有少量作品走出国门，成为欧洲文学的一部分。

佩雷达是一个非常严肃的宗教保守派。与他同时期的巴莱拉是一个快乐的人，也是一个神秘的怀疑论者，还是一个具有迷人的优雅气质的人。巴莱拉的主要小说《佩比塔·希梅尼斯》表现了他的多重天赋。这部小说讲述了一个很写实的故事，塑造了一个具有神圣抱负的神秘女牧师形象。巴莱拉在五十岁时就以诗人和散文家而著称，他的第一部小说让同时代的人大吃一惊。在这之后，他通过学习莎士比亚的风格，不断改进小说的艺术技巧。他一直活到19世纪末，被视为西班牙文学的元老。

加尔多斯比佩雷达和巴莱拉还年轻，是许多更年轻的西班牙小说家的领路者。加尔多斯的出现，标志着西班牙的小说过渡到了当代阶段。不过，每个有才能的人都不能够开始或结束任何文学运动，就算但丁或歌德也一样。这其实更应该说是一种传承。加尔多斯以19世纪的历史为题材，创作了史诗般的系列小说《民族轶事》。除了历史故事，他还写了许多其他题材的小说。他被比作巴尔扎克或狄更斯，因为他笔下的人物丰富多彩，他的幽默也多样化。

18世纪下半叶，有人指责巴尔德斯受法国人的影响太大。文学的相互影响是件好事，这不是对国家主权的侵犯。伟大的作家都是老练的"窃贼"。巴尔德斯天生是个写作技艺精湛的人，与大多数西班牙作家相比，他与法国小说的关系更为密切。西班牙作家的作品通常缺乏法国式的精准描写。他的《泡沫》和《信仰》是对现代生活的现实主义研究，具有极强的讽刺张力。

有一位被称为"西班牙的乔治·桑"的天才女作家，她就是埃米莉亚·帕尔多·巴桑。她和邻邦法国的老大姐一样，都对自己的国家和乡村人民具有极大的热情。她以生动而热情的笔触写下了《我的故乡》。这部小说的故事发生在西班牙西北部。作者对那些容易被忽视的人物进行了观察，并对他们抱以同情的态度。因这部小说和其他小说，如《大自然母亲》，她将自己归为自然主义派作家之列。我想这些作品即使没有英译本，也可能有些改写本。因为英美作家和出版商对西班牙小说的兴趣不断增强——这意味着读者有类似的需求。

小说或任何形式的叙事文，都是文学的类型，是更容易在其他背景下展现自我的文学载体。当然，叙事散文是最容易展现自我的。19世纪的西班牙诗歌对境外的影响并不大，但其受到了外国诗歌的影响。埃斯普龙塞达是19世纪上半叶的一位年轻诗人。和欧洲大陆的许多年轻诗人一样，他也是拜伦的崇拜者。他自然而然地被拜伦吸引。他是一个趾高气扬、爱冒险的革命者，卷入当时的政治和满是战争的动乱中。他是一个天生的诗人，他的许多活动只是火热的、英勇的和厚颜无耻的天性的一部分，另一部分则在他的诗歌中回荡和释放。所有热衷西班牙诗歌的读者都证实了这一点。

坎波亚莫尔给19世纪中叶的西班牙留下了深刻的印象，他穿越了高山，也许还穿越了海洋（因为西班牙的大部分地区都在海岛上）。他是一个象征主义者，就像许多世纪以来的诗人一样。他经常写一种短诗，还为其取了一个批判性的名字。不过，这并不能帮助我们领略其精髓。无论是十四行诗、颂歌还是民谣，他歌颂的都是人的思想和永恒的思想之间的关系。我想告诉我的读者和比我更聪明的西班牙学生：坎波亚莫尔是贺拉斯、奥维德和尤维纳利斯的读者。我没有发现这位西班牙诗人的英译本，虽然后来的英国诗人可能会引用零星的片段。正如我所说，英语使用者对西班牙文学的兴趣正在增强。

与其他现代文学一样，我们没有办法过多地介绍同时期的其他西班牙作家。在我看来，读者可以自行研究。单靠我们薄弱的力量，并不能照顾到每个角落。所有聪明的读者都可以一起参与研究世界文学的发展过程。

在涌现出来的西班牙作家中，最忠实地坚守自己的职业、小说艺术的人是皮奥·巴罗哈内西，他的《谨慎之城》让人们了解到发生在一座城的几条街、几条小巷和几个人之间的越轨和冒险的冲突。巴罗哈对不同社会阶层的对立有一种无可奈何的感觉，例如，有一本标题是英文的小说，叫作《搜索》（虽然标题不是西班牙语，但内容很不错）。他将现代城市的白昼和黑夜生活进行了对比，都是令人不开心的生活。

正如英国最优秀的西班牙文学批评家所说的那样，通常情况下，年轻人反抗既定的社会和政治秩序，但这位西班牙艺术家总是把艺术和政治混为一谈，极大地破坏了艺术的美感。也许事实真是如此，但是在其他国家，一些最优秀和最勇敢的艺术家已经拿起他们的剑或笔来反对他们不喜欢的政府，或者维护他们喜欢的政府。想想维克多·雨果、17世纪的英国骑士诗人、托尔斯泰和其他俄国艺术家！有人问，诗歌与政治有什么关系？我认为西班牙现代最有趣的人之一应该是乌纳穆诺，尽管他不是很出名。他是个散文家、讽刺作家、记者和诗人，被自己的祖国驱逐出境。驱逐是一种惩罚方式，现代政府对文人很少使用，因为这会使文人名声大噪，思想传遍全球。人们普遍认为，一个被放逐的人是知道如何反击的。

另一位反对政府的西班牙人是非常受欢迎的作家布拉斯科·伊巴涅斯。有一位很厉害的评论家跟我说，他在西班牙是个笑话。好吧，就当他是笑话好了。《四骑士启示录》（更确切地说，还包括翻译成英文的部分作品）使他在国际上享有盛誉，这部作品

布拉斯科·伊巴涅斯

包含极其动人的戏剧性场面，巧妙地设计了人们在战争中遭受折磨的情节，引起同盟者的共鸣。在这里我们如果要调侃，就可以引用已故作家威廉·迪恩·豪威尔斯关于布拉斯科·伊巴涅斯的一篇文章的评论："伊巴涅斯的影响超越了亨利·詹姆斯，但在细节方面和美感方面却远远不及詹姆斯。"

豪威尔斯热爱西班牙，他阅读了许多西班牙书籍。或许他能在两位当代西班牙作家的名字中找到一种微妙而生动的感觉。这两个人是巴列-因克兰和J. M. 鲁伊斯，后者的笔名为阿索林。因克兰是一位精致的艺术家，著有《四季奏鸣曲》和关于卡洛斯战争的三部曲《十字军》《篝火》《巨鹰》。阿索林是J. M. 鲁伊斯的自传体小说《小哲学家自白》主人公的姓，后来成了J. M. 鲁伊斯的笔名。这是一部充满智慧和价值的小说，注定（如果我们可以决定命运）要被收录进世界图书馆。在西班牙现代文学中还有许多有待发现的文学著作，我们只能提出建议，然后将目光投向下一个在历史上曾经被西班牙蹂躏过的国家。

第四十五章
荷兰文学与佛兰德文学

在其他思想面前,
我会开始幻想荷兰所在的海域。
我想她温和的子民站在我面前,
广阔的大海斜靠着大地。

——哥尔德斯密斯

这一章里提到的大多数作家都生活在19世纪以前,这和我们这部分内容的时间段有所出入。不过在这里介绍他们好像最为合适,虽然很奇怪,但这并不重要,因为荷兰文学并非重点。

两个满腹学识的荷兰人很慷慨地给了我建议,他们对于本国的文学,特别是后来的文学,态度都近乎轻蔑。到欧洲(或美洲)画廊参观的游客通常会被荷兰绘画的丰富内涵打动。文艺复兴时期,意大利人是荷兰和佛兰德斯艺术家的唯一竞争者。意大利人在各种文学形式方面都是出类拔萃的,但是荷兰人将他们的全部力量投入到了文学以外的其他艺术领域。也许是因为荷兰语在近代以前并不发达,而是像邻近的德语一样粗犷生硬。

两位最伟大的荷兰作家斯宾诺莎和伊拉斯谟写作用的不是荷

文，而是拉丁文。伊拉斯谟是人文主义者，也是托马斯·莫尔的朋友（我们曾在前面的一章里提到过莫尔）。就像所有人文主义者一样，他倾向于回到过去，阻止现代语言的发展。因为对于人文主义者来说，一切美好都存在于希腊语和拉丁语中。伊拉斯谟是一个真正有学问的人：他热爱古典文学，特别是教会文学，因为他在其中找到了他所认为的真理，就像他那个时代的大多数人一样（1500年正好将他人生的七十年划分成了两个相等的部分）。文艺复兴时期，许多人文主义者并不是异教徒，也不信奉什么古希腊或古罗马的经典，而是基督教徒。伊拉斯谟特别擅长书信和座谈会，开展不同主题的对话。如果把柏拉图的《柏拉图对话录》、伊拉斯谟的《家常谈》和兰德的《想象对话》放在同一个书架上一起看，应该也不失为一个好的主意。

伊拉斯谟去世后大约一个世纪，在阿姆斯特丹诞生了一位既非基督徒又非异教徒的犹太教徒斯宾诺莎。他和培根、笛卡儿、布鲁诺一样，是现代哲学的创始人之一。正如我所说，我们其实不确定斯宾诺莎是否属于非常典型的学院派拉丁文作家，但他是一个严格的、有个性的技术上的哲学家。思想者就在那里，但是有艺术家气质的文人（比如伊拉斯谟和培根，还有我们这个时代的尼采、伯特兰·罗素、威廉·詹姆斯和桑塔亚那）不是很多。他被遗忘了一百年，直到大约19世纪初，哲学家和文人才重新注意到他。他现在是与赫尔德、莱辛、诺瓦利斯和歌德齐名的哲学家之一。也许他并没有完全停止文学创作，他的《伦理学》中一章的标题《人性的枷锁》，被W.萨默塞特·毛姆作为了小

斯宾诺莎

说标题，那是一部深刻而精彩的小说。

在荷兰语和所有语言的文学作品中，我们必须去寻找民间故事、民谣和通俗浪漫故事中最脍炙人口的东西。有一本书叫作《列那狐的故事》，是由游吟诗人威廉撰写的。不管怎么说，荷兰提供了这个故事的诗歌版本。这是这个著名故事的最早版本之一。威廉·卡克斯顿把它从荷兰语翻译成了英语的散文版本。这些传说、传奇、讽刺作品从一个国家传到另一个国家，在国与国之间相互流传。在中世纪，没有版权意识，一个作家可能未经你允许就拿走了你的创意。《列那狐的故事》似乎是荷兰文学中唯一拿得出手的作品，荷兰语版本占了上风。最受欢迎的现代版本是歌德的《列那狐》。

中世纪有一个重要的神秘主义者，他是布鲁塞尔的一个修士，他叫范·罗斯布鲁克，生活在14世纪。我们可能读过他的宗教作品。比利时诗人梅特林克曾在《谦卑者的财富》中提到过他的事迹，并将他的一部作品《精神婚姻之美》翻译成了法语。

荷兰最伟大的诗人是冯德尔，他生于16世纪晚期，经历了17世纪四分之三的岁月。他写的悲剧具有戏剧力量和抒情魅力。一方面，因为他把《圣经》中的英雄故事改编成剧本，所以人们把他比作拉辛。另一方面，他的杰作《路西法》让人们将他与弥尔顿联系在一起。很可能弥尔顿对荷兰戏剧有所了解，但我们不知道他是否借鉴了其中某些内容。《失乐园》《复乐园》与《路西法》相比，除了主题和风格的提升，没有任何共同之处。两位诗人有不同的处理方法，《路西法》富有戏剧性，弥尔顿的诗歌以叙事为主。A. J. 巴尔诺教授的《冯德尔传》对这位诗人及其政治和宗教背景进行了精彩的描述。

在冯德尔之后，荷兰文学就衰落了，18世纪的大部分作品都显得枯燥无味。荷兰文学的复兴是在18世纪末和19世纪初出现的。这个新时期的先驱是比尔德狄克，一个说教式的诗人。他充满智慧的诗句在荷兰十分受欢迎，但在其他国家没有给人留下任何印象。在英国，他是个难入主流的蹩脚诗人。虽然他是一个很有学问的人，赢得了像罗伯特·骚塞这样优秀评论家的尊敬，但他认为莎士比亚幼稚，也厌恶德国新诗，由此可见他的品位。

尽管比尔德狄克不喜欢德国浪漫主义文学，但它还是席卷了荷兰，因为歌德的影响太大了。比尔德狄克还受到了英国当代浪漫主义文学的影响，特别是司各特的小说的影响。但是，这一复兴的新时期并没有很辉煌，荷兰文学依然很传统。年轻的诗人雅克·珀克打破了僵化的诗歌形式，遗憾的是他在二十一岁时就去世了。他遗留的诗稿表现出原生态的才华和真挚的情感，激发了一些年轻人追随他的风格。

到目前为止，荷兰当代文学中最杰出的人物是路易斯·库佩勒斯。他的诗歌表现了对年轻学者的同情。他在小说上比诗歌上的地位重要得多。他的小说已经被广泛翻译，可以说，他使荷兰回归了欧洲文学版图。他最著名的英文著作《小灵魂集》系列是由四部小说组成的。

与荷兰文学相关的是佛拉芒语，在特殊的政治形势下，它具有独特的生命力。当比利时于1839年脱离荷兰独立的时候，佛拉芒人反对一切跟荷兰有关的东西，开始发展法语和佛拉芒语。政府试图压制佛拉芒语，不让其成为官方语言，而这恰恰刺激了作家和学者们对佛拉芒语的研究和传播。这一运动的最初成果是亨德里克·孔西延斯的小说。他的第一本书《神奇的年代》对荷兰独立战争展开了叙述，激发了国人的爱国热情，奠定了现代佛拉芒文学的地位。他还写了许多关于佛拉芒人家庭生活的故事，成了民族英雄。由于他忠实于生活，他不仅是佛拉芒文学的主要小说家，也是欧洲文学中的重要人物。孔西延斯这种忠实态度是高度理想主义的，而自然主义小说家斯莱克斯写小说的方法则完全不同，他是通过精确的观察和对细节的积累来达到效果的。

具有讽刺意味的是，佛兰德斯作家在荷兰和比利时同样受尊敬。从文化层面来说，佛兰德斯和荷兰是分不开的。而在整个比利时的双重文化中，法国文化则占据着主导地位。

第四十六章
斯堪的纳维亚文学①

> 祝福你！到北国去！祝福你！
>
> ——朗费罗

数年前，一位英国批评家说过，虽然挪威人还不到三百万，却比总数过亿的美国人聪明多了。虽然这样的比较没什么意义，但在这个问题上，这位批评家至少说对了一半。我们要看斯堪的纳维亚人当中有多少天才，我们见证了北欧人的冰岛分支如何发展出伟大的文学。现代斯堪的纳维亚人确实遵循了古代岛民的传统。我们先来聊聊丹麦吧。

丹麦现代文学的奠基人是路德维希·霍尔堡。他生在挪威，不过从他出生的时候（17世纪末）到19世纪初，挪威都属于丹麦，挪威人用丹麦语写作，或者更多的是用法语或德语写作。霍尔堡是一流的讽刺作家和幽默作家。在他那个时代，除了斯威夫特和伏尔泰，其他欧洲作家都无法与他相提并论。他的讽刺长诗《彼得

---

① 斯堪的纳维亚：即斯堪的纳维亚半岛，包括挪威、瑞典、芬兰、丹麦。——编者注

尔·鲍尔斯》是丹麦第一部经典作品。丹麦人至今仍对其中展现出来的智慧津津乐道。他的一系列喜剧震惊了丹麦剧院，因为在他出现之前，丹麦舞台上只有法国和德国的戏剧。霍尔堡用母语逗笑他的同胞。他不仅是一个幽默家，而且是有史以来最博学的人之一。他的论文比较严肃，文风坚定而直接，涉及的主题多种多样，这给了丹麦作家很好的启发。他的影响力持续了不止两个世纪，扩展到了丹麦以外的国家，当然也扩展到了其他斯堪的纳维亚国家和德国。他影响了莱辛的风格，莱辛的戏剧《年轻的学者》就是对霍尔堡的《埃拉斯穆斯·孟塔努斯》的模仿。由于莱辛是德国现代戏剧之父，所以霍尔堡间接地影响了德国戏剧。他的剧作选集由美国斯堪的纳维亚基金会出版。这家基金会声誉很高，因为它为英语读者打开了一扇门，通向斯堪的纳维亚的文学宝库。

丹麦最伟大的诗人是欧伦施莱厄，生于1779年，卒于1850年。这段时间差不多覆盖了华兹华斯的一生，因为这段时间刚好是浪漫主义运动的时期，显得尤为重要。浪漫主义运动几乎蔓延至欧洲各国。欧伦施莱厄是丹麦浪漫主义运动的领导者。他的灵感来自歌德和席勒，不过他并没有借鉴这两位作家的风格和内容。他追溯先人的古老传说，转而写成了浪漫的悲剧和故事。作品的立意部分来自古代，部分表现出爱国精神，整体来说显得很诗意。他对往昔的崇拜和对旧诗歌的痴迷与司各特有点儿像。他还未到而立之年时，他的同胞就一致认为他是丹麦最重要的诗人，声名远扬，其他斯堪的纳维亚国家和德国的人民都知道他。在瑞典，他被毕晓普·特格纳尔冠以"斯堪的纳维亚诗歌之王"的称号，当然，毕晓普·特格纳尔本人就是一位优秀的诗人。只有霍尔堡能够像欧伦施莱厄一样有如此巨大的影响力。

在某种程度上，由于欧伦施莱厄极力推动浪漫主义运动，这一运动在19世纪势头强劲，持续了好长时间。有四位伟大的诗人：格伦特维、霍赫、温瑟和赫茨。我们可能对这些名字不是很熟悉，因为丹麦很小，没有什么人愿意不辞辛苦地学习丹麦语。但是有一位作品和本人都声名远扬的诗人——汉斯·克里斯蒂安·安徒生。全世界所有国家中，有哪个孩子没有读过或听过他的一些童话故事呢？他的童话中有许多传统的民间故事，还有一些是他自己编写的。他让所有人都觉得很特别，他很幽默，也很温柔，而且朴实无华。若是你恰好拥有（每个家庭应该拥有）安德鲁·朗编辑的童话丛书（红皮本、蓝皮本、黄皮本等），可以试着读一读。阅读那些选自不同素材的童话（其中一些作品真的很不错），然后再阅读安徒生童话集中的同一个故事，读者会发现，其他童话，甚至包括格林兄弟的童话故事，都缺乏安徒生童话的魅力。这魅力是什么？难以言喻——这正是天才的秘密之一。

安徒生除了写童话、诗歌、游记、小说以及德国作家霍夫曼式的奇幻故事，还写了许多其他作品。他很幸运，就像塞万提斯一样，令其名声大噪的领域如此强悍，挡住了其他方面的光芒。

出生于19世纪、生活到20世纪的德拉克曼比浪漫主义的盛行晚了一些，但是浪漫主义依然在诗歌中保持热度，每一个富于想象力的诗人都必须是浪漫的人。成年后，德拉克曼成为一名海洋画家，但随后他扔掉了画笔，用语言来描述海洋。他和英国诗人约翰·梅斯菲尔德类似。对他来说，他的英雄是水手和渔夫。他是一个很理性的爱国者，通过在活力四射的诗剧中歌颂人民的生活，让自己成为丹麦戏剧界公认的领袖。他扬帆远航，研究海洋的各个方面和航海之人的特点，从而不断地更新作品内容，使其充满活力和真实感。人虽然可以花一生的时间来了解大海，却很难将其完整地表述出来。要成为康拉德或德拉克曼这样的作家，必须具备的天赋不在表面，而在内心深处。

19世纪下半叶，丹麦有几位杰出的散文作家。延斯·雅科布森是丹麦最伟大的散文艺术家。他是个残疾人，英年早逝，在世时每天写作都颇受折磨。就像福楼拜一样，他会花上几个小时的时间寻找合适的词汇和韵律。他最终创作出了丹麦前所未有的两部小说，即优美动人的《玛丽亚·格罗卜夫人》和《尼尔斯·伦奈》，还有一部短篇小说集《莫恩斯》。尽管他的作品很少，但他的影响力是巨大的，他几乎成了所有丹麦和挪威作家在审美、风格和艺术方面的标杆。其作品的影响力远远不限于丹麦。他的作品被译成德语，还有一部分被译成了英语。

在雅科布森英年早逝之后，有一位现实主义者索福斯·沙诺尔夫成了小说界的领军人物，他对乡下人和城市的中产阶级观察入微，他最好的小说是《底层民众》。还有一位自然主义派的小说家赫尔曼·邦，他最优秀的小说《大路旁》具有一定的深度和力量。

值得一提的还有爱德华·勃兰兑斯，他是著名评论家乔治·勃兰兑斯的弟弟，不如哥哥有名气。但爱德华是一位才华出众的评论家、剧作家，同时也写了两部杰出的小说。没过多久，丹麦又诞生了一位伟大的小说家彭托皮丹，他与我们处在同一个时代，大多数英国和美国读者可能在他1917年获得诺贝尔文学奖之前从未听说过他。这也说明了诞生在小国家的伟大文学家受到的限制多么大。和伟大的俄国作家类似，彭托皮丹是一位力量强大、富有同情心的小说家。他最优秀的小说《幸运的皮尔》虽然描写的是平凡的人，没有一点儿英

爱德华·勃兰兑斯

雄主义的成分，但堪称史诗级作品。

在长达半个世纪的时间里，乔治·勃兰兑斯被认为是欧洲最博学的评论家，他引领着这些诗人和小说家走上正路，尽可能地帮助他们。他研究了莎士比亚、易卜生、阿纳托尔·法朗士等作家，还写下了对这些作家的评论性文章。《19世纪文学主流》是他不朽的著作，也是一部批判性哲学作品。当然英译本已经面世，分成六卷。这本书对近一百五十年来的文学进行了详细介绍。丹麦读者说他的文笔优美明快。我绝对相信这一点，因为英译本清晰流畅。虽然他的同胞不一定支持他，但非常尊敬他。他可能是欧洲所有国家中最有名的评论家。我只能引用一段话来概括丹麦文学和德国文学的特点。值得记住的是，勃兰兑斯看待丹麦人的角度有些超然，因为他不是斯堪的纳维亚人，而是犹太人。就如他在《19世纪文学主流》中所说的那样：

"对于丹麦作家来说，作为一个整体，可能因为避免使用德国作品中无处不在的华丽辞藻而受到褒奖。丹麦人及时调整心态，避免矛盾，不将这些矛盾带到逻辑中；他们拥有平衡的头脑和冷静的性格，情绪非常稳定；少见不雅、大胆、亵渎、革命、极端荒诞、完全不真实或完全感性；他们很少横冲直撞，他们不会膨胀，亦没有跌到过谷底。这就是他们在本国同胞中如此受欢迎的原因。欧伦施莱尼和哈特曼的优秀作品以高雅的品位和优美的文笔著称于世，丹麦人将其视为高尚和自我控制艺术的表现。想想霍夫曼和他的学生安徒生，看看安徒生显得多么理智、冷静和克制。"

挪威文学和丹麦文学是分不开的。19世纪初的政治分离之后，出现了一场创作独立的挪威文学的运动。许多丹麦文学中的大师都是挪威人，而一些狂热爱国的挪威人在试图让这些大师回归祖国。然而，正如纠结于亨利·詹姆斯和约翰·萨金特到底是不是美国人一样，这样做只是徒劳而已。

挪威现代文学可以分为三个时期：先驱时期、易卜生时期、新运动时期。

先驱时期有两位诗人：威格兰和韦尔哈文。威格兰可以说是挪威文学的创造者，虽然他的成就离不开其他人的配合。他是一个精力旺盛、热情奔放的诗人，也是一位雄辩的革命家，一位北欧的卢梭。但是他没有代表性的风格，晦涩和随性妨碍了他的作品和思想。他的一些抒情诗非常优美。在创作大量作品之后，他英年早逝了。韦尔哈文是一个保守派，也是一个头脑清晰的倡导者。他在一本小册子里抨击了威格兰的奢侈。他主张节制和清醒，较大地影响了挪威人的思想和风格。他颇具威信，因为他不仅是一个批评家，还是一个诗人，他以古斯堪的纳维亚为主题的诗歌堪称挪威文学的经典。

易卜生时期的作家包括比昂逊、约纳斯·李和基兰德。约纳斯·李和基兰德的小说非常出色，约纳斯·李的作品相对而言更加出彩。约纳斯·李是同时代人中最重要的小说家，他的第一部著作《饮水员和他的妻子》使他成为挪威小说界无可争议的领袖。他的小说在国内广受欢迎，在国外也赢得了相当大的声誉。其中一些作品被翻译成了英语，比如《生活的奴隶》《指挥官的女儿》《尼奥比》。他的作品中不存在惊天动地的大场面，更多的是对普通人的描述。

易卜生是一百五十年来最伟大的戏剧家，其他戏剧家都不能否认他的卓越成就。在世界戏剧文学中，他可以与埃斯库罗斯、莎士比亚、高乃依相提并论。这不是为了在他们之间比个高低，而是为了表明他们的伟大。他的戏剧作品有抒情浪漫和写实两种风格。他早期比较专注于诗剧，后来更多地写起了散文剧。在这些诗剧中有两部作品——《布朗德》和《培尔·金特》，它们把挪威文学提升至欧洲一流的水平。《培尔·金特》是一部关于挪威民族的奇幻讽刺作品，刻画了普遍的人性。这是一部传世经典之作，格里格华丽的音乐篇章进一步证实了这一点。《玩偶之家》是易卜生的第一部现实主义剧作。在这部作品中，一个女人捍卫自己的权利，反抗"妻子应该臣服于丈夫"的传统观念。这部作品在欧洲引起了广泛的讨论，虽然现在看来，"女权主义"已经是过去式，大部分关于它的文学作品已经退出了历史舞台，但易卜生的戏剧仍然是举足轻重的。他接下来的一部挑衅性戏剧作品是《群鬼》，讲述疾病的遗传问题。那个剧本已经过时了，里面描述的是不健全的生物学对象，因此受到了时人猛烈的攻击。当然，易卜生在《人民公敌》这部作品中狠狠地进行了反击。有时候，人们会将易卜生当作一个试图改造社会的问题寻求者和宣传家。其实他完全没有建立医学院或创立新宗教这样的意图。他就是一个追求戏剧效果的剧作家，他关心社会只是为了获取素材。这一点在《罗斯莫庄》中表现得很明显。这部剧的情节非常戏剧化，描述的是一个软弱的男人和一个强壮的女人之间的较量。如果《海达·高布乐》的主角让娜兹莫娃这样的女演员来扮演的话，会表现得同样明显。这里没有社会问题，只有个人的情况。在他后来的戏剧中，他再次拥抱诗意，没有继续他年轻时的风格，而是用一种更加明智和妥帖的方式写作。这在《社会支柱》中表现得淋漓尽致。另一部结束了他的创作生涯的奇怪剧作《当我们死人醒来时》，现有英文版本是由威廉·阿切尔翻译的。那些尖酸刻薄的批评家也许会喜欢另一位剧作家萧伯纳的一本书——《易卜生主义的精华》。

易卜生的全部思想都集中在诗歌和戏剧上。与他同时代的比昂逊是一个天赋没那么高的人，他的关注点不仅在各种文学形式上，还包括令人烦恼的政治领域。他写得最好的是小说，当然巅峰之作是他早期写就的《阿尔内》和《一个幸福的孩子》。这些作品使他在许多国家名声大噪。像易卜生一样，他了解舞台，因为他是克里斯蒂娜剧院的经理。他的戏剧有力度和激情，不过他显然不太擅长诗意的表达。他以冰岛传说为蓝本创作的英雄剧《西格尔特恶王》和《十字军战十西格尔特》，使他成为19世纪最伟大的诗人之一。他的喜剧很有趣，比易卜生的作品有趣多了。不过他作为诗人和政治改革家的双重身份，以及他对共和制度的狂热，致使他被指控犯了叛国罪。这让我们不自觉地联想到雨果。

即便易卜生、比昂逊和约纳斯·李离世了，他们的作品依然活跃在文坛上。不过年轻一代的作家也出现了，挪威的文学进入了新运动时期。加堡是农民的孩子，他起初用方言撰写笔下的故事。直到他用通用语言写下引人注目的《疲惫的男人》之后，他才获得关注。托马斯·克拉格是一位多才多艺、才华出众的浪漫主义小说家，他最著名的作品是《艾达·王尔德》。博耶尔在他自己的国家比较出名，不过最近英译本的出现，使他在英语读者中渐渐有了些名气。他在作品中总会把浪漫和讽刺结合在一起。在挪威近年来的小说家中最引人注目的人物是汉姆生。他写了四十部小说，大部分是经典之作，尤其是《饥饿》与《大地的成长》。他刻画生活的阴暗面——"肮脏"在此处不适用。他写得很苦涩，但他的苦涩是清清爽爽、干干净净的。更重要的是，他的风格具有粗犷美，译者在传达美感方面功劳不小。

瑞典文学有着悠久的历史，它不像丹麦文学和挪威文学那样有明确的发展阶段。不过，我们对此还是可以做个推测：在17世纪时，古斯塔夫·阿道夫将军事和政治发展至巅峰，之后，在18世纪时依然平淡无奇的文学才开始兴盛起来。19世纪出现了一位伟大的作家斯蒂尔海尔姆，他是"瑞典诗歌之父"。当时他觉得瑞典语言粗糙不堪，于是进行了打磨，结果打磨出了许多诗歌形式。另一位诗人罗森汉，基于法国模式，将文艺复兴带到瑞典，发展起了十四行诗。在18世纪，瑞典的散文和诗歌都是法国和英国的附庸，在文学上并没有多少建树。有一个人虽然不属于文学领域，却值得一提，他就是林耐，是第一位植物学天才。正如其他国家一样，瑞典18世纪的文学是学术性的、形式主义的，但没有天才能与法国和英国的学者相媲美。跟其他国家一样，瑞典在19世纪初也出现了一场反对学者的运动，浪漫主义者最终赢得了胜利。在瑞典浪漫主义运动中，有一位伟大的诗人特格纳尔。1835年，在瑞典学习的朗费罗写道："瑞典有一个伟大的诗人，也是唯一伟大的诗人，就是特格纳尔。"朗费罗将特格纳尔的作品翻译得饶有趣味，充满诗意，韵律灵巧。和大多数浪漫主义者一样，特格纳尔追溯往昔，在古老的传说中发现了丰富的素材。他的主要作品是《弗里蒂奥夫传奇》。这部作品使他的名字传遍了整个欧洲，把他推上了主教的位置，不过他显然不适合这个位置。

在这一时期，也就是19世纪上半叶，涌现了很多杰出的抒情诗人和散文作家，最广为人知的散文作家和诗人当属弗雷德里卡·布雷默尔。她的小说《生活杂记》《H家族》《邻居》《总统的女儿》，抓住了读者的心。借由玛丽·豪威特精彩的翻译，她的作品在英语世界中流行开来。她和乔治·桑一样诚实，但缺了点儿趣味。她是妇女解放运动的积极宣传者，但幸运的是，这种高尚的狂热并没有影响她的文学地位。

布雷默尔女士是芬兰人。19世纪中叶，瑞典最重要的诗人鲁内贝格也是芬兰人。他的大部分作品都和他生活了大半辈子的芬兰有关。他是一个很受欢迎的人，是芬兰一所小型学院的一名不起眼的校长，是瑞典公认的杰出诗人，在瑞典现代诗歌中的成就仅次于特格纳尔。在特格纳尔去世后，他跻身第一。现在还能看到他的一些英文抒情诗的片段。

瑞典中世纪的散文死气沉沉，没什么新意，远远比不上挪威和丹麦的散文作品。由于受到法国现实主义、以易卜生为代表的挪威戏剧和以勃兰兑斯为代表的丹麦评论的影响，瑞典在19世纪末出现了文艺复兴。新文学中最引人注目的人物是斯特林堡，一个能量满满的古怪天才。据说，易卜生有一次看着斯特林堡的肖像说："他会比我伟大。"易卜生和斯特林堡的人生观大相径庭。在易卜生最优秀的戏剧中，女性思想独立，为解放而奋斗，即便她们可能不完全理解解放之意。而斯特林堡是一个憎恨女性的人，对女权运动怀有强烈的敌意。在他最优秀的小说《红房子》中，描写的是在穷困中挣扎的艺术家的生活，故事中的男人总是被女人毁掉。他的短篇小说集《结婚》刻意针对女人和婚姻，以至于丧失了艺术的效果。斯特林堡的作品质量参差不齐，在大俗和大雅间自由游走。不过，诚实让他的作品显得很出彩，他愿意看清事物的本来面目，并毫不畏惧地记录下来。

塞尔玛·拉格勒夫与斯特林堡形成鲜明对比，她是瑞典作家中最杰出的女性。她有温柔而富有同情心的想象力。《古斯泰·贝林的故事》使她一举成名，没有人超越她的成就。她的一本书孩子们和大人们都喜欢，叫作《尼尔斯骑鹅旅行记》。这本书可能很合安徒生的胃口，讲述了一个小男孩骑在野鹅背上飞越瑞典的冒险故事。塞尔玛·拉格勒夫在全球范围内的名气都很大，她的书已被翻译成多种语言，其中大部分是英语。她在国内深受尊敬和爱戴，是瑞典皇家科学院唯一当选为院士的女性。另一位杰出的女性是爱伦·凯，她是一位哲学家和评论家，而不是艺术家，但在瑞典现代文学中非常重要。她的《恋爱与结婚》和《儿童的世纪》在性和教育问题上都做出了巨大的贡献。

现在瑞典最有影响力的作家是维尔纳·冯·海顿斯坦,他是一个理想主义者,完全不认可斯特林堡。他是一流的抒情诗人,出色的批评家。在他的散文体传奇《恩底弥翁》和《汉斯·阿里埃诺斯》中,他对现实主义撒了谎。我们带着浪漫和理想主义离开斯堪的纳维亚国家,这再合适不过了。

第四十七章
美国小说

> 一个让孩子远离游戏，让老人远离烟囱的故事。
>
> ——菲利普·锡德尼

如我们所见，在18世纪末和19世纪初，浪漫主义之花在诗歌和散文中绽放了。英国文学中的浪漫小说大师是沃尔特·司各特，紧随他之后的是大家公认的、能把人搞得又哭又笑的查尔斯·狄更斯。法国浪漫主义者的领袖是维克多·雨果和亚历山大·大仲马。在德国，歌德是他那个时代最伟大的诗人和批评家，他赋予了德国感伤主义小说理智的尊严。1832年歌德去世后不久，托马斯·卡莱尔就将他的作品带给了英国读者。在意大利，亚历山德罗·曼佐尼凭借他的小说《约婚夫妇》在全球范围内占有一席之地。

与此同时，大西洋彼岸年轻的美国在政治上已经独立了，人民生活欣欣向荣。但是，在思想上，美国不管在过去还是现在，不仅是英国的附庸，更是欧洲的附庸。因为美国人使用英国人的语言，还用他们的文字来写作，而且美国很多人来自欧洲。美国人在文学方面的贡献主要在浪漫主义作品上。整个欧洲正刮着一股浪漫主义风潮。而且，看起来很奇怪的是，我们这个年轻而充满活力的国家并没有选择以一种令人惊奇的野性和混乱来表达自己。除了詹姆斯·库柏,深深打动了我们曾祖父母一代人的美国小说家们,以其精致、高贵文雅的举止而著称。

被萨克雷称为"新世界向旧世界派出的第一位大使"的华盛顿·欧文是一位腼腆而端庄的绅士,他的眼中闪烁着调皮的光芒。他以迪德里希·尼克博克为笔名出版的一部滑稽的小说——《纽约外史》,使他用幽默敲开了文学的大门。"尼克博克"这个姓氏因这部小说与纽约市有了关联。漫画家今天还在选择戴着歪帽子的老人来代表美国这座最大的城市。在欧文最后几年平静的日子里,国内外皆认为他是美国文学的掌门人。他曾开玩笑说,已经出现了尼克博克保险公司,尼克博克品牌的面包和冰激凌。

欧文创造的另外一个不朽的形象是荷兰人瑞普·凡·温克尔。被魔鬼抓走的混混瑞普,沉睡了二十年,关于他的故事成了尽人皆知的传说之一。《瑞普·凡·温克尔》是根据一个德国故事改编的,但欧文把这个故事定位于纽约州的卡茨基尔山,并使之成为美国本土的小说。那些鬼魂都是亨德里克·哈得孙和他的船员们的鬼魂。当以他的姓氏哈得孙命名的河堤岸发出阵阵轰鸣时,我们知道,他们正在云端玩九柱戏呢。

这是一个有趣的九柱游戏,欧文在台下看着,面带微笑。在美国小说的开头,这个画面令人愉快。在他之前,美国人曾尝试过写小说,但那些作品没有激起多少水花,也没什么人记得。我们曾经认为,本杰明·富兰克林的作品中含有美国式幽默的因素,但富兰克林是一个哲学家和散文家,而不是专业的故事讲述者。美国人的幽默到底是什么?这与非美国地区的幽默又有什么不同?没有人能够提供令人满意的答案。

欧文的文学影响力达到了顶峰。他在欧洲居住了很长一段时间后回到美国，游览了祖国的西部地区。当他经过密苏里州时，他不知道有一个叫马克·吐温的人即将来到人世。欧文和马克·吐温之间有什么联系，还是说他们都出生在同一个国度，书写着同样的语言，仅此而已？这个问题很有趣，但不重要。

欧文是纽约州的公民，也是美国国父的传记作者（他以国父华盛顿的名字作为自己的名字），为自己的国家自豪。但是他非常具有包容精神，没有狭隘的地方主义。他在英国度过了许多年，在那儿创作出一些非常好的故事，比如《布雷斯布里奇田庄》里的故事是用英国的场景铺排成的，也可能这个场景是由一个英国人写的。他也在西班牙居住过，创作出《攻克格拉纳达》和《阿尔罕伯拉》两部作品，还有关于摩尔人和西班牙人的随笔，充满了冒险色彩。欧文因此被任命为驻西班牙公使。

欧文是优雅的、敏感的、亲切的，不管在为人处事方面还是艺术创作方面皆如此。他非常受崇拜和爱戴。与这位温文尔雅的幽默家和历史学家形成鲜明对比的是美国文学中最著名的詹姆斯·库柏。

库柏是个精力旺盛、脾气暴躁的人，他的举止和文风粗犷傲慢。他会和邻居们吵架，一本正经，一点儿幽默感也没有。这个脾气暴躁、笨手笨脚的人却能静下心来好好写上几部英文作品，并用文字间的浪漫带给世界各国人民长达一个世纪的想象力。他在欧洲很有名气，连亚洲人都知道他。有哪个美国学生没有读过《间谍》和《最后一个莫希干人》呢？

库柏是个擅长讲故事的人，并且有创作天赋。他对陆地上和海洋上的生活知之甚多，这为他惊险刺激的冒险故事提供了素材。他出生的纽约州中部现在是一个繁荣的地区，在他那个时代几乎是一片荒野；红种印第安人和白人拓荒者、伐木者和猎人都住在他父亲所建造的城镇附近。他认识这些人，或者通过他的观察在这些人身上提取素材。他出过海，对美国的海员和船只了如指掌，所以被公认为美国海运业的权威。

文明向着这片土地的西北方向前行，推进了数百英里[1]，绰号"皮袜子"的纳蒂·班波（库柏作品《最后一个莫希干人》中的主人公）曾经扛着长枪在这片荒野上狩猎。现在，印第安人已经基本消失了，只有为数不多的后裔留了下来。库柏熟悉的船早已过时，就像驿站的马车一样。但库柏的作品依然受欢迎，与欧文的《睡谷传奇》相差不远。那些欧洲的男孩一到美国旅游就想着在纽约附近地区寻找红肤色的印第安人，就像到苏格兰的美国男孩想看一眼罗布·罗伊[2]一样。

森林消失，荒野退去，永恒的海洋保持不变，尽管大海情绪不定，但在海上航行的船只已经从木船发展成像"毛里塔尼亚号"那样的巨轮。库柏一定非常熟悉浩瀚的大海，因为每一位用英语写海洋故事的作家都称赞他是舰队的船长。约瑟夫·康拉德是当代最伟大的海上传奇作家，他对库柏致以崇高的敬意。康拉德说：库柏"热爱大海，凝视大海，非常了解大海……日落的色彩，星光的宁静、平和，海水的孤寂，令人警惕的海岸，这些都是人们在海上航行时需要时刻注意的细节"。

库柏和欧文在生活的冒险中和异域的故事中找到了浪漫主义。两个年轻的浪漫主义作家霍桑和爱伦·坡则更关心人们的内心世界，以及他们在精神上的冒险。他们都是忧郁的人，没有欧文那种和蔼可亲的性格，也没有库柏那种运动员式的力量。

---

[1] 1英里=1.609344千米。——编者注
[2] 沃尔特·司各特同名历史小说中的主人公。——译者注

霍桑对探索人们的心灵深处的奥秘很感兴趣，因此有所收获。他是新英格兰清教徒的后裔，虽然他本人并不是清教徒，但他和他的祖先一样思考着良心问题。不过他是从艺术家的角度思考的，以此研究性格的冲突，为他们编故事；而老一辈的新英格兰人根本不是艺术家，他们都是严肃的普通人，没有多少审美意识，实际上，他们宁愿相信任何美丽的东西都是罪恶的。霍桑彻底扭转了他们的思维，而不顾及他们是否同意。

霍桑的父亲和祖父是马萨诸塞州塞勒姆（这里曾经是一个繁忙的港口）的船长。他可能出过海，写了一些航海传奇。但他没有选择海洋文学，而是选择待在陆地上。正如他的朋友拉尔夫·瓦尔多·爱默生说的，他骑着一匹黑马在文学的道路上驰骋。从哈佛学院（今哈佛大学）毕业后的一段时间里，他躲起来写短篇小说，一点一点打磨自己的风格。他的风格极佳，有一些作品还是小小的杰作。不过长期以来，美国公众并不非常喜欢他的作品，只有少数文人欣赏他的作品。霍桑称自己是美国最不出名的文人。

然而，他最终赢得了大众的认可。《红字》是他的第一部长篇叙事小说，发表于1850年，当时他已四十六岁。这部举世闻名的传奇小说的成功，使作者和出版商都感到惊讶。霍桑认为它无法引起广大阶层的认可，因为它"缺乏阳光"。出版商发行了五千册，几天之内，这本书销售一空，为了满足读者持续高涨的热情，这本书再版了。这说明了文学史上一个重大且重要的事实：当一个天才的作品首次出现时，有些读者可能会立刻看到它的价值，但没有任何作家、

《红字》插图

评论家或出版商能够猜到他人的评价。时间会告诉我们一切，就像对待其他事物一样，时间总会和我们开玩笑。

如果说《红字》缺乏阳光，那它就充满了紫色的云影和神秘的月光。海丝特·白兰的故事深深地打动了霍桑，他的一些读者甚至写信给他，向他寻求帮助，帮他们走出悲伤、摆脱诱惑，就像向神父忏悔一样。我们看这本书的时候不需要背负这么重的道德负担。对我们来说，海丝特成了浪漫史上最不幸的女英雄之一，就像司各特的《玛米恩》中那个不贞的修女、亚瑟王的王后吉尼维尔和《伊利亚特》中的海伦一样。霍桑是美国悲剧神话的始创者，也是美国文学史上最重要的神话之一。

霍桑在他的第二部长篇小说《七个尖角顶的宅第》中探讨了一个一直深受侦探小说作家和读者喜爱的主题。书中描述了一座闹鬼的房子，里面住满了受惊扰的躯体和灵魂，还有隐藏在秘密机关后发霉的文件。这种套路已经用滥了，没那么刺激了，霍桑却化腐朽为神奇。他的这座鬼屋，在其他同类型的作品都垮掉之后依然屹立不倒。霍桑对人们居住的房屋并没有多大的兴趣，而对居住在人们灵魂中的幽灵和频访灵魂的思想兴趣甚浓。对于住宅周围的荒野，他仅仅以一种画家的眼光来观察。

他认为对于一个浪漫主义作家来说，在美国取材并不太合适。他说："美国没有历史，没有神秘感，没有色彩浓重而又昏暗的冤案。"可是，他似乎有点儿想当然了，就像天才经常犯的错误那样，他通过自己的创作推翻了自己的成见。当他找不到现成的、阴暗的、错误的东西时，他选择了创造，这也许是他独创性的另一种证明。为了构思作品情节和场景，他走出新英格兰，前往意大利，但在这片"诗情画意的领地"上，他并没有创作出什么佳作。《玉石雕像》尽管写得很好，却没有他笔下真实的或者想象出来的新英格兰故事迷人。

在新罕布什尔州一座山的高处,一组岩石构成了巨大的人形侧影。这是世界上的自然奇观之一,游客们都对它很熟悉。霍桑把这位大山的老人变成了他小说中的人物,在细节和特征上写得别具一格。他想象,这对于生活在他的阴影下的一个敏感的男孩会有什么样的影响。所以在他的小说中,他把石头雕像当成了一种象征、一个灵感。他把那块石头变成了富有诗意的教诲。在霍桑写小说之前,新英格兰也许并不是一个"仙境",但在他写完之后,浪漫主义自此常驻此地。

库柏、欧文和霍桑有幸见证了他们的作品被广泛接受,并享受了一个作者所能享受的一切荣耀。他们衣食无忧,而他们的同时代人爱伦·坡却英年早逝,一生都在贫困中挣扎,直到他死后,世人才承认他是美国最伟大的文人之一。其他美国人对欧洲文学都没有产生过如此巨大的影响。1909年,也就是爱伦·坡一百周年诞辰之际,从纽约到莫斯科,每一个有能力的作家都应该承认他们或是他们的国家深受爱伦·坡的影响。

爱伦·坡不仅是一个作家,还是一位文艺评论家。如果单纯因为他的生活就将其称为一个浪漫主义作家,也是很合理的,因为他就像小说和戏剧中亦真亦假的英雄主人公一样。他笔下故事的主题唤起了我们内心的一种情感,也许这就是美国式的情感。我们总是钦佩那些在艰难困苦中披荆斩棘的人。我们喜欢自食其力的人,无论是在经济上还是在政治上。一个人不可能完全自学,但如果我们采用这个词语的通俗含义,就可以理直气壮地说爱伦·坡

爱伦·坡

是自学成才的作家。毫无疑问，他有天赋，而且他努力保持自己的天赋，战胜挫折和困难。当爱伦·坡二十四岁的时候，在巴尔的摩的一家报纸上发表了一个短篇故事《瓶中手稿》，获得了一百美元的奖金。这个故事令人关注的点在于，其很好地展示了爱伦·坡对自己的风格和方法的驾驭能力。而且这可能是他写过的唯一有稿酬的故事。爱伦·坡靠辛苦的新闻工作和日常编辑维持生计，而不是靠小说和诗歌。他是一个细心的工匠，追求极致，不愿意为了钱草草应付工作。文学史记载了许多贫穷和艰苦的事迹，有些人为了崇高的艺术理想而牺牲物质利益。对于文学事业来说，爱伦·坡堪称光辉的榜样。他是一个骄傲的人，对自己的能力深信不疑，很高兴得知自己的作品被印上不朽的印记。他不会因为自己的贫穷而怨天尤人，但有一件事值得一提：有几个月的时间他在美国军校学习，十六年后，在他的妻子奄奄一息之际，病榻上唯一的遮盖物竟然是他的军大衣。

爱伦·坡的小说涉及神秘的情境，还关注情境对精神更为神奇的作用。他对现在流行的"心理疗法"很感兴趣。早在福尔摩斯和亚森·罗苹出现之前，他就创作了侦探小说。在他看来，侦探小说谈论的根本不是一个罪犯是否被抓住和被惩罚的问题，而是在事实面前，大脑如何运作的问题。他不仅创作了侦探小说，还写出了此类佳作：《窃信案》和《毛格街血案》。他还根据真实案件改编过小说，就是《玛丽·罗热疑案》。他写小说的时候这个案子还没有破，破案后人们发现书中的情节和真实案件几乎一模一样。爱伦·坡对自己的推理能力非常自信，他认为，不管是技术上的还是智力上的谜题，只要是人能想出来的，他都能解开。他也证明了自己所言非虚。

我们很少在文学史中找到像爱伦·坡这样的诗人和梦想家，他非常理性。并不是说理性和诗歌一定是对立的。恰恰相反，我们知道但丁、莎士比亚和歌德都善于思考各个方面的事物。但是，所有能力都集中在一个人的大脑中，还是很少见的。随着时间的推移，我们越来越清楚地认识到，在达到巅峰之前就停下脚步的爱伦·坡，是为数不多的智者之一。

爱伦·坡精彩神秘的推理故事也许只是小把戏而已，但是在长达四分之三个世纪的时间里，没有一个作家在聪明才智上超过他。他的散文最精彩的部分不在于精妙的细节，而在于那些直接触及情感和感觉的片段，比如诗歌和音乐。这些作品中，《丽姬娅》和《阴影》堪称完美。爱伦·坡即便不是散文诗的创始人，也是无与伦比的大师。

诗人斯温伯恩是一个魔力十足的人，他称爱伦·坡为"完美的天才"。他说爱伦·坡"总是把自己的想法彻底地表达出来，并把它们变成坚实、圆润和持久的东西"。爱伦·坡在两个方面堪称完美：他完善了自己的思想，使之形成最终的形式；他各方面的能力都很强。他的短篇小说足以使他成名，但即使没有它们，他的评论和诗歌也会被人们铭记。

爱伦·坡的部分评论失去了魅力，因为评论中涉及的书不怎么重要，如果不是爱伦·坡的评论，人们早就不记得这些书了。不过即使在一篇很短的报纸评论中，他也经常表达一些关于文学永恒价值的看法。他的随笔比同一时期任何一位美国作家的都更有见识，也更有学问。对于一般读者和职业研究者而言，这些评论文章都是对1850年之前美国文学思想的最佳叙述。

我们永远铭记他在环境恶劣的情况下依然追求精益求精的工作态度。他几乎是孤军奋战，和他同时代的人中很少有人有勇气和力量，或者说怀着谦卑之心追随他的脚步。爱伦·坡生活在美国，在美国写作,他的评论和小说一样精彩,具有他在小说中呈现的魔力,在诗歌中呈现的优美。欧洲评论家对此称赞不已。他是一个特例,证明伟人出生在任何环境中都是伟人,谁都不知道这是为什么。这也算是一段浪漫主义的神秘故事吧,爱伦·坡自己也找不到答案。

斯陀夫人是19世纪上半叶的作家中非常重要的一位,至今仍令人难忘。她在创作《汤姆叔叔的小屋》时,从来没想过这本书会给人留下如此深刻的印象。林肯有风度地称她为"促成这场大战的小妇人"。托尔斯泰总是在小说中寻找道德问题,将道德问题加入篇幅有限的文字中,因为他认为这才是真正的艺术。在我看来,这种艺术不是主流,因为它是一种特殊的托词和宣传,不足以反映那些紧迫的问题。除了一些过时的说教,这本书其实写得还不错,故事情节流畅,真正的激情战胜了明显的感伤。

在美国南北战争后出现的作家中,有三位非常重要,还有几位没那么出名的作家。这三个人是马克·吐温、豪威尔斯和亨利·詹姆斯。

马克·吐温是我们所有作家中最具原创性的,也是最深刻、影响范围最广的美国作家。豪威尔斯称他为"文学中的林肯"。从他的知识广度、见解、深思的问题以及他对美国各个时期的生活的理解来看,其他作家都比不过他。他出生在密苏里州,位于美国中西部和偏南方地区。他还在加利福尼亚州和康涅狄格州生活过一段时间。他周游世界,走进不同地区的人的生活。最近在年轻的评论家中流行着一种说法:马克·吐

马克·吐温

温被束缚了,因为在美国的体面生活使他无法充分发挥自己的天赋。这完全是胡说八道。他是最适合描述这个国家的人,其他作家都比不过他。他表达了自己心中所想,也知道如何描述这片孕育了他的天赋的土地。

马克·吐温起初在内华达州和加利福尼亚州的报社工作,当地人都觉得他是个幽默家。报社派他以记者的身份访问欧洲和圣地耶路撒冷,他的信件组成了他第一本重要的著作——《傻子出国记》。这不是一本搞笑的书,不过书中一些情节很有趣,很多嘲讽情节直截了当,但大多是诚实、独立、认真的观察和实际的经验报告。他文章的字句充满着慎思明辨,文笔也很优美,这种美感随着他年龄的增长而增强,他变得更加明智,也更善于思考。他是最好的旅行记者,他敏锐的眼睛能洞悉一切,他天生就拥有理解和表述场面的才华。后来的作品《国外旅游记》和《赤道环游记》充分证明了他的天赋。

马克·吐温的代表作是《哈克贝利·费恩历险记》。在他的所有作品中,这是一部特殊的书,《汤姆·索亚历险记》不能与之相比。《哈克贝利·费恩历险记》在美国文学中独树一帜,这部作品在场景的广度和叙事的多样性方面是绝无仅有的。如果我们只考虑场景的广度,这本书就不特殊了,因为至少还有一部伟大的幽默小说与其做伴,那就是《堂吉诃德》。《哈克贝利·费恩历险记》讲述的不仅仅是一个男孩的故事,它不是为男孩子们写的书,尽管年轻的读者喜欢它,这就有点儿像年轻的读者喜欢《格列佛游记》却不知道其背后的含义一样。透过哈克贝利天真无邪的眼睛,我们看到了整个文明(或文明的缺失)。我们几乎透过历史,以历史的眼光看待一个国家的地理中心。

在马克·吐温的小说中,有许多有趣的东西,包含对人物的细致观察。但作品质量参差不齐，有点儿令人失望，其中不乏匆匆赶稿流露出的不耐烦。《傻瓜威尔逊》的价值，在于马克·吐温在别的作品中当作章节标题沿用的"日志"，在于其精辟而鲜明的格言。《圣女贞德传》是虚构的故事，其中充满了美感和尊严。但最好的作品（仅次于《哈克贝利·费恩历险记》）是两篇讽刺故事，一篇是《败坏了赫德莱堡的人》，还有一篇是在他死后才发表的，即《神秘的陌生人》。马克·吐温有一种深沉的斯威夫特式的苦涩，像斯威夫特一样带着怜悯，而且常常粗鲁地放声大笑。《康州美国佬大闹亚瑟王朝》表面上是一出滑稽可笑的闹剧，还带点儿戏谑的味道。归根结底，它是对民主的研究，也是对人类愚蠢行为的猛烈抨击。马克·吐温在书中表达了整个人类都该被"绞死"的愿望。

他精湛的文笔、他的愤懑以及他特别擅长对那些憎恶的东西展开的嘲讽，使他成为一个伟大的作家。暂且不提他偶尔发表的抗议性文章（那是他最有男子汉气概和最令人钦佩的地方之一）。

马克·吐温作品中很多有趣的故事可能有点儿过时，除非他的其他作品能使之保持鲜活，否则有些作品会面临昙花一现的结局。但马克·吐温的严肃作品是很经典的，和当时所有散文家的优秀作品一样不朽。当他直抒胸臆，不受传统文学形式干扰的时候，他就是个大师，比如他在《密西西比河上》中那样直接表达思想的时候，他就是一个评论我们民主生活的桂冠诗人。

布雷特·哈特在加利福尼亚州的另一端与马克·吐温遥相呼应。为了满足东海岸读者的阅读需求，他探索了西海岸开拓者的生活。他做得很好。他笔下的赌徒和矿工们多愁善感，而且他似乎从狄更斯不太擅长的地方吸取了教训。他的散文写得非常好，他知道如何撰写短篇故事，擅长表达浪漫情怀。他很高产，尽管大部分作品没能够给人们留下深刻的印象，但是像《扑克滩放逐的人们》这样的故事仍然令人印象深刻。我相信他的其中一部作品不会被遗忘，因为那部作品非常幽默，是一流的文学评论，那就是《浓缩小说》系列（包括两部）。

在哈特漫长人生历程的后半段，美国文学的掌门人是威廉·迪恩·豪威尔斯，他是不守规矩的马克·吐温的朋友和机智的引路人，同时还支持了很多年轻有为的新一代作家。他和蔼可亲，从头到脚都散发着艺术气息，他是一位十足的大师。他的所有作品都极具艺术感。很难在豪威尔斯的作品中找到令人不满意的表达，那感觉就跟在福楼拜或法朗士的作品中找到瑕疵一样令人吃惊。但是豪威尔斯比较胆怯，缺乏力量。他所宣扬和实践的"沉默寡言的现实主义"，并不是压制艺术激情的绝佳方法。

这种沉默很空洞，因为没有什么事情是值得豪威尔斯保持沉默的。他是一个勤勉的工匠，曾创作出三四部令人惊艳的天赋之作。在《现代实例》中，平凡的小人物因为他们的渺小而遭遇海难，这在美国小说中前所未有。《赛拉斯·拉帕姆的发迹》也许是第一部以普通商人为主人公的小说。后来有一部名为《肯顿一家》的小说是他最好的作品之一。在我看来，即便是豪威尔斯的忠实崇拜者，也没那么喜欢这部作品。他以为自己受到了托尔斯泰的影响，但他的作品中没有托尔斯泰的影子，正如霍桑的作品中没有他的影子一样。豪威尔斯是一个伟大的作者，写了不少佳作。不管你是否同意他的观点，他都是一个兢兢业业的文学匠人。

有一位杰出的美国小说家，虽然他的出生地是美国，但他不怎么关注美国，他就是亨利·詹姆斯。成年后，他大部分时间都是在欧洲度过的，所以他的人生观很欧化，也很国际化。他是19世纪最杰出的小说家、文学批评家，不过有一点很不可取：他是一个无可救药的自命清高的人，不是狗眼看人低的那种，因为他天性慷慨且富有同情心，但在精神上有点儿"故步自封"。他除了从旅馆客厅、艺术博物馆以及资料齐全的图书馆学习知识，再无其他渠道。

这种束缚使他对人类的个性充满好奇，用科学的话来说，他是一个心理学家。据说他是国际小说的首创者，因为他笔下的很多主人公是生活在欧洲的美国人。但一个真正的国际小说家应该从正反两方面来写作才对，他也要描述生活在美国的欧洲人。可是，在美国的欧洲人通常是工人，而在欧洲的美国人通常是游手好闲的人，詹姆斯最了解的是后一种人。他的作品分为两个时期。在第一个时期，他出版了第一部优秀的小说《罗德里克·赫德森》，这部作品的主角是一个意志薄弱的美国雕塑家；还有一部作品是《黛西·米勒》，这个故事非常写实，充满悲情，一个纯真烂漫的美国女孩不理解上流社会复杂的道德观念，她不拘礼节、落落大方的举止，却被视为举止轻浮；《一位女士的画像》研究了美国人的面孔、新鲜感和粗鄙（詹姆斯很喜欢用"粗鄙"这个词来强调笔下的人物），这同样是一部精神悲剧；《美国人》是一部真正的悲剧，主人公是一个纯粹的男人，不谙世事，却很聪明，他陷入了一场难以应付的骗局。

在第二个时期，詹姆斯在那些有限的受众眼里变得越来越微妙和复杂，令真诚拥戴他的人十分喜悦，而没有了解过他为人的人对他特别厌倦。他采用了一种全新的写作方法。故事中的人物也许相当平凡，也可能处于步履维艰的境地。人物性格或特征不是一下子全部交代清楚，而是随着人物所处的环境逐渐显现的。一开始显现一种特征，不久又有一种特征从环境中闪现出来。如果读者从头到尾读完这部小说，就会发现这位小说家刻画了一个完整的人物形象。《鸽翼》和《金钵记》就使用了这种方法。詹姆斯沉浸于小说创作中,针对书中的部分章节,他甚至追寻故事的发展动机。有一本小说集大概收录了他八到十篇最优秀的短篇小说,这些小说在我们这个时代的文学作品中是无可匹敌的。他同时还是法国和英国文学的批评家。他如果没有转向虚构文学领域,就会成为最重要的文学评论家之一。

少数几位天才作家是不可能包揽整个国家的文学创作的,还应该包括很多不太有名的作家,他们的作品构成了这个国家的社会历史。美国理所当然地被划分为许多文化区域。我们如何了解佛蒙特州的农夫和佐治亚州的黑人呢?托马斯·贝利·奥尔德里奇是一位颇有名望的诗人,他写了一些迷人的短篇小说,其中最著名的是短篇小说集《马乔里多及其他人》。这部作品里没有美国生活里那些异想天开的内容,但有许多幽默的表达。弗兰克·斯托克顿的小说也是如此,他最著名的小说是《美女还是老虎》。有几位才华横溢的作家很好地展示了南方的生活。乔治·华盛顿·凯布尔在新奥尔良的西班牙人和法国后裔的古老生活中发现了浪漫的素材。黑人在乔尔·钱德勒·哈里斯的《听雷蒙叔叔讲故事》中得到了永生。爱德华·埃格尔斯顿的《印第安纳校长》反映了中西部的文化与生活,这是第一部仔细研究当地方言的美国小说(出版时间比《哈克贝利·费恩历险记》早了数年)。玛丽·威尔金斯·弗里曼和萨拉·奥恩·朱厄特的小说描写了新英格兰人民和当地的风景。我认为,没有哪个美国作家的作品比玛丽·威尔金斯·弗里曼的《母亲的反抗》能更好地反映弱势群体的抗争了。

过去的作家当中,最令人难忘的是斯蒂芬·克莱恩,他短暂的一生随着19世纪的结束而终止。他是那个时代最有才华的美国作家,其作品《红色英勇勋章》反映了美国南北战争,可能受到了这场可怕战争的影响,这部作品不太出名,但小说的艺术性是不会消失的。另一位英年早逝的作家是弗兰克·诺里斯，他是一位诚实的现实主义者，善于写较为宏大的主题。他创作了"小麦史诗"三部曲。伊迪丝·华顿是在世的小说家中最优秀的一位艺术家。她描写的环境是纽约，或者是富人们避暑的乡村。她本身是贵族，非常聪明，有点儿势利，但本质上还是富有同情心的。在《伊坦·弗洛美》和《夏天》中，她效仿玛丽·威尔金斯·弗里曼的风格，描述了新英格兰的悲剧故事。许多作家似乎都沉迷于欧·亨利的作品中无法自拔。欧·亨利是一个才华横溢、幽默诙谐的人，是一个天生的叙述者，有独创性，但在风格上有所欠缺，太一本正经了。要找到这位聪明绝顶的作家的瑕疵，读者们需要追溯他的前辈H. C. 邦纳，看看一部完美的作品是如何完成的。人类物质与文学艺术相结合，构成了小说的元素，使其能够长存。我在美国小说中找到了成长的痕迹，也找到了纯熟技巧的丰富例证。在年轻的作家中（因为他们从业的时间还不够长），对文字掌控力最好的是薇拉·凯瑟（著有《啊，拓荒者！》《我的安东妮亚》《云雀之歌》）和詹姆斯·布朗奇·卡贝尔（著有《超越生命》《朱根》《祖父脖子上的铆钉》《笑话精华》《大地人物》）。约瑟夫·赫格斯海默的作品也很美，《琳达·康登》一书尤为出色。西奥多·德莱塞粗鲁而笨拙，凭借他的三部作品赢得了名声（《嘉莉妹妹》《珍妮姑娘》《美国的悲剧》），书中表现出了他对人类的同情、他的正直和勇气。辛克莱·刘易斯让自己的小说《巴比特》这个名字几乎成为英语中一个常见名词，他还把美国西部城镇的主要街道几乎都改名为"刘易斯大街"。

第四十八章
美国散文及其历史

美国正开始向她的子民们展示她的感知力和想象力。

——爱默生

  19世纪的美国文化中心位于波士顿及其周边城镇，包括剑桥和康科德。新英格兰对美国思想的控制力较为薄弱，纽约和费城的文坛尤为活跃。欧文和库柏都出生于纽约州；还有爱伦·坡，这位来自无人之地的迷途天才，也曾在纽约度过他创作生涯中最为鼎盛的几年。在那段时间，他狠狠地抨击了新英格兰的至尊地位。实质上，如同佛罗伦萨在意大利的至尊地位一样，这种霸权统治的地位难以动摇。波士顿过去也常常遭到调侃，被戏称为"美国的雅典"。

  当时的诗歌稍显无力，缺乏原创性，形式上也没有什么创新。能算得上散文艺术家的只有霍桑和霍姆斯。人们对他们的了解甚少，但他们依然值得被铭记。他们所有的信息都收录在卡片上，卡片上有他们的详细介绍。现在看来，新英格兰的作家们确实创造了一种真正的文化，这种文化超出了新英格兰，在全国各地，甚至是那些敌意满满的地方扎根发芽，逐渐成为一个民族乃至整个国家文化的象征。

爱默生

当时一流的思想家是爱默生,他出生于牧师家庭。他是一位开明的变革者,对先辈的苦行不屑一顾,也对他们精雕细琢的美德嗤之以鼻。他展示给世人的美德简单大方:自主乐观,但他同样正视生活带来的波折和宁静;推崇人的至高无上,提倡靠直觉认识真理,而不是一味地遵从宗教意义上的上帝。

爱默生的散文和演讲通篇都是布道词。虽然他离开了一神论宗教,他的大半生也并未皈依任何宗教、信奉任何教条,但他还是当了一辈子"传教士"。不管从内容上还是从语调上来说,他的布道都比那些枯燥的讲坛好很多。他布道时真诚自然,言语间蕴含的智慧,因诗意、类比和幽默的衬托而生动无比。爱默生的许多文字都以其睿智、精辟和凝练而著称。

爱默生的思想内容极其丰富,其中一个原因是,他知道如何从其他作家那里汲取与他目标相匹配的思想。"走近佳句的创作者,"他说,"这是对佳句最初的引用。"这是他天赋中很重要的一部分。他并没有刻意地去模仿或者摘录,而是加上了爱默生的特色。爱默生低沉的声音及人格魅力令世人着迷,而我们却再也无法领略。不过我们从他的文字中似乎能听到一种具有说服力的声音。翻开《论文集》《生活的准则》《代表人物》或《社会与独处》中的一页,你将听到一位诗人的声音。各种想法收入大而抽象的标题之下,如自然、政治、补偿,而想法本身直接、具体、清晰。

爱默生对系统逻辑的论证不感兴趣,据说他的文章很少有结构上的统一性,所以倒着去读也是可以的。好比要穿一串珍珠,可以从绳子的任意一端开始穿起,而且怎样穿都是名副其实的珠串。或者说，爱默生常常会迅速改变人物潜在的个性，将他们分离的思想统一起来。有很多思想深邃的哲学家，也有一些文学艺术造诣极高的散文家，虽然他们的诗歌中不乏文采斐然的句子，但若被剪了翅膀，就会少了翱翔天际的能力。爱默生卓越的成就是毋庸置疑的。他过分谦虚的幽默与他的人设很不相符。他说过一句话："上帝让思想家来到地球上时，我们也要保持清醒。"

上帝在这个星球的一个小角落——新英格兰，创造了很多思想家。其中一位就是爱默生的良师益友梭罗。他在世的时候并没有多大的影响力，不过后世的读者们慢慢地发现了他的卓越才华。他的主要作品《瓦尔登湖》记录了他在康科德附近森林中居住近两年的所见所闻所想，是他一人独居、自力更生、直面孤独的体验。梭罗借此证明了自己可以独自生活，依靠自然自给自足。此书的魅力在于梭罗由衷地享受他喜欢的生活。"每一个清晨，都是一个令人欣喜的邀请，令我的生活同大自然一样朴实"，梭罗崇尚的自然，单纯而质朴，他对自然女神的观察很直接，而没有过多地显示出职业"自然主义者"的专业知识。

梭罗是一个自然主义者，更是一位道德学家。比起喧嚣纷扰的外部世界，他对以灵魂和良知为主体的内心世界更感兴趣，他一边生活，一边写作，以此来取悦和完善自己。梭罗并非一个厌世主义者，而是一个温文尔雅又颇具涵养的人。他智慧的大脑里满是书卷的精华，在泛舟和锄豆的间隙，笔墨生香。从某种意义上来说，他是最不懂文学的作家，随性地记录着一切，不管读者是否接纳，内容和精神上皆是如此。但从另一方面来看，梭罗是一位文风精粹、性格极好的大师，他对文体有着独特的见解。《在康科德和梅里马克河上一周》是我在短篇散文中见到过的文风最雅的一篇，即使沃尔特·佩特的美文也不能与其相比。新英格兰日益增强的保守主义削弱了梭罗的革命思想,他将重心放到其隐世生活上。梭罗曾是一个反政府人士。在《论公民的不服从义务》中,梭罗认为政府若有组织地进行镇压时,公民有义务拒绝服从,这是其典型的、激进的革命思想。有一次梭罗试着消极抵抗,拒绝支付税款,他觉得政府可能用税款干一些非法勾当,结果他被关进了监狱。他只在监狱里待了一天,因为一个朋友为他交付了税款,保释了他。在梭罗死后,爱默生提出,世人应该永远铭记这位伟人。

人为地将文人细分为散文家、诗人和小说家,这种做法有些不现实,因为很多杰出的作家在文学的多个方面都造诣很深。比如我们都知道,爱伦·坡是一位诗人及说书人,他其实还是一流的散文家。爱伦·坡的一些读者将他的部分散文和"杂集"视作他文学生涯中最璀璨的明珠,我不想和他们争论。

爱伦·坡度过了短暂而扭曲的一生,因为他在新闻界名声不好,而且人们对他的杰出成就不完全认可,他一生都未曾感受过温暖。爱默生以非私人牧师的身份安静地度日,而梭罗则是自给自足,依靠制造铅笔维持生计。他在散文中不时提到公事,但并不参与其中。新英格兰还有两位散文家——霍姆斯和洛威尔,他们从事着社会上较为光鲜亮丽的工作。

霍姆斯是哈佛医学院的一名内科医生及解剖学教授。他是波士顿贵族,在灯塔街有一套房子。他知道如何写出一首轻松诙谐的诗,然而命运并没有使他成为一名诗人,而是让他变成了非常出色的散文家。《早餐桌上的独裁者》是用一种轻快但杂乱无章的方式写就的,其主题丰富多彩。这篇文章刊登在六十多年前的《大西洋月刊》上,署名为霍姆斯博士,使他得以和蒙田与兰姆齐名。正如他的朋友洛威尔说的那样,"霍姆斯很有天赋,风格是名气的防腐剂"。

洛威尔在散文方面也颇有天赋。我个人觉得,他的散文比他笔下优美的诗歌听起来靠谱多了。洛威尔是个很有涵养的人,他曾是哈佛大学的文学教授,但没有学究气。他是美国驻英国公使,是当时的名人。他的兴趣非常广泛。他写的那篇关于乔叟的文章简直无人能及。当人们对那位来自伊利诺伊州的怪人林肯持怀疑态度的时候,保守党政治家对此提出了一些建议,虽然后来证明他们多虑了,但是洛威尔理解林肯,"慧眼识珠"是对他智慧的肯定。我想聊一聊他散文中的一小部分,于我而言非常重要的部分。我们来看看他那篇极其幽默又非常美国佬的文章——《论外国人的某种谦虚》。

美国人是历史的创造者,或者说是历史的撰写者,他们清楚地知道该如何表达自己。在这些历史创造者中,不乏口头或者书面表达天赋者,包括富兰克林、杰弗逊、丹尼尔·韦伯斯特和林肯。我的选择带有目的性,读者们可能会帮我做补充——如果我们能够以纯粹的文学标准而不是政治历史的判断把人类思想区分开。

富兰克林的《富兰克林自传》以及他偶尔撰写的文章和书信,在文学史上可能并没有很高的地位。这些作品都用一种自鸣得意的方式刻画诚实而幽默的人物性格,具有特殊的文学趣味。富兰克林若生活在今天,可能会是一个"效率专家"。他希望完善自己的风格,曾研究艾迪生的《旁观者》等,从而在不失去他自己的活力的情况下学会了如何写作。

杰弗逊的政府文书和书信不只具有历史意义。在他的政治理论和实践中,他可能有对有错。这一点我们不做考虑。他天生具有艺术家的气质,他参与起草的《独立宣言》是清晰而雄辩的措辞典范。

丹尼尔·韦伯斯特是一位值得纪念的公众人物,他凭借自己最初那种口头表达的文学风格站稳脚跟。韦伯斯特曾是一所学校的专业演说家。这个职业现已消失了,没人有能力将其延续下去——现今最雄辩的国会议员曾尝试过,显得很可笑。韦伯斯特时代的很多事情都已不复存在,只有历史专业的学生才会想去挖掘它们。但他其中的两三篇演说仍流传于世,例如《邦克山演说》,它应该是每个美国少年在上学期间必学的一篇演说词。其风格纯粹扎实,措辞华丽。与他同时代的人们都说韦伯斯特是一位深刻的演说家,其语言铿锵有力,举止端庄优雅。卡莱尔对政治演说家,或者说对美国人都不太友好,但他曾说过,韦伯斯特有一对"峭壁一般的眉毛"。韦伯斯特的一生并非一帆风顺。不过他那脆弱的天性对其影响不大,他仍在世界演说家中占有一席之地。

林肯在其职业生涯早期就形成了一种令人钦佩的文学风格。据说他学习刻苦,不是靠天赋异禀获得成功的。他很聪明,也很细心,处事谨慎,虑事周全,除了这些不为普通人重视的天赋之外,还有命运女神的一点小小眷顾,加上一点儿具有前瞻性洞察力的混合。他以一种平静温和的风格,一种根据他想要产生的效果而精心设计的节奏,表达了那个时代的本质情感,没有华丽的修辞,也没有歇斯底里的愤怒。

林肯的大部分作品都极为严肃,因为他手头有待解决的事情实在太多了。但有时他还是很幽默的。他对那些谋求官职和令人反感的人怀有戒备之心。为了保护自己,他常常逗乐他们。林肯召集内阁开会时,并没有征求议员们对奴隶解放的看法,而是向议会宣读了《解放黑人奴隶宣言》。一开始,他给他们读了阿蒂默斯·沃德的文章的部分内容。但在战争开始后,环境的改变使他成了一个忧郁的人,之

林肯

前那个通过给听众讲述趣事拉选票的聪明政客不复存在了。我们从其艺术表达的研究中得出，他是一个有着明确目标和个性的人，能够学会如何使用语言。恺撒、克伦威尔、拿破仑、俾斯麦和林肯都是大师（只是从文学角度而言），这种风格与他们的工作相契合，生动而鲜活。在世界上所有的政治家中，比如英国的皮特和格莱斯顿既是政治家又是文学家，但与他们相比，林肯拥有最优秀、最强大的文学感染力。

美国的专业历史学家做得非常出色，我指的是那些身处神圣文学殿堂的历史学家，而不是那些善于文献记载的人。华盛顿·欧文很崇拜普雷斯科特。这是一个双眼几乎失明的年轻人，却早已开始研究和创作《墨西哥征服史》（这本书使他名声大噪）。接着他完成了《秘鲁征服史》和《西班牙国王菲利普二世的治理史》。我从后来的历史学家那里了解到，他的许多作品在历史学上可能没有什么价值，但是他这种据理分析的态度还是值得肯定的。他的书读起来通俗易懂——这是一个文人用词，而不是一个历史学家用词。

马克·吐温在列出他所珍视的书单时曾说过："差不多列了一千册帕克曼的书，如果他真的写了那么多书的话。"弗朗西斯·帕克曼对合众国成立之前发生在美国西北部的英法冲突很感兴趣。世间也许存在比《拉塞尔与大西部的发现》与《蒙特卡姆和沃尔夫》更有历史价值的作品，一位严谨的科学发展史学家会认为帕克曼是一个浪漫的人。他的作品主题基本上都是浪漫的。这样的表达可能不太准确，我们换个说法：他的作品结尾总是很迷人。

第四十九章
美国诗歌

我听见美国人在歌唱,听到了各种各样的颂歌。

——惠特曼

在所有的文学形式中,在所有于大西洋西北部创作的文学体裁中,美国诗歌几乎没有形成美洲大陆特有的内容、色彩和生命力。除了惠特曼(然而许多读者都没有发现惠特曼是美国精神的代表),除了少数关于地方或种族方言的诗歌,以及一些涉及本国特有场景和主题的诗歌,大多数美国诗歌都可能是由英国不知名的诗人撰写的。

美国诗歌的派生性、依附性和次要性不足以证明美国部分诗人的卑微,反而能说明英国诗歌的力量过于强大。我们常以美式思维写出散文,却以英式英语演绎出来。诗人在其居住的国家,或这个国家的某个地区,常常找不到自己的归属感,就好比一个法国人、一个德国人或一个英国人感受到的自己的国家那样,这与爱国主义无关。除非用爱国主义创作音乐,缪斯女神向来都很鄙夷它。毕竟,一个诗人最重要的是职业本身,而不是国籍。

美国历史上第一位富含诗意且感情充沛的诗人是菲利普·弗伦

诺，他生活在美国独立战争时期，因为几首浪漫风格的短诗而被世人所知，假若在他之后不再出现抒情诗歌鼎盛时期，他对世人的影响可能更为深远。《野金银花》和《印第安人墓地》颇有一种淡淡的诗意。

威廉·卡伦·布莱恩特是那个时代颇负盛名的诗人。同查特顿一样，他早早地写了关于死亡的诗歌——《死亡随想》，看起来可能是对英国墓园派诗人的模仿，然而这是他自己原创的佳作。查特顿英年早逝，而布莱恩特的事业则开始于对死亡艺术的追求。作为《纽约晚邮报》的编辑，布莱恩特在纽约的报界很受尊敬，且占有一席之地。他一生都在写好诗，如同他的第一首诗歌那样，技巧娴熟、思维新潮。他的佳作多为轻快的自然诗歌，比如《致水鸟》。

距离布莱恩特的办公室不远的一间办公室里，有一位可以称得上近几年美国文学史上，甚至是世界文学史上最奇怪的诗人，他就是爱伦·坡。他的诗集非常薄（无疑是因为新闻工作占据了他太多的时间），但它们皆以出色的题材而闻名，其中最好的作品可能有十到十二卷（包括《伊兹拉菲尔》和《致海伦》），蕴含了一种神秘感及难以言喻的魔力，只有真正的诗人能够表现出来。在其擅长的文学领域里，爱伦·坡是一个能力卓绝的诗人，他的思想闪闪发光，与柯勒律治的思想交相辉映，与许多真正的诗人一样，他们从不标榜自己能与但丁和莎士比亚匹敌。我们在前面某页曾说过，"逊色"不是一个足够好的词，虽然天文学家用它来指星星（表示"渺小"）。诗人的分级与军事等级的划分类似，从陆军元帅排到军士。诗人很反感人们对他进行评级。一个诗人，一个用英语写作的诗人，他肯定有过人之处，才能站在英语诗歌界最精美的花园之顶。而爱伦·坡就是这样一位诗人。波德莱尔和马拉美将他的作品优雅地翻译出来。听过悦耳动人的英语诗歌的人，谁不会被诗词中不朽的魅力所吸引呢？比如《伊兹拉菲尔》中精美的诗句（伊兹拉菲尔是以心为弦的天使）：

是的，天堂属于你；
但是，这个世界酸甜交织；
我们的花只是花，
和你完美交织的影子属于我们的阳光。

如果我能住下，
在伊兹拉菲尔的地方，
哈恩住在那里，我也在，
他可能不会唱出那么好听的凡人的旋律，
虽然音符可能会传得更广，
从我放在天空中的那把七弦琴上传开。

爱伦·坡具有诗人的直觉，但我们发现他写的散文都很好。当爱伦·坡开始写一些其他作品的时候，我们总能在他的小说和评论中看到他的天赋。我们已经在其他章节中提到过他的散文，再次提到只是为了强调：即使他的抒情诗被毁灭殆尽，他仍然是一位散文作家。

美国的桂冠诗人是朗费罗。他在文坛宝座上坐了很多年，谦逊而庄严，他是最谦和的绅士。朗费罗书写了很多美国传奇故事，如《海华沙之歌》《迈尔斯·斯丹狄士求婚记》《赫斯珀洛斯的残骸》《保罗·雷维尔的奔骑》，他还翻译和改编了很多欧洲文学作品。此外，他创作了许多平淡无奇的抒情诗歌，例如著名的《人生颂》，这部作品并不能因其精美的辞藻或旋律而被提升到真正的抒情诗的高度。他的《乡下铁匠》曾刊登在乡村晚报《诗人角》栏目上,技巧很灵活,因为朗费罗是一个懂得诗歌韵律的艺术家。朗费罗是美国最伟大的诗人,他的代表作是他翻译的《神曲》。他以庄严的形式写下的具有独创性的作品是他在意大利诗人的圣歌前加的十四行诗。据说那些来自新英格兰的诗人意识到了自己文学上的不足,到欧洲去寻求灵感。不知为何,《铠甲骷髅》和《悬挂的起重机》都不尽如人意,而《布鲁日钟楼》是一首很好的民谣。

朗费罗

在哈佛大学接替朗费罗的教授诗人是洛威尔。他的诗歌措辞迂腐,他也意识到了美国文学的不足,并对此做出了防御性报复,不是在他的诗歌中进行报复,而是在他的文章《论外国人的某种谦虚》中。他用古典英语写的诗歌没有诗意。他的《纪念颂》是为一座建筑(这座建筑用于纪念那些在美国内战中牺牲的学生)写的献词,实际上仅仅是一种空洞的辞令。

他觉得自己那首文风过于松散的《批评家寓言》只是在堆砌辞藻而已。但是,他在《比格罗诗稿》中模仿新英格兰扬基方言写讽刺诗。这些作品有活力、很幽默,还很尖锐,深深讽刺了美国政治的愚昧。在美国,没有哪首讽刺诗的生命力能保持如此之久,因为讽刺作品就像植物一样容易腐烂,一旦其描述的事情过去,讽刺诗就没有意义了。而且在美国,写讽刺诗的人更多的是散文作家,而不是诗人。

洛威尔的朋友霍姆斯博士住在查尔斯河对岸,他擅长用假扬基方言写作,比如《一辆双轮马车》就是用这种方言创作而成的。霍姆斯博士的狂热崇拜者在《早餐桌上的独裁者》中或多或少地见识了他的这种风格,却没有办法特别认真地对待他的严肃诗作。不过，在同学聚会或庆祝其他愉快的事情时，他是聪明、机智的，也很和气。

爱默生是康科德的智者，他最初是一位散文家，雄辩而富有想象力。他还写诗歌，因为很多作家并不是天赋异禀的诗人。爱默生提到他的朋友梭罗时说，"他的桃金娘和百里香还没有完全变成蜂蜜"。这句话也是对爱默生诗歌很好的诠释。

剑桥、康科德和波士顿的一群绅士们有一位共同的朋友，他是一位温和的贵格会教徒，他的热情要比这些人强烈得多，不管是对听到的还是看到的，这位诗人就是惠蒂埃。也许自英国诗人格拉贝以来，从来没有诗人尝试过这么艰涩的、没有诗意的艺术。和格拉贝一样，惠蒂埃的生活环境充满生机。他的宗教诗很平淡，就像大多数宗教诗一样。他的民谣多数只是拙劣的文学作品，但偶尔带有民间特色，就像《艾尔森船长的航行》那样。他的代表作是《雪封》，具有新英格兰冬天的寒冷和与世隔绝的气息。那些场景很真实，措辞也不错。惠蒂埃是一位诗人，他有表达的冲动，但正如他在一首天真无邪的诗中说的那样，"没有受过教育的耳朵"虐惨了他。

出生早些的人渐渐老了（爱伦·坡去世的时候年纪尚轻），伟大的诗人几乎和那些老兵一样老了，才逐渐被发现和欣赏。沃尔特·惠特曼，被称为"乏味的优秀诗人"，因为在他的后半生中，他确实比较乏味。但他的《草叶集》是在这个国家出版的最富青年精神、最大胆、最具挑战性的诗集。这是一种原始与美丽的奇妙混合，宏伟而有序的诗句富有张力。其中有些诗句很糟糕，但即便是这些诗句，也被全书的和谐与连贯所弥补。《草叶集》是一本完整的书，描述了一个人多年的诗意生活。惠特曼歌颂民主。他认为自己拥有有趣的灵魂——他确实有。在他的中年时期，他用高尚的诗句歌颂亚伯拉罕·林肯。在林肯和惠特曼之间有一种奇妙的关系。

豪威尔斯称马克·吐温为我们"文学中的林肯",当然他这么联系完全没有问题。林肯不会从诗人角度理解惠特曼,他对诗歌远远不如对散文有感觉。随着时间的流逝,林肯被赋予了光环,显露出惠特曼加诸的花环。《当紫丁香最近在庭园中开放的时候》无疑是美国诗歌的巅峰,而惠特曼所有的情绪都洋溢着一种美好。他写

惠特曼

过很多平庸之作,华兹华斯和其他诗人也写过。惠特曼最擅长的是书写跟海洋、太阳以及脚踏在这片土地上的成千上万的人有关的诗歌。惠特曼认为他创造了一种诗歌的新形式,摆脱了传统的格律。他写作形式的原创性或者特立独行并没有使他成为一个伟大的作家,但其作品中与英国诗歌一样古老的节奏使他颇具独特性。

惠特曼之后的大多数美国诗歌都虎头蛇尾。但是,任何精品诗选都会包含艾米莉·狄更生的一些妙趣横生、表达含蓄的诗句——虽然在表达形式上没有那么含蓄;路易丝·吉尼精妙的诗句,尽管她是个美国诗人,但还保留着爱尔兰人的风格;詹姆斯·W.赖利的"朴素"诗;托马斯·贝利·奥尔德里奇的诗。还有一位诗人,尽管健康状况不佳,困难颇多,但在诗歌方面颇有潜力,他就是西德尼·拉尼尔。你可以深入读读那些"主要诗人"的诗歌,找找是否还有比拉尼尔的《格林的沼泽》和《日出》更华丽的诗篇。有时候,美国诗人表达不佳,没有力度,但是伊兹拉菲尔的竖琴还没有松动,即使美国不是一个诗人的国度,我们也能时时听到纯洁而可爱的音符。